IZABELLE JARDIN

Goldfields

ROMAN

TINTE & FEDER

Deutsche Erstveröffentlichung bei
Tinte & Feder, Amazon Media EU S.à r.l.
5 Rue Plaetis, L-2338 Luxembourg
Oktober 2018

Umschlaggestaltung: semper smile, München, www.sempersmile.de
Umschlagmotiv: © David C Tomlinson / Getty; © Liz McAulay / Getty;
© Evannovostro / Shutterstock;
© piyaphong / Shutterstock; © piyaphong / Shutterstock; ©Dizfoto / Shutterstock;
© elegeyda / Shutterstock; © Svyatoslava Vladzimirska / Shutterstock
Lektorat: Stefan Wendel
Korrektorat: Manuela Tiller/DRSVS
Gedruckt durch:
Amazon Distribution GmbH, Amazonstraße 1, 04347 Leipzig /
Canon Deutschland Business Services GmbH, Ferdinand-Jühlke-Str. 7, 99095 Erfurt /
CPI books GmbH, Birkstraße 10, 25917 Leck

ISBN: 978-2-91980-369-9

www.tinte-feder.de

1

LONDON, JULI 2011 – ERLEDIGT

Meine Reaktion war unfair. Das spürte ich schon in dem Augenblick, als ich Mathew unsanft von mir stieß. Ich wusste doch, er hatte nichts anderes im Sinn gehabt, als mich wahlweise mit dem vorsorglich gekauften Strauß roter Rosen zu beglückwünschen oder im Moment meiner schwersten Niederlage mitfühlend in die Arme zu nehmen. Stundenlang hatte er geduldig vor dem himmelhohen Glaspalast meiner Firma gewartet, weil meine Besprechung wieder und wieder verschoben wurde. Drei Mal hatte er sich von mir per Kurznachricht auf einen späteren Zeitpunkt vertrösten lassen. Nach und nach hatte er ohne zu murren von seiner Sekretärin alle Termine in der Anwaltskanzlei seines hoch angesehenen Vaters absagen lassen, wo er den aufstrebenden Juniorpartner mit Aussicht auf baldige Übernahme des gesamten zwanzigköpfigen Stabes gab. Um sich am Ende sogar den ganzen Nachmittag für mich freizunehmen. Nur damit er bei mir sein konnte, wenn ich das Gebäude endlich verlassen würde.

Ich hätte diesen Liebesdienst schätzen sollen. Doch ich starrte bloß gesenkten Kopfes auf die Rosen. Halb ausgewickelt, blutrot, schön wie gemalt, aber jeder Dorn ein Stich in mein ohnehin verwundetes Herz. Mein Blick fraß sich fest an Mathews blank polierten teuren Schuhen, am feinen Kaschmirtuch seiner Hosenbeine. Darüber – dazu musste ich nicht aufsehen – das exzellent geschnittene Jackett, das faltenfreie weiße Hemd, die geschmackvoll dezente Krawatte unterm glatt rasierten Kinn, die energische Mundpartie und ... seine so geliebten graugrünen Augen, die jetzt in einer Mischung aus tief empfundenem Mitgefühl und männlicher Ratlosigkeit auf mir ruhen würden.

Ich hätte nur den Blick heben müssen und sofort wäre der Ausdruck dieser Augen ein anderer gewesen. Mathews Strahlen, sein unerschütterlicher Optimismus hätten mich wahrscheinlich ganz schnell aus der Dunkelheit befreit, die mich umgab, seit ich die Tür zum Büro meines Chefs hinter mir geschlossen hatte. Aber in diesem Moment ertrug ich keinen weiteren Anblick einer Businessuniform. Dabei hätte ich noch vor einer halben Stunde viel darum gegeben, selbst weiterhin täglich in einer solchen Uniform zu stecken, die ich ohne Weiteres als unübersehbaren Ausdruck von Macht und gehobener Position verstand.

Es war danebengegangen. Wieder einmal hatte ich bei der Entscheidung, ob ein männlicher Kollege oder ich, eine Frau im gebärfähigen Alter, den leitenden Posten bekommen sollte, den Kürzeren gezogen. Der Tonfall, den der Uniformierte auf der anderen Seite des gewaltig dimensionierten Schreibtisches anschlug, als er diesen Punkt – natürlich politisch korrekt – wie nebenbei ins Feld führte, hatte beinahe etwas von Verachtung gehabt. Als sei ich stigmatisiert, als trüge ich ein flammendes »F« (für »Achtung, fortpflanzungsfähig!«) auf der Stirn.

Nichts hatte mein hart erarbeiteter Prädikatsabschluss genützt. Am Ende hatten sie Harrison genommen, den stockkonservativen 2er-Absolventen einer Elitekaderschmiede aus ebenso stockkonservativer Familie mit »Einfluss und

Beziehungen«. Das hatte sich seine charmante, blutjunge Sekretärin nicht nehmen lassen, mir honigsüß und mit unverhohlenem Triumph hinterherzuflöten, als ich stocksauer an unserer Teeküche vorbeigerauscht war. Sie hatte es also schon vorher gewusst. Ausgerechnet Harrison! Ganz unter uns: Harrison war in Sachen »sozialverträgliches Management« eine echte Flachpfeife. Das hatte er während des gesamten letzten halben Jahres nahezu täglich bewiesen. Ich hingegen hatte nur so gesprüht vor umsetzbarer Ideen, war auf begeisterte Zustimmung der gesamten Vorstandsetage und sogar der Belegschaft gestoßen, hatte Innovationsprozesse durchgesetzt, die sich rasch amortisieren würden, und war monatelang auf einer solchen Erfolgskurve aufwärtsgedüst, dass ich keinen Augenblick daran gezweifelt hatte, die Konkurrenz in diesem Wettlauf weit hinter mir gelassen zu haben.

Jetzt fühlte ich mich wie ein geprügelter Hund, in meinem Innern jaulte die Enttäuschung lautstark auf. Dringend musste ich zunächst versuchen, mich auf jene verhältnismäßig sichere Insel zu retten, die da Pragmatismus hieß. Es ist, wie es ist, Robin, sagte ich mir. Bleib vernünftig. Fachlich warst du großartig, du hast nur ein einziges echtes Problem: Du bist eine Frau!

Ja, und ich war Mathews Frau. Neunundneunzig Komma neun Prozent aller Zeit war ich das liebend gerne, denn einen idealeren Mann hätte ich mir nicht einmal in meinen kühnsten Träumen erdenken können. Er war die perfekte Mischung aus Liebhaber, Vater, Macher, Kumpel und Förderer, tat von jeher alles dafür, mir den Rücken freizuhalten, wenn es darum ging, Ehe, Familie, Kind und Karriere unter einen Hut zu bringen. Wie fantastisch wir harmonierten und uns ergänzten! Jetzt aber hatte ich das resignierte, beißend wütende Gefühl, auf die alleinige Rolle als Frau und Mutter reduziert worden zu sein. Und das passte weder zu den Ansprüchen, die ich an mich selbst stellte, noch zu jenen, von welchen ich glaubte, mein Freundeskreis stellte sie an mich.

Aber okay. Schön. Dann war es eben so. Dann würde ich jetzt den Platz einnehmen, den man mir zugewiesen hatte. Trotzig überhörte ich Mathews sanft gemurmelte Beruhigungsworte. Ich konnte ihm immer noch nicht in die Augen sehen, und alles, was ich vorzubringen imstande war, schleuderte ich ihm jetzt fuchtig entgegen: »Was ist mit Tim? Hast du ihn abgeholt?«

»Er ist bei Lilly. Mach dir keine Sorgen.«

Ich musste mir in der Tat keine Sorgen machen, denn ich wusste genau, unsere Nachbarin Lilly würde unseren siebenjährigen Sohn wie ihren Augapfel hüten. Ein Part, der in Zukunft mir zufallen würde, denn ich hatte es mir natürlich nicht nehmen lassen, meinem verdatterten Chef gleich mal eben die Kündigung um die Ohren zu hauen. Man darf mich vielleicht manchmal unbeherrscht nennen. Aber *unüberlegt* war diese Reaktion gewiss nicht gewesen. Ich hatte es zwar, wie erwähnt, nicht für möglich gehalten, dass die Sache schiefgehen würde, aber mir im hintersten Kämmerlein meiner Gedanken durchaus zurechtgelegt, wie meine Replik aussehen würde, falls, was nicht anzunehmen, aber denkbar war … ach, verdammt! Unter keinen Umständen wollte ich mich ein weiteres Mal in dieser Firma einem solchen Rattenrennen aussetzen. So viel war von vornherein klar gewesen. Jetzt oder nie. Jahre zu vergeuden, um mich hier immer wieder dafür abzustrampeln, eine Sprosse auf der Leiter aufwärtszuklettern, das war nicht meins. Nichts gegen Konkurrenzsituationen. Ich konnte durchaus aufblühen, wenn ich unter Druck stand und es um etwas ging. Aber es kostete unendlich viel Kraft, die ich lieber für ein aussichtsreicheres Fortkommen einsetzen wollte. Dort versauern? Nein, das würde ich niemals akzeptieren.

»Robin? Fröschlein?«, hörte ich Mathew flüstern und musste unweigerlich grinsen. »Fröschlein« durfte wirklich nur er zu mir sagen. Schließlich nahm dieser Kosename unübersehbar Bezug auf meinen deutlich zu breit geratenen Mund und meine entsetzlich langen Beine. Schon im Grundschulalter hatte ich es mir bei meinen Eltern – kraft aller zusammengenommenen kindlichen Autorität – verbeten, mich so zu nennen. Mochte es auch, entsprechend zärtlich ausgesprochen, wirklich nett und niedlich klingen: Ich hatte nie »niedlich« sein wollen und konnte überdies gut darauf verzichten, ständig an meine Unzulänglichkeiten erinnert zu werden. Wie konnte Mathew ausgerechnet jetzt darauf kommen, mich so anzusprechen? Ungewollt und zu meinem Ärger entfleuchte meiner trockenen Kehle ein ziemlich niedlicher Kiekser aus der Abteilung »überspannte Genervtheit«.

Meine Ablehnung dieser »Niedlichkeit« hatte einen Hintergrund. Als Nachzügler und überdies einziges Mädchen unter vier Brüdern aufzuwachsen, ist eine Herausforderung. Zumal dann, wenn den Jungs ständig Puderzucker in den Hintern geblasen wird, die elterlichen Karriereplanungen für die jungen Herren von Kindesbeinen an wie generalstabsmäßig geplante Raketenstarts wirken und für die »niedliche Kleine« am Ende nichts als die althergebrachte Frauenrolle als erzeugerseitig erklärtes Lebensziel übrig bleibt.

Wie habe ich es gehasst! Diese Ballettstunden, bei denen mir die langen Beine ständig im Weg waren, wo ich zum Gespött meiner grazilen, kleinen Mit-Elevinnen wurde. Die Klavier- und Geigenstunden, die ganz gewiss nicht nur für mich, sondern auch für meine geduldige Lehrerin sowie die gesamte Familie, die mein unlustiges Üben daheim ertragen musste, reine Qual waren. Und last, but not least die Krönung dessen, was sich meine in ihre niedliche, süße Kleine verliebte Mutter als Vorbereitung für meine zukünftige Frauenrolle erdacht hatte:

der Kochkurs! Herrje. Ich konnte bis heute Wasser kochen. Und war froh, dass mir wenigstens das nie anbrannte.

Meine Stärken hatte ich immer schon ganz woanders gesehen. Zahlen waren mein Ding. Naturwissenschaften interessierten mich. Ich weiß noch genau, wie entsetzt meine Eltern mich ansahen, als ich nach dem Abitur verkündete, ich wolle mich für ein Wirtschaftsstudium einschreiben. Wirtschaft! Das sei doch nichts für Mädchen, kam ausgerechnet von meiner Mum. Von meiner Mum, die als Kind der Frauenemanzipationsbewegung jahrzehntelang damit gehadert hatte, selbst den Absprung in ein eigenständiges, selbstbestimmtes Leben nicht geschafft zu haben. Wie gerne hätte sie studiert! Und sie hätte das Zeug dazu gehabt. Wäre nicht Dad gekommen, hätten die beiden sich nicht so schnell ineinander verliebt, wäre nicht mein ältester Bruder dazwischengekommen ... ach ja ...

Aber warum zum Teufel schmiss ausgerechnet sie mir Steine in den Weg? Warum argumentierte ausgerechnet sie so vehement für ein geisteswissenschaftliches Studium? Oder ... verflucht noch mal ... besser gleich für die Suche nach der »richtigen Beziehung«? Warum machte sie es mir so schwer, warum hatte ich als einziges Kind während meines Studiums arbeiten müssen, um meinen Lebensunterhalt zu finanzieren, und hatte monatlich trotz guter Leistungen nur einen Scheck in der halben Höhe erhalten, die meinen Brüdern völlig selbstverständlich zugestanden worden war?

Ich kannte die Antwort. Weil ich ein Mädchen war. Und weil die tradierten Vorstellungen in den Köpfen meiner Eltern noch lange nicht neuen Überzeugungen gewichen waren.

Ich will gar nicht in Abrede stellen, dass auch meine Brüder unter den oktroyierten Lebensentwürfen gelitten haben. Keiner der vier hat sich jedoch meines Wissens beschwert. In mir erzeugte aber diese Form des Verplantwerdens einen Widerspruchsgeist, der es mir ob der offensichtlichen

Alternativlosigkeit völlig unmöglich machte, die Ideen meiner Eltern liebevoll oder wenigstens vorurteilsfrei ins Auge zu fassen. Ich wollte eine Wahl haben. Also opponierte ich, so gut ich konnte. Als Kind mit mäßigem, respektive gar keinem, später unter enormer Kraftanstrengung mit beachtlichem Erfolg.

All das ging mir durch den Sinn in diesem Moment. All das muss meine Gesichtszüge ziemlich wütend verzerrt haben. Mathew kannte diesen typischen Ausdruck. Und er versuchte es jetzt erneut:

»Komm endlich in meine Arme, Fröschlein! Und flüster mir, wem ich eine Bombe unter den Schreibtisch schmeißen soll.«

Da war er, der Kumpel, den ich jetzt brauchte! Nicht der mitleidige Ehemann, der sein gebrochenes Weib liebevoll trösten und hätscheln wollte. Den hätte ich jetzt nämlich weiß Gott nicht ertragen können. Er teilte meine Wut. Und er tat zumindest so, als würde er mich, ohne mit der Wimper zu zucken, umgehend rächen wollen. Das war der richtige Ansatz! Endlich hob ich den Kopf, musste über die steile Falte lachen, die immer dann über seiner Nasenwurzel erschien, wenn es ihm bitterernst war, und ließ mich in seine Umarmung sinken. Im Genick kitzelte das Blumenpapier.

2

LONDON, JULI 2013 – DAS INTERVIEW

Zwei Jahre waren seit diesem Tag vergangen. Aber er war mir in lebendiger Erinnerung geblieben. Es hatte seine Gründe, dass ich in letzter Zeit wieder häufiger an diese persönliche Niederlage dachte, denn … Aber dazu später mehr. Verglich ich meine jetzige Situation mit der damaligen – und das tat ich oft und gerne –, stellte ich jedenfalls immer wieder zufrieden fest, dass ich es doch nun wirklich großartig getroffen hatte. So auch vorhin, als ich die Vorstandssitzung gerade geschlossen hatte und die gläsernen Drehtüren des Thornton Towers mich lautlos in den Nachmittag entließen.

Lange hatte ich mich bitten lassen, einem der zahlreichen Reporter eine Interviewzusage zu geben. Seit der Enthüllung meines Coups passierte es ständig, dass mir die Damen und Herren von der Presse (je nach Couleur) entweder an jeder Straßenecke auflauerten, mein E-Mail-Postfach zumüllten oder versuchten, ein Meeting über meine Sekretärin auszumachen. Bisher hatte ich keinem meine Zustimmung gegeben, hatte die elektronischen Nachrichten schlicht ignoriert, war den Paparazzi mit einem knappen »no comment« entkommen.

Aber die Journalistin, die mir jetzt seit einer halben Stunde gegenübersaß und gebannt, manchmal schmunzelnd, bisweilen zustimmend nickend, der Schilderung meiner Megapleite gelauscht hatte, war mir schon sympathisch gewesen, als sie mich vor einigen Tagen anrief, um den heutigen Termin zu vereinbaren. Zu Hause, wohlgemerkt! Woher mochte sie meine Nummer gehabt haben? Normalerweise wäre ich ihr an den Hals gegangen, aber irgendetwas hatte mich gehindert. Angenehm hatte ihre Stimme geklungen; höflich und gleichzeitig überraschend locker und einfühlsam hatte sie ihre vorbereitenden Fragen gestellt, und ich hatte mich darauf eingelassen.

Jetzt saß sie mir vis-à-vis. In Jeans, luftiger weißer Baumwollbluse, das lange dunkle Haar zu einem dicken Seitenzopf geflochten, ganz unprätentiös und irgendwie … vertrauenerweckend. Sie war kein junges Mädchen mehr – keine dieser karriereorientierten, aufgetakelten, grässlich gehetzt wirkenden Absolventinnen angesagter Journalistenschulen, wie sie mir in den aufregenden vergangenen Wochen schon mehrfach begegnet waren, um mich zack, zack mal eben im Vorbeigehen auszuquetschen. Nein, Faye Duncan war eher der Typ, mit dem man sich vorstellen konnte, Pferde stehlen zu gehen. Sie wirkte handfest, mit beiden Beinen im Leben stehend und schaute mich mit einem offenen, herzlichen Lächeln an. »Wo darf ich, Mrs Alexander?«, hatte sie gefragt und eine ausladende Armbewegung in Richtung unserer Sitzgarnitur gemacht.

»Wollen wir nicht auf die Terrasse hinausgehen? Das Wetter ist so schön«, hatte ich vorgeschlagen.

Ich bot ihr einen Drink an, aber sie fragte, ob ich nicht vielleicht eine Tasse Tee für sie hätte. Tee. Gute Idee! Ich liebe Tee, denn er verströmt für mich die Aura von Gemütlichkeit, Vertrautheit, Ruhe. Natürlich, einen Moment, ich würde Tee zubereiten.

Als ich zurückkehrte, hatte sie ihren aufgeklappten Laptop auf den Tisch gestellt und war dabei, meine pastellfarbenen Zwergrosen zu beschnuppern, die ich auf der Balustrade in tiefen Kästen eingepflanzt hatte. »Sie riechen nach nichts«, sagte sie bedauernd, als sie mich bemerkte.

»Es ist wohl noch nicht geglückt, sie gleichzeitig klein und duftend zu züchten«, antwortete ich und merkte, dass sie jene Enttäuschung teilte, die auch ich empfunden hatte, als die Miniaturschönheiten in kleinen Töpfen reich blühend bei uns angekommen waren.

Völlig unverkrampft setzte sie sich mir gegenüber, nahm ihre Teetasse in beide Handflächen und sah mit einem verschmitzten Lächeln zu mir herüber. »Wollen wir?«

»Von mir aus kann es losgehen. Was möchten Sie wissen?«

»Alles!«

»Wirklich alles? Haben Sie denn so viel Zeit mitgebracht?«

»Ich habe alle Zeit der Welt für eine gute Geschichte. Ich meine … das ist doch der Hammer, wie Sie alle ausgetrickst haben. Auf *die* Idee muss man erst mal kommen.«

»Ich gestehe, es war nicht meine Idee. Ich habe mich bedient … an einer sehr alten Geschichte.«

Sie stellte ihre Tasse mit so viel Schwung auf den Tisch, dass ein paar Spritzer heraussprangen, schillernd auf dem geölten Teak des Tisches liegen blieben wie kleine Perlen, beugte sich vor und stemmte ihre Hände auf die Knie. »Wow! Um ehrlich zu sein, hatte ich gehofft, mit mehr als nur einem Interview zurückzukehren. Ich liebe alte Geschichten. Keine Ahnung, ob es Sie interessiert, aber ich habe schon eine geschrieben, die sogar als Buch auf dem Markt ist. Wenn Sie mögen … ich habe immer ein, zwei Exemplare dabei …«

Sie bückte sich, holte ein dickes Taschenbuch aus ihrem voluminösen Rucksack, legte es zwischen uns und strahlte mich an. »Schenke ich Ihnen.«

Dieses Interview schien einen ganz anderen Verlauf zu nehmen, als ich es mir vorgestellt hatte. Ich meine, sie kam immerhin von einem höchst seriösen Wirtschaftsmagazin und diese Leute haben doch erfahrungsgemäß nie wirklich Zeit. Eine halbe, vielleicht eine Stunde hatte ich dafür eingeplant. Aber ich konnte mich des Eindrucks nicht erwehren, dass diese Sache hier heute erheblich länger dauern würde, und muss sagen, es war mir merkwürdigerweise überhaupt nicht unangenehm. Gespannt nahm ich das Buch in die Hand, drehte es um und las den Umschlagtext.

»Danke schön! Das klingt aufregend; ich werd's lesen. Aber Sie haben mir verschwiegen, dass ich es mit einer Schriftstellerin zu tun bekomme … Sie werden mir erklären müssen …«, begann ich überrascht, und sie fiel mir mit einer lässigen Handbewegung ins Wort: »Oh, nichts Besonderes! Mein Hauptarbeitgeber vom ›Cornish Telegraph‹ hat es zunächst als Fortsetzungsgeschichte abgedruckt und … na ja, es kam gut an, sodass es nun eben auch zwischen zwei Buchdeckeln erhältlich ist.«

Von wegen »nichts Besonderes«! So, wie ihre Wangen glühten, war es für sie ganz sicher etwas Besonderes. Typisch britisches Understatement? Was war hier los? In welcher Absicht kam sie wirklich? »Ich dachte, Sie schreiben für dieses Business-Magazin?«, fragte ich leicht irritiert und spürte, wie Misstrauen in mir aufkeimte.

»Stimmt! Allerdings veröffentliche ich dort nur Gastartikel mit sehr speziellen Storys. Ihre scheint sogar *höchst* speziell zu sein, deshalb hat man mich geschickt. Aber um die Zweifel zu beseitigen, die ich Ihnen an der Nasenspitze ansehen kann …« Sie kramte erneut in dem gewaltigen Rucksack, zog zwei Presseausweise heraus und schob sie mir hin. »Okay?«

»Okay!«, bestätigte ich nach einem flüchtigen Blick, konnte mir aber einen weiteren Einwand nicht verkneifen: »So, wie Sie mich anschauen, muss ich ja beinahe befürchten, dass Sie auch aus meiner Story eines Tages ein Buch machen.«

»Das Risiko gehen Sie natürlich ein«, erwiderte sie mit einem charmanten Nicken. »Allerdings versichere ich Ihnen hoch und heilig, dass ich niemals etwas veröffentlichen würde, wozu Sie nicht Ihren Segen gegeben haben. Mögen Sie trotzdem weitererzählen?«

Jetzt lachte sie so ungezwungen, so ansteckend, dass sich meine letzte Befangenheit verflüchtigte wie Zigarettenrauch im Wind. Das übliche Frage-Antwort-Spiel, das ich nach meiner Einführung eigentlich jetzt erwartet hätte, fand nicht statt. Sie blickte mich nur aufmerksam an und ermunterte mich ein weiteres Mal: »Ich bin gespannt und ganz Ohr. Wie ging es weiter? Wie fühlten Sie sich? Erzählen Sie es einfach so, wie es Ihnen in Erinnerung ist.«

Ich räusperte mich, schloss kurz die Augen und spürte, wie erstaunlich wenig Mühe es mir bereitete, mich gedanklich an jene unseligen Sommertage im vergangenen Jahr zurückzuversetzen. Die ersten einleitenden Worte kamen noch zögerlich über meine Lippen – immerhin würde ich gleich einen erheblichen Wust von Emotionen vor einer vollkommen Fremden ausbreiten. Doch schließlich fasste ich mir ein Herz und es sprudelte nur so aus mir heraus.

3

LONDON, AUGUST 2011 – DIE BEGEGNUNG

Ich bemühte mich während dieser hochsommerlichen Tage, meiner neuen Rolle als Hausfrau, Mutter und zierendem Beiwerk meines beruflich so erfolgreichen Ehemannes gerecht zu werden und der Lage positive Seiten abzugewinnen. Immerhin hatte ich unendlich viel freie Zeit gewonnen. Ein Zustand, den ich seit Jahren nicht mehr erlebt hatte. Minutengenau durchgetaktete Pläne. Das war es, was ich kannte, womit ich mich arrangiert hatte. Was tut man einen ganzen einsamen Vormittag lang, wenn der Filius seinen Spaß in der Schule hat, die Perle einem jede Hausfrauenpflicht abnimmt, der Gärtner den Rasen schon vor dem Frühstück in einen samtgrün leuchtenden Teppich verwandelt und jede welke Blüte im verschwenderischen Blumenmeer entfernt hat?

Verdammt, nein! Ich konnte es nicht genießen, mich lang ausgestreckt auf den ergonomischen Liegen am glitzernden Pool in der Sonne zu aalen, konnte mich auf die Romane, die ich eigentlich so gern schon lange gelesen hätte, nicht richtig einlassen, fühlte eine innere Unruhe, die mir ständig sagte, ich vertrödelte Zeit. Entspannen? Fehlanzeige! Ich kam einfach nicht runter. Mancher würde jetzt behaupten, ich hätte ein Luxusproblem gehabt. Meine Freundinnen, allesamt reichlich eingespannte, berufstätige Frauen, lachten mich aus und behaupteten, sie beneideten mich. Für mich aber war es pure Folter, denn ich war plötzlich unnütz geworden. Ich ertappte mich dabei, aus lauter Langeweile viel zu häufig am Kühlschrank vorbeizuschauen. Das kannte ich. Immer schon war ich ein Frustfresser gewesen und wunderte mich nicht, dass der Zeiger meiner alten Waage, die ich jahrelang nicht hatte benutzen müssen, zusehends Rechtsdrall bekam. Dagegen war schleunigst anzugehen! Folglich ließ ich mich jetzt allmorgendlich auf dem Tennisplatz blicken und frischte mithilfe eines sehr geduldigen jungen Trainers meine eingerosteten Fähigkeiten etwas auf. Immerhin: *ein* fester Vormittagstermin.

Mathew betrachtete mich mit Sorge. Die Falte über seiner Nasenwurzel wurde zum Dauerbegleiter. Meine Laune war vermutlich unerträglich für die Familie, und ich begann, mich selbst einfach nur noch abscheulich zu finden. Sogar Tim, der sich anfangs so gefreut hatte, endlich mehr von mir zu haben, schaute mich neuerdings so merkwürdig verunsichert von unten herauf an. Immer häufiger ging er mir regelrecht aus dem Weg und verschwand meist schon gleich nach der Schule zu irgendwelchen Freunden in der Nachbarschaft. Ein Fakt, der mich nur noch mehr nervte, denn ich spürte, dass er schon ganz gut ohne mich zurechtkam. Geradezu leidenschaftlich verbiss ich mich in den scheußlichsten Ängsten, was meinem Sohn auf den paar Hundert Metern Fußweg entlang der stillen, wenig befahrenen Straßen unserer Villenwohngegend alles würde widerfahren können. Vermutlich suchte ich dringend nach irgendeiner Form von Verantwortung, die ich ernst nehmen müsste.

Viel Zeit verbrachte ich damit, mich nach einem neuen Job umzusehen. Meine Verbindungen im Freundes- und Bekanntenkreis berechtigten durchaus zu Hoffnung – nur jetzt, gerade zurzeit sähe es leider schlecht aus. Anfang des kommenden Jahres vielleicht … Ich möge doch schon mal initiativ tätig werden, meine Unterlagen da und dort einreichen, mir bis dahin einen schönen Lenz machen und Kräfte tanken. Nötig hätten wir es doch nicht, Mathew verdiene doch nun weiß Gott genug. Ich gebe zu, manchmal fiel es mir schwer, bei solchen Sprüchen höflich zu bleiben.

Überdies erhielt ich zahlreiche Nachrichten von Headhuntern, nachdem ich mich in den einschlägigen Netzwerken als verfügbar geoutet hatte. Mit drei dieser karriereboostenden Wesen traf ich mich sogar, checkte meine Chancen, ließ mich inquisitorisch auf Tauglichkeit inspizieren und ging exakt drei Mal wütend an die Decke, als man mir freudestrahlend mitteilte, ich hätte doch super Aussichten, denn man suche dringend eine Frau, um die von Premier David Cameron angestrebte Frauenquote von 25 Prozent in börsennotierten Unternehmen möglichst schnell zu erreichen.

O nein! Ich wollte weder trotz noch wegen meines Geschlechts in Lohn und Brot genommen werden. Ich wollte mit Leistung und Kenntnissen überzeugen! Allein dieser Begriff »Frauenquote« – in manchen EU-Nationen, anders als in England, sogar bereits gesetzlich festgeschrieben – war immer schon ein rotes Tuch für mich gewesen. Impulse von Regierungsseite begrüßte ich zwar grundsätzlich, dennoch war ich davon überzeugt, dass nur ein einvernehmliches Hand-in-Hand-Arbeiten von Wirtschaft und Politik zu einem echten Kulturwandel führen konnte. Von oben aufgezwungene Vorgaben ohne vorurteilsfreie Akzeptanz konnten unmöglich den Weg zu einer selbstverständlichen Anerkennung der Leistung von Frauen ebnen.

Obwohl Mathew derselben Auffassung war und mir größtes Verständnis entgegenbrachte, spitzte sich die Lage zwischen uns von Tag zu Tag mehr zu. Als wir beide noch voll eingespannt gewesen waren, hatten wir die wenige gemeinsame Zeit nutzen und wie eine Kostbarkeit schätzen können. Wir hatten uns gegenseitig unseren Tagesstress geschildert, gute, lange Gespräche geführt, für manches gemeinsam Lösungen erdacht, waren uns gegenseitig eine Stütze gewesen, hatten uns, wann immer sich die Möglichkeit bot, auf das zurückgezogen, was wir »unsere Insel der Liebe« nannten, neue Energie aus den schönen Momenten geschöpft und jede Minute miteinander bewusst genossen.

Jetzt war alles anders. Mathew hatte wie üblich reichlich um die Ohren und hätte sich gefreut, in mir einen Ruhepol finden zu können, wenn er spätabends ziemlich erschlagen heimkam. Aber was er nun vorfand, war keine entspannte, vergnügte Ehefrau, sondern ein schlecht gelauntes, unzufriedenes Nervenbündel. Dass nicht Über-, sondern Unterforderung fast zu einer Ehekrise geführt hätte, mag eine erstaunliche, aber vielleicht doch auch nachvollziehbare Tatsache sein.

Beinahe hätte ich in diesem finsteren Stimmungstief sogar den Fehler begangen, mich aus einer Einladung herauszuwinden, die, wie sich herausstellen würde, der Wendepunkt in meinem Leben werden sollte. Ich sträubte mich tagelang nach Kräften, erfand allerlei plumpe Ausreden, benutzte an jenem Nachmittag vor der Festlichkeit sogar den Klassiker Migräne zur Ausflucht. Und schämte mich ein bisschen, Mathew so dämlich ins Messer laufen lassen zu wollen.

Am Ende griff er durch. »Schluss jetzt, Robin! Mir ist diese Veranstaltung wichtig. Ich würde dich bei solch einer Gelegenheit niemals im Stich lassen. Ich bitte dich weder, den Mount Everest ohne Sauerstoffgerät zu besteigen, noch in eine Grube mit ausgehungerten Löwen zu springen. Ich möchte lediglich, dass du mich zu einem sicherlich sehr angenehmen Sommerfest bei einem meiner wichtigsten, einflussreichsten Klienten begleitest. Du hast keine Migräne. Sieh zu, dass du dich umziehst!«

Wow! So deutlich wurde er selten. Ich begriff endlich, dass ich gerade auf einer Rasierklinge spazierte und besser klein beigab.

* * *

Unser Ziel lag etwa dreißig Meilen außerhalb der Stadt. Wir fuhren auf wenig belebten Landstraßen durch einen Bilderbuch-Sommerabend mit wolkenlos blauem Himmel, wie ihn kein Impressionist schöner hätte malen können. Der Duft von Weizenmahd wehte zu uns herüber, Staubschwaden waberten gemächlich hinter Dreschmaschinen, zerfaserten in der lauen Luft, umhüllten die sanften Hügel der lieblichen Landschaft mit gleichmäßigem Dunst, zeichneten jede Kontur weicher.

Wir hatten den 1960er Aston Martin genommen und das Verdeck offen gelassen. Der kleine, flache Zweisitzer mit seinen silbrig blitzenden Speichenrädern war ein Erbstück in näselnd vornehmem »British Racing Green«, das ein unlängst verstorbener Onkel mütterlicherseits Mathew vermacht hatte. Sein »ganzer Stolz«, wie Mathew es auszudrücken pflegte, was ihm stets einen empörten Seitenblick von mir einbrachte, den er regelmäßig grinsend mit »Neben dir natürlich!« ergänzte. Das kleine Geplänkel war ein Spielchen zwischen uns geworden. Normalerweise nahm es keiner ernst.

Noch vor zwei Stunden wäre ich allerdings gar nicht sicher gewesen, ob dieser Zusatz momentan tatsächlich noch von ihm gekommen wäre. Die Erkenntnis, im Begriff zu sein, mit meiner Missmutigkeit und ewigen schlechten Laune all das zu riskieren, was mir doch im Grunde das Wichtigste sein sollte, hatte mich endgültig übermannt, während ich in meinem Ankleidezimmer vor dem Spiegel stand, Kleid um Kleid probierte und verwarf. Ich wusste, ich würde mir Mühe geben müssen, Mathew endlich einmal wieder positiv aufzufallen, und hatte am Ende das gewagte rote Dior-Cocktailkleid gewählt. Gott sei Dank kaschierten die clever gearbeiteten Raffungen diese fiesen kleinen Röllchen auf den Hüften, die ich mir während meiner extremen Frustphase angefuttert und noch längst nicht wieder ganz wegtrainiert hatte. Der fließende Seiden-Stretchstoff tat ein Übriges, dass ich mich nicht fühlte wie die Wurst in der Pelle. Ein knapper Bolero würde die nackten Schultern am Abend schützen, die zum Kleid passenden Pumps waren verhältnismäßig bequem. Ich war zufrieden mit meinem Outfit und bemerkte jetzt, dass Mathew mir ab und zu anerkennend unter seiner Sonnenbrille zublinzelte. Eine unsichtbare Eiswand schmolz in mir, und ich tat etwas, das ich unterwegs immer gern getan, aber wochenlang vergessen hatte: Ich griff nach seiner Linken, schmiegte meine Wange an den Handrücken und schloss die Augen. Ein feiner Duft von Vetiver stieg mir in die Nase. Dieser Duft, den er immer schon benutzte, der an ihm so besonders, so unwiderstehlich wirkte und für mich ein Synonym geblieben war für die vielen leidenschaftlichen Stunden unserer ersten Monate. Ich musste lächeln und sah zu ihm hinüber.

»Wieder bei mir, Fröschlein?«

Ich nickte. »Es tut mir so leid, Mathew! Ich war unerträglich, stimmt's?«

»Ziemlich. Aber ich kann dich ja verstehen.«

Wir hatten unseren Zielort erreicht, Mathew musste runterschalten, aber er ließ meine Hand nicht ganz los. Er hatte also meinen zaghaften Annäherungsversuch so verstanden, wie er gemeint gewesen war. Mir fiel ein Stein vom Herzen und plötzlich freute ich mich auf den Abend.

Eine schattige Allee führte uns direkt in den Innenhof von Ayot Hall, feiner weißer Kies knirschte unter den Rädern.

»Eines der diversen Landhäuser, die der weit verzweigten Familie Thornton über ganz England verstreut gehören«, erklärte Mathew, während er den kleinen Aston Martin in eine winzige Parklücke zwischen zwei der vielen bereits abgestellten Nobelkarossen quetschte und den Wagenschlüssel aus dem Zündschloss zog. »Dieses Anwesen stammt, soweit ich weiß, aus dem späten 17. Jahrhundert, hat x-mal den Besitzer gewechselt und wurde mehrfach mit Um- und Anbauten verändert.«

»Das sieht man«, bemerkte ich und rümpfte ein bisschen die Nase. »Unterwegs ist den Hausherren anscheinend vor lauter Begeisterung, ausgeprägtem Hang zum Protzen oder beidem zusammen das Gefühl für Symmetrie und Stil etwas verloren gegangen. Schau dir das an, Mathew! Eklektizismus pur. Dort im Zentrum, das scheint der Ursprungsbau zu sein. Meterdicke Natursteinmauern, Zinnen, Türmchen, reichlich Schornsteine, steinerne Kreuze auf jeder Ecke, Sprossenfenster. Die reinste Trutzburg. Dazu dann dieser luftige Rokokoanbau rechts, der fast an das preußische Sommerschloss Sanssouci erinnert. Und auf der anderen Seite … das wirkt ja wie Bauhausarchitektur für Industrieanlagen. Also … ich muss sagen, ich find den Kasten ziemlich scheußlich. Harmonisch oder gar schön ist er jedenfalls nicht.«

»Nee«, lachte Mathew, »schön nicht. Aber zusammen mit den ausgedehnten Ländereien – zumal hier, im Londoner Speckgürtel – ein kaum schätzbares Vermögen wert. Die Familie ist seit Generationen sehr betucht. Jetzt gehört sie zu den wohlhabendsten des gesamten Königreichs.«

Wie mochten sie sein, diese Superreichen? Ich war gespannt und öffnete vorsichtig die Wagentür. Mehr als Spaltbreit war allerdings in der engen Parklücke nicht möglich.

»Mathew?«

»Ja, Schatz?«

Ich bückte mich, demonstrativ im Begriff, meine Schuhe abzustreifen, und grinste ihn von unten herauf an. Sein verständnisloser Gesichtsausdruck war herrlich. »Mathew, soll ich versuchen, übers Heck rauszuklettern, oder setzt du noch mal zurück? Ich komm hier nicht raus.«

Seine Miene erhellte sich, ein amüsiertes Flackern glitt über seine Züge. Die lange beobachtete Stirnfalte war verschwunden. »Guckt ja gerade keiner, und für dich, mit deinen endlos langen Beinen, wahrscheinlich nur ein einziger beherzter Schritt … Aber okay, lass die Pumps an.«

Der Schlüssel drehte sich im Schloss. Das Auto sprang nicht an. Es machte nur »klack«.

»Ach du Sch…! Was hat er denn?«

Mathew versuchte es erneut. »Klack.«

»Uff. Anlasser oder Magnetschalter, schätze ich mal.«

»Bedeutet was?«

»Dass du doch wirst klettern müssen.«

»Okay, kein Problem. Aber was wird heute Nacht sein? Wie kommen wir aus dieser gottverlassenen Gegend wieder heim?«

»Jedenfalls nicht mit diesem Auto. Ich halte es für höchst unwahrscheinlich, dass man hier Ersatzteile für uralte Aston Martins hortet. Aber komm, lass uns erst mal den Abend genießen. Irgendeine Rückfahrgelegenheit wird sich schon finden und ich lasse ihn dann morgen vom Automobilclub in die Werkstatt schleppen.«

Eine Minute später empfing uns ein ausgesucht höflicher, livrierter Bediensteter in der riesigen, blumengeschmückten Eingangshalle. Mit einer tiefen Verbeugung nahm der Mann unsere Einladungskarte entgegen und bat uns, ihm zu folgen. An Mathews Arm schritt ich über ein pastellfarbenes Fliesenmosaik und schaute mich begeistert um. So hässlich das Gebäude auch von außen wirkte, im Innern hatte man Geschmack bewiesen. Die kunstvollen Wand- und Deckenvertäfelungen, die hier so typisch für derartige alte Gemäuer sind, erschlugen den Betrachter nicht etwa mit Düsterkeit, sondern strahlten

Gediegenheit und Wärme aus. Das Altertümliche hatte jemand geschmackvoll mit erlesenem modernen Mobiliar kombiniert und auf diese Weise eine Atmosphäre heiterer, ja, familiärer Gemütlichkeit geschaffen, in der ich mich sofort wohlfühlte.

Vom Entree führte ein direkter Zugang in den zauberhaften lichtdurchfluteten Rokokoanbau, der zahllosen, teils deckenhohen Pflanzen ideale Bedingungen bot. Sattgrüne Palmen bildeten den reizvollen Hintergrund für wuchtige Oleanderbüsche, Passionsblumen und Orangenbäumchen. In kunstvoll angelegten Becken, die von herrlichen Orchideen gesäumt wurden, blühten Teppiche von Seerosen verschiedenster Größen und Farben. Berauschende Düfte erfüllten die warme Luft, alle Türen zum offensichtlich sehr weitläufigen Park standen offen. Sanft fiel die gepflegte Rasenfläche zu einem baumbestandenen Flüsschen hin ab, das in der milden Abendsonne funkelte. Dort hatte man eine ganze Reihe weißer Pavillons aufgebaut. Musik und ausgelassenes Gelächter drangen zu uns herüber. Der Livrierte wies dorthin, wünschte uns einen angenehmen Abend und empfahl sich.

Überaus herzlich fiel die Begrüßung durch unsere Gastgeber Lionel und seine Gattin Cora aus. Offenbar verband Mathew mit seinen Klienten ein freundschaftliches Verhältnis. Man ging wenig förmlich miteinander um und sofort ergab sich ein angeregtes Gespräch über Gott und die Welt, die Kinder, das Wetter, ja, sogar über meine eigene berufliche Situation, von welcher Mathew zu meinem Erstaunen offenbar berichtet hatte. Cora jedenfalls, eine quirlige zierliche Blondine mit entwaffnendem Charme, ereiferte sich fürchterlich über die Dummheit meines ehemaligen Arbeitgebers, eine hervorragende Mitarbeiterin wie mich ziehen zu lassen. Dazu erklärte sie mich einfach, ohne auch nur die Spur einer Ahnung von meinen Qualifikationen zu haben. Sie hakte mich unter, steuerte flotten Schrittes auf das einladende Buffet zu und sprach so völlig unbefangen, als wären wir seit Ewigkeiten beste Freundinnen. Ich mochte sie auf Anhieb, hieb sie doch mit ihrer Empörung genau in jene Kerbe, in die auch ich allzu gerne schlug. Cora wollte alles genauer wissen, und bei ihrer glaubwürdigen Anteilnahme konnte ich gar nicht anders, als meine Zunge zu lockern, und gab bereitwillig Auskunft.

»Man sollte eigentlich denken, in unseren modernen Zeiten wäre die Gleichbehandlung der Geschlechter endlich angekommen, aber als Frau hat man es eben auch heutzutage oft nicht leicht …«, schloss ich meinen detaillierten Bericht.

»Grundsätzlich sehe ich das genauso«, stimmte Cora zu. »Aber wir haben hier im Hause den lebendigen Gegenbeweis. Sie müssen Margaret unbedingt kennenlernen, Großtante meines Mannes und uneingeschränkte Herrscherin über den Konzern. Unsere Matriarchin.« Sie wies mit einer Handbewegung in Richtung der Pavillons. »Schauen Sie, Robin, dort drüben sitzt sie und hält Hof. Essen Sie erst mal tüchtig und … stopp, mein Freund …«, Cora bremste einen vorbeieilenden Kellner, der ein Tablett mit vollgeschenkten Champagnergläsern balancierte, »… und trinken Sie mit mir! Später stelle ich Sie vor.«

Unsere Gläser klirrten, mein Teller füllte sich mit ausgesuchten Köstlichkeiten, Mathew hatte ich längst aus den Augen verloren, und Cora zog mich beiseite auf eines der steinernen Bänkchen unter einem gewaltigen Azaleenbusch. »Hier ist es ein bisschen ruhiger. Drüben in dem Gewimmel versteht man ja sein eigenes Wort kaum. Wenn Sie nichts dagegen haben, leiste ich Ihnen Gesellschaft und überlasse es Lionel und Margaret ein Weilchen, sich um die anderen Gäste zu kümmern.«

Mit einem verlegenen Lächeln streifte sie ihre schwindelerregend hohen Pumps von den Füßen und dehnte wohlig die malträtierten Zehen. »Eigentlich ist man als Gastgeberin immer schon vor Beginn einer Party fix und fertig«, erklärte sie, »und dann muss man auch noch stundenlang stehen und vergnügt aussehen. Ich bin froh, mich mal einen Moment mit Ihnen ausklinken zu können. Guten Appetit! Essen Sie in Ruhe.«

Das tat ich und spürte, dass auch ich mich langsam entspannte. Der prickelnd trockene Champagner, die leckeren Speisen, der Blick aus der Entfernung auf die Gäste, die jetzt zu flotter Musik tanzten, Bedienstete, die überall aufgestellte Fackeln entzündeten, die hereinbrechende Nacht, die den Park in sanftes Dämmerlicht zu hüllen begann, der feine Nebelhauch, der sich über dem träge dahinfließenden Flüsschen bildete.

»Wundervoll haben Sie es hier, Cora«, sagte ich und bemerkte, dass ich fast flüsterte, um die Stimmung nicht zu zerstören.

»Dafür haben Generationen von Frauen dieser Familie gesorgt. Und ich führe die Tradition nach Kräften fort. Aber von außen ist es scheußlich, nicht wahr?«

Ich drehte mich mit einem Ruck zu ihr um. »Ich muss zugeben, das war auch mein erster Eindruck. Aber kaum hat man das Haus betreten, entfaltet es eine ganz besondere, zauberhafte Atmosphäre. Besonders gut gefällt mir dieser luftig-leichte Trakt, der eine detailgetreue Kopie eines Flügels von Schloss Sanssouci in Potsdam zu sein scheint.«

»Stimmt! Genau dorthin hat die Bauherrin den fantasielosen englischen Architekten gescheucht, um die Idee zu klauen. Man erzählt sich in der Familie, Francis habe den armen Mann beinahe in den Wahnsinn getrieben mit ihrer Liebe zu kontinentaler Architektur. Früher beherbergte der Trakt zahllose Gästezimmer. So viele braucht doch heutzutage kein Mensch mehr. Alle Welt ist mit Autos unterwegs, London ist nur noch eine drei Viertel Fahrstunde entfernt. Damals, in alten Zeiten, muss es eine halbe Tagesreise mit der Kutsche gewesen sein. Da brachte man seine Gäste noch über Nacht unter. Ich fand es irgendwann völlig unsinnig, beinahe zwei Dutzend unbenutzte Zimmer ständig nur abstauben zu lassen, und weil ich meine große Leidenschaft für die Botanik mit Margaret teile, ließen wir vor ein paar Jahren kurz entschlossen die Zwischenwände herausbrechen und den Anbau in ein Gewächshaus umgestalten.«

»Es ist wundervoll! Übrigens geben Sie mir ganz nebenbei das richtige Stichwort. Uns hat nämlich auf Ihrem Parkplatz gerade eine Autopanne ereilt. Mathews alter Aston Martin hat uns zwar brav hierhergebracht, aber vorläufig anscheinend seinen letzten Schnaufer getan. Er springt nicht mehr an, und wir wissen noch nicht so recht, wie wir wieder nach Hause kommen. Wahrscheinlich werden wir ein Taxi brauchen.«

»Oh Robin, machen Sie sich deshalb keine Sorgen!«, meinte sie. »Ich werde eine Mitfahrgelegenheit für Sie arrangieren. Jetzt möchte ich Sie allerdings Margaret vorstellen. Wenn sie Sie mag – und ich kenne sie gut genug, um das zu vermuten –, wird der passende Job ganz schnell in greifbare Nähe rücken. Sie müssen wissen, auch mit ihren beinahe neunzig Jahren hält sie die Fäden des Unternehmens noch fest in der Hand und hat weitreichende Verbindungen.«

Cora nahm meinen Arm und wir schlenderten auf die Pavillons zu.

»Setzen Sie sich einen Augenblick, Robin. Ich möchte Margaret aus dem Wust von Gästen loseisen und sie kurz vorinformieren. Dauert nicht lange. Bitte nicht weglaufen, ja?«

Ich nickte und sah ihr nach, wie sie zwischen den Tischen verschwand. Von Mathew nirgends eine Spur. Eigentlich gemein von ihm, mich einfach so bei Cora abzuliefern und sich zu verdrücken. Jetzt hätte ich seine Unterstützung wirklich gut gebrauchen können, denn ich fühlte mich furchtbar allein gelassen zwischen all den unbekannten Menschen und mir war ziemlich mulmig. Die Situation erinnerte mich an die langen Minuten kurz vor meiner Abschlussprüfung, als ich genauso einsam zwischen Dutzenden von Kommilitonen im Gang meiner Universität gewartet hatte, bis man mich hereinrief. Dort war jeder auf sich konzentriert gewesen. Es hatte kein Trubel, sondern absolute Stille geherrscht. Und doch war es sehr ähnlich, denn ich blendete heute wie damals alle Geräusche um mich herum aus, horchte nur auf meinen beschleunigten Herzschlag, bemerkte, wie meine Handflächen feucht und dieses flaue Grimmen im Magen immer deutlicher wurden. Ich realisierte, dass mich die Prüfungsangst gepackt hatte. Jene Angst, die mich sehr gern überkam, wenn eine fremde Herausforderung bevorstand, und stets dazu beitrug, dass ich mich deswegen wieder einmal nur halb so gut verkaufen würde, wie ich tatsächlich war.

Eine Matriarchin hatte Cora Margaret Thornton genannt. Das klang ehrfurchtsvoll. Königlich. Cora schien zwar Respekt, jedoch keine Angst vor ihr zu haben. Aber immerhin war die ja auch ein Familienmitglied und keine Wildfremde auf Jobsuche. Wenn sie mich mochte, würde sie etwas für mich tun können. Herrgott, wie sollte ich mich bloß benehmen, *damit* sie mich mochte?

»Robin?«

Ich schreckte auf. »Ja?«

»Margaret empfängt Sie jetzt. Und bitte, schauen Sie doch nicht wie ein Kaninchen, das vor der Schlange sitzt. Sie frisst niemanden. Bleiben Sie völlig natürlich. Dann wird sie Sie schnell in ihr Herz schließen. Nur keine Maske aufsetzen, nur nicht verstellen. Das würde sie sofort merken.«

»Sie spüren meine Nervosität, Cora?«

Sie lachte. »Sicher! Aber die ist völlig unnötig. Führen Sie mit ihr ein Gespräch von Frau zu Frau und alles wird gut.«

Sie war beeindruckend. Und ja, der Begriff »königlich« passte zu der silberhaarigen Dame in pastellblauer Wildseide. Allein die für ihr hohes Alter ungemein straffe Haltung, der gleichzeitig selbstbewusste und doch liebenswürdige, vollkommen unvoreingenommene Ausdruck in ihren hellwachen, blauen Augen, der erstaunlich feste Händedruck nötigten mir

Respekt ab. Margaret Thornton war für mich auf den ersten Blick das, was ich mir unter einer »Grande Dame« vorstellte.

»Setzen Sie sich zu mir, Mrs Alexander, und erzählen Sie mir. Cora, Kind, besorg uns noch etwas zu trinken. Vielleicht brauchen wir etwas Starkes?« Mrs Thornton zwinkerte mir zu.

»Bin schon verschwunden, Margaret.«

Die alte Dame musterte mich von der Seite. Lange. Ich wagte nicht, richtig aufzusehen, wagte kaum zu atmen, fühlte mich unwohl. Aus dem Augenwinkel nahm ich nämlich wahr, wie sie hin und wieder den Kopf schüttelte, sich mit dem Zeigefinger gegen die Wange klopfte, dann wieder nickte. Es kam mir vor, als brüte sie über einer Idee. Hoffnung keimte in mir auf. Vielleicht betrachtete sie mich so eingehend, weil sie versuchte, sich eine Vorstellung zu machen, wo sie mich unterbringen konnte? Dazu hätten ihre gemurmelten Worte gepasst: »Sie könnte die Richtige sein.«

Aber wieso, um Himmels willen, bemühte sie ein paarmal den altertümlichen Ausdruck »Schelmenstück«? Etwa so: »Ein schönes Schelmenstück. Ja, sie könnte es sein ... Ein herrliches Schelmenstück!«

Was mochte hinter der hohen, klugen Stirn der alten Dame bloß vorgehen? Ich starrte auf meine Hände, die ich gefaltet in den Schoß gelegt hatte, um meine Nervosität zu verbergen. Eine gefühlte Ewigkeit dauerte es, bis sie mich endlich wieder ansprach.

»Man hat Ihr Selbstbewusstsein geknickt, meine liebe Mrs Alexander! Wissen Sie, manchmal entdecke ich in meinem Garten abgeknickte Rosenknospen. Vielleicht war ein stärkerer Zweig, vielleicht ein Sturm der Missetäter. Haben Sie schon einmal versucht, eine Rose mit bloßer Hand zu pflücken? Nein? Es gelingt auch nicht so leicht, sie widersetzen sich, knicken vielleicht, die Energiezufuhr wird ihnen abgequetscht ... aber sie lassen sich nicht ohne Weiteres brechen. Ich habe Übung darin, solche armen Geschöpfe wieder aufzurichten und auf kräftigem Stängel zum Blühen zu bringen. Cora hat mir in groben Zügen berichtet, was Ihnen widerfahren ist, und ich gedenke, Ihnen unter die Arme zu greifen.«

Jetzt konnte ich aufsehen. Das Bild war so treffend, ich musste lachen. »Genau so ist es gewesen, Mrs Thornton. Man hat mir buchstäblich den Saft abzudrehen versucht. Für den Moment ist der Versuch ausgezeichnet gelungen. Ich habe nämlich seither das Gefühl zu verdorren.«

Sätze, die mir schon in dem Moment, als ich sie über meine Lippen kommen hörte, viel zu flapsig erschienen, waren einfach in der Welt. Ich räusperte mich, wollte relativieren, umformulieren, stotterte: »Also … ja … was ich meine …«

Margaret lachte lauthals. »Herrlich! Das trifft es doch. Versuchen Sie niemals, so etwas zurückzunehmen. Und nun berichten Sie mir von Anfang an, damit ich die Lage besser einschätzen kann.«

Sie hatte mir die Hand aufs Knie gelegt. Eine Vertraulichkeit, die ich gewöhnlich von Fremden nicht ohne Weiteres hinnehmen würde. Aber Margaret war mir schon in diesem Augenblick nicht mehr fremd. Genauso wenig wie Cora mir fremd gewesen war. Eine erstaunliche Familie!

Als ich fast geendet hatte, erschien Cora mit zwei Whiskygläsern in der Hand.

»Na? Habt ihr den nötig?«

»Ach wo, so aussichtslos ist die Lage nicht, aber gib ihn her, Cora. Es wird langsam kühl hier draußen, er wird uns wärmen.«

»Soll ich dir eine Stola bringen, Margaret?«

Die alte Dame prostete mir zu und leerte das Glas in einem Zug. »Einer allein wärmt definitiv nicht genug, Kind«, mäkelte sie.

»Mehr als einen erlaubt dir aber der Doktor nicht«, mahnte Cora und Margaret winkte mit einem resignierten Seufzen ab.

»Angesichts dieser freudlosen Reglementierungen zöge ich es dann eigentlich vor, mit Mrs Alexander ins Haus zu wechseln. Hilfst du mir ein wenig?«

Sie schienen ein eingespieltes Team zu sein. Mit geschickten Handgriffen half Cora ihr aus dem Korbstuhl, reichte einen Gehstock an und winkte mir, ihnen zu folgen. Margaret schritt genauso kerzengerade durch die Reihen grüßender Gäste, wie sie im Sessel aufrecht gesessen hatte. Dennoch ahnte ich, dass sie unter großen Schmerzen leiden musste. Ein leichtes Hinken, ein unterdrücktes Stöhnen verrieten, es konnte nur eiserne Disziplin sein, die den Eindruck einer noch immer überaus starken, ungebeugten Persönlichkeit vermitteln sollte.

Kaum hatten wir das Haus erreicht, waren unbeobachtet, erwies sich meine Befürchtung als richtig. Anscheinend befand Margaret es nicht für nötig, mir etwas vorzumachen, denn der Seufzer, den sie ausstieß, als Cora sie auf einer ausklappbaren Sitzgelegenheit in dem kleinen Aufzug platziert hatte, kam unüberhörbar.

»Die Lendenwirbel, Mrs Alexander. Knochen reibt auf Knochen. Man hat mir die schrumpeligen Überreste meiner Bandscheiben herausoperiert, versucht, das Ganze ordentlich zu verschrauben. Nun ächzen sämtliche Scharniere oberhalb dieser versteiften Stelle, und ich fürchte, eines nach dem anderen wird schlappmachen. Die Ärzte scheinen zu vergessen, dass der Mensch bestenfalls für vierzig, fünfzig Jahre im aufrechten Gang geschaffen ist. Danach beginnt er marode zu werden und alle Medizinforschung hat den wahren Jungbrunnen noch nicht erfunden.« Margaret hob den Zeigefinger und zwinkerte mir verschwörerisch zu. »Sie werden es auch noch zu spüren bekommen. Wenn der Körper nicht mehr so mitspielt, wie er soll, muss der Wille die Führung übernehmen, damit die Leute nicht glauben, sie hätten es mit einem alten Wrack zu tun statt mit einer Kriegsfregatte. Also immer schön den Schein wahren und zusammenreißen, solange jemand guckt, sonst nimmt Sie eines Tages niemand mehr ernst.«

»Dich werden die Leute immer ernst nehmen«, widersprach Cora, und mir flutschte zeitgleich die Bemerkung heraus, bei mir reiche ja offenbar schon aus, bloß eine Frau zu sein, um nicht ernst genommen zu werden.

»Papperlapapp. Hören Sie auf zu jammern, Mrs Alexander!«, fuhr sie mich mit gespielter (?) Empörung an. »Ich werde Ihnen von einer Frau erzählen, die es tausendmal schwerer hatte als Sie. Zu einer Zeit, als Frauen noch vollkommen rechtlos waren, hat sie nicht nur den Grundstein für unseren Familienzweig, sondern auch den für das heute so glänzend dastehende Firmenimperium gelegt. Sie werden sich noch wundern, was Frauen alles fertigbringen können.«

Wir hatten Mrs Thorntons Privatgemächer erreicht. Cora stieß die Tür zum Salon auf, schaltete das Licht an, und das Erste, was ich wahrnahm, war ein Frauenporträt über dem gewaltigen Kamin. Ich tippte auf ein Entstehungsdatum um die zweite Hälfte des 19. Jahrhunderts, denn es zeigte typische Eigenarten der realistischen Malerei, die nicht lediglich fotografisch naturgetreu jedes Detail festhielt, sondern sich auch stets auf das Abbilden ganz alltäglicher Situationen verlegt hatte.

Unter wolkenverhangenem Himmel erkannte man eine Bergkette über einer kargen Flussebene. Dort standen so viele ordentlich aufgereihte einfache Canvaszelte, dass sie sicherlich Tausenden Menschen Herberge geboten hatten. Herberge vermutlich für jene Menschen, die zu den Füßen der Porträtierten mit allerhand merkwürdigen Gerätschaften in den Händen an dem trägen, grauen Fluss arbeiteten, der das Tiefland durchschnitt? Und für die, welche auf langen Leitern in eine merkwürdig scharfkantig ausgehobene, Hunderte Fuß lange, tiefe Grube hinabstiegen, um was, ja, um *was* eigentlich zu tun? Männer. Überwiegend Männer. Aber auch einige tief gebückt am Ufer kauernde Frauen waren auszumachen. Wo mochte dieses Gemälde entstanden sein? Nirgends in Europa hatte ich jemals solch eine Landschaft gesehen.

Gegen das graubraune Hintergrundgetümmel, das den Betrachter förmlich den Schweiß der Arbeitenden riechen ließ, nahm sich die lebensgroß dargestellte Frauenfigur im Vordergrund geradezu wie eine Lichtgestalt aus. Kerzengerade saß sie auf einem edlen Braunen, in einer Hand hielt sie die Kandarenzügel, die andere hing leger herunter, umfasste eine Reitgerte. Das verschwenderisch volle, kastanienbraune Haar lugte zum Knoten geschlungen unter einem Reitzylinder hervor, um ihren Hals lag eng ein gefälteltes schneeweißes Plastron, ihre Schultern wirkten breit, als hätte sie in ihrem Leben schwer schuften müssen, die Taille unter der kurzen, azurblauen Jacke hingegen war bemerkenswert schmal geschnürt, so wie es damals üblich gewesen war. Zu meinem Erstaunen trug sie sandfarbene Breeches zu hohen, blauschwarz glänzenden Reitstiefeln und saß im Herrensitz. Die Gesichtszüge wirkten wettergegerbt, ein klein wenig herb, ja, beinahe eine Spur männlich in ihrer Kantigkeit, doch der volle Mund und die vollkommene Ebenmäßigkeit bildeten einen reizvollen, höchst femininen Kontrast und hoben diesen Eindruck umgehend wieder auf. Zweifellos, sie war eine außergewöhnliche Schönheit, und der Maler hatte es fertiggebracht, das Licht des offenbar einzigen Sonnenstrahls, der den wolkenverhangenen Tag durchdrang, ausgerechnet auf diese Frauengestalt zu projizieren. Ihre dunklen Augen schienen den Betrachter funkelnd herauszufordern. »Was kostet die Welt? Wer will es mit mir aufnehmen?«, schien sie mir zuzurufen. Ich war gebannt, fasziniert, und ich hörte mich laut sagen: »Wow! Was für eine Erscheinung!«

»Das ist meine Großmutter, Beatrice Ames«, ließ sich Margaret nicht ohne Stolz vernehmen. »Das Gemälde stammt aus dem Jahr 1860. Damals war sie sechsunddreißig Jahre alt.«

»Sie wirkt wie die uneingeschränkte Herrscherin über all das, was im Hintergrund zu sehen ist«, entfuhr es mir begeistert.

»O ja, das war sie auch. Allerdings gab es in ihrem Leben tiefe Täler. Ihr eigener Bruder schickte sie in die Verbannung. Ja, liebe Mrs Alexander, auch sie war eine gebrochene Rose. Doch Beatrice Ames war stark und eroberte sich ihre Position aus eigener Kraft.«

»Das ist aber absolut ungewöhnlich für eine Frau zu dieser Zeit!«, entfuhr es mir, und in diesem Moment ahnte ich bereits, dass Margaret Thornton mir etwas erzählen wollte, das mein eigenes Problem relativieren, womöglich sogar zu einer Nichtigkeit schrumpfen würde. Wie sonst hätte ich diesen Gesichtsausdruck der alten Dame deuten sollen, der zwischen geneigter Liebenswürdigkeit und einer gewissen beinahe schulmeisterlich belehrenden Verheißung changierte? Was erwartete mich? Wollte sie mich mit einer Parabel konfrontieren? Ich fühlte mich unter ihrem Blick, ihrem stummen Abwarten verunsichert, kramte nach meinen Kenntnissen, die rechtliche Situation von Frauen im viktorianischen Zeitalter betreffend, ordnete, was ich zusammensammeln konnte, und fragte: »Wie war das denn möglich, Mrs Thornton? Eine Frau in verantwortlicher Stellung? Das ging doch gar nicht. Selbst nach der englischen Wahlrechtsreform 1832 mussten Frauen erkennen, dass sich nichts, aber auch gar nichts für sie verbessert hatte und die Ausweitungen der Bürgerrechte wieder nur Männer betrafen. Ich weiß, dass sich erste Gruppierungen von Frauenrechtlerinnen bereits seit der Französischen Revolution formiert hatten, aber bei uns in England waren das doch bis zu den aufsehenerregenden Aktionen der Suffragetten lediglich zarte, wenig beachtete Pflänzchen. Wo konnte eine Frau sich denn so weit emporschwingen?«

»Sie haben recht, Mrs Alexander, die angestammte Rolle der Frau im damaligen Europa sah es gewiss nicht vor, führende Positionen zu bekleiden. Es sei denn, frau war durch Geburtsrecht und Erbfolge dafür vorgesehen, wie Königin Victoria, die sich allerdings auch nicht gerade dadurch hervortat, ihre Geschlechtsgenossinnen in puncto Gleichstellung zu unterstützen. Diesbezüglich war das viktorianische Zeitalter sogar ein besonders finsteres Kapitel. Aber Beatrice befand sich ja auch nicht in England, sondern …«

An dieser für mich so spannenden Stelle wurde Margaret, die im Begriff war, uns zwei neue Gläser Whisky einzuschenken, ziemlich rüde von Cora unterbrochen. »Margaret!?«, schimpfte sie und versuchte, der alten Dame die Flasche zu entwinden. »Der Arzt verbietet dir so viel Alkohol! Hatten wir uns nicht gerade draußen darauf verständigt, dass einer genügen muss?«

»Auch wieder papperlapapp. Finger weg, Cora. Von Verständigung kann wirklich keine Rede sein. Ich wollte dich nur nicht vor allen Gästen bloßstellen und Theater machen. In meinen eigenen Räumen entscheide immer noch ich allein, wie viel ich trinke«, wehrte sich Mrs Thornton und fauchte noch ein bisschen lauwarmen Dampf hinterher: »Außerdem hat dieser junge Bengel von einem Doktor keine Ahnung davon, was ich für mein Wohlbefinden brauche.«

Cora wandte sich mit einem frustrierten Schnauben und himmelwärts gedrehtem Augenaufschlag an mich und flüsterte: »Der ›junge Bengel‹ ist übrigens achtundsechzig.«

Dieses Geplänkel konnte ich nur mit einem amüsierten Grinsen quittieren. Offenbar fing Cora es aus Pflichtschuldigkeit an. Und höchstwahrscheinlich unterlag sie Margaret heute nicht zum ersten Mal.

»Cora, Kind, hör endlich auf, dir übertriebene Sorgen um meine Gesundheit zu machen. Ich weiß, was ich will und was mir guttut. Du kannst uns jetzt alleine lassen. Kümmere dich um die Gäste und entschuldige Mrs Alexander bei ihrem Gatten. Sofern seine Frau mir weder durch Trunkenheit noch

Desinteresse ausfällt, werde ich sie nämlich jetzt eine lange Weile für mich beanspruchen. Lass ein Gästezimmer richten. Fort kommen die beiden ja sowieso nicht mit ihrem kaputten Vehikel.«

Davon hatte Cora also offenbar auch schon berichtet. Na schön. Ich ließ mich auf der Couch vor dem Kamin nieder. Margaret Thornton war mir in ihrer direkten Art ausgesprochen sympathisch. Ich gierte danach, etwas über diese faszinierende Person auf dem Porträt zu erfahren, denn offenbar erwartete mich die Geschichte einer emanzipierten Frau in einer Epoche, die meines Wissens zu den patriarchalischsten aller Zeiten gehört hatte. Wasser auf meine Mühlen!

Überdies hatte Margaret versprochen, mein berufliches Weiterkommen zu unterstützen, und ich wollte keine Chance vertun. Unser Sohn Tim war mindestens bis morgen Nachmittag bestens untergebracht. Was also sollte mich davon abhalten, jetzt in aller Ruhe zuzuhören?

Margaret prostete mir zu. Ich entdeckte ein schelmisches Lächeln in ihren Zügen. Schelmisch? Verflixt. Irgendetwas führte sie doch im Schilde. Gut. Ich würde es herausfinden!

4

LONDON, 15. OKTOBER 1851 – SPIEL MIT DEM FEUER

Blutrot spiegelte sich die untergehende Sonne in den schimmernden Scheiben des Crystal Palace. Eingerahmt von einem filigranen gusseisernen Bogen, wie er tausendfach die monumentale Glaskonstruktion des Prachtbaus trug, stand Beatrice in einem royalblauen Kleid, den Schleier an ihrem kleinen Zylinder zurückgeschlagen, auf der obersten Stufe zum Eingang und wartete.

Absichtlich hatte sie diesen Zeitpunkt für ihren Auftritt gewählt. Kurz bevor die Pforten der Weltausstellung heute Abend für immer schlossen, um Scharen von Besuchern aus aller Welt in die milde Luft des Londoner Herbstabends zu entlassen, sollte ihr ein gerüttelt Maß an Publikum sicher sein. Ein internationales Publikum, das geladen war, der unbestreitbaren Vormachtstellung des Britischen Empire zu huldigen. Und gekommen war, vorbehaltlos und voller Begeisterung all das zu bestaunen, was Forschung und Entwicklung an bahnbrechenden Neuigkeiten zu bieten hatten.

Zweifellos, darüber war Beatrice sich völlig im Klaren, war niemand gekommen, um ausgerechnet einer Frau dabei zuzuhören, wie sie aufrührerische Brandreden hielt. Wider die negativen Auswirkungen der rasant fortschreitenden Industrialisierung, wider die Massenverelendung der Arbeiterklasse, wider deren Ausbeutung, wider katastrophale hygienische Verhältnisse in den Slums der Stadt, wider extrem hohe Kindersterblichkeit, wider …

Allzu euphorisch wollten die Besucher offenbar auf einer Wolke aus Fortschrittsgläubigkeit ihrem wohligen Abendfrieden entgegenschweben. Dementsprechend missmutig verzogen sich nun Mienen, die eben noch vollkommen gelöst und vergnügt gewirkt hatten, unwirsch klang vielkehliges Gemurmel. Niemand hörte gern, was sie, eine Frau, die leicht erkennbar aus höheren Kreisen stammte, nun plötzlich mit klarer, beherrschter Altstimme und flammendem Engagement zu Gehör brachte.

Und doch. Schritte stockten, Köpfe wandten sich zu ihr um. Niemand wagte, einfach weiterzugehen. Niemand konnte seine Augen abwenden, seine Ohren verschließen vor dem, was die energisch um Aufmerksamkeit ersuchende, elegante Person zu sagen hatte. Damen der Gesellschaft schauten betreten zu Boden. Männer tippten verstohlen an den Rand ihrer Hüte, bekundeten unauffällig Zustimmung. Ab und zu brandete sogar verhaltener Applaus auf.

Beatrice wusste aus Erfahrung, viel Zeit würde ihr nicht bleiben, bis ihr Einhalt geboten würde. Kurz und knapp schnitt sie einen um den anderen Punkt an, der ihr am Herzen lag. Würzte mit eingängigen Schlagworten, die sich in den Köpfen festsetzen würden. Und behielt mit wachsender Unruhe den Rand ihres Auditoriums im Auge, der sich inzwischen bis weit unter die dunklen Schatten der Parkbäume erstreckte.

Ein Pfiff. Gellend. Bekannt. Ein zweiter, ein dritter. Sie erblickte die unverkennbaren Hauben der Bobbys, die sich jetzt durch die träge wogende Menge der Zuhörer drängten.

»Ladies and Gentlemen, ich danke für Ihre Aufmerksamkeit«, rief sie charmant und setzte in Gedanken hinzu: Und empfehle mich.

Verblüfft verfolgte man, wie sie ihre Röcke raffte, die Stufen hinuntersprang, sich den Weg durch die respektvoll zurückweichende Menge bahnte und schließlich lief, als sei der Teufel hinter ihr her.

Dort stand sie, die geschlossene Kutsche. Wie verabredet. Zuverlässig wie immer. Eine kräftige, weiß behandschuhte Hand öffnete den Wagenschlag, streckte sich ihr entgegen, griff zu, zog sie ins Innere, während der Mann auf dem Bock schon die Peitsche über die Kruppen der beiden Rappen sausen ließ und die Pferde in voller Karriere ansprangen.

Lachend ließ sich Beatrice in Williams Arme fallen.

»Du lebst gefährlich, mein Herz! Was du tust, ist ein Spiel mit dem Feuer«, tadelte er schmunzelnd, küsste ihre von der Flucht gerötete Wange und hielt sie dann um Armeslänge von sich. Jede Spur von Amüsiertheit wich aus Williams Zügen, pure Besorgnis las Beatrice in seinen Augen, als er fortfuhr: »Eines Tages werden sie dich schnappen, dir zeigen, wie ungemütlich die Zellen der Londoner Gefängnisse sind, und ein Skandal unerhörten Ausmaßes wird dir zu allem Übel die Zuneigung deiner Familie entziehen.«

»Ich kann nicht anders, William, koste es, was es wolle! Immer wieder, bis sie alle begriffen haben, wie hoch der Preis für die angeblich so wunderbaren modernen Zeiten ist. Irgendjemand muss es ihnen doch sagen«, entgegnete sie und rang noch immer um Atem. »Du hättest sie sehen sollen, die vielen Menschen aus aller Herren Länder. Sie haben mir zugehört. Es ist mir gelungen, sie betroffen zu machen. Ich darf nicht die Hände in den Schoß legen und wortlos zusehen, wie Unmenschlichkeit siegt. Wenn ihr Männer es schon nicht schafft, die Angelegenheit in die Hand zu nehmen, muss eben ich es zur Frauensache erklären. Und glaube mir: Erstens bin ich nicht dieselbe Sorte Frau wie die deine, die sich damit zufriedengibt, wortlos auf Wohltätigkeitsbasaren zugunsten der Armen zu lächeln. Zweitens werde ich Mitstreiterinnen finden. Starke, mutige Frauen, die nicht davor zurückschrecken, ihren Ruf und notfalls noch viel mehr im Streben um Gerechtigkeit aufs Spiel zu setzen.«

Beatrice funkelte William so kampfbereit an, als gälte es, ihn, ausgerechnet ihn, zu überzeugen. Dabei wusste sie sich doch keines Menschen Zustimmung sicherer. Was hatte William, vierter Earl Brooke und als Mitglied der Peerage of Britain selbstverständlich Inhaber eines Sitzes im House of Lords, nicht schon alles versucht, seinen Einfluss auf der politischen Bühne geltend zu machen! Wenn sie etwas untrennbar verband, dann waren es dieselben Ziele.

In einem der geheimen Londoner Salons waren sie sich zum ersten Mal begegnet. Dort, wo frank und frei über all das gesprochen werden konnte, was man in der Öffentlichkeit besser für sich behielt. Wo es nur Individuen gab, Geschlechterzugehörigkeit keine Rolle spielte, die Stimme einer Frau genauso gehört und ernst genommen wurde wie die eines jeden Mannes.

Schnell hatte es sich für Beatrice herauskristallisiert, wie sehr Williams Leidenschaft im Kampf gegen die ausufernde Massenverelendung der ihren glich. Hatte sie sich anfangs in den hitzigen Diskussionen noch zurückgehalten, nur still diesem hochgewachsenen, ehrfurchtgebietenden Mann zugehört, wie er die Runde in seinen Bann zog, wenn er Argument um Argument sachlich und doch mit so famoser Überzeugungskraft vorbrachte, hatte es sie nach einigen wenigen Sitzungen schon nicht mehr auf ihrem Stuhl gehalten. Wie herrlich es gelang, sich die intellektuellen Bälle gegenseitig zuzuspielen! Ein Blick, ein Stichwort von ihm, und Beatrice ergriff die Möglichkeit, ihre präzise formulierten Sätze beizutragen. Ein leises Nicken von ihr, und er übernahm mit einem so feinen Lächeln um die Mundwinkel, dass es gewiss der Mehrzahl der Anwesenden entgehen musste.

Beatrice entging es nie, und von Mal zu Mal spürte sie mehr, dass dieses Lächeln noch eine andere Bedeutung hatte als bloße Zustimmung oder Achtung. Wohl wissend, wie gering die Chancen waren, außerhalb der verschwiegenen Gemeinschaft des Salons auf offene Ohren zu treffen, wirklich etwas bewegen zu können, hielten sie sich mit geradezu glühender Inbrunst aneinander fest. Doch stets mit gebührendem Abstand, ganz so, wie es die Etikette verlangte.

* * *

Bis zu jenem frostigen Winterabend im vergangenen Januar. Seit Tagen schon hielt sich eine windstille Inversionswetterlage, die den Nebel, der von der Themse aufstieg, gemischt mit stinkendem Kohlenqualm in die lichtlosen Straßen der Armenviertel hinabdrückte. Beatrice hielt sich ein Tuch vor Mund und Nase, als sie ihrer Kutsche entstieg, und musste dennoch husten. Viel schlimmer war es hier als daheim im vornehmen Stadtteil Kensington mit seinen weitläufigen, nur locker bebauten Parkgrundstücken, wo auch bei solcher Witterung immer noch ein gewisser Zugwind die schwere Luft klärte.

Wie jeden dritten Mittwoch eines Monats war sie auch heute gekommen, um einem der vielen Waisenhäuser einen Besuch abzustatten. Kinder aller Altersklassen. Buben und Mädchen. Verwahrloste, stets hungrige kleine Gestalten, deren Augen allesamt dunkel in tief umschatteten Höhlen lagen. Kinder, deren Eltern eine der vielen Krankheitsepidemien dahingerafft hatte, die Londons Armenviertel alljährlich in grausamem Gleichmaß heimsuchten. Übriggebliebene, staatlicher Wohlfahrt Überlassene. Oder besser: Anheimgefallene, die

– den viktorianischen Grundsätzen entsprechend – Leistungen nur gegen Arbeit erwarten durften. Verliehen an jeden, der dafür zahlte. Nicht etwa die Kinder bezahlte. Nein, vielmehr die Betreiber der Häuser, die ihnen zwar ein Dach über dem Kopf, aber weder ausreichend Nahrung noch genügende Gesundheitssorge oder gar Bildung boten, sondern sie »nutzten«. Ausnutzten! Und keine Gnade kannten.

Beatrice hatte bündelweise einfache, aber warme Kleidungsstücke mitgebracht und dafür gesorgt, dass die Kinder sie an Ort und Stelle angezogen bekamen, denn nur allzu gut wusste sie darum, dass selbst solche Spenden häufig nicht an den ausgemergelten Leibern landeten, sondern man sie so, wie sie abgeliefert wurden, in die Petticoat Lane transportierte, um sie dort auf dem Markt in klingende Münze zu verwandeln.

Das Bild, das sich Beatrice nun bot, erfüllte sie mit einem süßen Glücksgefühl: Drei Dutzend schmale Geister saßen jetzt – zwar mit demütig gesenkten Köpfen, aber immerhin ein bisschen wärmer gekleidet und mit einem Lächeln auf den Lippen – im ungeheizten Speisesaal auf den roh gezimmerten Bänken. Bissen gierig in das mitgebrachte Brot, tranken von der frischen Milch, die sie kannenweise von ihrem Kutscher Geoffrey hatte hereinschleppen lassen.

Von viel zu kurzer Dauer war dieser friedvolle Moment, denn flinkfüßig war der schmierige Hausdiener herbeigeeilt, hatte katzbuckelnd dieser fetten Alten, die mit harter Hand Oberherrschaft über alle Kinder innehatte, etwas ins Ohr geraunt. Ein zufriedenes Grinsen war über deren rosige Pausbacken gehuscht. »Nur herein mit dem Herrn«, hatte sie angewiesen und Beatrices Züge entgleisten, als im nächsten Augenblick ihr eigener Bruder den Saal betrat.

Es war wie ein Déjà-vu.

* * *

Vor Jahren, als Beatrice gerade volljährig geworden war, hatte sie zum ersten Mal dieses Waisenhaus betreten. Der Vater, vertraut und heiß geliebt, hatte verhindern wollen, dass sie die Schwelle überschritt. In der Kutsche sollte sie warten, hatte er sie mit ungewohnter Eindringlichkeit angewiesen; er habe nur eine Kleinigkeit zu erledigen, sei binnen Minuten zurück. In Ruhe möge sie sitzen bleiben und sich gedulden.

Geduld war noch nie Beatrices Stärke gewesen. Nach Ablauf einer Viertelstunde war sie dem Vater gefolgt. Gelangweilt, vielleicht ein wenig neugierig, ganz gewiss aber ahnungslos. Niemand hielt sie auf, nachdem sie den düsteren Flur des Hauses betreten hatte, in dem ihr ein widerlicher Geruch von Urin, Mäusekot, ranzigem Fett und Erbrochenem entgegenschlug. Damals hatte sie noch nicht gewusst, dass dies der Geruch von Armut war.

Durch die spaltbreit geöffnete Tür war sie Zeugin einer Rekrutierung von jungen Arbeitskräften für eine der Webereien geworden, die der Vater in der Stadt betrieb. Im ersten Augenblick hatte ein zuversichtliches Gefühl von ihr Besitz ergriffen, denn was konnte diesen jämmerlichen kleinen Figuren dort drinnen wohl Besseres widerfahren, als bei ihrem stets so zärtlichen, umsichtigen Vater in Lohn und Brot zu gelangen?

Was sie jedoch beobachtete, ließ ihr das Blut in den Adern gefrieren. Ein Kind ums andere wurde vorgeführt. Die Szenerie glich der Präsentation von Schlachtkälbern auf dem Viehmarkt. Fassungslos sah sie mit an, wie der Vater eigenhändig Muskeln prüfte, stumpfe Haarschöpfe auf Läusebefall untersuchte und hochnotpeinliche Fragen stellte: »Schon mal beim Klauen erwischt worden, der Bursche? … Na, der ist so mickrig, da war die Mutter doch Säuferin … Nässt wohl ein, was? Sieht man an der blassen Nasenspitze … Mädchenhände! Der soll zupacken können?«, und derlei mehr.

Unfähig, sich zu regen, stand sie da. Der Magen drehte sich ihr um, entsetzt schlug sie die Hände vor den Mund. War dies derselbe Mann, der sie selbst seit dem frühen Tod der Mutter voller Fürsorglichkeit gleich seinem Augapfel hütete und verwöhnte? Wie konnte es sein, dass er diese Menschlein, die doch erkennbar schwach und schützenswert wirkten, so anders und voller Verachtung behandelte? Wo war der Vater, der sie, den abenteuerlustigen Wildfang, schon als kleines Mädchen vom Sommersitz der Familie Greenfield Manor aus in die Wälder der Cotswolds mitgenommen hatte, auf dass sie die hohe Kunst der Jagd erlernte? Jener Vater, an dessen Seite sie zur furiosen Reiterin geworden war, die es ohne Weiteres mit viel älteren Jungen hatte aufnehmen können? Mit dem sie sechzehnjährig zum ersten Mal auf große Fahrt in ferne Länder gesegelt, den Zauber der Karibik entdeckt, den faszinierenden Kulturen Indiens und Chinas auf die Spur gekommen war, Weltläufigkeit, Sprachen und Verständnis für alle erdenklichen Formen der Zivilisation erworben hatte? Ein Mann voller Güte, Herzlichkeit, Ehrbarkeit, dem sie alles Gute, aber nicht das eben Gesehene zugetraut hätte! Was hatte diese Janusköpfigkeit zu bedeuten?

Eine leise Berührung am Saum ihres Rockes weckte Beatrice aus ihrer Erstarrung. Etwas huschte federleicht über die Spitze ihrer Stiefelette. Erschreckt sprang sie einen Schritt beiseite und konnte mit Mühe einen Aufschrei unterdrücken, als sie entdeckte, was sie freigelegt hatte. Zu ihren Füßen saß eine zierliche junge Ratte und schaute mit angsterfüllten Knopfaugen zu ihr auf. Dieser herzerweichende Blick nahm ihr den Ekel, den sie eigentlich hätte empfinden müssen, gab es doch in ihrer blitzsauberen Welt selbstverständlich niemals welche und standen Ratten zudem seit jeher im sicheren Ruf, die entsetzlichsten Krankheiten zu übertragen, mindestens aber junge Damen panisch kreischend in die Flucht schlagen zu können.

»Ach je, du mickriges Kerlchen, wovor versteckst du dich denn?«, hauchte sie jetzt sogar mitfühlend und bekam die Antwort im nächsten Augenblick. Ein wohlgenährter gelber

Kater sprang aus dem Dunkel und fasste zu. Ganz anders als die zahmen Kätzchen, die Beatrice bisweilen im Pferdestall beim Spielen mit Mäusen beobachtet hatte. Dieser Kater hatte keinen Spieltrieb. Er wollte morden. Sofort, ohne Umstände. Und er wollte satt werden. Seine Statur sprach eine deutliche Sprache vom Recht des Starken. Ein, zwei Mal schüttelte er das filigrane Geschöpf, dass es schlaff in seinem Maule hing und nur noch ab und zu zappelte. Unbeirrt nahm der Kater vor Beatrices Füßen Platz, bedachte sie mit einem hochnäsigen Blick aus grünen Augen und labte sich, ohne sie weiter zu beachten. Zuletzt verschwand der im Todeskampf wippende Schwanz des kleinen Nagers in seinem Maul. Dann wandte der Gelbe sich ab und verzog sich ungerührt in die Tiefen des Hauses.

Beatrice floh. Suchte in der Kutsche Schutz. Vor etwas, das ihr zum ersten Mal im Leben begegnet war und ihre naive, rosenrot gefärbte Weltsicht auf immer entzaubern sollte. Die großen Starken fraßen die kleinen Schwachen. Wo war der Unterschied zwischen dem, was der Vater ihr in dem armseligen Speisesaal vor Augen geführt hatte, und der eindrücklichen Vorführung, die der Kater just geliefert hatte? In diesem Augenblick begann sie eine Vorstellung davon zu bekommen, wie das Leben wirklich funktionierte, und begriff, auf wessen Kosten die eigene Sorglosigkeit entstand. Sie war viel zu intelligent und empathisch, um darüber hinwegzusehen, zu vergessen und weiterhin unreflektiert in dem Luxus zu schwelgen, den sie von Kindesbeinen an gewöhnt war. Tiefe Betroffenheit empfand sie, Widerstand regte sich gegen Ungerechtigkeit und Ungleichheit. Beatrice begann die Augen zu öffnen, und was sie bei genauerem Hinsehen erblickte, erzeugte erst Unverständnis, dann bitteres Begreifen, gefolgt von hilfloser Wut und schließlich unbändigem Kampfgeist, der sich Bahn brechen musste, um Lösungen zu finden.

* * *

Sechs Jahre lagen zwischen diesem Erlebnis und der Erkenntnis, dass ihrem Bruder Henry ganz offenbar die gleiche Doppelgesichtigkeit eigen war wie dem Vater. Herablassend war seine Miene, als er sie entdeckte und auf sie zutrat.

»Was machst du hier, Schwesterherz? Spielst du mal wieder die Barmherzige?«, zischte er, und da Beatrice ihren Schock noch nicht ganz verwunden hatte und stumm zu ihm aufsah, setzte er halblaut nach: »Ich dachte fast, mich trifft der Schlag, als ich deine Kutsche vor der Tür erblickte. Vater wusste schon, warum er mir die Obhut über dein Erbe anvertraut hat. Du würdest ja sonst halb London adoptieren.«

Beatrice fand ihre Sprache wieder, fauchte zurück: »Adoptieren vermutlich nicht unbedingt, Henry. Aber zumindest vor dem Verhungern bewahren. Lass es dir ein letztes Mal gesagt sein: Mit meinem Geld kann ich machen, was ich will. Ende der Unterredung!« Damit wandte sie sich zum Gehen.

»Das wirst du noch bereuen!«

Beatrice hatte keinen Zweifel, dass er diese scharf gesprochenen Worte sehr ernst meinte. Henry war nicht der Mann, dem man in der Öffentlichkeit ungestraft Widerworte geben durfte. Dass er sie hier erwischt hatte, würde unangenehme Folgen nach sich ziehen. Sie spürte, dass ihre Hände zitterten, als sie vors Haus trat, bemerkte den sorgenvollen Ausdruck ihres ergebenen Kutschers Geoffrey.

»Wohin, Mylady? Heim oder in den Salon?«

»Letzteres bitte, mein Guter! Ich brauche jetzt die Gesellschaft von Menschen. Von menschlichen Menschen.«

* * *

Wie erhofft war William anwesend. Ihm genügte ein einziger Blick, um zu verstehen, in welch aufgewühltem Zustand sich seine seelenverwandte Gefährtin befand. Anders als sonst nahm er sie beim Ellenbogen, führte sie in ein ruhiges Nebengelass, schloss die Tür hinter ihnen, schob sie auf eine mit Goldbrokat überzogene Chaiselongue und nahm dicht neben ihr Platz.

»Was ist geschehen, Lady Ames?«

Beatrice spürte seine Wärme, die nicht allein Körperwärme war, sondern auch die wohltuende Wärme des Gleichklangs zweier Seelen. Sie begann sich zu entspannen, legte die gefalteten Hände in den Schoß, erzählte leise, gesenkten Kopfes und ließ auch das sechs Jahre zurückliegende Erlebnis nicht aus. Er hörte zu, unterbrach sie nicht, legte nur besänftigend einen Arm um ihre Schultern. Sie ließ es geschehen, fühlte sich verstanden, aufgehoben, wohl.

»Es genügt nicht, hier in unserem stillen, abgeschiedenen Salon kluge Reden zu schwingen, Mylord. Wenn wir etwas verändern wollen, müssen wir hinausgehen und die Menschen wachrütteln. Es kann nicht sein, dass das Britische Empire, immerhin die größte Macht der Erde, solch unwürdige Zustände duldet«, endete sie schließlich und bemerkte, wie ihre Wangen vor tief empfundener Empörung und Leidenschaft glühten. »Ich will das tun. Ja. Ich werde das tun! Kann ich mit Eurer Unterstützung rechnen?«

Herausfordernd schaute sie ihn an, und nun es war an ihm, die Augen niederzuschlagen. »Lady Ames … nun … wie stellt Ihr Euch das vor? Soll ich mich womöglich mitten auf dem Trafalgar Square unter Admiral Nelsons Denkmal stellen und das ›Kommunistische Manifest‹ vertreten? Man würde mich klammheimlich in einem der düsteren Irrenhäuser verschwinden lassen, wenn ich, in meiner Position, das Proletariat aller Länder zu Vereinigung und Aufstand aufrufen würde.«

»Ihr seid feige, Mylord?!«, fuhr sie auf und ballte die Fäuste vor dem Dekolleté.

»O nein. Feige wäre kaum der richtige Ausdruck. Ich habe in der Schlacht von Prome gekämpft …«

Wütend unterbrach Beatrice ihn: »Um der Krone noch mehr Land, noch mehr Untertanen einzuverleiben. Ja, ja, ich weiß. Sogar in so entfernte Länder wie Burma fällt man ein. Es ist für mich kein Beweis von Tapferkeit, Mylord, wohl geschützt hinter eisernen Kanonen zu stehen und Unschuldige zusammenzuschießen. Tapfer ist ein Mann für mich dann, wenn er mit Leib und Seele, mit der Kraft seines Intellekts und überzeugenden Worten dafür sorgt, dass die Welt ein besserer, für alle Menschen lebenswerter Ort wird.«

»Herrgott, Beatrice!«

»Was?«

»Hört auf, mich anzufunkeln. In Euren Worten steckt mehr Zündstoff, als die ganze britische Armee in anderthalb Jahren dieses unseligen Krieges verschossen hat.«

»Wie viel Geld hat man verfeuert? Was hätte zum Wohle des britischen Volkes alles ausgerichtet werden können mit diesem Geld?«

»Ihr versteht nichts von Weltpolitik.«

»Das will ich gerne zugeben. Aber haltet mich nicht für dumm. Ich benutze meinen Kopf durchaus nicht nur dafür, Hüte spazieren zu tragen. Außerdem darf nicht alles allein mit dem Verstand erfasst werden. Ich habe ein untrügliches Gespür für Gut und Böse, für Recht und Unrecht«, erwiderte Beatrice mit der Hand auf dem Herzen.

In ihr rumorte es. Warum musste man diskutieren, wo doch alles ganz klar auf der Hand lag? Und warum diese typisch männliche Herabwürdigung? Natürlich. Frauen konnten nichts von Weltpolitik verstehen. Schließlich machten sie sie nicht. Pah!

Jetzt! Jetzt sofort sollte er ihr unumwunden zustimmen und ihr vor allen Dingen seine Unterstützung zusichern. Sie war bereit, genau das zu tun, was er sofort derart vehement für sich abgelehnt hatte. Nur … zur Seite sollte er ihr stehen. Sie nicht ganz allein, nicht aus den Augen lassen. Und nicht das tun, was er jetzt tat. Abwiegeln, ihre Fäuste einfangen, in seinen großen Händen bergen, festhalten, ihre Energie bremsen und nicht … nein, was tat er da?

Sekundenbruchteile später fand sich Beatrice in Williams Armen wieder, fühlte seine Lippen auf den ihren. Überrumpelt hielt sie still. Und hörte seine Worte, geflüstert, eindringlich, als er seine Umarmung lockerte. »Ihr seid unwiderstehlich, wenn Ihr vor Enthusiasmus und Wut brennt. Ich stehe zu Diensten, Mylady. Es ist mir eine Ehre, Euch zu unterstützen, Euch zu beschützen, wo ich nur kann. Nur erwartet von mir keine öffentlichen Auftritte. Ich werde das Meine tun, doch meine Wege werden andere sein.«

Erstaunt löste sie sich von ihm, hielt ihn nur an den Schultern, schaute ihm in die dunklen Augen. »Geschworen, Mylord?«

»Geschworen, Beatrice. Geschworen und mit diesem Kuss besiegelt.«

Ein weiteres Mal zog er sie fest an sich und nun konnte Beatrice seinen Kuss genießen. Sie vertraute ihm, ließ sich fallen in seinen Armen, die jetzt nicht mehr nur Schutz, sondern auch entfesselte Leidenschaft versprachen. In dieser Nacht wurden sie ein Liebespaar. Verschwiegen, verborgen vor den Augen der Welt blieben sie es – auch über jene schrecklichen Ereignisse hinaus, die Beatrice später von William forttreiben sollten.

***

Am Mittag des folgenden Tages erhielt Beatrice eine knappe Nachricht von ihrem Bruder Henry.

»Erwarte Dich Punkt fünf in meinem neuen Haus am Hyde Park Gate. Henry.«

Keine Anrede, kein Gruß.

Beatrice machte sich auf eine unangenehme Begegnung gefasst und wappnete sich innerlich gegen alle erdenklichen Vorwürfe, die zweifellos kommen würden. Einfach, weil sie immer kamen, wenn er der Auffassung war, ihr soziales Engagement ginge über seine persönlichen, eng gesteckten Grenzen hinaus, die er in patriarchalischer Selbstverständlichkeit auch ihr setzte. Im Grunde herrschte meist ein ausgesprochen harmonisches Verhältnis zwischen den Geschwistern, und Beatrice hatte ihren Bruder nicht nur gern, sondern wusste auch genau, wie sie ihn nach allen Regeln weiblicher Kunst leicht um den Finger zu wickeln vermochte. Allerdings fürchtete sie seine Wut, die immer dann zu regelrechter Unbeherrschtheit werden konnte, wenn er zu tief ins Glas geschaut hatte. Dies war zwar nicht der Normalfall, aber man konnte nie ahnen, wann er sich in diesem unseligen, aggressionsbereiten Zustand befinden würde.

Stand er dann, zu voller Größe von beeindruckenden sechseinhalb Fuß aufgerichtet, die breiten Schultern vorgeschoben, das kantige Kinn kampfbereit gereckt, da und starrte sie mit seinen blutunterlaufenen, beinahe schwarzen Augen an, geschah es durchaus, dass Beatrice Angst bekam. Sie selbst war zwar für eine Frau ausgesprochen hochgewachsen, gestählt von jahrelanger intensiver Reiterei, nahm sich jedoch neben dem Bruder geradezu wie ein Nippesfigürchen aus, das allein ein Rempler des hünenhaften Mannes leicht hätte zerbrechen können. Dieses Gegenüberstehen war für Beatrice stets der Moment gewesen, in dem sie sich auf ihre weiblichen Vorzüge besonnen hatte. Henry seinerseits war viel zu sehr Mann und überdies viel zu kultiviert, um dem Zauber seiner schönen Schwester tatsächlich handgreifliche Gewalt entgegenzusetzen, und wiewohl Beatrice diese Situationen fürchtete, wusste sie, dass derartige Begegnungen immer mit einer Aussöhnung endeten.

Es dunkelte schon, der Nachmittag war frostig, ein kalter Wind pfiff, Beatrice schlug den Kragen ihres Pelzes hoch und schob die Hände in ihren warmen Muff. Auf die Sekunde pünktlich war sie eingetroffen und musste feststellen, dass Henry sie warten ließ. Durch die Scheiben des eleganten weißen Hauses blickte sie ins Innere und stellte fest, dass es noch vollkommen unmöbliert war. Nicht ahnend, was den Bruder veranlasste, sie ausgerechnet hier und nicht im Kensingtoner Familiensitz treffen zu wollen, nutzte sie die Wartezeit, um ihrer Fantasie freien Lauf zu lassen, und stattete das hübsche Haus im Geiste mit allerlei Möblierung und Dekoration aus. Ganz vertieft in ihre Gedanken war sie, hatte sich einen Eindruck von dem etwas verwilderten Gärtchen verschafft, das Gebäude bereits zweimal umrundet und in alle ebenerdigen Räume gespäht, als sich plötzlich Henrys Hand auf ihre Schulter legte. Beatrice fuhr erschreckt herum.

»Ich habe mit dir zu reden.«

Kein Wort der Entschuldigung, dass er sie so lange hatte warten lassen. Die Miene noch immer säuerlich, das harte Kinn angespannt.

Sie atmete tief durch. »Dann lass uns bitte hineingehen. Ich bin bereits ganz steif gefroren. Warum müssen wir uns hier treffen? Wieso nicht zu Hause? Möchtest du mir etwas antun? Soll es niemand mitbekommen?«

»Beatrice! Bitte lass solchen Unfug!«, fuhr er sie an.

Ein wenig zögerlich folgte sie ihm. Seine Haltung ließ weiß Gott nichts Gutes vermuten. Henry warf die Haustür hinter ihnen ins Schloss. Viel wärmer als draußen war es nicht in den ungeheizten Räumen, aber immerhin funktionierte das Gaslicht. Henry sprach nicht, als er sie von Raum zu Raum führte. So lange nicht, bis sie alles angesehen hatten und zuletzt im Kaminzimmer gelandet waren.

»Was also gibt es zu bereden?«, fragte Beatrice und wurde gewahr, wie brüchig ihre Stimme klang.

»Du hast zu viel freie Zeit, meine Liebe. Ich gedenke, dich ein wenig zu beschäftigen. Sobald ich im Frühsommer von der nächsten Seereise zurückkehre, werde ich mich nach einer Frau umsehen. Es wird Zeit, für einen Erben zu sorgen. Und nun höre, welche Aufgabe auf dich zukommt. Ausnahmsweise steht dir jede Summe zur Verfügung. Ja, guck nicht so erstaunt. Ich werde meinen Freund, Bankier Samuel Pinkerton, anweisen, dir jede notwendige Geldmenge auszuzahlen. Allerdings nicht, um sie in Armenhäusern zu verschleudern, sondern um mir hier ein gemütliches Heim zu schaffen. Du hast freie Hand, denn wenn ich etwas an dir besonders schätze, dann ist es dein guter Geschmack. Den Nachweis der getätigten Ausgaben wirst du selbstverständlich lückenlos erbringen. Haben wir uns verstanden?«

Beatrice war verdattert. »Das ist alles?«

»Momentan ja. Ich reise in drei Tagen ab und denke, du wirst ein hübsches Stück Arbeit haben und auf diese Art und Weise weniger auf dumme Gedanken kommen.«

»Meine Gedanken sind nicht dumm!«, fuhr Beatrice auf und vergaß, wie mulmig ihr gerade noch gewesen war. Henry hatte jenen Knopf bei ihr gedrückt, der sie alles andere vergessen ließ. »Ich finde es schlimm genug, wie die erwachsene Arbeiterschaft ausgebeutet wird. Aber wie mit den Kindern umgegangen wird, das zerreißt mir das Herz. Warum die Kleinen?«

»Eben weil sie so klein sind! Ein erwachsener Arbeiter passt nicht unter die Webstühle, um die Fäden zu verknüpfen. Außerdem geben sie sich mit einem Viertel des Lohnes zufrieden, den ein Erwachsener bekommt.«

Höhnisch hallten Henrys Worte in Beatrices Ohren. Sie konnte nicht an sich halten. »Zufrieden? Ha! Was für ein Wort, Henry. Zufriedene Kinder spielen und lernen. Lernen für ihre Zukunft. Lernen, um eines Tages der Armut entfliehen zu können. Und wem bezahlst du denn ihr Salär? Doch den Herrschaften, die ihnen ein Dach über dem Kopf geben und sich an ihnen bereichern. Keines der Kinder bekommt auch nur einen Penny in die Hand. Geschunden werden sie. Sieh dir doch an, wie krank und schlecht entwickelt sie alle sind.«

»Bedenke bitte, Schwesterherz, dass sie sehr wohl unterrichtet werden«, entgegnete Henry und klang beinahe beleidigt.

»Wenn sie von früh um sechs bis abends um sieben verpestete Luft geatmet und den ganzen Tag mit leeren Mägen schwer geschuftet haben, schickt ihr sie noch für zwei Stunden in den Unterricht, ja! Wie sollen sie denn da noch aufnahmefähig sein? Sind es diese zwei gnädig zugestandenen Stunden, die dein Gewissen beruhigen? Pfui, Henry! Du solltest dich schämen, mir mit solch faden Beschwichtigungsversuchen zu kommen.«

»Ich habe es gar nicht nötig, dich zu beschwichtigen. Ich halte mich an die gesetzlichen Vorgaben und behandle meine Arbeiter sehr gut. Besser jedenfalls als manch anderer. Versuch nur nicht, mir ein schlechtes Gewissen einzureden. Das verfängt bei mir nicht. Ich warne dich …«, jetzt trat er sehr dicht auf sie zu und starrte sie wutentbrannt an, »wenn du nicht aufhörst, das weiterhin zu probieren, werde ich wirklich ungehalten und kürze dir deine Apanage so weit, dass du sogar bei aller persönlichen Einschränkung künftig auf deine geliebte Rolle als barmherzige Schwester wirst verzichten müssen. Such es dir aus. Und sei dir bewusst, dass allein ich es bin, der über dich und deine Mittel bestimmen kann. Und wird!«

Beatrice hielt dem Blick aus seinen unergründlich dunklen Augen nicht stand. Sie senkte die Lider, wandte sich ab und rang um Fassung.

Minutenlange lähmende Stille. Nur Henrys Atem hörte sie schwer gehen.

Es hatte keinen Sinn. Nichts würde sie gewinnen, gäbe sie weitere Widerworte. Nur nicht die sicheren Pfründe verspielen! Und … eigentlich, schoss es ihr plötzlich durch den Kopf, vielleicht sogar eine wunderbare Möglichkeit, die er ihr da gerade bot. Irgendwie würde sie schon einen Weg finden, ein wenig zusätzliches Geld aus dieser Sache hier abzuzweigen. Obacht, Beatrice! Ganz bestimmt jedoch nicht, wenn sie jetzt den letzten Funken seiner Gunst leichtfertig verspielte. Ihn würde sie sowieso niemals überzeugen können. Also musste sie ihn in Sicherheit wiegen, die Einsichtige, Vernünftige spielen.

Die Erkenntnis entlockte ihr ein kleines, zufriedenes Glucksen. Mit einem Ruck drehte sie sich wieder zu ihm um und lächelte ihn honigsüß an. »Nun, Henry, vielleicht habe ich etwas überspannt reagiert. Verzeih mir, Lieber. Als hätte ich es schon geahnt, dass ich bald etwas für dich werde tun können, habe ich mir vorhin, während ich auf dich wartete, schon einige Gedanken über die Ausstattung dieses entzückenden Hauses gemacht. Und übrigens bin ich ganz deiner Meinung: Es wird Zeit, dass du dich verheiratest. Eine Frau an deiner Seite wird dir guttun. Dir fehlt es ein bisschen an weiblicher Wärme und Fürsorge. Warte nur, ich werde dir und meiner zukünftigen Schwägerin ein hübsches Nest bereiten.«

Tatsächlich, Henry fiel darauf herein und brachte jetzt sogar eine gemurmelte Entschuldigung über die Lippen. Zunächst mit aufgesetzter, ein wenig später sogar mit ehrlicher Begeisterung begann Beatrice ihre Pläne zu schildern, zog den Bruder von einem Zimmer ins andere und erläuterte ihre Ideen.

Henry war entzückt. »So liebe ich dich, Schwesterlein! Ich vertraue dir gern den passenden Rahmen für mein geplantes Eheglück an, denn ich weiß, du wirst alles zum Besten richten und ich werde mich um nichts kümmern müssen. Das gibt mir die Freiheit, mich in Bälde unbeschwert auf Freiersfüßen zu bewegen. Wollen wir mal schauen, was für ein Juwel ich finden kann, das der Familie zur Ehre gereicht.«

»Oh«, lachte Beatrice mit einem verschwörerischen Zwinkern, »solange du dich nicht ausgerechnet dort bedienst, wo du sonst deine Nächte zu verbringen pflegst, habe ich keine Sorge. Du wirst schon die Richtige finden, und ich verspreche dir, wer auch immer sie sein mag, ihr eine gute Freundin zu werden. Doch nun lass uns heimfahren. Ich bin ganz erfroren und brauche heißen Tee.«

Beschwingt und allem Anschein nach einträchtig verließen die Geschwister Arm in Arm das Haus am Hyde Park Gate. Es hatte heftig zu schneien begonnen. Menschenleer lag die Straße. Henry schickte Beatrices Kutscher Geoffrey weg, half der Schwester galant in seine eigene Berline, breitete ein wollenes Plaid über ihre Knie, schnippte umsichtig ein paar Flocken aus ihrem weichen weißen Nerzkragen und war wieder so sehr der wunderbar fürsorgliche Bruder, den Beatrice so liebte, dass es ihr beinahe schon ein wenig leidtat, was sie auszuhecken im Begriff war.

5

LONDON, FRÜHLING 1851 – GANZE ARBEIT

Beatrice leistete ganze Arbeit am Hyde Park Gate. Einerseits lag es ihr wirklich am Herzen, Henry eine Freude zu machen, andererseits erkannte sie bereits nach wenigen Tagen intensiver Beschäftigung mit der Sache, wie groß die Möglichkeiten tatsächlich waren, eine erkleckliche Summe für ein ganz anderes Projekt abzuzwacken, für das sie um ein Vielfaches mehr glühte. Sie zog Erkundigungen ein, informierte sich über Preise, folgte manch freundschaftlicher Empfehlung und ging vollkommen auf in ihrer neuen Rolle als allein verantwortliche Bauherrin.

Zunächst ließ sie einige Umbauarbeiten vornehmen. Die Wand zu einem kleinen, entbehrlichen Nebengelass wurde herausgerissen, um dem Salon großzügigere Abmessungen zu verschaffen, praktische Wandschränke ließ sie einbauen, das wurmstichige Geländer des Treppenaufgangs erneuern, den Garten fast komplett umgestalten.

Als diese Maßnahmen abgeschlossen waren, bestellte sie ganze Horden von Malern, Tapezierern, Tischlern, Möbellieferanten, Polsterern, Teppichverkäufern und Stoffhändlern ins Haus und formulierte jedem Einzelnen gegenüber sehr konkret ihre Wünsche und Vorstellungen. Als sich am Ende auch der letzte

Mann noch, begierig auf ein lukratives Geschäft mit einer vermeintlich geschäftsuntüchtigen Frau, in den überfüllten Salon gedrängt hatte, hob Beatrice die Hand und bat um Ruhe.

»Meine Herren«, ließ sie sich vernehmen, »ich habe Sie hier zusammengerufen, um jedem von Ihnen die faire Chance zu eröffnen, für mich arbeiten zu dürfen.«

Erstauntes Gemurmel war zu hören, waren doch die Männer nicht gewöhnt, Aufträge von Frauen, zumal von derart selbstbewusst auftretenden, entgegenzunehmen. Beatrice überhörte das Murren geflissentlich und fuhr fort: »Ich erwarte binnen zwei Tagen von jedem Anwesenden eine präzise schriftliche Kostenaufstellung. Seien Sie versichert, ich werde keinen Penny über die veranschlagten Preise hinaus zahlen. Aber Sie werden mich hernach als zähe Verhandlungspartnerin kennenlernen. Wägen Sie also klug ab, sofern Sie mit mir ins Geschäft kommen wollen. Und nun empfehlen Sie sich bitte. Ich denke, Sie haben zu tun.«

Das Haus leerte sich flugs, und Beatrice schob mit einem zufriedenen Lächeln die Eingangstür hinter den Männern zu. Herrlich, diese konsternierten Mienen! Sie wusste genau, was sie angerichtet hatte. Einerseits würde jetzt ein heimlicher Konkurrenzkampf um das preisgünstigste Angebot unter den Handwerkern und Lieferanten ausbrechen, andererseits würde keiner es wagen, seine Offerte allzu niedrig anzusetzen, nachdem sie vor aller Ohren kundgetan hatte, dass eine Aufwärtskorrektur bei Rechnungsstellung von ihr unter keinen Umständen akzeptiert werden würde. Drittens und letztens war eben dieser zweite Punkt so eminent wichtig, um Henry hinters Licht führen und den eigenen, schon so lange gehegten Plan umsetzen zu können.

Zwei Tage später wusste Beatrice, dass ihre List aufgegangen war. Jede Offerte prüfte sie akribisch. Richtig! Alle lagen erheblich über den durchschnittlich üblichen Preisen.

Hochzufrieden bestellte sie die Männer einzeln zum Gespräch und wählte unter ihnen nicht nur nach deren Diensteifrigkeit und der Qualität der angebotenen Waren. Vielmehr suchte sie kraft eigener Einschätzung insbesondere diejenigen aus, welche eine gewisse Bereitschaft erkennen ließen, ihre Rechnungen ein wenig zu verfälschen. Sie verhandelte hart. In einigen Fällen gelang es ihr sogar, weit unter die gängigen Preise zu drücken, wobei sie ihr Gegenüber ganz genau beobachtete. Um dann aus heiterem Himmel – plötzlich scheinbar milde gestimmt und einsichtig – den Handschlag deutlich höher anzubieten. Erhellte sich die Miene des Mannes in diesem Moment, zog sie die hingereichte Rechte wieder fort, fügte charmant, und wie nebenbei, hinzu, dass der just vereinbarte Preis selbstverständlich lediglich auf der Rechnung zu erscheinen habe, sie es allerdings für nur anständig hielte, sich bei so viel gegenseitigem Entgegenkommen in Wahrheit auf halbem Wege zu treffen. Derart in ein Wechselbad der Gefühle gestoßen, schlug jeder ein.

Täglich verbrachte Beatrice nun viele Stunden in Hyde Park Gate und überwachte das Voranschreiten der Arbeiten. Sie gönnte weder sich noch den Arbeitern eine Pause, denn ehe Henrys Segler wieder am Kai anlegen würde, wollte sie nicht nur dieses höchst repräsentative Projekt fix und fertig präsentieren können, sondern auch …

* * *

Es war Mitte Mai geworden, als sie durch die wunderhübsch hergerichteten Räume schritt und ihr fertiges Werk zufrieden betrachtete. Hier wird sich jede Frau wohlfühlen, befand sie überzeugt. Ihr Blick fiel durch die hauchfeinen Voiles in den kleinen Garten. Dort blühten bereits die ersten frisch gepflanzten Bäumchen, Büsche und Stauden; sattgrün glänzte der prächtig aufgewachsene Rasen im Morgentau, aus einer Amphore, gehalten von einer reizenden Marmorstatue, plätscherte silberhell das Wasser in den kleinen Brunnen. An heißen Tagen würde der breite Rand einen herrlichen Platz zum Erfrischen bieten. Beatrice lächelte bei der Vorstellung einer jungen Frau, die mit weit übers Knie hochgerafften Röcken die nackten Füße im Becken kühlte und Henry – ja, das war doch Henry dort … im eleganten weißen Sommeranzug, den Strohhut ein wenig schief auf dem Kopf – ausgelassen bespritzte. Beatrice sah eine zauberhafte Brünette. Wie … *wer* würde sie sein, die Frau, die der Bruder erwählte?

Einige der Rosenbüsche standen jetzt schon in voller Blütenpracht und verwandelten die Pergola sicherlich im Verlauf des Sommers zu einer duftigen Liebeslaube. Ob Beatrices Rechnung aufging? Würde ihre liebevolle Ausstattung tatsächlich dazu beitragen, ein junges Paar glücklich werden zu lassen?

Mit einem Seufzen riss sie sich von den hübschen Zukunftsvisionen los, die der Kopf ihr vorgaukelte. Nun zum Geschäftlichen, sagte sie sich, ließ sich mit einem gewaltigen Stapel Papiere an dem zierlichen Damenschreibtisch nieder, den sie der neuen Hausherrin zugedacht hatte, und begann, fein säuberlich Kostenvoranschläge, Rechnungen und Quittungen zusammenzuheften.

Am frühen Nachmittag hielt sie einen stattlichen Ordner in Händen, der eine perfekte Aufstellung für die Vorlage bei Henry darstellte. Gewiss würde der Bruder nicht misstrauisch werden, denn verteilt auf so viele Gewerke fiel das letztlich zusammengekommene kleine Vermögen gar nicht auf.

Keinen Penny wollte sie für sich selbst. Nein, der Wunschtraum hatte sich in ihrem Kopf festgesetzt, wenigstens ein schwaches Dutzend der kleinsten Kinder aus diesem elenden Waisenhaus anderweitig unterzubringen. Würde es reichen? Beatrice rechnete mit spitzer Feder, wie weit sie mit den erschlichenen Geldern kommen konnte, und erkannte glasklar, dass es weder für die Pacht noch gar den Erwerb einer geeigneten Immobilie genügte. Enttäuscht blickte sie auf den braunen Umschlag, der die erwirtschaftete Barschaft enthielt. Bis der Abend dämmerte, zerbrach sie sich den Kopf.

Dann, plötzlich, schien die Lösung auf: Keine Frage, allein war die Angelegenheit nicht zu bewerkstelligen. Zur Durchführung musste sie sich einen Partner suchen, damit der schönen Idee nicht binnen weniger Monate finanziell die Puste ausging. Was lag näher, als sich mit William zu beraten, der während der verflossenen betriebsamen Wochen schon häufig darüber geklagt hatte, dass sie sich so rarmachte? Natürlich! Er würde sonst etwas darum geben, sie endlich wieder in seinen Armen halten zu dürfen. Beatrice gluckste in sich hinein. Dies jedenfalls würde der angenehmste Teil des Unterfangens werden! Kurz entschlossen verfasste sie ein Briefchen an William, rief nach Geoffrey, der sich wie immer getreulich wartend in ihrer Nähe aufhielt, und wies ihn an, die Botschaft Lord Brook persönlich zu überbringen.

* * *

Eine einzige Nacht voll flammender Leidenschaft hatte Beatrice gebraucht. Dann war William Wachs in ihren Händen und wäre wahrscheinlich sogar zu jeder wüsten Schandtat bereit gewesen.

Der Morgen graute, als sie aus traumlosem Schlaf erwachte. Wohlig streckte sie sich ihm entgegen, schmiegte die Wange gegen seine Halsgrube und flüsterte: »William, ich brauche dich!«

Schlaftrunken wühlte er die Hand in ihre seidigen langen Locken. »Ich brauche dich auch, mein Darling. Am liebsten jede Nacht.«

»Allein *so* habe ich das nicht gemeint. Obwohl ich zugeben muss, dass du mir entsetzlich gefehlt hast. Magst du mir zuhören? Ich habe einen Plan und benötige deine tatkräftige Unterstützung.«

William war mit einem Mal sehr wach. »Wo soll ich dich nun wieder aufpicken und vor den Häschern des Establishments erretten? Welches Publikum nimmst du als Nächstes aufs Korn? War es letztens nicht gefährlich genug, als du mit knapper Not den Bobbys entkamst, die dich vor der Fabrik deines eigenen Bruders in Gewahrsam nehmen wollten? Wie wird Henry reagieren, wenn er davon Wind bekommt, wie du seine Arbeiter aufgewiegelt hast? Beatrice, ich sorge mich schon wieder sehr um dich!«

»Nichts Gefährliches dieses Mal, William. Ich verspreche es. Ich brauche deinen Rat. Und vielleicht eine gute Tat.«

Von seiner Kehle abwärts bedeckte Beatrice Williams Haut mit sanften Küssen. »Du schnurrst wie ein alter Kater, dem man die Plauze krault«, frotzelte sie lachend, sowohl um den Effekt ihres Tuns als auch um die vielen Jahre wissend, die sie beide trennten. Mehr als einmal hatte er schon bekundet, dass er sich zutiefst wundere, warum eine so junge, attraktive Frau wie Beatrice sich ausgerechnet mit einem derart fortgeschrittenen Semester abgäbe, und hatte stets die schelmische Antwort bekommen, sie sähe nichts als seine schöne Seele, die sie blind vor Liebe und Begehren mache, und könne keinen Makel an ihm erkennen. Dies war tatsächlich Beatrices tiefste Überzeugung, denn der Gleichklang ihrer beider Seelen war ihr viel mehr wert, als es pure körperliche Schönheit und Jugend jemals hätten sein können. Dennoch wusste sie ihre Reize und Williams kluges Bewusstsein raffiniert zu nutzen und tat es, wann auch immer der Zweck dies gebot. Heute heiligte der Zweck jedes Mittel. So kurz vor dem Ziel, das sie sich ehrgeizig gesteckt hatte, kannte sie absolut keine Scham, ihm vor Augen zu führen, wie glücklich er sich schätzen konnte, dass er eine Frau in seinen Armen halten durfte, an der ein Schwarm höchst ansehnlicher Freier sich bereits schmerzhaft und chancenlos die Finger verbrannt hatte.

William setzte sich auf, hielt sie bei den Handgelenken fest und schaute ihr alarmiert direkt in die Augen. »Es muss etwas Ungeheuerliches sein, das du von mir verlangen willst. Ehe du mich dazu bringst, dir alle Güter nebst sämtlicher vorhandenen Reichtümer meines gesamten Geschlechts selig grinsend zu überschreiben, will ich lieber einen klaren Kopf bewahren. Erzähl mir, worum geht es heute?«

Beatrice beichtete vollumfänglich, wie sie ihren Bruder übers Ohr gehauen hatte, und breitete ihre Pläne vor ihm aus. Als sie fertig war, hatte er längst den Griff gelockert und der beunruhigte Ausdruck war aus seinen Zügen verschwunden.

»Das ist für deine Verhältnisse ein ausgesprochen gut durchdachtes Vorhaben. Und ich muss sagen, ich bin ein wenig stolz auf deinen Fleiß und deine Pfiffigkeit. An mir soll es nun sicherlich nicht scheitern. Meine Unterstützung hast du. Ich habe eine famose Idee!«

* * *

Um es kurz zu machen: William stellte ein recht ordentliches kleines Haus zur Verfügung, das schon seit Jahren von seiner weit verzweigten Familie nicht mehr genutzt wurde. Am Ufer der Themse im südöstlichen Vorort Greenwich gelegen, repräsentierte das im viktorianischen Stil erbaute Häuschen für Beatrice genau das, was sie sich als ideale Unterbringung für kleine Kinder vorstellte. Das Dach war heil, die Schornsteine zogen, rund ums Haus erstreckte sich ein ausgedehnter Garten mit zahlreichen alten Obstbäumen, viele kleine, helle Zimmer hatten Williams Familienangehörigen einst Privatsphäre während der Sommerfrische geboten. Die Küche fanden die beiden bei der Besichtigung sogar noch mit allerhand verwendbarem Gerät ausgestattet vor, ein großzügiger Aufenthaltsraum mit einem gewaltigen Kamin würde der Speiseraum werden, die ehemalige Bibliothek konnte man wunderbar zum Schulzimmer umfunktionieren.

Beatrice war hingerissen und ordnete einige erfahrungsgemäß besonders vertrauenswürdige Handwerker nach Greenwich ab, um das Haus kindgerecht gestalten zu lassen. Während die Renovierungsarbeiten durchgeführt und bereits die ersten Schränke, Tische und Betten geliefert wurden, stellte sie eine Köchin, zwei Nannys und einen jungen Lehrer ein. Bei der Auslese unter den zahlreichen Bewerbern hatte sie nicht allein nach Qualifikation und Referenzen, sondern vielmehr wiederum nach ihrem Instinkt entschieden, auf den sie sich mehr und mehr verließ.

Noch ehe Henrys Segler im Hafen anlegte, hatte sie Unglaubliches geleistet. Hier wie dort stand nun alles bereit. Nur für das Herauslösen der Kinder bei der fetten Alten, die ihre sicheren Einkünfte würde schwinden sehen und gewiss Widerstand leistete, musste sie Williams Beistand in Anspruch nehmen. Bereits vorab waren sie sich darüber im Klaren gewesen, dass es ihr allein niemals gelingen könnte, dem Weib die Kinder zu entreißen. Also waren die beiden übereingekommen, dass die frisch renovierte Einrichtung fortan als Stiftung unter der Schirmherrschaft Williams firmieren sollte. Ein Einfall, der dazu führte, dass das Unterfangen selbst von Lady Brook begeistert gutgeheißen wurde, nachdem es ihr der Gatte – mit ausgesprochen schlechtem Gewissen Beatrice gegenüber – als ureigene Idee präsentiert hatte.

Damit war ganz nebenbei erreicht, dass Beatrice bestenfalls noch als Spenderin wahrgenommen werden konnte und gar nicht erst in den Fokus der Öffentlichkeit geriet. Zweifellos ein

Vorteil, falls Henry womöglich doch Verdacht schöpfen sollte. Der Teufel war ein Eichhörnchen, man konnte nie wissen, was sich womöglich trotz aller Vorsichtsmaßnahmen herumsprach. Beatrice plagte keinerlei Profilierungssucht, hier ging es nur um die Sache, und es machte ihr überhaupt nichts aus, dass sie selbst in den Schatten zurücktreten musste. Im Gegenteil gefiel es ihr sogar ausgezeichnet, denn mit diesem neu geschaffenen offiziellen Anstrich der Institution konnte sie überdies beruhigter in die finanzielle Zukunft des kleinen Waisenhauses schauen. Williams Familie würde die Sache gleichzeitig zur Ehre gereichen, ein fabelhaftes, sicher viel beachtetes Zeichen in höheren Kreisen setzen, Williams politische Position stärken und ihm obendrein die Möglichkeit eröffnen, als honoriges Vorbild um Nachahmer zu werben.

Traurig stimmte sie nur die Tatsache, dass es am Ende Lady Brook war, die gemeinsam mit ihrem Gatten in dem Elendsquartier vorstellig wurde, um die Kinder auszuwählen. So genau wie möglich hatte Beatrice William beschrieben, wen er unbedingt mitbringen sollte. Sicherlich folgte er ihren Wünschen. Und doch tat es weh, nicht dabei sein zu können, wenn die Kleinen zum ersten Mal ihre Zimmerchen in dem hübsch hergerichteten Haus zu sehen bekamen. So lange hatte sie sich ausgemalt, wie groß die Freude sein würde. Nur ein einziger Gedanke tröstete sie. Auf diese Art blieb es ihr erspart, in die tief enttäuschten Augen jener Kinder blicken zu müssen, die nicht den Weg in ihr selbst geschaffenes kleines Paradies antreten durften.

* * *

Am Tage nach dem großen Umzug der Kinder fuhr Beatrice allein in ihrem Gig hinaus nach Greenwich. Das Pferd hatte sichtlich Spaß daran, die schlecht gepflasterten Straßen Londons einmal hinter sich lassen zu können, schlenkerte hin und wieder ausgelassen mit dem Kopf, dass das Zaumzeug klirrte, die Fahrleinen flogen, und trabte vergnügt schnaubend voran. »Ho, ho«, rief Beatrice dem stattlichen Fuchs beruhigend zu. »Sei nicht so albern, lauf doch einfach voran!«, und der Wallach legte noch ein bisschen zu. Ihr war es gar nicht so unrecht, dass er es so eilig hatte, denn ihre Neugier erlaubte heute keine gemächliche Fahrweise.

Der junge Morgen war maienkühl, Nebel lag über den Feldern, erst nach und nach kämpfte die Sonne ihn nieder, verwandelte die feuchten Schwaden in erfrischenden Tau, der sich silbrig glänzend über jeden Halm legte. Lärchen schwangen sich in die Lüfte, ließen ihren übermütigen Gesang hören, und mit jeder Meile, die Beatrice dem Ziel näher kam, wurde ihr Herz leichter, freier. Gleich würde sie die Kinder sehen. Die kleinen Blassnasen, die endlich gute Mahlzeiten bekämen, endlich die Sonne genießen, spielen, tief durchatmen, sich entwickeln durften.

Beim Eintreffen fand sie die kleine Schar im Speisezimmer vor dampfenden Porridgeschalen. Noch schienen die Kinder nicht ganz begriffen zu haben, welches Privileg ihnen zuteilgeworden war. Oder sie wagten vielleicht der Beständigkeit ihres Glücks nicht zu trauen, denn gleich dem Eindruck, den Beatrice in dem düsteren Londoner Armenhaus gewonnen hatte, saßen sie mit gesenkten Köpfen, die dünnen Arme schützend um die Schüsseln gelegt, mucksmäuschenstill auf ihren Plätzen und schlangen die Mahlzeit hinunter, als müssten sie sie gegen ihre Nachbarn verteidigen.

»Guten Morgen! Esst doch langsam, Kinder, niemand wird euch den Haferbrei streitig machen. Es ist sicherlich genug für alle da, nicht wahr, Mrs Brown?«

Die Köchin nickte. »Sie können es noch nicht recht glauben, dass sie sich sattessen dürfen, Mylady. Aber wartet nur ein paar Wochen. Ich werde schon Fleisch auf die mageren Rippchen bekommen. Doch auf ein Wort, Mylady …«

Mrs Brown schaute Beatrice eindringlich an und winkte sie in ihr Reich. Der Duft von frisch gebackenem Brot schlug den beiden aus dem Ofen entgegen, als sie die Küche betraten.

»Nun, Mrs Brown?«

»Die Nannys bitten um eine Unterredung. Sie haben die Kinder gestern bei ihrem Eintreffen gebadet und entlaust. Dabei haben sie einige sehr erschreckende Beobachtungen gemacht.«

»Nur zu. Ich will hören, was sie zu sagen haben.«

Eine halbe Stunde später ahnte Beatrice, dass Ausgaben auf sie zukommen würden, die sie nicht eingerechnet hatte. Was die beiden Nannys berichtet hatten, machte das Hinzuziehen eines Arztes notwendig, und Beatrice zögerte nicht, umgehend nach einem Mediziner im Ort schicken zu lassen.

Bereits nach kurzer Weile traf Dr. Faulkner ein. Klein, beinahe zwergenhaft, mit einem weißen Rauschebart, der diesen ersten Eindruck noch festigte, und einem freundlichen Gesicht. Selbst das Einglas, welches sein rechtes Auge derart vergrößerte, dass es einem monströsen Fischauge glich, konnte das Bild eines ungeheuer sanften, liebenswürdigen Menschen nicht trüben. Während Beatrice bei Mrs Brown in der Küche saß und zu einem starken Kaffee von den noch warmen, süßen Milchbrötchen kostete, harrte sie der Untersuchungsergebnisse und hoffte, sie würden nicht allzu schlimm ausfallen.

Beatrice hatte umsonst gehofft. Die Resultate waren niederschmetternd.

»Lady Ames«, begann der Doktor vorsichtig, »es ist mir eine große Freude, die empathischen Bemühungen Ihrer Lordschaft Sir Brook sowie seiner Gattin Lady Brook unterstützen zu dürfen. Wunderbare Menschen, die hier für die Ärmsten eine geradezu himmlische Bleibe geschaffen haben. So etwas ist in unserer Zeit recht selten.«

Beatrice zog sich der Magen zusammen. Natürlich! Der Doktor wusste genau das, was er wissen durfte. Und sie spürte die Folgen ihres strategischen Rückzuges als Initiatorin des Unternehmens, der vordringlich der Furcht vor der Uneinsichtigkeit ihres Bruders in solchen Dingen geschuldet war. Es schmerzte. Dennoch schluckte sie den kurz aufkommenden Grimm hinunter, bat den Arzt um detaillierte Aufklärung, nicht ohne beteuert zu haben, dass sie selbst auch einen winzigen Anteil am Wohl der Kinder leisten wolle und selbstverständlich die Kosten für seine Arbeit übernehmen werde. Man müsse schließlich mit gutem Beispiel vorangehen und sie hoffe auf mehr menschenfreundliche Beteiligung unter ihresgleichen.

»Nun, dann will ich Eurer Ladyschaft berichten. Die harmloseste Erkenntnis ist wohl, dass einige der Kinder trotz ihres jungen Alters völlig verfaulte Zähne haben. Die meisten weisen schwärende Wunden speziell an Rücken und Schultern auf. Ich vermute, Folgen unmäßiger Züchtigung durch ihre Dienstherren, vielleicht auch durch die Alte in ihrer vorherigen Bleibe, die womöglich mit Stock und Riemen nicht zimperlich gewesen ist. Ich lasse einige Salben und Tinkturen hier. Die Blessuren werden heilen. Schlimmer ist jedoch, dass das geübte Auge an den meisten von ihnen unübersehbare Zeichen von Rachitis erkennt. Trichterbrüste, verbogene Gliedmaßen und Auftreibungen an den Handgelenken sind untrügliche Hinweise darauf, dass die Kleinen lang andauernde Mangelernährung erlitten und vor allen Dingen zu wenig Sonnenlicht gesehen haben. Dies trifft natürlich Kinder in den eng bebauten Armenvierteln besonders schnell, wo winters kaum ein Sonnenstrahl die Erde erreicht, aber unter uns Medizinern ist es schon lange Diskussionsthema, dass sich dieses spezielle Problem auch in besseren Kreisen findet. London, unsere stetig wachsende Weltmetropole, wird, so fürchten wir, eines nicht allzu fernen Winters an sich selbst ersticken, und es nimmt nicht Wunder, dass diese Krankheit treffend ›Morbus Anglorum‹ genannt wird. Nirgends sonst auf der Erde schreitet die Industrialisierung so schnell voran wie bei uns und die gesundheitlichen Folgen sind in summa noch gar nicht abzusehen. Immer mehr Menschen auf engem Raum, immer mehr Öfen, immer mehr stinkende, qualmende Fabriken. Die Luft ist so verpestet, dass auch die Kinder der wohlhabenden Verursacher dieser den Himmel verdunkelnden Schweinerei Schäden davontragen. Es ist nun schon viel damit getan, die Kleinen hier an die frische Luft befördert zu haben und ihnen vernünftige Nahrung zu geben. Dennoch rate ich zu regelmäßiger Verabreichung von Lebertran. Die Kinder mögen ihn nicht, er schmeckt scheußlich. Aber er wird helfen. Ich lasse eine Gallone da. Was ich allerdings nicht behandeln kann …«

Der Doktor brach ab und Beatrice sah ihn fragend an. »Was, Doktor?«

Dr. Faulkner nestelte ein Blechschächtelchen aus seiner Westentasche. Das, was er noch anzumerken hatte, schien ihm entsetzlich peinlich zu sein.

»Schaut, Lady Ames …« Er ließ den Deckel aufschnappen und Beatrice blickte auf einige goldbraun glänzende Würfelchen. »Nehmt eins, bitte! Es sind Karamellbonbons. Meine Frau macht sie mir aus Zucker und ein wenig Sahne für meine tapferen kleinen Patienten.«

Beatrice steckte sich einen Würfel in den Mund. »Köstlich! Aber welche Katastrophe verbirgt sich hinter diesen Süßigkeiten?«

Der Arzt zögerte, nahm ein Tuch aus seiner Hosentasche, wischte sich die Stirn. Heiß war es nicht. Offenbar wollte er Zeit gewinnen.

»Gut!«, presste er nach einer Weile hervor, und Beatrice hatte den Eindruck, es quälte ihn ein Schmerz, der so mächtig war, dass er die kleine Person vollends zu Zwergengröße zusammenschrumpfte. »Gut«, setzte er nochmals an, stockte, rang sich die nächsten Worte mit einem Stöhnen ab: »Die kleine Marybeth …«

»Was fehlt ihr? Nun rücken Sie schon heraus damit.«

»Niemand scheint genau zu wissen, woher das Kind kommt. Ich denke, sie hat irische Wurzeln … das rote Haar, die Sommersprossen, die grünen Augen … Das Problem ist, sie spricht nicht. Ich habe sie untersucht. Stimmbänder, Kehlkopf, soweit ich erkennen kann, ist organisch alles in Ordnung. Vielleicht spricht sie nicht, weil sie einen Hörschaden hat. Aber auch das kann ich nicht sicher diagnostizieren. Sie reagiert durchaus auf Geräusche. Vielleicht ist sie traumatisiert … und ich fürchte, da bin ich beim richtigen Ansatz. Ihr Verhalten ist vollkommen ungewöhnlich für ein neunjähriges Kind.«

»Ja, nun erklären Sie sich doch, Doktor! Welches Verhalten macht Ihnen Sorgen?«

»Sie ist das einzige Kind ohne äußere Verletzungen.«

»Wie schön! Das ist doch positiv.«

Faulkner senkte den Blick und schüttelte heftig den Kopf. »Auch ihr hatte ich ein Bonbon gegeben. Als ich sie entlassen wollte … oh mein Gott! Sie ist ein Kind und dennoch … sie zog ihr Hemd aus, kroch mir auf den Schoß. Ich war derart perplex, dass ich gar nicht schnell genug reagieren konnte. Lady Ames, das Kind machte mir unmissverständlich Avancen. Nur, um ein weiteres Bonbon zu ergattern! Stellt Euch vor, wie dieses kleine Mädchen vermutlich bisher durchs Leben gekommen ist. Sie benahm sich wie eine reife Frau!«

»Gott im Himmel!«, entfuhr es Beatrice. Ein eisiger Schauer lief ihr über den Nacken. »Und weil sie nicht spricht, konnte sich jeder Mann in Sicherheit wiegen. Jetzt begreife ich. Ich ahne, wofür die fette Alte sie verdingt hat.«

Der Arzt schaute auf. »Seht Ihr! Ich kann Medizin verschreiben, die körperliche Krankheiten heilt oder doch zumindest lindert. Aber wie soll ich diesem Kind helfen?«

6

LONDON, JULI/AUGUST 1851 – HENRYS SCHACHZUG

Beatrices Versuche, aus der Betreiberin des Londoner Waisenhauses Genaueres über die kleine Marybeth herauszubekommen, fruchteten wenig. Sie konnte der Alten lediglich die Auskunft entlocken, das Kind sei vor wenigen Monaten nach dem Tod seiner Mutter von den Behörden in der Einrichtung abgegeben worden und der Vater sei unbekannt. »Ach, Mylady … vermutlich auf und davon, wie die Herren es so gerne tun, wenn sie erst mal ein Weib geschwängert haben und keine Verantwortung übernehmen wollen …«

Es blieb ihr nichts anderes übrig, als die Sache auf sich beruhen zu lassen, und sie kam im Gespräch mit Dr. Faulkner darin überein, dass die Zeit, die himmlische Ruhe, die über dem Häuschen in Greenwich lag, und die neuen, positiven Ereignisse im Leben des kleinen Mädchens die Wunden auf ihrer Seele heilen sollten. Dennoch versetzte es Beatrice jedes Mal einen Stich ins Herz, wenn sie das Kinderheim besuchte und Spuren dieses merkwürdigen Verhaltens bei der Kleinen wiedererkannte. Wie viele Mädchen aus den Reihen der Ärmsten der Armen mochten wohl in gleicher Weise missbraucht werden? Sie musste sich immer wieder diesen Gedanken verbieten, um daran nicht wahnsinnig zu werden, musste sich stets damit trösten, wenigstens eines dieser bedauernswerten Geschöpfe gerettet zu haben. Aber nichts schürte ihre Wut mehr.

Mitte Juli kehrte Henry von seiner großen Fahrt zurück. Wie immer, wenn er monatelang auf See gewesen war, wirkte er erschöpft und ausgemergelt; unter seiner tiefen Sonnenbräune ahnte Beatrice eine ungesunde Blässe. Und wie immer musste er sich zunächst über einen gewissen Zeitraum »akklimatisieren«, wie er sich auszudrücken pflegte, was nichts anderes bedeutete, als dass er viele Tage und Nächte dem Familiensitz fernblieb und im Etablissement einer stadtbekannten Hure namens Molly verschwand. Die Familie kannte das, befand sein Tun nicht als erwähnenswert und wartete geduldig, bis Henry nach ein, zwei Wochen wohlgenährt und äußerst entspannt wieder auftauchte.

So gern hätte Beatrice ihm gleich bei seiner Ankunft die Ergebnisse ihrer Arbeit präsentiert. Doch sie musste sich gedulden. Eines schönen Morgens war es endlich so weit. Wie aus dem Nichts war der Bruder erschienen, saß, die »London Times« vor sich auf den Knien, plötzlich am Frühstückstisch und begrüßte die Schwester wie selbstverständlich.

»Guten Morgen, meine Schöne! Du siehst großartig aus. Und? Wie steht es mit meinem Haus? Ich bin ganz begierig zu sehen, was du bewerkstelligt hast.«

»Du wirst zufrieden sein.«

In der Tat. Henry war mehr als zufrieden. Er konnte gar nicht aufhören, Beatrice über den grünen Klee zu loben. Als er am Ende der Besichtigung von ihr die Akte mit den Belegen überreicht bekommen und eine Weile eingehend studiert hatte, kannte seine Begeisterung keine Grenzen.

»Fantastische Arbeit, meine Liebe! Ich bin zwar keine Fee, die dir nun drei freie Wünsche gewähren kann, aber einen, zumindest einen, von mir aus sogar einen großen, hast du frei. Womit kann ich dir eine Freude machen?«

Beatrice glaubte die Stunde der Erlösung von ihren Geldsorgen um das kleine Kinderheim gekommen. Mit treuherzigem Blick berichtete sie Henry von der Institution, die Lord und Lady Brook eröffnet hatten, und bat um eine Spende zur Unterstützung.

Henrys eben noch so vergnügte Miene verdunkelte sich. »Beatrice, überlass derartige mildtätige Werke getrost dem Adel. Die haben es ja offenbar nötig, sich in solcher Weise zu profilieren, und faseln ständig von Anstand und Ehre. Wir sind Kaufleute. Für uns zählt nicht das Wohlergehen des gemeinen Volkes, sondern nur unser eigenes. Ich denke gar nicht daran, irgendwelche unnötigen Eskapaden mit unserem sauer verdienten Geld zu unterstützen, denn so wird es keine Dividende bringen; ich könnte auch genauso gut ein Bündel Pfundnoten anzünden. Der Effekt wäre derselbe. Nein, Beatrice, *du* sollst etwas bekommen. Das hast du dir mehr als verdient. Etwas von Wert, etwas, das du später noch deinen Kindern vererben kannst. So du dich denn endlich dazu durchringen kannst, in den heiligen Stand der Ehe zu treten und welche zu bekommen.«

Den letzten Satz hatte er mit einem Augenzwinkern unterstrichen und sein Blick war jetzt fragend auf Beatrice gerichtet. In ihr keimten Ärger und Ernüchterung auf. Er würde sich nie ändern. Was auch immer sie für ihn tat, niemals würde er von seinen Grundsätzen abweichen, die für sie egoistisch, menschenverachtend und schäbig waren. Hatte sie auch noch so sehr gehofft, ihn endlich einmal milde gestimmt zu haben, sah sie sich nun wieder einmal getäuscht. Sie zuckte resigniert die Achseln und besann sich darauf, das zu spielen, was dem Bruder an ihr so gut gefiel. Die schöne, beschützenswerte kleine Schwester eines großen, harten Mannes. Beatrice war zum

Heulen zumute, und so bereitete es ihr keine große Mühe, ihrer Stimme einen weinerlichen Ton zu verleihen.

»Es ist noch immer kein ernst zu nehmender Bewerber aufgetaucht, Henry. Es ergab sich ja auch keine Gelegenheit, mich in der richtigen Gesellschaft umzusehen, denn ich hatte ordentlich zu tun. Ganz so, wie du es dir gewünscht hast.«

Das zog. Er schloss sie brüderlich in die Arme, wiegte sie wie ein Kind, das getröstet werden musste, und flüsterte liebevoll an ihrem Ohr: »Ich werde mir etwas ausdenken, das deine Schönheit unterstreicht, und sobald ich die Frau heimgeführt habe, die ich mir wünsche, werden wir alle gemeinsam eine rauschende Ballsaison feiern und endlich nach dem rechten Partner für dich suchen. Du musst unglücklich sein, mein Liebes. Das will ich ändern. Warte es ab, ich werde die Sache für dich zum Schönsten regeln.« Nun hielt er sie ein Stückchen von sich fort, hob ihr Kinn zu sich herauf und schaute ihr ermunternd in die Augen. »Einverstanden?«

Beatrice rang sich ein schiefes Lächeln ab. Was sollte sie mit einem Ehemann? Von einem Käfig in den anderen umsiedeln? Sie wusste, was der Vater verfügt hatte. Erst eine Heirat würde ihr enormes Vermögen freisetzen. Und wieder würde es ein Mann sein, der über ihr Erbe verfügen sollte. Nie. Niemals würde sie es selbst sein. Der Einzige, dem es jemals gelungen war, an ihrem Herzen zu rühren, war William. Aber der war nun mal vergeben und das war unabänderlich. Henry sah die Tränen, die in ihren Augenwinkeln brannten, wischte sie mit zärtlicher Geste fort, interpretierte sie falsch. Dessen war sie sicher. Und es war ihr recht.

Sie nahm das Schnupftuch, das der Bruder ihr reichte, schnäuzte sich verschämt, atmete tief durch. »Und du? Hast du denn bereits eine Wahl getroffen, Henry? Darf man schon erfahren, wer demnächst die Herrin dieses Hauses sein wird?«

Henry machte ein geheimnisvolles Gesicht. Er griff in seine Jackentasche und zog etwas heraus. Beatrice wollte danach greifen, doch er enthielt es ihr zunächst hinter seinem Rücken vor.

»So zeig mir doch, was du da hast, Henry! Ich bin neugierig.«

»Dann schau.« Seine Worte klangen geradezu feierlich, als er Beatrice ein steifes Stück Karton präsentierte. »Dieses Porträt, eine Arbeit des bekanntesten Meisters der Fotografie, Sir Talbot, wird momentan in den Londoner Salons von Hand zu Hand gereicht. Ich gestehe, ich bin so entzückt, dass ich alles, wirklich alles daransetzen werde, diese Frau für mich zu gewinnen.«

Minutenlang herrschte Stille. Vollkommen fasziniert betrachtete Beatrice das Bildnis. »Mein Gott, wer ist sie? Ich glaube, noch nie eine solch perfekte Schönheit gesehen zu haben. Sie gleicht einem Engel. Kann sie wirklich sein?«

»Es ist kein Gemälde, Beatrice. Die Fotografie bildet nichts als die Wirklichkeit ab. Du teilst also meine Begeisterung?«

»Wer so schön ist, hat sicherlich andere Makel. Entweder sie ist dumm wie Bohnenstroh oder sie hat eine hässliche Seele. Irgendwas wird schon nicht in Ordnung sein mit ihr. Irgendwelche Fehler muss sie haben. Vollkommenheit wäre Blasphemie.«

Henry lachte. »Vielleicht hat sie O-Beine. Aber die kann man ja unter herrlichen Kleidern verstecken. Ich bin besessen von der Idee, sie zu meiner Frau zu machen.«

»Immerhin«, merkte Beatrice lachend an, »ist sie brünett. Ganz so, wie ich mir die Frau erdacht habe, die dort draußen am Brunnen sitzen und meinen humorlosen Bruder sommers zum Fluchen bringen soll, indem sie dich wasserscheuen Nichtschwimmer ordentlich bespritzt.«

»Sie soll sich hüten!«, fiel Henry in das Gelächter ein. »Das Verhältnis von Seemännern zum Wasser ist bekanntlich etwas ambivalent. Ich liebe nichts mehr als die See. Aber nur solange ich sie beherrsche. Niemals würde ich mich auf eine Umarmung mit dem nassen Element einlassen.«

»Ich weiß«, sagte Beatrice nachdenklich, »aber die Liebe einer sensiblen Frau wirst du nicht gewinnen, wenn du sie nur beherrschen willst. Wahre Liebe erfordert vollständiges Einlassen, bisweilen Selbstaufgabe. Ob du dazu fähig sein wirst?«

»Das kann ich dir nicht sagen, Beatrice. Du kannst jedoch gewiss sein, dass ich ihr jeden Wunsch von den Augen ablesen und sie behüten und beschützen werde. Ist das nichts?«

»Vielleicht genügt es ihr. Mir würde es nicht genügen. Aber Schluss mit tiefsinnigen Diskussionen! Nun sag doch: Wer ist sie?«

Henry sah sie dankbar an. Die Unterhaltung war ihm wahrscheinlich schon längst zu sehr ans Innerste gegangen. Allzu gern ließ er sich nicht einmal von seiner vertrauten Schwester in die emotionalen Karten gucken. Diese ihre Frage allerdings schien ihn zu erleichtern und er beantwortete sie gern und ganz befreit. »Ihr Name ist Clara Henriette. Sie ist, und das macht sie zusätzlich zu ihrer Schönheit ganz besonders interessant, eine deutsche Gräfin. Ihr Vater, der Graf von Beiersdorf, soll der zweite Ehemann der Prinzessin Luise von Sachsen-Gotha-Altenburg sein. Du weißt, welche Rolle diese Adlige für England spielt?«

»Selbstverständlich!«, rief Beatrice aus. »So ist deine Auserwählte also die Halbschwester Prinz Alberts, des Gemahls unserer Königin Victoria?«

Henry schüttelte den Kopf. »Nein. Albert ist Luises Sohn aus ihrer Verbindung mit Herzog Ernst von Sachsen-Coburg-Saalfeld. Der Vater der jungen Gräfin war Luises zweiter Ehemann. Die beiden hatten keine gemeinsamen Kinder und sie starb bereits wenige Jahre nach der Vermählung. Folglich war der Graf lediglich der Stiefvater Alberts. Jahre später heiratete er erneut und zeugte einen Knaben und zwei Mädchen. Die Ältere ist Clara Henriette. Jung ist sie, sechzehn, soweit ich informiert bin. Eine Knospe, längst nicht voll zur Frau erblüht.«

»Henry! So poetisch kenne ich dich ja gar nicht«, neckte Beatrice. »Mir scheint, du bist ganz verliebt. Aber sag mal …« Sie drehte und wendete das Bildchen in ihrer Hand, betrachtete es eingehend. »Dieses milchweiße Sternenkleid, das sie trägt … es scheint mir weniger Ball- denn Hochzeitskleid zu sein. Ist sie womöglich längst unter der Haube?«

Henry fuhr nervös auf. Beatrice entdeckte einen roten Schein auf seinen Wangen. »Verheiratet ist sie nicht. Noch nicht! Aber Sir Talbot hat mir hinter vorgehaltener Hand etwas von einer geplanten Verlobung im August erzählt. Ich werde mich sputen müssen, sonst wird mein schöner Plan nicht gelingen. Denk doch bitte, welche Möglichkeiten sich für unsere Familie auftun werden! Endlich Zugang zu den Adelskreisen! Und womöglich sogar zum Hof! Man munkelt, Clara Henriettes Vater verbinde eine sehr freundschaftliche, innige Beziehung mit seinem Stiefsohn Albert. Eine bessere Option werde ich kaum irgendwo finden.«

»Ach, daher weht der Wind! Henry, du bist ertappt. Dachte ich doch einen Augenblick lang, du wärest einfach nur ein verliebter Mann. Aber nein. Du wirst deine unternehmerische Ader niemals schwärmerischen Gefühlen unterordnen können. Ach, ich bin enttäuscht … Befürchtest du nicht, auch sie würde schnell erkennen, was wirklich hinter deinem Werben steckt? Eine Frau hat doch ein Gespür dafür, wer es ernst und liebevoll mit ihr meint, wer nicht allein hinter Annehmlichkeiten her ist, die ein Titel in die Familie bringt. Was willst du denn ins Feld führen, dass sie eine geplante Verlobung auflöst, um ausgerechnet dir hierher nach England zu folgen? Hast du dir darüber schon Gedanken gemacht?«

Wie verschlossen der Bruder mit einem Male wirkte! Merkwürdig. Beatrice war verwirrt.

»Nun, Schwesterlein, ich habe bereits Vorkehrungen getroffen. Lass mich nur machen.«

Warum klangen seine Worte so düster? Eben noch hatte Beatrice Hochzeitsglocken läuten, eine ausgelassene Gästeschar jubeln gehört. Jetzt fielen ihr seltsam unmelodische Töne auf, die alles verdarben. Den Bruder endlich vermählt zu sehen, zumal mit diesem zauberhaften Geschöpf, war ein herrlicher Gedanke gewesen, der ihr Herz vor Freude beinahe zum Überquellen gebracht hätte. Aber was hatte er vor? Aus wessen Armen wollte er das Mädchen rauben? Wie sollte es gelingen? Würde sie ihn überhaupt wollen?

Beatrice fühlte, wie ein unangenehmer Schwindel sie überkam.

* * *

Mit dem August hielt der Tod in London Einzug. Während die Oberschicht der Stadt längst den Rücken gekehrt hatte, um es sich auf den außerhalb gelegenen Sommersitzen gut gehen zu lassen und die frische Landluft zu genießen, stand in den engen, lichtlosen Gassen der Arbeiterviertel die brutheiße Luft. Und es stand nicht nur die Luft. Die Themse, ohnehin einer der trägsten Ströme überhaupt, schien sich durch den zweimal täglich stattfindenden Tidenhub der nahe gelegenen Nordsee, die dem Strom reichlich Meerwasser entgegendrückte, überhaupt nicht mehr voranzubewegen. Die Abwässer und Fäkalien aus privaten Haushalten mischten sich mit giftigen Ausscheidungen der Fabriken in der Sonnenglut zu einem gefährlichen Gebräu, das buchstäblich zum Himmel stank. Und zu einer idealen Brutstätte für Bakterien wurde. Noch gingen Mediziner davon aus, allein das Einatmen der Dämpfe löse die gefürchtete Krankheit aus, die seit Jahren Tausende und Abertausende Todesopfer unter den Bewohnern forderte. Niemand schaute recht hin, niemand realisierte, dass es das Wasser der Themse war, verwendet zum Waschen, Baden, Kochen und Trinken, welches den Keim jener Krankheit trug, die Cholera hieß.

Überall in den Slums hörte man das Klagen, hörte das Würgen der Menschen, die sich unablässig erbrachen, deren Gedärme keine Ruhe mehr fanden, denen die Krankheit jeden Tropfen Flüssigkeit aus den Leibern presste, bis nichts mehr da war, bis die Leidenden schließlich ausgedörrt wie Pflaumen, die man zum Trocknen auf eine Schnur gefädelt hatte, zusammenschrumpelten und einfach starben.

Dann kam jemand und räumte die Leichen fort, leichte Last nurmehr, kippte Eimer, Schüsseln, Nachttöpfe in den großen, trägen Strom. Der nahm, was man ihm gab. Trug es gleichmütig weiter. Zum Nächsten. Zu der Wäscherin dort am Ufer, zu dem Kind, das seinen Durst stillen will, zu der Mutter, die Wasser zum Kartoffelkochen schöpft, zu dem jungen Paar, das sich die geschundenen Füße im Nass kühlt, nachdem die Fabriksirene es in den späten Feierabend entlassen hat.

Man hörte ihn lachen, den Tod im Londoner August 1851.

Beatrice und Henry lachten nicht in London. Sie lachten in den herrlich grünen Hügeln der Cotswolds. Auf Greenfield Manor hatten die Bediensteten schon vor Wochen die Leinentücher von den Möbeln gezogen und alles für das Eintreffen der Familie bereitgemacht. Seither herrschte ausgelassenes Treiben auf dem großzügigen Landsitz. Kein Morgen ohne ausgedehnte Ausritte, kein Nachmittag ohne eine Runde Tennis oder Croquet im Schatten der alten Parkbäume, vielleicht eine Bootspartie, ein Picknick im Gras, kein Abend ohne eine Festivität. Hier oder in der nahen Nachbarschaft. Man bewirtete Verwandte und Freunde, die auf ein paar erholsame Tage anreisten, war unter sich. Selbst Beatrice vergaß die Sorgen, die sie in der Stadt zurückgelassen hatte, und amüsierte sich prächtig.

Das Leben war leicht. Wunderbar.

Anlässlich einer Sommergala, die unweit Greenfield Manors von der Bankiersfamilie Pinkerton ausgerichtet wurde, fand Henry endlich Gelegenheit, Beatrice das versprochene Geschenk zu präsentieren. Lange hatte er sie warten lassen, aber jetzt, als sie vor ihrer Frisierkommode saß und sich just von ihrer Zofe Janet das üppige kastanienbraune Haar zur Ballfrisur türmen ließ, kam Henry herein. Er wusste genau, wie wenig eitel Beatrice war. Nur eines gab es, auf das sie besonders stolz war: ihre Lockenpracht, die bis weit über die Hüfte reichte.

Sie sah ihn im Spiegel hereinkommen, in der Hand ein Kästchen, und ahnte, dass es ein Schmuckstück enthalten würde. Er beugte sich über ihre Schulter, berührte sacht mit den Lippen ihre rosé gepuderte Wange, strahlte ihrem gläsernen Konterfei entgegen.

»Ich habe etwas für dich, das deinen schönsten natürlichen Schmuck erst richtig zum Glänzen bringen wird. Sieh mal …«

Beatrice öffnete gespannt das Etui. Es enthielt auf dunkelblauem Samt gebettet ein Diadem von so außerordentlicher Schönheit, dass es selbst unter den Kronjuwelen einen Sonderplatz hätte beanspruchen können.

»Henry, du bist verrückt!«, flüsterte Beatrice überwältigt und fuhr mit den Fingerspitzen die filigranen Linien aus Gold nach, die dicht an dicht mit verschieden großen Diamanten besetzt waren. »Es muss unermesslich kostbar sein.«

»Das ist es, mein Herz. Aber es ist meiner kostbaren einzigen Schwester dennoch nur mit Mühe würdig. Ich freue mich, wenn dir meine bescheidene Gabe gefällt.«

»Bescheidene Gabe? Meine Güte. So kenne ich dich ja gar nicht! Übst du dich in Schmeicheleien? Es gelingt ganz gut, mein Lieber. Deine Zukünftige wird sich freuen. Und ich bin überwältigt.« Beatrice sprang auf und fiel dem Bruder um den Hals.

In diesem Augenblick war es pure Freude, was sie empfand. Und es war pure Freude, einen ganzen herrlichen Sommerabend lang unter dem Funkeln der Diamanten durch den entzückend hergerichteten Ballsaal der Pinkertons zu tanzen. Erst am nächsten Morgen, als das Diadem längst wieder wohlverwahrt in seiner Schatulle lag, wurde Beatrice bewusst, welch pekuniären Wert Henry ihr da gestern mit seinen ungeschickten Männerfingern auf den duftenden Scheitel gelegt hatte. Nicht dass es ihr an teurem Schmuck gemangelt hätte. Nein. Aber dieses Juwel repräsentierte zweifellos ein wahrhaft stattliches Vermögen. Wenn es einmal hart auf hart kommen sollte in ihrem Leben, dann hätte sie etwas, das sie in klingende Münze würde wandeln können. In viel, sehr viel klingende Münze!

Die Tage vergingen wie ein Sommermärchen. Lediglich ein wildes morgendliches Wettrennen der Geschwister trübte die Laune ein wenig. Petersham und Sheadie, Henrys Hunde, tollten neben den Pferden her, die Zungen flogen ihnen um die Lefzen, ihr Atem ging hechelnd, dennoch kreuzten sie von Zeit zu Zeit ausgelassen den Weg der Rösser, verursachten den Reitern einen kleinen Rumpler, den es auszusitzen galt. Bei solch einer Gelegenheit verstolperte sich Beatrices Pferd, ging aus vollem Lauf halbwegs zu Boden, fing sich zwar wieder, rappelte sich auf, aber hatte die eigentlich im Damensitz höchst erfahrene und sichere Reiterin schon ins taufeuchte Gras befördert. Fluchend zog sie den Stiefel vom Fuß, hielt sich den schmerzenden Knöchel, der umgehend zu doppeltem Umfang schwoll und die dramatisch düstere Farbskala eines Gewitternachmittages annahm.

Henry war sofort bei ihr, nahm ihr die Zügel aus der Hand, die sie noch immer eisern festhielt, und schaute besorgt auf sie herunter.

»Das war das letzte Mal, Henry! Nie wieder werde ich mich in dieser widernatürlichen Haltung auf ein Pferd hocken. Von nun an, das schwöre ich dir, reite ich im Herrensitz. Es ist mir egal, was die Leute sagen. Ich hätte mir den Hals brechen können.«

Henry, der an sich viel Wert auf das legte, was »die Leute« sagten, hatte ausnahmsweise keine Widerworte. Viel zu erschreckt war er offenkundig über den Anblick des Fußes und viel zu froh, dass seiner Schwester nichts Schlimmeres passiert war. Seinem Ärger machte er lediglich Luft, indem er ausgiebig mit den ohnehin schon betreten dreinschauenden Hunden schimpfte. Dann hob er Beatrice vorsichtig auf ihr Pferd und pfiff die beiden Laverack-Setter an seine Seite, wo sie den gesamten Heimweg über mit schuldbewusst gesenkten Köpfen einhertrotteten.

Beatrice bestellte schon am selben Nachmittag eine Schneiderin ein, damit sie für Reithosen Maß nahm. Eilig umgesetzter Ausdruck ihres festen Willens, ehe Henry doch noch etikettetreue Einwände erheben würde.

Als die Frau mit der Beteuerung gegangen war, bereits am übernächsten Tag die ersten Breeches abzuliefern, machte Beatrice es sich mit einem Eisbeutel über dem verletzten Knöchel auf dem Kanapee in der Bibliothek bequem. Von hier aus führte eine schmale Tapetentür in das danebenliegende Rauchzimmer. Diese Tür, das wusste jeder im Haus, bot keinerlei Schallschutz. Nur eine kurze Weile hatte Beatrice ihrer Lektüre gewidmet (und auch das nicht sehr konzentriert, denn das Pochen in dem verletzten Fuß drängte sich stetig in den Vordergrund ihrer Wahrnehmung), als sie von nebenan Stimmen hörte.

»Wann werdet ihr reisen?« Das war Henry.

»Morgen, mein Guter.« Die Stimme kam ihr bekannt vor, wenngleich sie sie nicht ganz konkret zuzuordnen vermochte.

»Und euer Plan wird aufgehen?«

»Zweifellos!«

Stille.

Schritte.

Rascheln.

»Wird es vorläufig reichen? Ihr könnt gern nachordern.« Henry.

»Wir halten dich telegrafisch auf dem Laufenden. Es wäre doch gelacht, wenn wir das Hühnchen, das goldene Eier legt, nicht einzufangen vermöchten.«

Zweistimmiges Gelächter.

»Gute Reise. Grüß mir deinen Bruder. Und kommt nicht ohne gute Botschaften heim!«

Schritte. Eine Tür fiel ins Schloss. Man entfernte sich.

Beatrice blieb allein. Mit dem pochenden Fuß. Und dem pochenden Herzen. Und beunruhigenden Gedanken. Keine Frage: Da wurde ein Netz ausgelegt, das dieses »goldene Eier legende Hühnchen« fangen sollte. Wer sollte es wohl sein, wenn nicht die schöne junge deutsche Gräfin, die Henry so obsessiv entschlossen war, als Gattin heimzuführen? Aber warum wurde in diesem Zusammenhang niemals von romantischem Werben, von Liebesbriefen, von Minnereisen gesprochen? Warum gab es »Pläne«? Dieses Wort klang nach Geschäften. Nicht nach Herzensangelegenheiten. Vielleicht war es der Schmerz, womöglich aber hatte es beim Sturz doch einen kleinen Schlag gegen den Kopf gegeben … Es war alles so schnell gegangen, bis sie sich auf dem Boden wiedergefunden hatte … Einerlei! Beatrice spürte erneut diesen seltsamen Schwindel.

7

GREENFIELD MANOR, SEPTEMBER 1851 – AUF DER JAGD

Bereits zwei Wochen nach ihrem Sturz saß Beatrice wieder zu Pferd. Sie genoss die neue Bewegungsfreiheit und damit einhergehende beruhigende Sicherheit, die das Reiten in Hosen ihr bescherte, und ließ Henry nun noch schlechter im Sattel aussehen, wenn sie ihn zu morgendlichen Rennen auf den ausgedehnten Stoppelfeldern und Wiesen rund um Greenfield Manor herausforderte. Der Vater hatte ihm zwar die Leidenschaft für die See vererbt, aber zu seinem Kummer in dem Sohn keine Begeisterung für Pferd und Jagd erwecken können. Ganz anders Beatrice, die eine leidenschaftliche, gelehrige Schülerin gewesen war. Es hatte sich schon zu Jugendzeiten erwiesen, dass Beatrice dem Bruder in manch sportlicher Hinsicht weit überlegen war. Sie galt als äußerst zielsichere Schützin und hatte vom Vater gleichzeitig eine große Liebe zur Kreatur vermittelt bekommen, die sie stets in Hochachtung vor dem Leben handeln ließ.

Henry hingegen »ballerte«, wie Beatrice gern zu lästern pflegte, nur »wild drauflos«, wenn ein Schwarm Enten aufstieg. Nie genügte ihm ein einziger Schuss und er holte lediglich mit viel Glück mal einen Vogel vom Himmel. Den präsentierte er dann zwar stolz, aber jeder Erfahrene erkannte sofort, dass das Fleisch kaum verwertbar sein würde, so großzügig, wie Henry mit seinem Schrot umgegangen war. Gott sei Dank hielt er sich wenigstens seit einem peinlichen Erlebnis von vornherein zurück, wenn es auf Rotwild ging. Keiner der Jagdteilnehmer hätte Spaß daran gehabt, noch einmal einem fliehenden, schwer verletzten Wild stundenlang nachzuspüren, um ihm den erlösenden Schuss zu gewähren, und Henry war klug genug, sich nie wieder eine solche Blöße zu geben.

Nun hatte endlich die Jagdsaison begonnen. Morgens lag häufig kühler Nebel über der Landschaft. Beatrice liebte den Herbst mit seiner besonderen Stimmung und genoss es jedes Jahr, sich bei den höchst willkommenen Anlässen in dieser Disziplin zu üben, die eigentlich den Männern vorbehalten war.

Erstaunlich aufgeräumter Stimmung war Henry an diesem Septembermorgen, als er neben ihr durchs Unterholz stiefelte. Aufmerksam betrachtete sie ein ums andere Mal seine vergnügte Miene von der Seite, ohne ihn jedoch darauf anzusprechen, was ihn in eine so heitere Laune versetzte. Sie wollte ihn selbst kommen lassen, denn in den letzten Wochen hatte sie ihn häufig mürrisch und verschlossen erlebt. Als sie ihn gefragt hatte, reagierte er so abweisend, dass sie ihn seither in Ruhe gelassen und abgewartet hatte. Irgendetwas musste schiefgelaufen sein, und anscheinend hatte sich dies nun zum Guten gewendet. Erst gestern war er aus London zurückgekehrt, wohin man ihn vor ein paar Tagen telegrafisch gerufen hatte.

Die Geschwister hatten sich ein wenig von der Jagdgesellschaft abgesetzt und waren einem alten Hirsch auf der Spur. Auch heute trug Beatrice Hosen. Dazu weiche Stulpenstiefel und eine knappe, taillierte Jacke. Sie genoss es, wie ein Raubtier lautlos und mit katzenhafter Geschmeidigkeit über den moosigen Untergrund huschen zu können, ohne ständig Gefahr zu laufen, mit den ausladenden Röcken am Gestrüpp hängen zu bleiben. Henry hingegen hielt zwar die Büchse im Anschlag, war aber offenbar mit seinen Gedanken nicht bei der Sache und gab sich überhaupt keine Mühe, den überall herumliegenden Ästen auszuweichen, die lautstark unter seinem Gewicht zerbrachen.

»Mach nicht solchen Lärm! Du verscheuchst das Wild«, flüsterte sie tadelnd. Der kapitale Hirsch schien schon hämisch zu grinsen, als er sich umwandte, ihnen direkt in die Augen schaute, um gleich darauf mit majestätischer Gelassenheit im Dickicht zu verschwinden.

»Ich verscheuche es nicht. Ich bin nah daran, es lebendig und mit eigenen Händen zu fangen.«

Beatrice drehte sich verständnislos zu ihm um. »Wovon sprichst du? Der Bursche ist vorerst weg. Ob wir ihn noch einmal aufstöbern können, ist höchst ungewiss.«

»Ich spreche nicht von dem alten Vierzehnender. Den lass laufen. Ich spreche von meiner Braut. Du wirst dir vorstellen können, dass mich das Waidwerk angesichts meiner bevorstehenden Hochzeit mit der schönen jungen deutschen Gräfin noch weniger fesseln kann als ohnehin schon.«

Beatrice blieb abrupt stehen. »Es ist dir also geglückt? Wie, mein Lieber, hast du es angestellt, ohne der Angebeteten jemals gegenübergestanden zu haben?«

»Nun, das werde ich nachholen. Morgen gedenke ich zu reisen. Allerdings habe ich die Eheschließung in London bereits mit dem Grafen ausgehandelt.«

»Das sieht dir ähnlich! ›Ausgehandelt‹! Herrgott, das Mädchen tut mir jetzt schon leid. War sie nicht verlobt, wie ich es vermutete? Ließ sich das Eheversprechen so ohne Weiteres lösen? Wie? Warum? Gab es Streit? Hat die Braut sich umentschieden? Nun erzähl schon!«

Merkwürdig, wie Henry jetzt der Schweiß auf die Stirn trat. Beatrice wurde das Gefühl nicht los, dass er ihr bei Weitem nicht alle Informationen preisgab. Er zog ein Tuch aus seiner Tasche, fuhr sich damit über Stirn und Nacken, räusperte sich und dennoch klang seine Stimme belegt, als er mit gesenktem Kopf antwortete: »Darüber habe ich keine Kenntnis. Ich kann dir nur mitteilen, dass der Graf ein brennendes Verlangen danach hat, *mir* seine Tochter zur Frau zu geben. Schließlich kann ich seinem Augapfel eine gesicherte finanzielle Zukunft bieten. Allzu gut scheint es um das Kapital des gräflichen Haushalts nicht bestellt zu sein. Überdies dürfte dir nicht vollkommen entgangen sein, dass meine Wirkung auf Frauen selten fehlgeht. Ich habe keine Befürchtungen, dass sie mich am Ende zurückweisen wird und ich mit leeren Händen aus Deutschland zurückkehre.«

Beatrice musterte ihren Bruder mit zusammengekniffenen Augen. Bisher hatte sie ihm mit viel weiblichem Geschick noch immer jeden Wurm aus der Nase ziehen können. Doch in dieser Sache wirkte er ebenso verschlossen wie unangenehm berührt und geradezu trotzig …

In der Ferne fielen Schüsse. Hunde bellten. Henrys Setter spitzten die Ohren, ihre Nasenflügel vibrierten, ein erregtes Zittern flirrte über die schlanken, drahtigen Körper, fragend schauten sie zu ihrem Herrn auf. Eine willkommene Gelegenheit für Henry, der hochnotpeinlichen Befragung seiner Schwester endlich zu entkommen. Er klopfte sich ans Hosenbein; die Hunde folgten sofort. Im Gehen warf er ihr über die Schulter zu: »Lass uns zu den anderen stoßen, Beatrice. Mit mir an deiner Seite wirst du heute kaum noch einen Schuss erfolgreich ins Ziel bringen.«

»Sicher nicht«, erwiderte Beatrice mit einem zynischen Unterton und schickte sich an, ihm zu folgen. »Du scheinst schon im Reisefieber zu sein. Das verursacht offenbar Ausdünstungen, die mir das Wild endgültig verjagen. Mögen sie vom Duft des Geldes überlagert werden, wenn du deiner heiß ersehnten Beute zum ersten Mal gegenüberstehst.«

Wutentbrannt schnellte Henry zu ihr herum. »Was bildest du dir eigentlich ein? Noch niemals im Leben hast du auch nur die leiseste Spur eines Eindruckes davon gewonnen, was es bedeutet, eben dieses Geld zu verdienen. Du schwelgst im Luxus, seit du auf die Welt gekommen bist. Noch nie hast du Schwielen an den Händen gehabt, niemals Verantwortung übernehmen müssen für Geld und Gut und ja, auch für Untergebene. Du kannst nichts als große Reden schwingen. Man hat mir zugetragen, wie du versucht hast, meine Arbeiter aufzuwiegeln, gegen mich zu opponieren. Eigentlich wollte ich diese ungeheuerliche Geschichte auf sich beruhen lassen, aber du forderst mich ja heraus. Soll ich dir verraten, wie ich mit jenen verfahren bin, die frech deinen Rufen vom goldenen Thron aus gefolgt sind und einen Flächenbrand unter den Arbeitern auslösen wollten? Ausgemerzt habe ich diese brandigen Geschwüre aus meiner Belegschaft. Sie stecken an, weißt du? Nun frag dich mal, ob dein Tun irgendjemandem Nutzen erbracht hat. Gewiss nicht den Familien der Entlassenen. Für deren jetzige Situation hast allein du die Schuld zu tragen. Wie gefällt dir das? War es das, was du wolltest?«

Beatrice erstarrte unter seinem inquisitorischen Blick. Sie senkte die Lider. Für einen Moment hatte sie das niederschmetternde Gefühl, alles, was der Bruder ihr gerade vorhielt, sei die echte, unverfälschte Wahrheit und ihr Handeln nichts als egoistisch motivierte Großtuerei, die genau denen geschadet hatte, welchen sie eigentlich hätte dienlich sein sollen. Die Menschen litten. Doch sie litten stumm und entrechtet. Nicht jeder Einzelne konnte aufstehen und sich wehren. Alle zusammen mussten das tun, um vereint etwas verändern zu können. Ein Bewusstmachen der eigenen jämmerlichen Lage dieser Arbeiter hatte sie erreichen, gerechten Zorn entfachen, Mut machen wollen. Ein Gemeinschaftsgefühl heraufbeschwören, das alle hatte vereinen und stark in den Kampf gegen Ausbeutung und Ungerechtigkeit führen sollen.

Musste man, musste *sie* tatsächlich wissen, wie sich Schwielen an den Händen anfühlten, um sich ein Urteil erlauben zu können? Musste man ganz unten gewesen und Schwerstarbeit geleistet haben, um sich eine Vorstellung davon machen zu können? Genügte nicht allein der offene Blick auf all die Missstände, auch ohne sie selbst erfahren zu haben, um zu erkennen, dass etwas faul war in diesem System? Hinter Beatrices Stirn überschlugen sich die Gedanken. Sie war unfähig zu antworten.

»Nun?«, fuhr Henry sie an und in seiner Stimme lag Triumph. »Was ist, Beatrice, hat es dir die Sprache verschlagen?«

»Was wäre«, begann sie zögerlich, »wenn du nicht als erster Sohn einer steinreichen Reederdynastie zur Welt gekommen wärest, sondern als Kind bettelarmer Arbeiter?«

»Bin ich nun mal nicht!«

So patzig, wie Henrys Worte jetzt klangen, fühlte Beatrice Oberwasser. »Ist diese Antwort deiner Intelligenz würdig? Ich fürchte, nein. Bist du nicht in der Lage, dich in andere Menschen hineinzuversetzen?«

»Vielleicht will ich das gar nicht. Es ist mir Mühe genug, diese Menschen zu verwalten und für ihre Sicherheit zu sorgen.«

Beatrice fauchte vor Wut. »Menschen verwalten? Höre ich richtig? Was gibt dir das Recht? Worauf fußt es? Auf dem glücklichen Umstand deiner Geburt, des Standes, für den du es niemals nötig hattest zu kämpfen, während andere tagtäglich schon allein um menschenwürdiges Überleben ringen müssen? Und Sicherheit? Was für eine Art von Sicherheit ist das? Wenn selbst das eigenständige Denken, wenn schon das Formulieren von geringsten Ansprüchen genügt, diese vorgebliche Sicherheit im Nu zerstört zu sehen. Weißt du eigentlich, wer im Grunde wirklich unsicher ist? Du bist es, mein Lieber. Wenn deine Leute alle miteinander beschlössen, die Arbeit auch nur für einen einzigen Tag ruhen zu lassen, wäre es schon aus mit deiner Sicherheit. So tönern ist nämlich das Fundament, auf dem dein Reichtum steht. Angewiesen bist du auf sie. Auf den Einzelnen magst du verzichten können. Dem kannst du leicht und ganz folgenlos für dich die Lebensgrundlage entziehen. Aber wenn sie zusammenhielten, dann könnten sie sie *dir* unter den Füßen wegreißen, ehe du dich ein einziges Mal um die eigene Achse gedreht hast.«

Henrys dunkle Augen funkelten sie an. Empörung und eine Überheblichkeit, die ihr schier unerträglich war, spiegelten sich darin. »Tja, siehst du, mein naives, weltverbesserisches Schwesterchen … von denen braucht es viele, die all ihren Mut auf Teufel komm raus zusammennehmen müssten, um mir schaden zu können. Doch meine Person allein reicht vollkommen aus, um jeden Einzelnen von ihnen über die Klippe ins Nichts zu stoßen. Das ist der kleine, aber feine Unterschied.«

»Der Teufel bist *du*!«

»Das kann schon sein.«

Diese Süffisanz in seiner Stimme! Widerwärtig. Beatrice drehte sich auf dem Absatz um und lief. Fort, nur fort. Sie achtete nicht auf den Weg, ließ Zweige ihre Wange peitschen, dass blutige Striemen blieben, geriet bis über die Knie in eine tiefe Pfütze, dass kalter Schlamm in den Stiefelschaft quoll, zog verärgert das Bein heraus, stürzte, fiel, riss sich ein Triangel in die Hose. Einerlei. Die Gedanken rasten. Wie war es möglich? Er war doch vom selben Blut wie sie. Hatte dieselbe Erziehung genossen. Was war es, das ihn so blind, so uneinsichtig, so borniert machte? Hatte er kein Herz? Genauso wenig wie der Vater, der liebevolle, umsichtige Vater keines gezeigt hatte, damals, als sie ihn im Waisenhaus beobachtet hatte. Oder lag es womöglich daran, dass er ein Mann war?

Beatrice blieb stehen. Keuchend ging ihr Atem in der Stille des Waldes. Sollte es so sein? Waren Männer einfach so? William … William war doch ganz anders … oder verstellte er sich womöglich nur? Wäre die Welt gerechter, wäre sie ein besserer Ort, wenn Frauen das Sagen hätten? Oder würden sie zu ebensolchen Ungeheuern mutieren, sobald man ihnen erst einmal Macht in die Hand gegeben hätte?

Sie hasste es, keine Antworten auf existenzielle Fragen zu finden. Und in diesem Moment gab es sowieso kaum etwas, das sie nicht gehasst hätte.

Am folgenden Tag verließen beide Geschwister Greenfield Manor, ohne noch ein einziges Wort miteinander gewechselt zu haben. Henry trat seine Reise nach Deutschland an, Beatrice fuhr in ihrem Gig nach London zurück. Erst am nächsten Morgen, als Janet ihre Reisetasche auspackte, reichte sie Beatrice eine kurze Notiz, die Henry offenbar in einem unbeobachteten Augenblick hineingelegt hatte:

»Ich werde darüber nachdenken. Kuss, Henry.«

Über Beatrices Züge huschte ein Lächeln. Zumindest ein kleiner Sieg.

8

LONDON, OKTOBER 1851 – AM FUSSE DES REGENBOGENS

Niemals hätte Beatrice es für möglich gehalten, dass der vergangene Sommer der letzte gewesen sein sollte, den sie in England verbracht hatte. Nur kurze Zeit nachdem Henry zusammen mit seiner frisch angetrauten Ehefrau Clara Henriette aus Deutschland zurückgekehrt war, nahmen die Dinge ihren unabänderlichen Lauf.

Henrys empörter Gefühlsausbruch im Wald nahe Greenfield Manor hatte auch Beatrice nachdenklich gemacht, und die kleine Handreichung des Bruders hatte zu einem Waffenstillstand zwischen den Geschwistern geführt. In der Wahl ihrer Auftrittsorte war Beatrice nun vorsichtiger geworden. Nicht noch einmal wollte sie dafür verantwortlich sein, dass ein Arbeiter durch ihre Schuld seine Anstellung verlor und damit eine ganze Familie ins Unglück gestürzt wurde. Also hatte sie begonnen, ihre öffentlichen Reden vor anderem Publikum zu halten. Nicht mehr die bitterarmen Betroffenen, sondern die Oberklasse der Gesellschaft wollte sie nun wachrütteln und hatte nach einigen Versuchen durchaus den Eindruck, etwas erreichen zu können. Einen einzigen Nachteil jedoch hatte diese Vorgehensweise, wie sich sehr schnell herausstellen sollte: Williams Bekanntheitsgrad war selbstverständlich innerhalb seiner eigenen Schicht erheblich höher als unter der Fabrikarbeiterschaft, und so trug es sich zu, dass ein gewisser Lord Axley, der zufällig Zeuge von Beatrices Auftritt am letzten Tag der Great Exhibition vor dem Crystal Palace geworden war, Henrys Kutsche erkannt hatte. Nichts Besseres hatte der Lord zu tun gehabt, als die von ihm als offenkundig bewiesene Beziehung zwischen William und Beatrice herumzutratschen. Selbstverständlich hinter vorgehaltener Hand. Aber die Sache war in der Welt, sickerte nach und nach durch, machte ihre Runde und landete natürlich am Ende auch bei Lady Brook.

Was genau sich zwischen den Eheleuten daraufhin abgespielt hatte, erfuhr Beatrice nicht. Allerdings erhielt sie ein Briefchen von William, in dem er ihr mitteilte, dass Begegnungen fürderhin nur noch »unter allerpenibelsten Sicherheitsvorkehrungen« möglich sein würden und er ihr zukünftig für ihre Unternehmungen weder Schutz noch Begleitung gewähren könne. Einen Skandal dürfe und wolle er sich nicht erlauben, liebe sie aber »jetzt und ewig«.

Beatrice war wie vom Blitz getroffen. Er entzog ihr also sein Patronat. Ließ sie fallen wie eine heiße Kartoffel, als wäre ihre Beziehung nichts, rein gar nichts wert. Er ließ sie allein zurück, verweigerte ihr den sicher geglaubten Schulterschluss, unterwarf sich den Regeln seiner gesellschaftlichen Stellung, die er offenbar um nichts in der Welt und nicht einmal zugunsten ihrer Liebe aufs Spiel setzen wollte. War er also wirklich genauso wie alle anderen Männer! Keinen Deut besser als Henry – ein eitler alter Geck, der sie lediglich benutzt hatte, um seinem trockengefallenen Liebesleben jugendlichen Saft einzuträufeln. Beatrice fühlte sich benutzt und beschämt.

Auf ihr erstes, fassungsloses Erstaunen folgte eine Phase abgrundtiefer Depression. Sie schloss sich ein, verbot ihrer Zofe

Janet, ihre Räume zu betreten, zog die dichten Vorhänge zu, auf dass es Nacht sei, wie es Nacht in ihrem Herzen geworden war, aß nicht, trank nicht, gab dem Drängen des galligen Magens nach, wo auch immer sie ging und lag. Es war ihr egal. Sie badete nicht, wechselte nicht einmal ihr Nachtkleid und heulte in die Kissen, bis nach zwei durchwachten Tagen ein gnädiger Schlaf sie endlich erlöste.

Am vierten Tag drang Janet, die vor Sorge nicht mehr ein noch aus gewusst hatte, schließlich mit der Hilfe des herbeigerufenen Gärtners und eines eisernen Kuhfußes gewaltsam ein und fand ihre Herrin in fürchterlichem Zustand vor. Beatrices Gesicht war verquollen, die Augenwinkel wund geweint, die vollen, weichen Lippen aufgesprungen, die langen Locken lagen wirr und verfilzt um den zusammengekrümmten Leib. Es roch nicht gut im Raum. *Sie* roch nicht gut.

»Herrgott, Mylady!«, entfuhr es der Zofe beim Anblick der wie tot Daliegenden. Mit banger Sorge prüfte sie, ob Beatrice überhaupt noch atmete. Ja, sie lebte. Aber in welch entsetzlichem Zustand!

Janet wusste sehr wohl um das Temperament Beatrices. Wusste, wie sehr sie sich Dinge zu Herzen nahm. Kannte sowohl Beatrices euphorische als auch ihre tieftraurigen Gefühlslagen. Sie wusste, niemals war sie ein Mensch gewesen, dessen Emotionen auf sanften Wellen von Gleichmaß oder gar Gleichgültigkeit dahintrieben. Immer schon war sie extrem gewesen, ein Mensch, der zu Tode betrübt sein oder wie auf Engelsflügeln schwebend himmelhoch jauchzen konnte.

Wohl ihrer Erfahrung! Janet wusste, was zu tun war. Leise wies sie den Gärtner an, in ihr Dienstmädchenzimmer zu eilen, um die lederne Tasche unter ihrem Bett hervorzuholen, in der sie allerlei Kräuteressenzen verwahrte, und vors Zimmer zu stellen; dann geschwind in der Küche Bescheid zu geben, man möge dünnen schwarzen Tee heraufschicken, dazu Haferschleim mit etwas Salz und Zucker anrichten und Hühnerbrühe kochen.

Janet klingelte nach dem Mädchen, raffte alle verschmutzten Kleidungsstücke und Laken zusammen, derer sie habhaft werden konnte, ohne Beatrice zu wecken, wand alles in einem Bündel zusammen und reichte es der Dienstmagd hinaus. Neugierig wollte die Kleine einen Blick hereinwerfen, aber Janet hinderte sie, griff nach ihrer Arzneitasche und schloss ihr die Tür vor der Nase.

»Du bleibst hier auf dem Gang. Was aus der Küche heraufkommt, stellst du vor die Tür, hörst du? Einmal klopfen genügt. Troll dich und wag es nicht hereinzukommen.«

Leise zog Janet die Gardinen auf, öffnete die Fensterflügel, ließ einen Stoß frischer Morgenluft herein, verriegelte die Fenster flugs wieder, befürchtete, ihre Herrin könnte sich zu allem Übel auch noch verkühlen.

Eine kleine Phiole mit Brechnussdestillat nahm sie nun aus der Tasche, zog etwas davon in eine gläserne Pipette, hockte sich auf die Bettkante, drehte den Kopf der Schlafenden zu sich und träufelte einige Tropfen in Beatrices Mundwinkel. Die verzog die Lippen und stöhnte gequält. Janet fühlte ihre Stirn. Schweißig. Aber kalt. Gut. Wenigstens fieberte sie nicht.

Nun hieß es abwarten. So lange, bis das Medikament seine Wirkung getan hatte. Ewig würde es nicht dauern. Zeit, ins Bad zu gehen, die Wanne volllaufen zu lassen. Janet schüttete Lavendelöl hinein, probierte die Wassertemperatur.

Es klopfte verhalten.

Folgsam hatte das Mädchen ein Tablett abgestellt und sich sofort wieder zurückgezogen. Janet trug es herein. Vom Bett war ein herzhaftes Gähnen zu hören.

»Janet? Wie bist du hereingekommen?«

»Mit roher Gewalt, Mylady! Ich bitte um Entschuldigung, aber ich bin für Euch verantwortlich. Dafür werde ich schließlich bezahlt, und ich hätte ein schlechtes Gewissen, kümmerte ich mich nicht um meine Aufgaben. Das werdet Ihr mir nicht übel nehmen, nicht wahr?«

Beatrice brachte ein schiefes Lächeln zustande, schüttelte den Kopf und verzog gleich darauf in einer Mischung aus Schmerz und Ekel das Gesicht. »Meine Güte, warum stinkt es hier so?«

»So? Tut es das noch immer? Ihr hättet es riechen sollen, bevor ich gelüftet habe.«

»Sei so gut, lass mehr Luft herein.«

Janet tat wie geheißen, dann schenkte sie Tee ein, süßte ihn und reichte Beatrice die Tasse. »Trinkt. In kleinen Schlucken. Wir wollen den Magen langsam gewöhnen.«

Artig wie ein kleines Mädchen folgte Beatrice in der nächsten Stunde jeder Anweisung ihrer Zofe. Sie ließ sich baden, das Haar waschen und entzausen, genoss eine Schultermassage mit duftenden Ölen, ließ sich ankleiden und kehrte in ein vollkommen aufgeräumtes Schlafgemach zurück, wo die Dienstmädchen alle äußeren Spuren des Schreckens derweil auf Janets Geheiß entfernt hatten. Sie behielt den Haferbrei bei sich, den Janet ihr Löffelchen für Löffelchen zwischen die Lippen schob, und fühlte sich körperlich zusehends besser.

Nur die innere Befindlichkeit verharrte noch immer in einem Zustand enormen Aufruhrs. Kaum hatte Janet sie – im Gesicht den Ausdruck größter Zufriedenheit über ihr erfolgreiches Wirken – allein gelassen, kamen die bösen Gedanken zurück. Allerdings provozierten sie nun nicht mehr hilflose Traurigkeit. Sie lösten ein ganz anderes Gefühl aus: Wut!

Halten wir also fest, Beatrice Ames, sagte sie sich entschlossen, alle Männer sind gleich miserabel. William ist im Grunde wirklich nicht anders als Henry. Solange wir ihnen keine Mühe bereiten, sind wir gut. Kommen wir ihnen mit irgendetwas in die Quere, wollen sie nicht zu uns stehen. Was sagt uns das? Wir werden uns zukünftig, sofern wir als Frauen auf die Unversehrtheit unserer Seele Wert legen, von ihnen fernhalten und unsere eigene Sache machen. Pah! Angewiesen ist eine Frau nicht und niemals auf irgendeinen Kerl. In Zukunft wird das Herz verschlossen. Verlasst euch nicht auf einen Mann, ihr Frauen, denn dann seid ihr verlassen! Verlass dich nie wieder auf einen, Beatrice Ames! Geh deinen Weg allein. Du hast Mut, du bist klug. Du brauchst keinen Mann.

* * *

Dass Beatrices wütend enttäuschte Entscheidung vorschnell getroffen war, durfte sie anlässlich einer äußerst unangenehmen Situation schon kurz darauf feststellen.

Die Vereinbarung, die sie mit sich selbst getroffen hatte, stattete sie nämlich vorerst nicht nur mit einer Art Todesmut aus, sondern beflügelte sie derart, dass sie einen Plan ausheckte, von dem sie eigentlich ganz genau wusste, er konnte nur böse für sie ausgehen. Im vollen Bewusstsein dieser Tatsache nahm sie ihn dennoch in Angriff, denn das Abkommen dürstete nach prompter Überprüfung auf praktische Umsetzbarkeit. Nachdem sie so oft gerade noch um Haaresbreite davongekommen war, nahm sie jetzt sehenden Auges das hohe Risiko in Kauf, dieses Mal nicht ungeschoren zu bleiben.

Geh deinen Weg allein, sagte sie sich immer wieder, als sie das letzte Stück zu Fuß über die Brücke zurücklegte. Ihr Ziel war der Palace of Westminster, welcher sich seit dem verheerenden Brand im Oktober 1834 immer noch im Wiederaufbau befand. Hier, so ihr Plan, wollte sie sowohl die Peerage als auch Hunderte von Bauarbeitern gleichzeitig mit ihrer Rede erreichen. Sie musste nur warten, bis die hohen Herren die bereits 1849 wiederhergestellte Chamber of Lords nach ihrer Sitzung verließen, und würde sogleich auf ein fantastisch zusammengesetztes Publikum treffen. Oben und unten. Großartige Voraussetzungen.

Hin und wieder stockten ihre Schritte. Recht wohl war ihr nicht bei der Sache, und beinahe hätte sie sich gewünscht, dass die dunklen Wolken, die ein bald losbrechendes Gewitter verhießen, ihr Vorhaben im letzten Moment vereiteln würden. Aber hätte sie sich selbst noch ins Gesicht schauen können, wenn sie im letzten Moment klein beigab und umkehrte? Nein, Beatrice! Geh. Und schau, was du ausrichten kannst.

Niemand nahm groß Notiz von der Dame in dem strengen, schwarzen Seidenkleid, dessen einzige Extravaganz in den dezenten englischen Rosen zwischen den Rockschößen bestand. Bewusst hatte sie etwas Schlichtes, Unaufdringliches und trotz der gewittrigen Hitze Hochgeschlossenes gewählt, um möglichst seriös zu wirken.

Keiner hinderte sie daran, auf einen Wagen, beladen mit Gerüstteilen, zu klettern. Von hier aus hatte sie eine wunderbare Übersicht. Die Baustelle glich einem Ameisenhaufen. Scheinbar lief alles durcheinander, aber bei genauerem Hinsehen zeigte sich die durchdachte, geschäftige Ordnung. Ringsum wurde emsig gehämmert, geschreinert, gesägt. Und gebrüllt. Anweisungen gab man knapp und lautstark. Vom Ufer der Themse herauf hörte sie das Kreischen der Kräne, die tonnenschwere Sandsteinblöcke direkt von den Schiffen auf die Baustelle hoben. Ein Mann mit unter den Arm geklemmten Papierrollen fiel ihr auf. Sie erkannte den Architekten Charles Barry, dessen neugotisch geprägter Entwurf unter nahezu einhundert Einsendungen den Zuschlag für die Errichtung des neuen Parlamentsgebäudes bekommen hatte. Die »London Times« hatte Fotografien von ihm abgedruckt. Kein Zweifel, er musste es sein.

Ohrenbetäubend heulte eine Sirene. Beatrice warf einen Blick auf ihre kleine silberne Taschenuhr. Tatsächlich, Punkt zwölf Uhr. Pause. Janet hatte also recht gehabt. Ihr Verlobter Robert ging hier seinem Broterwerb nach und hatte einige nützliche Informationen beigesteuert. Die Arbeiter ließen alles stehen und liegen, versammelten sich im Innenhof zu ihren Füßen. Manche holten Henkelkannen heraus, die eine liebevolle Ehefrau oder Mutter morgens heiß befüllt haben mochte. Nun war die Mahlzeit längst erkaltet, mutmaßte Beatrice, aber keinen schien es zu stören. Andere wickelten belegte Brote aus. Einige stopften etwas Tabak in kurze Pfeifchen, bliesen blauen Dunst in den unwetterdräuenden Herbstmittag. Mancher nahm nur verstohlen einen Schluck aus seinem Flachmann. Erwischt werden durfte man dabei nicht.

Nur wenige warfen einen erstaunten Blick zu Beatrice herauf. Was tat die Lady dort oben? Ach, wen scherte es? Die paar freien Minuten mussten genutzt werden. Auch Beatrice wusste um die Kürze der Zeit, die ihr zur Verfügung stand. Eine Viertelstunde. Wo blieben die Lords nur?

Die Sonne kämpfte sich durch die düsteren Wolken, endlich öffneten sich die Türen des prunkvollen neuen Sandsteinbauwerkes und die ersten Lockenperücken zeigten sich. Beatrice hielt Ausschau nach William, doch sie konnte ihn nicht ausmachen. Wohl aber entdeckte sie Lord Axleys ausgeprägte Adlernase. Dieser Mistkäfer!

Beatrices Handflächen wurden schweißnass. Abbrechen? Sich zurückziehen? Fast verließ sie aller Mut, doch dann rief sie sich zur Raison. Niemals! Jetzt musste sie da durch, der Moment war gekommen, aufzustehen und den Mund aufzumachen. Sie atmete tief ein, straffte die Schultern, hob den Kopf. Immerhin half es, sich ganz auf ihre Redeerfahrung zu verlassen. Beatrice wusste um die Qualität ihrer Redechoreografie, um den wohltönend dunklen Klang ihrer durchsetzungsstarken Stimme, spürte, wie die oft geprobten einleitenden Worte sie sicherer werden und in Fahrt kommen ließen. Keiner der Arbeiter hörte auf zu kauen, aber zumindest waren jetzt aller Augen erstaunt auf sie gerichtet und man hörte ihr zu.

»Männer, gefällt euch die Arbeit bei dieser brutheißen Schwüle heute? Oder tätet ihr jetzt lieber etwas ganz anderes? Wie wäre es mit einem Spaziergang am Fluss unter schattigen Bäumen mit der Liebsten? Ein vergnügtes Dosenfußballspiel mit euren Söhnen? Vielleicht ein schnelles Unterschlüpfen im gemütlichen Wirtshaus zu einem kühlen Ale oder einer guten Tasse Tee, falls der Himmel dann doch noch ernst machen sollte?« Sie wies lächelnd mit der Rechten in die finstere Wolkenwand. Die Blicke der Männer folgten stumm ihrem Fingerzeig, mancher lächelte zurück.

»Hernach eine Partie Karten mit guten Freunden? Womöglich ein fürstliches Mittagsmahl, wie es den Herren dort drüben sogleich aufgetischt werden wird, kaum dass die Türen ihrer feinen Villen, Stadthäuser und Paläste hinter ihnen ins Schloss gefallen sind? Wäre das nicht herrlich, Männer? Aber es wird ein unrealistischer Wunschtraum bleiben. So unrealistisch, wie ihr, die ihr hier alle zu wohlverdienter Pause zusammenhockt, den Herren da drüben erscheinen mögt. Die sehen euch nämlich gar nicht. Wollen euch nicht sehen! Und schauten sie wenigstens einmal hin, betrachteten sie euch gewiss nicht als gleichwertige Menschen. Für die seid ihr nichts als Arbeitsvieh. Arbeitsvieh, das zu ihrem Glück keine Rechte und Ansprüche auf ein menschenwürdiges Leben hat. Arbeitsvieh, das sich leicht verwalten und beherrschen lässt.«

Vorsichtig zustimmendes Gemurmel aus den Reihen der Arbeiter. Empörte Blicke aus der Menge der Perückenträger. Was nahm die Frau sich heraus? Irritiertes Kopfschütteln. Musste man sie ernst nehmen?

Das gefiel Beatrice, trieb sie zu frischem Schwung an. »Lebt ihr etwa, um zu arbeiten?«, schmetterte sie den Arbeitern entgegen.

Einstimmig brummte ihr die Verneinung entgegen, doch keiner sprach. Eine gute Gelegenheit, die nächste provozierende Frage mit sanfter, geradezu mütterlich verständnisvoller Stimme zu stellen.

»Oh, ich verstehe. Dann arbeitet ihr also, um zu leben?! Nicht etwa, um euren Lohn mit Huren und Alkohol zu verprassen, sondern nur ganz schlicht, um euch, eure Frauen und Kinder, vielleicht eure Alten ernähren zu können. Um ihnen ein Dach über dem Kopf zu bieten, um vielleicht sogar eines Tages ein paar Shilling auf die Seite legen zu können, damit euch nicht jede unvorhergesehene Kleinigkeit, mag es eine Krankheit sein oder der neue Wintermantel für das Kind, das schon wieder aus dem alten herausgewachsen ist, in Verzweiflung stürzt?«

Stumm nickten die Männer.

»Ja, das dachte ich mir. Und ich denke mir überdies, ihr würdet euch besser fühlen, wenn dies gelänge, nicht wahr? Es würde euch stolz machen und ruhiger schlafen lassen, für Sicherheit sorgen und euch im Notfall in die Lage versetzen, auch mal eine Entscheidung treffen zu können. Ein winziges Maß an Freiheit zu gewinnen, das ihr, weiß Gott, verdient habt, so sehr, wie ihr euch den Buckel krumm arbeitet.«

Beatrice rührte es, wie sich die Mienen der Männer jetzt veränderten. Sehnsüchte erkannte sie in den Gesichtern. Sehnsüchte, die doch eigentlich nichts anderes waren als der legitime Wunsch nach dem absoluten Minimum gesicherter Lebensgrundlage. Doch sie hatte noch mehr. Einen Virus wollte sie ihnen einimpfen. Die Medaille des Menschseins umdrehen und ihnen die andere, die über dieses Minimum hinausgehende Seite zeigen. Aufrütteln, Denken anregen. Ob sie dafür reif sein würden? Versuchen wollte sie es.

»Glaubt ihr aber, es wäre damit getan, einfach nur überleben zu können? Glaubt ihr, es ist alles, was euch zusteht? Mitnichten, Männer! Ihr seid mehr als nur Arbeitskräfte. Das

Menschsein erschöpft sich nicht im schwer erarbeiteten vollen Teller. Das ist ein Anfang, doch erst hinter dem Rand des vollen Tellers erkennt man das Reich der Freiheit. Man sieht es nicht mit leerem Magen, denn der Schwindel der Schwäche trübt den Blick. Man sieht es auch nicht durch den Schleier der Sorge über den ausgemergelten Körper des kranken Kindes hinweg. Ich verrate euch ein Geheimnis: Freiheit, wahre Freiheit, Männer, beginnt erst da, wo Arbeit aufhört!«

Verständnislosigkeit sprach aus der Haltung der Arbeiter. Beatrice spürte, sie musste weiter ausholen, erklären, bewusst machen. Tief schöpfte sie Luft, fuhr sich mit dem Handrücken über die Stirn, wischte die Schweißperlen fort. Halb fürchtete sie, halb erhoffte sie das Losbrechen des Unwetters, das endlich Abkühlung bringen sollte. Nur schnell fertig werden. Nur schnell diese ihr so eminent wichtige Argumentationskette zu Ende bringen, um dann zur furiosen Essenz kommen zu können. Ein Windstoß fächelte ihr Luft zu. Sie stemmte die Hände in die Hüften.

»Es ist mir wichtig, Leute. Ich will, dass ihr versteht, was ich euch mitteile, will, dass ihr nachdenkt. Versuchen wir es so herum: Ich frage euch, wann hört eure Arbeit auf? Hört sie überhaupt je auf oder bleibt ihr nicht vielmehr Tag und Nacht im Hamsterrad? Selbst wenn eure Hände stillliegen, dreht sich doch in eurem Kopf alles nur um den Broterwerb, habe ich recht? Oder habt ihr etwa noch Zeit, Mensch zu sein? Habt ihr noch Zeit, frei zu denken, zu fühlen? Fühlt ihr *euch* überhaupt noch? Oder lähmt euch die tägliche Angst ums Auskommen so sehr, dass ihr euch selbst ganz und gar aus den Augen verloren habt? – Ihr schweigt. Ihr schaut zu Boden. Habe ich sie erwischt, eure Achillesferse?«

So viele aufgeweckte Gesichter dort unten. Nein, sie waren nicht dumpf. Innerlich frohlockte Beatrice. Nun galt es, sie zu bestätigen, ihnen den letzten Schubs zu geben. Wohlan, jetzt würden Zuckerbrot und Peitsche den Rest erledigen.

»Ich glaube, ihr seid klug, wisst ganz genau, wohin ich euer Nachdenken treiben will. Ich frage euch also weiter: Hat man Achtung vor euch? Vor euren Leistungen … – und aufgemerkt, es kommt der springende Punkt –: vor euren Leistungen, ohne die ein kleines Grüppchen Privilegierter nicht herrlich und in Freuden leben könnte? Anders gefragt: Habt ihr nur Achtung vor denen da oben? Vor der organisierten politischen Gewalt der Oberschicht, die euch mit voller Absicht und ohne Gnade kleinhält, unterdrückt und euch eure Lebenskraft aussaugt, damit sie selbst besser gedeiht?«

Beatrice hielt den Atem an. Ihr Herz schlug ihr bis zum Hals. Sie blickte über die gesenkten Häupter, realisierte die Empörung in den Gesichtern der Lords. Genau diese Empörung hatte sie erreichen wollen. Ha! Wie großartig. Nun der nächste Schritt. Mitten hinein in das erste Donnergrollen hob sie wieder an und sie wusste genau, welche Provokation das jetzt Folgende für die Arbeiter darstellen würde: »Sagt es mir, Männer, habt ihr nur Achtung vor denen da oder habt ihr auch Achtung vor euch selbst? Das nämlich wäre die Grundlage für euer wahres Menschsein. Aber ich sehe nur ein unterdrücktes, jämmerliches Häuflein da unten sitzen. Männer wie Bäume, stark und fähig. Männer, die die Dinge für sich und ihresgleichen *zusammen* in die Hand nehmen könnten. Ihr seid viele, über euch stehen wenige, die aufgescheucht werden müssen, damit sie euch endlich anständig behandeln, bezahlen und euch Respekt zollen.«

Mit einer wegwerfenden Handbewegung drehte sie sich halb um, wollte den Anschein erwecken, aufgegeben zu haben, die provisorische Tribüne verlassen zu wollen. Doch im Augenwinkel erkannte sie, ein paar wenige weitere Spitzen würden den Effekt ihrer Worte auf den Gipfel treiben. Beatrice setzte nach und gab ihrer Stimme diesen besonders herablassenden, ätzenden Unterton, der schon so oft in ähnlichen Situationen zu heilsamem Aufbegehren geführt hatte.

»Ach, ich glaube beinahe, mit euch hat es doch keinen Sinn, oder? Ihr seid zu schlapp, um aufzubegehren, stimmt's? Ihr wagt nichts. Euch ist der Spatz in der Hand lieber als die Taube auf dem Dach. Besser ein paar Pence in der Tasche und den Mund halten, als sich zusammen aufraffen und aufbegehren. Ich sage euch: Ihr hättet es gar nicht nötig, feige zu sein, denn euer Wert ist viel höher, als ihr glauben mögt. Aber ich sehe nichts als einen Haufen Feiglinge.«

Buhrufe kamen aus der Menge, das blauschwarze Gewölk durchzuckte ein greller Blitz, lang gezogen rollte ein Donnerschlag. Nein, schau mal einer an, sie wollten sich anscheinend doch nicht beleidigen lassen. Jetzt hatte sie sie so weit. Es steckte Leben in ihnen. Kampfgeist! Hier und da reckte sich eine geballte Faust. Wut verzerrte die Gesichter der Männer. Keiner saß mehr, alle waren auf den Füßen. So war es immer, das kannte sie. Endlich war der Moment gekommen, sie völlig auf ihre Seite zu ziehen.

»Ruhe bitte. Ich bin noch lange nicht fertig!«, gebot ihre kräftige Stimme. »›Man muss das Volk vor sich selbst erschrecken lehren, um ihm Courage zu machen.‹ Das sagt ein Mann, der ganz und gar auf eurer Seite steht. Manche von euch kennen den Deutschen Karl Marx. Der eine oder andere wird ihn schon reden gehört haben. Auch ich stehe auf eurer Seite. Ich bin nur eine Frau, aber ich bin dennoch gekommen, um euch Courage zu machen, aufzustehen und für eure Rechte zu kämpfen. Gemeinsam, denn nur gemeinsam seid ihr stark. Muss euch das wirklich ausgerechnet eine Frau sagen? Wisst ihr, warum ich, eine schwache, kleine Frau, zu euch komme? Wisst ihr, was wir gemeinsam haben? Ich will es euch sagen: Wir Frauen machen die Hälfte der Bevölkerung aus. Wir haben zwar das Recht, aufs Schafott zu steigen. Aber nicht das Recht, eine öffentliche

Tribüne zu besteigen und unsere Meinung zu vertreten. Überdies haben wir Frauen genauso wie ihr einfachen Männer kein Recht zu wählen. Das eint uns. Das macht uns gleich. Egal, aus welcher Gesellschaftsschicht ich – für euch wahrscheinlich leicht erkennbar – komme, ich habe genauso wenig Rechte wie ihr und ich meine, wir müssen zusammenstehen.«

Verblüffte Unsicherheit bei manchen. Doch auch Zustimmung konnte Beatrice in vielen Gesichtern lesen. Leise waren sie geworden, nachdenklich. Dann begann zu wirken, was Beatrice gesagt hatte. Bewegung kam in die Männer. »Sie hat recht«, brüllte einer und streckte die geballte Faust in die Höhe. »Die da, ja, schaut doch, die da drüben! Die da, die machen Gesetz und Ordnung. Ordnung, der wir uns unterwerfen müssen. Kein Mitspracherecht haben wir. Selbst im House of Commons hockt nur der Besitzstand. Wir haben die nicht gewählt, sie wissen gar nichts von uns und unseren Bedürfnissen. Aber sie befinden über unser aller Wohl und Wehe. Die haben alles, wir haben nichts. Warum? Sind wir die schlechteren Menschen? Zeigen sollten wir es ihnen!«

Inzwischen betrugen sich die Lords in ihren Roben wie ein aufgescheuchter Hühnerhaufen. Ein kräftiger Wind hatte eingesetzt, wirbelte dichten Staub und erste Herbstblätter durch die Luft, zerrte an den Löckchen der Abgeordneten. Manche traten schon die Flucht an. Hielten die Perücken fest und strebten eilends vom Platz. Ob sie womöglich statt des näher kommenden Gewitters den sofortigen Ausbruch einer Revolte befürchteten? Einige diskutierten heftig und gestenreich miteinander, zeigten mit dem Finger auf Beatrice.

Ob schon jemand die Polizei gerufen hatte? Von hier aus würde sie schlecht fliehen können, es gab keinen sicheren Weg heraus. Wohin auch? Kein William würde mit seiner Kutsche warten. Heute galt es. Selbst auf die Gefahr hin, festgesetzt zu werden.

Beatrice holte tief Luft. »Seid ihr in Wahrheit stark, Männer? Ich denke, ihr seid es.«

»Ja!«, kam es aus Hunderten Kehlen.

»Dann organisiert euch! Streitet für eure Rechte, für die Rechte eurer Frauen und Kinder! Der Mann dort unten hat recht. Geld regiert diese Welt. Wenige haben viel. Viele haben wenig. Man sagt zwar, das Geld würde demnächst abgeschafft … Ich kenne jemanden, der hat gar keins mehr …«, griff Beatrice zur Auflockerung jenen Marx'schen Scherz auf, der derzeit unter Londons Arbeiterschaft die Runde machte. Aufbrandendes Gelächter bewies ihr, dass die Leute diesen bitter-sarkastischen Witz kannten, und Hoffnung keimte in ihr auf. Vielleicht hatten sie den Mann sogar reden hören, dessen kluge und sozialkritische Auffassungen sie an so vielen Stellen teilte? Die Aufmerksamkeit ihres Publikums war ihr jedenfalls jetzt sicher und sie fuhr fort: »Aber im Ernst, Männer, das Geld muss endlich gleichmäßig und gerecht verteilt werden. Wer viel arbeitet, muss viel verdienen. Und, arbeitet ihr viel?«

»Ja!« Der Klang der Stimmen war nun aggressiver geworden. Beatrice spürte, sie hatte sie gewonnen, hatte Schleusen geöffnet. Ein banger Blick gen Himmel bestätigte, auch dort würden sich gleich Schleusen öffnen. Lautstark debattierten die Männer untereinander, und Beatrice hatte fast das Gefühl, sie würden sich gleich auf das kleine Häufchen Lords stürzen, das noch standhaft am Fleck stehen geblieben war. Eigentlich genau der Augenblick, in dem sie gewöhnlich mit einem Gefühl tiefer Befriedigung das Ziel ihrer Mission erfüllt gesehen hatte und sich zurückzuziehen pflegte. Mehr als aufrütteln konnte sie sowieso nicht, das war ihr vollkommen bewusst, und sie hätte überhaupt nichts dagegen gehabt, jetzt schleunigst ein sicheres, trockenes Plätzchen aufzusuchen. Erste schwere Tropfen fielen, und in Kürze stand gewiss ein wahrer Wolkenbruch bevor.

Doch jetzt war ihr Podest eng umringt und sie begriff, dass sie dieses Mal wirklich nicht davonkommen würde.

Plötzlich wurde es so dunkel, als sei nicht heller Mittag, sondern die Nacht bereits hereingebrochen. Nur die nächste, nicht enden wollende Folge von Blitzen erhellte noch dramatisch die Szenerie. Ein Wolkenguss durchnässte in ungeahnter Schnelligkeit jeden Faden am Körper, und Beatrice entdeckte drei Bobbys, die sich den Weg zu ihr bahnten. Aus sicherer Entfernung von den Lords beobachtet.

Beatrice kletterte vom Wagen, hoffte, in der Menge untertauchen zu können, blieb mit dem Rock am spröden Holz der Ladewand hängen, versuchte verzweifelt wegzukommen. Ein Mann griff ein, wollte helfen. Der Misston reißenden Stoffes. Egal, Hauptsache frei. Schnelles Umsehen. Welche Chance? O weh!

Nur wenige der Arbeiter machten nicht sofort Platz, mussten dafür sogleich einen scharfen Hieb mit dem Knüppel einstecken, gaben letztlich nach und wichen zurück. Zu stark verinnerlicht war der Respekt vor der Polizeigewalt, und letztlich bildeten sie doch in gewohnt unterwürfiger Manier eine Gasse und ließen die Polizisten durch, bis sie direkt vor dem Wagen standen.

* * *

William hatte es Beatrice prophezeit. Wahrhaftig, die Arrestzelle war mehr als nur ungemütlich. Durch ein winziges, vergittertes Fenster, kaum mehr als eine Schießscharte, fielen die letzten Strahlen der Abendsonne. Eine Pritsche, eine grobe Wolldecke, fest um den triefnassen, fröstelnden Leib geschlungen, ein Nachttopf. Meterdicke Mauern. Bekritzelt mit allerhand Notizen, dilettantischen Zeichnungen. Die einzige Ablenkung in völliger Einsamkeit.

Am Morgen würde man sie dem Richter vorführen. Mehr hatte sie nicht mitgeteilt bekommen, und trotz ihres inständigen Bittens hatte man es ihr nicht gewährt, eine Botschaft an Geoffrey abzusetzen. Ob er ein Familienmitglied sei? Ehemann, Vater, Bruder? Als Beatrice verneinte, nur erwidern konnte, sie wolle ihren Kutscher auf schnellstem Wege zum Anwalt der Familie schicken, auf dass er sie aus der misslichen Lage befreie, bekam sie nur hämisches Gelächter zu hören.

Um sechs Uhr öffnete sich die Luke in der Zellentür. Ein Tablett wurde hereingereicht. Ein Becher lauwarmer, dünner Tee, eine dicke Scheibe Brot, ein Stückchen ekelhaft fette Sülzwurst. Beatrice nahm den Tee. Alles andere rührte sie nicht an. Grübelnd saß sie auf der kargen Bettstatt, beide Hände um den Becher gefaltet. Niemand wusste, wohin sie gegangen war. Geoffrey hatte sie lediglich abgesetzt und war auf ihr Geheiß nach Hause zurückgekehrt. Sie hatte ihn nicht in die Sache hineinziehen wollen. Wie sollte es gelingen, hier schleunigst wieder herauszukommen?

Stundenlang saß sie so. Horchte auf die ungewohnten Geräusche, Schritte auf den Gängen, Schlüsselklirren, ab und zu die dünne Stimme eines Mitgefangenen, der kläglich nach seiner Mutter rief. Quittiert vom bellenden Anschnauzer des Wachhabenden: »Ruhe!« Sie spürte, wie erst die Nachtkälte in jede Pore zu dringen begann, dann eisige Schauer den Körper überliefen, ein Zittern verursachten, das nicht mehr aufhören wollte. Klappernd schlugen ihre Zähne aufeinander. Ausziehen müssen hätte sie ihre nassen Kleider. Aber nackt und völlig schutzlos? Nur in die brettsteife, kratzige Decke gewickelt? Nein! Sie fühlte sich so schon ausgeliefert genug. Vermied es, sich hinzulegen, obwohl sie zum Umfallen müde war. Nicht die Kontrolle aufgeben!

Irgendwann musste es sie dann doch umgeworfen haben. Als sie erwachte, fand sie sich zusammengerollt wie ein Embryo.

Von draußen drang grauer Morgendunst herein. Wieder hörte sie Schlüssel sich in Türen drehen, wieder öffnete sich die Klappe, wieder wurde eine Mahlzeit hereingeschoben. Tee. Lauwarm. Dünn. Eine Scheibe Brot, ein Stück fettige Sülzwurst. Wieder nahm sie nur den Tee. Wartete. Völliges Gleichmaß. Sie wusste nicht, wie spät es war. Alle persönlichen Gegenstände hatte sie abgeben müssen. So auch die kleine Taschenuhr.

Zäh tropfte die Zeit. Nur das Licht ließ ahnen, wie der Morgen voranschritt. Keine Eile. Völliges Gleichmaß.

Beatrice begann, im Raum auf und ab zu wandern. Vier kleine Schritte. Wenden. Vier kleine Schritte. Wenden. Dann versuchte sie, mit gymnastischen Übungen die klamme Steifheit aus den Gliedern zu vertreiben. Es gelang leidlich. Im Mund ein fauliger Geschmack. Kein Wasser. Kaltes hätte schon genügt. Sie vernahm Stimmen, die näher kamen. Klopfte an die Tür. »Wasser. Ich brauche Wasser.« Man nahm keinerlei Notiz von ihr. Wieder begann sie zu wandern. Benutzte den Nachttopf. Abgestandener Nachturin. Es stank.

Stunden mussten verronnen sein. Nichts geschah. Nur am Sonnenstand konnte sie ermessen, dass es beinahe Mittag geworden sein musste, als sich endlich ihre Zellentür öffnete.

»Gefangene Ames, folgen Sie mir.«

Jetzt würde sie also dem Richter vorgeführt werden. In Beatrices Kopf formten sich Worte, die sie zu ihrer Verteidigung sprechen wollte.

Kein Richter erwartete sie. Stattdessen reichte man ihr nur ein Formular, schob ihr die konfiszierten Gegenstände über den Tisch. »Hier unterschreiben.« Beatrice unterschrieb. Realisierte gar nicht recht, was.

»Sie können gehen.«

Verständnislosigkeit.

»Keine Lust, Ma'am? Da ist die Tür!«

Benommen raffte sie ihre Habseligkeiten zusammen, den Kopf voller Fragen, die sie sich zu stellen versagte. Raus. Nichts wie raus hier.

Die Taschenuhr zeigte halb zwölf, als Beatrice auf die Straße trat.

***

Wie sich herausstellte, war es William gewesen, der seine Beziehungen hatte spielen lassen, damit Beatrice schleunigst wieder auf freien Fuß gesetzt wurde. Natürlich waren ihm die Ereignisse vor der Chamber of Lords flugs zu Ohren gekommen. Er hatte es sich nicht nehmen lassen einzugreifen, aber er hatte es sich genauso wenig nehmen lassen, ihr eine Nachricht zukommen zu lassen, die bereits auf sie wartete, als sie daheim eintraf. Scharf waren seine Worte ausgefallen, und er bestellte sie auf den Nachmittag desselben Tages in den Salon.

Zerknirscht und schuldbewusst empfing ihn Beatrice dort zur Teezeit. Heiß wurde er serviert. Und heiß waren Beatrices Tränen der Dankbarkeit. An diesem Tag fiel es ihr nicht schwer, aus überzeugtem Herzen zu versichern, dass sie sich von nun an zurücknehmen wollte, William ganz sicher nie wieder in die Verlegenheit bringen würde, derart für sie einstehen zu müssen. Er nahm es mit freundlichem Wohlwollen auf. Allein … sein Gesicht sprach Bände von Zweifeln.

»Beatrice, du wirst dich an dein gerade gegebenes Versprechen halten müssen. Meine Gattin ist jetzt alarmiert und überwacht all meine Schritte mit Argusaugen. Du wirst deinen Weg gehen, da bin ich vollkommen sicher. Aber du wirst ihn wirklich in Zukunft ohne mich gehen müssen. Schau, ich bin schon beinahe ein alter Mann … Nein, nein, versuch gar nicht erst zu protestieren. Du weißt das genauso gut wie ich. Ich danke dir für die Zeit, in der du mir das Gefühl gegeben hast, noch einmal jung und voller Tatendrang zu sein. Ich versichere dir, du wirst immer in meinen Gedanken, in meinem Herzen bleiben. Aber bitte …«

So entsetzlich kläglich seine Stimme. Tränenfeucht seine Augen. Als hätte sie diesen starken, aufrechten, anständigen Mann Jahre gekostet. Alt wirkte er jetzt. Müde.

»Ich verstehe schon, William«, erwiderte Beatrice sanft und schloss ihn in die Arme. »Du kannst und willst mit meinem heißen Blut nicht mehr mithalten. Das musst du auch nicht. Ich wünschte nur, du würdest mir nicht die Freundschaft kündigen.«

Sacht strich er ihr über den Rücken und hielt sie. Sie fühlte, wie er den Kopf schüttelte, löste sich ein wenig von ihm und blickte direkt in seine Augen. »Ich werde dich immer lieben, William. Vielleicht nicht mehr so wie einen Liebhaber, denn das bringt dich nur in Schwierigkeiten und die möchte ich dir zukünftig unbedingt ersparen. Eigentlich gönne ich dich deiner Gemahlin nicht, sie hat dich gar nicht verdient, hörst du? Aber dann lass mich dich wenigstens so lieben wie den allerbesten Freund. Bist du damit einverstanden?«

Ein erstickter Laut, der beinahe ein Schluchzen war, kam aus seiner Kehle. William barg den Kopf an ihrer Schulter, flüsterte: »Du hast mich mehr als einmal in Angst und Schrecken versetzt, mein Liebes. Eigentlich ein bisschen zu oft für meine armen Nerven. Aber du hast mich auch auf einen bunten Regenbogen aus purem Glück mitgenommen. Lass mich hier sitzen, am Fuß dieses Regenbogens, steig du wieder hinauf und schau dir die Welt von oben an. Pass auf, pass um Himmels willen auf, dass du nicht abstürzt, und sei gewiss, wenn Not am Mann ist, wirst du mich immer finden. Da, wo der Regenbogen die Erde berührt.«

Beatrices Tränen liefen. Sie wusste, es war das Ende ihrer Liebesbeziehung. Diese Liebe war stürmisch, manchmal ausgelassen albern, oft enthusiastisch, sehr körperlich und vielleicht bei genauem Hinsehen doch genauso flüchtig gewesen wie ein Regenbogen. Aber er nahm ihr nicht alles, denn er bot ihr seine Treue als Freund. Ganz irdisch. Und er würde da sein, wenn sie ihn brauchte. Wenn sie denn den Platz am Fuße des Regenbogens finden würde.

* * *

Wie willkommen war doch jetzt die zauberhafte Clara Henriette! Von dem Moment an, als Beatrice ihren Antrittsbesuch im Haus am Hyde Park Gate machte, spürte sie, dass es sie nicht die leiseste Anstrengung kosten würde, das Versprechen einzulösen, welches sie Henry gegeben hatte. O ja, sie wollte, sie würde Clara eine gute Freundin sein!

Im Grunde war Clara ein fröhliches, offenes Geschöpf. Allerdings umwehte sie stets ein leichter Hauch von Melancholie. Es dauerte nicht lange, bis sie sich Beatrice anvertraute und ihr nicht nur eingestand, welch schreckliches Heimweh sie plagte, sondern unter Tränen auch von der gelösten Verlobung zu einem sehr geliebten Mann infolge gewisser wirtschaftlicher Schwierigkeiten ihres Vaters erzählte. Umso rührender fand es Beatrice, wie die junge Schwägerin nach Kräften bemüht war, sich in der neuen, fremden Welt zurechtzufinden und Henry eine gute Ehefrau zu sein. Zu Beatrices Begeisterung war sie überdies weder dumm noch auf den Mund gefallen und ausgesprochen engagiert in politischen wie ethischen Fragen. Zudem erwies es sich, dass sie tatsächlich über jene engen Verbindungen zum Königshaus verfügte, um derentwillen Henry sie insbesondere so unbedingt hatte ehelichen wollen.

Anlässlich eines von Clara Henriette eingefädelten privaten Treffens mit Prinz Albert in den mittlerweile für die Öffentlichkeit geschlossenen Hallen der Weltausstellung bekam Beatrice Gelegenheit zum Austausch mit dem Gemahl der Königin und fand in ihm einen ausgesprochen aufgeschlossenen Sozialreformer. Selbst Henry zeigte sich eingenommen von den Vorhaben des gebürtigen Deutschen und sicherte ihm finanzielle Hilfe für ein Bauprojekt zu, das menschenwürdige Arbeiterunterkünfte im Herzen Londons zum Ziel haben sollte.

Beatrice kannte ihren Bruder gut genug, um zu wissen, dass er durchaus dazu in der Lage war, nach erfolgter Einsicht mit voller Überzeugung für Dinge einzustehen, denen er noch kürzlich mit größter Skepsis oder gar Ablehnung begegnet war. In diesem speziellen Zusammenhang traute sie dem Braten aber nicht ganz. Sie vermutete rein egoistische Hintergründe und fürchtete, der Bruder wolle sich in Wahrheit lediglich bei dem Prinzen beliebt machen, um seinem Rang als bürgerlicher Esquire endlich einen »richtigen« Adelstitel hinzuverdienen zu können. Folglich fühlte sie sich nicht ganz wohl in ihrer Haut, als sie der jungen Schwägerin gegenüber den Bruder als »wirklich guten Menschen« darstellte, und schämte sich ein wenig, als sie vollkommenes Vertrauen auf ihre Einschätzung in den Augen der jungen Frau aufglimmen sah.

Ja, Clara Henriette vertraute Beatrice. Vertraute ihr auch an jenem Tag, als Beatrice sie zu einem Ausflug in ein chinesisches Restaurant einlud, das im höchst anrüchigen Stadtteil Soho gelegen war. Kein Ort für eine junge Dame von Stand!

Oh, hätte doch Beatrice Claras vorsichtig und zögerlich vorgetragene Einwendungen nicht einfach mit einer lässigen Handbewegung fortgewischt! Clara hatte Bedenken geäußert. Hatte tunlichst keinen Ärger mit Henry heraufbeschwören wollen. Niemals, das wusste Beatrice genau, hätte er ihr erlaubt, die junge Gräfin auch nur einen Fuß in diese Gegend setzen zu lassen. Hier wimmelte es nur so von zwielichtigen Gestalten. Hier lag der Geruch von Mord und Verderbtheit in der Luft. Mischte sich mit den Düften, die den vielen Garküchen, Pubs und Restaurants verschiedenster Provenienzen entströmten. Verführerisch. Die Sinne betörend. Und gewürzt mit einem Hauch von Gefahr.

Beatrice selbst hätte sich zu wehren gewusst, wäre ihr irgendjemand dumm gekommen. Aber dieses arglose, zarte Mädchen? Nein, niemals hätte sie sie auch nur eine Minute allein lassen dürfen!

Und hatte es doch getan. Clara, dieses entzückende Geschöpf, war letztlich nur mitgefahren, weil Beatrice ihr das Versprechen gegeben hatte, bei dieser Gelegenheit einen warmen Mantel für ihren fröstelnden Kutscher Geoffrey zu besorgen. Wie typisch es doch für sie war, sich selbst in eine Gefahr zu begeben, um einen Vorteil für einen anderen Menschen zu erstreiten! Um ihr Versprechen einzulösen, hatte Beatrice nach dem Mahl das Restaurant verlassen. Mit dem guten Gefühl, die kleine Schwägerin sicher aufbewahrt zu wissen. Als sie zurückkehrte, war Clara Henriette verschwunden gewesen …

Woher hätte sie denn wissen sollen, dass sie derart ungeduldig sein und auf eigene Faust den Heimweg antreten würde? Ja, war sie denn von allen guten Geistern verlassen? Stundenlang hatte Beatrice gemeinsam mit Geoffrey jeden Winkel des Bezirks durchkämmt. Ergebnislos. Clara Henriette war und blieb unauffindbar.

Es war längst Nacht geworden, als sie beschloss, die Suche aufzugeben und sich an einen Bobby zu wenden. Seit Stunden erst vermisst? Das sei doch noch lange kein Grund, nervös zu werden. Sie würde schon wieder auftauchen, die junge Dame! Wie er das Wort »Dame« betont hatte! Als sei Clara Henriette ein dahergelaufenes Straßenmädchen! Zutiefst zerknirscht war sie im Haus am Hyde Park Gate vorstellig geworden. Entsetzen unter der Dienerschaft. Doch den Bruder traf sie nicht an.

Erst am nächsten Tag stellte sich heraus, dass Clara überfallen worden war und schwer verletzt ausgerechnet in Henrys bevorzugtem Freudenhaus Zuflucht gefunden hatte. Voller Bangen sah Beatrice dem Gespräch mit Henry entgegen.

* * *

Es kam schlimmer, als sie es sich in ihren übelsten Träumen hätte ausmalen können. Henry, außer sich vor Wut über Beatrices verantwortungsloses Handeln, hatte inzwischen zu allem Überfluss Kenntnis von den Vorfällen am Parlament bekommen und wusste von der Nacht, die sie in Arrest verbracht hatte. Nichts konnte er schlechter verzeihen. Schließlich befand er sich gerade auf der Jagd nach einem Adelstitel, um seinen gesellschaftlichen Aufstieg zu befördern.

»Du bringst nicht nur meine Gemahlin in tödliche Gefahr, die nebenbei bemerkt guter Hoffnung ist. Du bringst Schande über die ganze Familie. Unser Ruf ist generationenlang unbefleckt gewesen. Wir genossen seit Jahrhunderten höchstes Ansehen. Und du verdirbst alles nur aus deinen verrückten Launen heraus. Beatrice, du weißt, ich liebte dich und habe immer wieder über viele deiner Marotten hinweggesehen. Aber damit ist es nun ein für alle Male vorbei. Du stehst dem Glück meiner jungen Familie im Wege, bist nur mehr ein Störenfried.«

Beatrice wagte nicht, ihn anzusehen, wagte nicht, ein einziges Wort zu ihrer Verteidigung zu erwidern. Wie entsetzlich! Nicht nur Clara, sondern auch ihr ungeborenes Kind hatte sie ohne Not in Gefahr gebracht! Nein, sie würde ihm heute gewiss nicht widersprechen. Er hatte so recht. Gesenkten Kopfes wartete sie auf die Strafmaßnahmen, die er sich ausgedacht haben mochte. Sie war innerlich bereit zu büßen, sich fortan zurückzunehmen, würde nichts unversucht lassen, um seine Gnade wiederzuerlangen. Wie gern hätte sie ungeschehen gemacht, was passiert war. Die arme Clara …

Beatrice flüsterte unter Tränen: »Henry, bitte! Ich werde alles tun, was du von mir verlangst. Ich bin untröstlich. Bitte … bitte verzeih mir. Niemals mehr werde ich solche Dummheiten begehen.«

»Nein, das wirst du nicht!«

Eiskalt. Schneidend. Nicht nach Einlenken, nicht nach Vergebung klang sein Tonfall.

»Du wirst England verlassen und nie mehr zurückkehren. Ich werde dafür sorgen, dass du dorthin gebracht wirst, wo man deinesgleichen hinschickt. Du verlässt das Haus nicht mehr, bis ich alles Notwendige in die Wege geleitet habe.«

9

LONDON, JULI 2013 – DIE ENTDECKUNG

»Mein Gott! Was hatte er mit ihr vor? Wenn Sie auch nur den blassesten Schimmer davon hätten, wozu dieser Henry Ames fähig war …«

Irritiert schaute ich Faye Duncan an. »Woher wissen denn *Sie* irgendetwas über Henry Ames? Ich verstehe gerade überhaupt nichts.«

»Dann will ich es Ihnen erklären«, meinte sie und machte ein Gesicht wie jemand, der gleich eine Bombe platzen lassen wird. »Henry Ames, liebe Mrs Alexander, war der Ehemann der Urgroßmutter meines Verlobten. Und das Buch, das ich Ihnen vorhin geschenkt habe, behandelt ihre Lebensgeschichte.«

»Das ist ja nicht zu fassen!«, entfuhr es mir. »Deshalb also haben Sie mich die ganze Zeit nicht ein einziges Mal unterbrochen.«

»Der Vogel ist mir leider allzu vertraut«, erwiderte sie und verzog das Gesicht zu einer Grimasse. »Allerdings verschwindet seine Schwester Beatrice aus den Erwähnungen der Familie meines Mannes an exakt dem Punkt, an dem Ihre Story jetzt gerade ist. Es gab keinerlei Informationen darüber, was mit ihr geschehen ist, nachdem Henry ihr sein Haus und den Umgang mit Clara Henriette verbot. Können Sie sich jetzt vorstellen, warum ich Ihrer Erzählung so fasziniert gefolgt bin?«

»Und ob!«

»Mir ist zwar absolut noch nicht klar … nein, ich habe nicht einmal den leisesten Verdacht, welcher Zusammenhang zwischen Ihrem und Beatrices Handeln besteht, aber ich hoffe doch sehr, dass Sie weitererzählen werden?!«

Jetzt war es an mir, ein geheimnisvolles Gesicht zu machen. Ich lehnte mich genießerisch in meinem Korbsessel zurück, beobachtete, wie Faye ihrerseits gespannt wie ein Flitzebogen auf der äußersten Kante ihres Stuhls klemmte und mich eindringlich anschaute. Über uns leuchtete ein klarer Sternenhimmel, die schmale Sichel des Mondes strahlte ungetrübt, ein paar Grillen zirpten in den Büschen, und in der Ferne bellte ein Hund. Ich griff zwischen Brotkorb und mittlerweile fast völlig geplünderter Käseplatte hindurch nach der offenen Rotweinflasche auf dem Tisch. »Noch ein Schlückchen als Absacker?«

»Ja, gern.«

Ich schenkte ein. Und ließ sie noch ein bisschen zappeln.

»Ich mache Ihnen einen Vorschlag, Mrs Duncan. Lassen Sie uns für heute Schluss machen und uns morgen … nein, morgen wird es nichts, da habe ich ein Geschäftsessen … sagen wir übermorgen Abend wieder zusammensetzen. Ich werde inzwischen lesen, was es über Beatrices Schwägerin Clara zu erfahren gibt, Sie hätten etwas Zeit, sich Notizen zu machen, und wir könnten auf einem gewissen Gleichstand unserer Kenntnisse in die nächste Runde starten. Was halten Sie davon?«

Faye Duncan hielt mir ihr Glas zum Anstoßen hin. »Einverstanden! Sie können sich gar nicht vorstellen, wie aufgeregt ich bin.«

»O doch. Welch ein Zusammentreffen! Und ich kann es meinerseits kaum erwarten, mir mit Ihrem Buch das fehlende Hintergrundwissen anzueignen.«

Die Gläser klangen. Wir nickten uns einvernehmlich zu und tranken beide in einem Zug aus.

»Fahren Sie vorsichtig!«, rief ich ihr noch hinterher, als sie aus unserer Einfahrt kurvte. Viel Wein hatten wir nicht getrunken. Dennoch machte ich mir ein wenig Sorgen, es könnte ihr etwas passieren und sie würde womöglich nicht wiederkommen.

* * *

Sie kam wieder!

Zwei Tage später war es allerdings vorbei mit dem herrlichen Sommerwetter. Schon am Nachmittag zogen schwarze Wolken auf, kräftige Windböen zerrten an den Bäumen im Garten, das kristallklare Wasser unseres Pools war mit abgerissenen Blättern übersät, auf der Terrasse kippten meine schweren, hohen Pflanzkübel mit den blühenden Hortensien um, und ich betrachtete mit ziemlicher Sorge, wie sich die riesige Wohnzimmer-Fensterscheibe im Rahmen zu biegen schien. Sagte ich »schien«? Das trifft es nicht. Sie bog sich wirklich und stöhnte dabei wie jemand mit bösen Rückenschmerzen, der bei einem Orthopäden Marke »Schlachter« auf der Streckbank liegt.

Mein Arbeitstag hatte extrem früh begonnen, sodass ich mir ausnahmsweise die Freiheit herausnehmen konnte, bereits mittags Feierabend zu machen. Unbedingt wollte ich die letzten Kapitel in Faye Duncans Buch gelesen haben, ehe sie gegen acht zum Dinner kommen würde. Mathew war im Büro und wollte Tim nach seinem Basketballtraining in der Schulmannschaft mitbringen. Meine Perle kam sowieso erst gegen Abend wieder, um das Essen vorzubereiten. Ich war allein mit diesem Wetterinferno da draußen und gestehe, mir war ziemlich mulmig zumute. Entsprechend wenig entspannt saß ich also, das Buch auf den Knien, im Lesesessel. Immer wieder zuckte ich zusammen, wenn ein besonders heftiger Windstoß dieses mitleiderregende Jammern an der Scheibe verursachte. Ich hätte Mathews Idee, Außenjalousien anbringen zu lassen, nicht so leichthin abbügeln dürfen. Was hundert Mal gut gegangen war, musste wirklich nicht zwangsläufig auch beim hundertundersten Mal gut gehen. Im Grunde wartete ich geradezu auf den Knall, der mich wahrscheinlich unter einem Haufen zersplitterten Glases begraben würde.

Trotzdem rührte ich mich nicht vom Fleck und verschlang die Seiten gleichermaßen ängstlich und gebannt. Die Weltuntergangsstimmung draußen korrespondierte nämlich allzu gut mit dem äußerst dumpfen Gefühl, das mich zunehmend beim Lesen beschlich. Konnte das gut ausgehen, was sich da anbahnte?

Vier Stunden später kannte ich die Antwort. Mir gefiel, was ich las, ich mochte Fayes Stil, und ich konnte mir sehr gut vorstellen, dass sie mit all dem, was ich ihr anvertraute, ebenso sorgsam umgehen würde. Sie hatte in ihrem Buch die historische Story mit einem zeitgenössischen Strang verbunden, für den sie die Ich-Perspektive gewählt hatte. Sollte es tatsächlich ihre eigene Geschichte sein, die sie da eingeflochten hatte? Es hatte ganz den Anschein, denn ihre Anmerkungen gestern Abend ließen durchaus darauf schließen.

Ich sah auf die Uhr und stellte fest, dass mir ein wenig Zeit blieb. Was gab es eigentlich noch über Mrs Duncan zu wissen? Konnte das Internet mehr Auskunft geben? Ich klappte meinen Laptop auf und bemühte die Suchmaschine. Tatsächlich war es nicht allzu schwer, etwas über Faye herauszufinden, denn ihr Verlag war mit Informationen relativ freigiebig gewesen. Sie war eine geborene Walsh, hatte 1982 in London als Tochter von Robert Walsh und seiner Frau Sylvia das Licht der Welt erblickt. So weit, so unspektakulär. Nachdem ihr Vater aber als

Labour-Mann eine Zeit lang Parlamentsabgeordneter gewesen war, fiel meine Recherche unerwartet ergiebig aus. Wie es mir oft passiert, kam ich vom Hundertsten ins Tausendste, folgte immer neuen Links, verwarf, was uninteressant erschien, klickte etwas Neues an.

Man kann Stunden um Stunden mit derlei Tätigkeit verbringen, ich weiß, aber ich benötigte an diesem Tag keine Stunden. Plötzlich saß ich völlig elektrisiert vor meinem Laptop. Konnte das tatsächlich sein? Meine Entdeckung wies so eindeutige Anknüpfungspunkte zu dem auf, was ich Faye zu erzählen begonnen hatte! Das war kein Zufall, da bahnte sich eine kleine Sensation für sie an!

Ohne Umschweife würde ich sie fragen. Es müsste doch ... wenn ich mich nicht völlig täuschte ... Meine Güte, wie aufregend!

Es klingelte und ich empfing die pitschnasse Faye.

»Was für ein Mistwetter!«, schimpfte sie und schüttelte sich wie ein junger Hund. »Auf halbem Weg aus der Innenstadt raus hatte ich schon überlegt, lieber wieder umzukehren, da kam es im Radio durch. Am Piccadilly hat der Sturm einen Doppeldeckerbus auf die Seite gelegt. Gott sei Dank gab es wohl nur leicht Verletzte. Aber genau da hätte ich auf dem Rückweg wieder lang gemusst und habe mir dann doch ein Herz gefasst, weiterzufahren. Es kommt einem vor, als sei die Apokalypse ausgebrochen, und ich bin froh, jetzt wieder ein sicheres Dach überm Kopf zu haben. Überall unterwegs lagen umgestürzte Bäume. Die Feuerwehren haben alle Hände voll zu tun. Eigentlich der pure Wahnsinn, sich bei diesem Wetter ins Auto zu setzen. Wissen Sie, ich wohne immer bei meinen Eltern, wenn ich in London bin, und meine Mum hat alles versucht, mich am Losfahren zu hindern. Erfolglos, wie Sie sehen. Meine Neugier ist einfach zu groß. Ist denn bei Ihnen alles heil geblieben?«

»Noch, ja!«, antwortete ich mit einem bangen Blick auf die Scheibe, die ich wirklich, ich muss es zugeben, für eine halbe Stunde total vergessen hatte, und auch Faye wiegte bedenklich den Kopf. »Auweia. Ob die halten wird? Na, hoffen wir's.«

»Ich bin jedenfalls sehr froh, dass Sie erst mal heil angekommen sind. Inzwischen habe ich übrigens Ihr Buch ganz gelesen. Und dazu habe ich gleich eine Frage.«

Sie nahm das Frotteetuch, das ich ihr reichte, und lächelte mich erwartungsvoll an, während sie sich das Haar trocken rubbelte. »Fragen Sie. Nur zu!«

»Der moderne Teil Ihrer Geschichte ... ist der erfunden oder gibt es wirklich diesen Ekelschwiegervater, dieses alte Schloss in Thüringen, ist dieser Constantin tatsächlich Ihr Partner?«

Faye lachte. »Wenn Sie Lust haben, lade ich Sie gern ein, uns zu besuchen und natürlich auch meinen ›lieben Schwiegervater‹ Ernst kennenzulernen. Noch immer marodiert er ›Die Fahne hoch‹ durch mein friedliches Cottage. Inzwischen haben wir ihn wieder so weit auf Chic, dass er zumindest im Rollstuhl etwas an unserem täglichen Leben teilnehmen kann und nicht mehr komplett ans Bett gefesselt ist. Wenn er mal einen besonders guten Tag hat, unternimmt er mit gewisser Unterstützung sogar einen kleinen Spaziergang ums Cottage.«

»Meine Güte, und das halten Sie aus? Die Ablehnung, die er Ihnen wegen der anscheinend fehlenden hochwohlgeborenen Abstammung entgegenbringt, ist doch sicherlich unerträglich«, entfuhr es mir. Eine gewisse Bewunderung für ihre Langmut hatte ich schon während des Lesens verspürt. »Ich hätte längst alles dafür unternommen, diesen Kerl aus meinem Haus zu verbannen.«

»Ach na ja, man gewöhnt sich an alles, nicht wahr?«, antwortete sie zwinkernd. »Er ist eben ein alter Mann und hat so seine Schrullen. Man muss ihn zu nehmen wissen und nicht jede seiner Gemeinheiten ernst nehmen. Ich hatte jetzt genug Zeit zum Üben und insgesamt kommen wir ganz gut klar. Immerhin konnten wir mithilfe meiner Tantiemen aus dem Buchverkauf das Dachgeschoss ausbauen und haben jetzt wieder für jedes Kind ein eigenes Zimmer. Das entspannt die Lage schon mal deutlich. In den nächsten Tagen wollte sich außerdem eine junge Altenpflegerin bei uns vorstellen. Wenn sie nicht allzu teuer ist … vielleicht gewinnen wir dann sogar mal ein paar freie Stunden für uns. Allerdings reicht es finanziell noch lange nicht, um ihn dauerhaft in einem Seniorenheim unterzubringen, das seinen überkandidelten Ansprüchen genügt. Meine liebe Freundin Olivia, die Eigentümerin des Côte House, hat ja keine Angehörigen. Sie hat angekündigt, uns den alten Kasten vererben zu wollen, und verfolgt die fixe Idee, dass man daraus eine Seniorenresidenz auf gehobenem Niveau machen könnte. Gar nicht übel eigentlich, auf dem Landsitz seiner Ahnen würde sich Ernst sicher wohlfühlen. Aber ich liebe Olivia. Sie ist eine wundervolle Frau, und erben würde eben bedeuten, dass sie nicht mehr da wäre. Da behalte ich lieber Ernstelchen noch ein Weilchen zu Hause.«

Mit welcher Flexibilität und Fröhlichkeit sie doch die Dinge anging! Mir wären längst die Nerven gerissen. Wenn ich mich insgeheim mit Faye verglich, stellte ich fest, was für eine hochempfindliche Primel ich selbst doch war. Vielleicht war es aber auch einfach so, dass sie sich verdammt gut im Griff hatte. Eines interessierte mich jetzt noch brennend: »Sagen Sie, Sie heißen noch Duncan. Haben Sie denn Ihren Constantin immer noch nicht geheiratet?«

»Oh, das …« Sie machte eine wegwerfende Handbewegung und ihr schiefes Lächeln wirkte beinahe entschuldigend. »Um ehrlich zu sein … da macht sich meine Aufschieberitis wieder bemerkbar. Constantin spricht es immer wieder an. Aber irgendwie wissen wir vor lauter Arbeit sowieso meist nicht, wo uns der Kopf steht, und außerdem … Ach, im Grunde steht für uns doch auch so fest, dass wir zusammengehören. Da muss die Urkunde nicht unbedingt sein. Und das Theater, das Ernst dann aufführen würde, müssen wir uns eigentlich nicht unbedingt antun. Folglich haben wir es bisher immer und immer wieder verschoben, obwohl wir es beide wollen.«

»Er akzeptiert Sie also noch immer nicht … nach all der Zeit, die Sie sich schon für ihn aufribbeln? Dann erreicht er ja letztlich doch, was er will«, schnaubte ich empört.

Faye zuckte die Achseln und grinste. »Zu dem Haufen Geld, der nötig wäre, mich in seinen Augen zur erstrebenswerten Heiratskandidatin für Constantin werden zu lassen, werde ich eh nie kommen. Und Constantin ist absolut dagegen, dass ich mir einen Square Metre in den schottischen Highlands kaufe, der mit einem tollen Titel verbunden ist. Seinetwegen muss ich keine Lady of Glencoe, Glenmore oder Kingsley sein, bloß weil sein alter Herr dann zufrieden wäre.«

Aha! Sie war keine aus ihrem Roman entsprungene Kunstfigur. Sie war tatsächlich jene Faye, über die ich gerade etwas herausgefunden hatte, das sie umhauen würde. Faye Duncan würde keine unechte schottische Lady werden müssen, denn sie war viel mehr als das …

Ich freute ich mich jetzt wie ein Schneekönig über das As, das ich im Ärmel hatte. Innerlich fieberte ich schon jetzt dem Moment entgegen, wenn ich ihr unterbreiten würde, was ich wusste, doch was mir jetzt vollkommen klar vor Augen stand, wollte ich noch eine ganze Weile im Nebel der Geschichte verweilen lassen. Ich versuchte, mir nichts anmerken zu lassen, aber ich spürte, dass ich nervös war, und sah ihren Blicken an, dass sie das bemerkt hatte.

»Essen ist fertig«, hörte ich meine Perle rufen.

Prima Ablenkung. Ich nahm Faye das feuchte Handtuch ab, das sie unter meiner Befragung immer wieder fahrig auseinander- und zusammengefaltet hatte. Ganz so cool und lässig, wie sie tat, war sie im Grunde wahrscheinlich gar nicht und litt sehr wohl unter den häuslichen Bedingungen, welche die Versorgung des Schwiegervaters mit sich brachte, der sie um keinen Preis in sein Herz schließen wollte.

Mathew erschien in der Halle. Ich stellte die beiden einander vor.

»Es freut mich sehr, Sie kennenzulernen, Mrs Duncan. Bitte kommen Sie, es ist angerichtet. Ich hoffe, Sie mögen Roastbeef?«

Sie mochte. Und es wurde ein ausgesprochen harmonisches Dinner zusammen mit Mathew, der angesichts der hübschen Faye zu einer richtigen Charmeoffensive blies, und mit Tim, dem sie sehr schnell das Versprechen geben musste, sie und vor allem ihre Tiere bald in Cornwall besuchen zu dürfen. Tim stand total auf alles, was vier Beine und möglichst viel kuschelige Wolle hatte, und quengelte schon seit zwei Jahren, wenn es denn partout kein Pandabär sein durfte, sollten wir ihm doch endlich einen Hund oder wenigstens eine Katze kaufen. Ich hatte mich bisher gesträubt, denn eigentlich fand ich ihn noch zu jung für ein eigenes Tier, ahnte allerdings spätestens in dem Moment, was auf uns zukommen würde, als Faye erzählte, ihre junge Hündin habe gerade Welpen bekommen, dann würde er doch bestimmt richtig Spaß an seinem Besuch auf ihrer kleinen Schaffarm haben.

So hatte ich die Augen meines kleinen Sohnes schon lange nicht mehr leuchten sehen. Ich begriff, dass ich seinem sehnlichen Wunsch kaum länger würde widerstehen können, und stellte mich vorsichtshalber schon mal innerlich auf einen neuen Hausgenossen ein. Im Übrigen erschien mir selbst ein Besuch bei Faye zum vordergründigen Zweck der Kinderbespaßung ziemlich erstrebenswert. Zu gern wollte ich mir ihren »lieben Schwiegervater« mal aus der Nähe ansehen, und mein Kopf entwickelte plötzlich die romantische Idee, ihr das, was ich herausgefunden hatte, dort, ja, am liebsten dort an der kornischen Küste zu eröffnen.

Nach dem Essen erbot sich Mathew, Tim ins Bett zu bringen, damit wir in Ruhe plaudern könnten, und ich zog mich mit Faye in mein gemütliches Arbeitszimmer zurück. Noch immer heulte der Wind ums Haus. Mich erschreckten solche Wetterunbilden, doch Faye Duncan schien in vielerlei Hinsicht sturmerprobt zu sein. Es hatte derart abgekühlt, dass ich versuchte, den Kaminofen in Gang zu setzen. Immer wieder aber fasste eine Bö in den Schornstein und blies die zart aufglimmenden Flämmchen aus.

»Lassen Sie mich mal versuchen, Mrs Alexander … wäre doch gelacht …«

Sie konnte nicht nur schreiben. Sie war auch verdammt praktisch veranlagt. Eine Viertelstunde später hatten wir es kuschelig warm und bei einer Flasche guten Rotweins erkundeten wir gemeinsam das nächste Kapitel aus Beatrice Ames' Lebensgeschichte.

10

LONDON, WINTER 1851/52 – VERBANNT

Nach dem Tribunal, das Henry über sie abgehalten hatte, fühlte Beatrice sich tagelang wie paralysiert. Keinen Gedanken verschwendete sie zunächst daran, gegen Henrys Anweisungen aufzubegehren oder auch nur im Traum zu wagen, das hochherrschaftliche Anwesen im Stadtteil Kensington zu verlassen. Als das Nachdenken wieder einsetzte, verlegte sie sich bewusst auf Wohlverhalten. Das würde doch sicherlich alles wiedergutmachen! Unmöglich konnte der Bruder ernst gemeint haben, was er angedroht hatte. Niemals würde er sein eigen Blut fortschicken, ganz gewiss bald besänftigt sein und den strengen Hausarrest abmildern, wenn nicht gar zurücknehmen.

Doch Beatrice irrte sich. Kurz nach dem unseligen Zwischenfall in Soho ließ Henry durchblicken, Anfang Dezember mit Clara Henriette auf seinen Landsitz Côte House nahe Bristol umziehen zu wollen, wo er fortan den Großteil des Jahres zu verbringen gedachte. Clara tat Beatrice jetzt schon leid. Sie kannte das Haus, das äußerlich einem Märchenschloss glich, allerdings mit einem Interieur aufwartete, das einem bösen Albtraum entsprungen schien. Wahrhaftig kein schöner Ort für eine sensible Schwangere. Zudem würde Henry seine junge Gattin während seiner üblichen Handelsfahrten in alle Welt monatelang alleine lassen. Beatrice bezweifelte, dass das Mädchen dort glücklich werden konnte. Als sie anlässlich eines seiner regelmäßigen Kontrollbesuche dem Bruder gegenüber ihre Vorbehalte zu seinem Vorhaben äußerte, war seine Reaktion äußerst unwirsch.

»Halte du dich heraus! Das geht dich überhaupt nichts mehr an. Ich sehne den Tag herbei, an dem ich dich endlich sicher auf einem unserer Schiffe weiß. Bis dahin gilt, was ich dir befohlen habe, und da ich deine Renitenz und Unbezähmbarkeit allerbestens kenne, habe ich jemanden verpflichtet, der dir von nun an nicht mehr von der Seite weichen wird.«

Henry läutete nach dem Mädchen und schickte sie in die Halle, den dort wartenden Herrn heraufzuholen.

Beatrices Reaktion auf den Mann, den Henry ihr Minuten später vorstellte, schwang zwischen Empören und Entsetzen. Steven Barker maß kaum weniger als der hünenhafte Bruder. Während Henry allerdings über vornehme Gesichtszüge und eine Haltung verfügte, die ihn sichtbar als Gentleman kennzeichneten, war Barker einfach nur ein derber Klotz, dessen Slang Beatrice schon bei den ersten Worten »Ma'am, stehe zu Diensten« zusammenzucken ließ. Henry machte sich einen Spaß daraus, ihr genau zu erklären, warum Barker in Unehren aus dem Polizeidienst entlassen worden war. Seine »ausgesprochen durchgreifende Art«, die man gern auch als Brutalität bezeichnet habe, sei selbst für einen Police Officer im wüsten West End nicht dauerhaft tragbar gewesen. Mit Bedacht habe er sich gerade für diesen Mann entschieden, denn er gehe davon aus, dass Beatrice ihre Unversehrtheit nicht vollkommen gleichgültig sei. Barker ließ zu Henrys Erläuterungen ein beinahe stolz wirkendes, dümmliches Grinsen zwischen seinen ungepflegten Zähnen sehen und nickte dienstbeflissen.

Es half Beatrice kein Betteln, kein Diskutieren, kein Flehen, kein Weinen: Mit diesem Grobian hatte Henry ihr einen Bewacher an die Seite gestellt, der unangenehmer gar nicht hätte ausfallen können. Barker war wie ein Schatten immer und überall dort anzutreffen, wo Beatrice sich aufhielt. Offiziell deklarierte Henry ihn als »Leibwächter« und verbreitete überall das Gerücht, seine Schwester sei schwer, möglicherweise gar ansteckend erkrankt, müsse strengstens das Haus hüten, ja, man überlege sogar, sie für längere Zeit zur Genesung in ein Schweizer Sanatorium zu schicken. Aber ach, sie sei ja so wild und unvernünftig, man müsse sie bisweilen wirklich vor sich selbst schützen. Von Stund an wurde jeglicher Besuch genauso abgefangen wie der gesamte Post-Ein- und Ausgang. Der acht Fuß hohe schmiedeeiserne Staketenzaun, welcher das ausgedehnte Areal des Parks umgab, bildete die unüberwindliche Grenze ihrer Welt.

Beatrice litt unter quälendem Bewegungsmangel, vermisste ihre täglichen Ausritte, die sonst so selbstverständlichen zahlreichen Sozialkontakte und erlebte furchtbare Wochen der Einsamkeit und Eintönigkeit im goldenen Käfig, während ganz London im vorweihnachtlichen Ballrausch schwelgte. Das einst so geliebte Elternhaus war zum Gefängnis geworden und sie begann es aus tiefstem Herzen zu hassen. Und noch etwas wurde zu ihrem ständigen Begleiter: die Angst vor dem Ungewissen. Wohin? Wohin wollte Henry sie schicken? Wie lange würde sie fortbleiben müssen, wann zurückkehren dürfen?

Das Weihnachtsfest verbrachte sie in diesem Jahr zum ersten Mal in ihrem Leben nur mit ihren Bediensteten. Sie hatte nicht einmal Geschenke einkaufen dürfen, aus der Not heraus für ihre Zofe Janet ein zartes Goldkettchen aus dem eigenen Schmuckkästchen in sorgsam glatt gestrichenes benutztes Seidenpapier gewickelt und aus Henrys Kleiderschrank einen zwar gut erhaltenen, aber doch sichtlich gebrauchten feinen Ledergürtel für Geoffrey entwendet. Viel zu lang war er für den schmalen Kerl, aber er würde sich ja kürzen lassen, sie hätte leider nichts Neues erstehen können, entschuldigte sie sich bei ihren zwei Getreuen. Beide freuten sich herzlich über die Gaben.

Ein ziemlich dummes Gesicht machte allerdings Barker, als er unter dem kaum unterdrückten Gelächter Janets und Geoffreys sein Geschenk auswickelte. Es war neben einer Zahnbürste eine ledergebundene Ausgabe des Bändchens »Über den Umgang mit Menschen« vom deutschen Freiherrn Adolph von Knigge.

»Du kannst doch lesen, werter Barker, nicht wahr?«, fragte Beatrice anzüglich und konnte sich das Grinsen nicht verkneifen, als der grobschlächtige Mann rot anlief.

Es war wohl der einzige vergnügliche Moment in all diesen finsteren Wintertagen.

* * *

Am 15. Februar meldete plötzlich Janet unerwarteten Besuch an und reichte Beatrice eine goldgerandete Visitenkarte.

»Ach schau! Der Herr Bankier Pinkerton«, entfuhr es Beatrice erstaunt. »Was kann er wollen? Ausgerechnet am Sonntagnachmittag? Es muss ja eminent wichtig sein. Gut, bitte ihn herauf, Janet!«

Samuel Pinkerton erschien, unter dem Arm eine lederne Aktentasche, zog den atlasüberzogenen Zylinder vom Kopf und entbot mit theatralischer Geste seinen Gruß.

»Wünschen Sie Tee, Mr Pinkerton?«

Einen Augenblick schien er zu zögern, dann verneinte er und Beatrice schickte Janet hinaus. »Was führt Sie zu mir?«

»Ich habe hier …« Mit beinahe schmerzvoll anmutendem Gesichtsausdruck legte er die Aktentasche auf den Tisch, strich geradezu zärtlich mit beiden Händen darüber. »Ich habe hier die Barschaft, welche Sir Henry Ihnen zugesteht. Ich bitte Sie, dieses vorbereitete Formular zu unterschreiben.«

Damit öffnete er die Schließe, zog einen sehr offiziell wirkenden gesiegelten Bogen Bütten heraus, legte ihn neben die Tasche, fummelte umständlich einen Federhalter aus seiner Westentasche, schraubte ihn auf, stülpte die Hülle über das Ende und reichte Beatrice das Schreibgerät mit feierlicher Miene. »Bitte hier!«, tippte er auf die mit einem Bleistiftkreuz markierte Unterschriftslinie.

Beatrice erkannte Henrys Signatur, daneben einen Krakel, den höchstwahrscheinlich Pinkerton selbst verfertigt hatte.

»Lesen werde ich's ja wohl zunächst dürfen?«

»Selbstverständlich, Mylady!«

Sie ließ sich auf den Sessel sinken. Eintausend Pfund. Darüber hinaus keine weiteren Erbansprüche. Und die Bestätigung …

Beatrice schrie gellend auf. »Unmöglich!«

»Das denke ich nicht, Mylady. Ihr Herr Bruder verhält sich außerordentlich fair. Ich kann nur raten zu unterschreiben.«

* * *

Zwei Tage später, es war Dienstag, der 17. Februar 1852, ging Beatrice im ersten Morgengrauen an Bord eines Klippers namens »Goddess of Dawn«. Der Segler war ihr nicht unbekannt, hatte er sie doch vor nun schon gut zehn Jahren mit dem Vater zusammen bis an die Küsten des sagenumwobenen Chinas getragen, um Monate später, den Bauch voll kostbaren Tees, nach England zurückzukehren. Beatrice wusste, die »Goddess« war ein sicheres, ein gutes Schiff. Was sie heute allerdings ein wenig verwirrte, war der ungepflegte Zustand, in dem der einstmals stolze Segler sich befand. Die Farbe am Rumpf wirkte blasig, war an manchen Stellen sogar abgeblättert. Noch war kein Segel gesetzt, aber Beatrice zweifelte am Können der Crew, denn sie entdeckte laienhaft durchgeführte Ausbesserungen im aufgerollten Tuch; die Schoten lagen teils unordentlich verknäult auf dem ungeschrubbten, glitschigen Deck, waren nicht so sauber aufgeschossen, wie sie es zu Zeiten ihrer Fahrt unter dem Kommando des zuverlässigen Kapitäns Arthur Corke gewohnt gewesen war. Viele Wochen hatte sie damals auf diesem Schiff verbracht, hatte sich zu Hause gefühlt und erinnerte sich auch Jahre später noch wehmütig an diesen letzten Törn mit dem geliebten Vater.

Geoffrey, den sie sich ausbedungen hatte, bei sich behalten zu dürfen, stöhnte unter der Last des Gepäcks. »Ein ziemlich abgetakelter Kahn, Mylady!«

»Aber nein, Geoffrey! Die ›Goddess of Dawn‹ ist ein wundervolles Schiff. Warte nur, Kapitän Corke wird uns sicherlich gleich gebührend in Empfang nehmen und uns die Kajüten zeigen. Es kann ungeheuer gemütlich und romantisch sein auf dieser schönen alten Lady. Aber Beine werde ich ihm machen, dem Käpt'n. Er soll mal seine Decksmatrosen besser im Griff behalten und sie scheuchen, das Schiff ordentlich zu putzen.«

Von Weitem sahen die beiden einen Mann auf sich zukommen. Abzeichen und Uniform nach musste es der Kapitän sein. Aber es war nicht Corke. Dieser Mann war ihr völlig unbekannt und auf den ersten Blick alles andere als sympathisch.

»Miss Ames?«

Breitbeinig hatte er sich vor ihr aufgebaut und schaute herablassend auf Beatrice herunter. Was bildete der Kerl sich ein? Schließlich gehörte das Schiff der Reederei ihrer Familie. »Wer sind Sie, Sir? Ich habe Kapitän Corke erwartet. Und für Sie übrigens Lady Ames, damit wir uns gleich richtig verstehen.«

»Lady Ames«, imitierte der Mann sie näselnd, »Corke ist schon lange nicht mehr Befehlshaber dieses Schiffes. Ich habe das Kommando und mein Name ist Finch. *Sir* Finch für Sie, Mylady!«

»Sicherlich können Sie mir erklären, warum dieses großartige Schiff in derart desolatem Zustand ist ... Sir ... Finch?«

Finch zog mit der Stiefelspitze ein Muster in die grünbraune Schmiere, die jede einst so sauber polierte Planke überzog.

»Das mag wohl daran liegen, dass es nicht mehr wie einst als privates Handelsschiff unterwegs ist, sondern als Chartersegler der britischen Justiz. Bei *der* Fracht kümmert es keinen, ob das Deck geputzt ist. Die Besatzung, die mir zugeteilt wird, ist nicht viel besser als das Pack, das ich transportiere. Schlecht bezahlt und stinkend faul. Ohne die Neunschwänzige ...«

Erst jetzt fiel Beatrice auf, was da an seinem Gürtel baumelte. Vorerst erschlossen sich Beatrice die Zusammenhänge nicht richtig. Erst nachdem Finch ihnen die Kajüten zugewiesen hatte, die dringend einer gründlichen Reinigung bedurft hätten und nur noch schwach an die ehemals gepflegten Unterkünfte ihrer Jungmädchenzeit erinnerten, erst als sie nach dem Verstauen ihrer Habseligkeiten wieder an Deck zurückgekehrt war, um das Aufnehmen der Ladung zu verfolgen, verstand sie. Das Schiff hatte einen besonderen Auftrag und ein ebenso besonderes Reiseziel.

Finch stand neben Beatrice an die Reling gelehnt. Sie bemerkte, dass er sich jetzt in ihrer Gegenwart um Haltung und ein gewisses Maß an Freundlichkeit bemühte. Offensichtlich hatte es ihn beeindruckt, dass sie bei der Begrüßung nicht klein beigegeben, sondern deutlich gemacht hatte, dass er mit ihr nicht umspringen konnte wie mit seiner Mannschaft.

In Ketten wurden nun Menschen herangeführt. Zerlumpte, magere Gestalten. Die Köpfe gesenkt, die Schritte schleppend, stolpernd, wenn einer ihrer Bewacher die Peitsche knallen ließ, zur Eile antrieb. Das also war die Fracht! Die »Goddess of Dawn« war zum Sträflingsschiff verkommen! Und endlich erfuhr Beatrice, wohin ihrer aller Reise gehen würde. Eine rund 240-köpfige Schar von Verbrechern sowie eine kleine Gruppe von Emigranten, dem Vernehmen nach größtenteils irischer Herkunft, sollte der Klipper in die 15.000 Meilen entfernte britische Kolonie Victoria bringen.

Australien! Mein Gott, das Ende der Welt! Beatrice tauschte einen Blick mit Geoffrey. Der zuckte nur die Achseln. »Warum nicht?«, las sie in seinen Augen, und sein Nicken bestätigte ihr, dass er ihr auch bis an dieses Ende der Welt folgen würde. Ihr zaghaftes Lächeln quittierte er, indem er aufmunternd zurückzwinkerte. Sie atmete tief und hörbar durch, wandte sich wieder dem grausigen Schauspiel zu. Sah. Und dachte über das nach, was sie wusste.

Natürlich, die Kriminalitätsrate in Londons Armenviertel East End war hoch. Selbstverständlich hatte sie ihre Rückschlüsse für diesen Umstand längst gezogen und in allererster Linie als Folge der bitteren Armut eingeordnet. Überdies war ihr bekannt, was es mit dem Begriff »Sträfling« auf sich haben konnte. Schließlich war sie nicht, wie es die meisten Frauen der Upper Class vorzogen, jahrelang mit geschlossenen Augen durch die Welt gewandelt. Ihr konnte man nichts vormachen, sie kannte sich aus. Diese Menschen aber jetzt alle hintereinander weg die Gangway heraufstolpern zu sehen, krampfte ihr den Magen zusammen. Man behandelte sie wie Vieh. Trieb sie an, buffte und schubste sie in den Bauch des Schiffes hinunter. Frauen, Alte, Kinder, wenige jüngere Männer. Sie schlurften an ihr vorbei, manche schauten sie an, doch ihre Blicke waren leer und hoffnungslos. Was mochten sie bereits erlebt und durchlitten haben? Wo, unter welchen Bedingungen hatte man sie zuvor festgehalten? Londons Gefängnisse galten als hoffnungslos überfüllt. Welcher Straftaten hatten sie sich schuldig gemacht?

Nicht etwa nur Kapitalverbrecher erhielten das vernichtende Urteil, ihre Heimat verlassen zu müssen. Nein, bereits das Entwenden eines Laibes Brot, eines Kleidungsstückes, schon ein Auflehnen gegen die Anweisung eines Bobbys, eine handfeste Kneipenschlägerei konnten als derart schwerwiegendes Vergehen gerichtet werden, dass ein Urteil auf jahre- oder gar lebenslange Verbannung lautete. Großbritannien entledigte sich bereits seit dem letzten Viertel des 18. Jahrhunderts seiner Sträflinge auf diese Art und Weise, denn nach der Unabhängigkeitserklärung der Vereinigten Staaten war ja die äußerst praktische Möglichkeit fortgefallen, die sogenannte »Criminal Class« in den dortigen Kolonien zu »entsorgen«.

Mangels besserer Ideen hatte man zunächst provisorisch eine besonders menschenverachtende Art von Gefängnissen etabliert. Wie es Provisorien häufig eigen ist, hielt sich auch dieses ausgesprochen lange. Beatrices Vater hatte ihr eines Tages während des Einlaufens von den »Hulks« erzählt, die in direkter Sichtweite zu Westminster auf der Themse gelegen hatten. Es hatte sich um Gefängnisschiffe gehandelt. Ausgemusterte, größtenteils bereits verrottete Kähne aus dem Arsenal der Kriegsmarine wurden jahrelang dafür genutzt, Menschen ohne Ansehen von Alter, Geschlecht oder Gesundheitszustand auf engstem Raum unter katastrophalen hygienischen Verhältnissen zusammenzupferchen. Sie erlebten, wenn sie denn lange genug *über*lebten, die Hölle auf Erden. Kindliche Diebe, kaum zehn Jahre alt. Frauen, die versucht hatten, das elende Einkommen mit dem Verkauf des eigenen Körpers aufzubessern, vielleicht von irgendeinem Freier des Beischlafdiebstahls bezichtigt. Bettelgreise, die kein Fabrikbesitzer mehr einstellte. Junge, kräftige Familienväter, die sich an Englands Küsten des Alkoholschmuggels schuldig gemacht hatten.

Brutale Wärter, Unterernährung und grassierende Krankheiten wie Typhus, Cholera und Pocken waren der Faden, aus dem die Albträume auf den ankernden Seelenverkäufern gewebt waren.

Beatrice erinnerte sich gut an die Diskussionen, die im geheimen Salon noch jetzt, Jahrzehnte später, zu diesem grausigen Thema die Runde gemacht hatten. Einen menschenunwürdigen Schandfleck für die Metropole hatten es die einen genannt. Eine Pestbeule, die jederzeit hätte aufbrechen können, die anderen. Was denn gewesen wäre, wenn es doch eines Tages zu Meutereien und Ausbrüchen von den maroden Schiffen gekommen wäre und sich die Masse von Tausenden Verbrechern direkt ins Herz der Millionenstadt ergossen hätte?

Letztere Befürchtung hatte offenbar damals auch das Establishment geteilt und bereits vierzig Jahre vor Beatrices Geburt begonnen, wenigstens einen Teil der Straftäter, Unverbesserliche und Unangepasste, für sieben oder vierzehn Jahre, im schlimmsten Falle sogar lebenslänglich auf den fünften Kontinent zu verbannen.

Heute galt Australien nicht mehr wie damals als völlig unzivilisiertes Land, und dennoch überfiel Beatrice im Moment des Begreifens panische Angst vor der Zukunft. Sie spürte, wie ein unwiderstehlicher Schwindel sie überkam, griff mit beiden Händen nach der Reling, klammerte sich fest und versuchte, mit den Augen irgendeinen Ruhepunkt zu fixieren, damit es aufhörte, sich im Kopf zu drehen.

Jetzt kamen die Auswanderer. Eine ganze Familie mit sechs rothaarigen Kindern. Wie die Orgelpfeifen. Das Kleinste noch im Brusttuch der Mutter. Alle bepackt mit Bündeln. Ein bisschen Hausrat, Töpfe, Pfannen, angebunden an Segeltuchsäcken. Ein paar jüngere Männer. Verwegene Gesichter. Abenteurer oder Flüchtende vor dem Elend, das erst die Ernten vernichtende Kartoffelfäule und dann die idiotische englische Politik den Iren gebracht hatte?

Einer. Nur einer starrte nicht stur geradeaus. Beatrice schaute in ein grünes Augenpaar, das von Entschlossenheit, Mut und Energie sprach. Ein Funke sprang zu ihr herüber. War schon vorbei. Vergessen.

Vergessen?

* * *

Nachts in ihrer Koje – der Segler hatte längst die offene See erreicht und nahm Kurs auf die Kanareninsel Teneriffa – lag sie lange wach. Erinnerte sich an diesen Blick, an diesen Funken, der in ihr ein seltsames Gefühl ausgelöst hatte. Sein Gesicht war wettergegerbt gewesen. Ein Seemann? Hatte er auf einem Kriegs- oder Handelsschiff gedient? So pflegte Henrys Haut auszusehen, wenn er aus der Karibik heimkehrte, so hatte selbst ihre eigene ausgesehen, wenn sie Vaters Mahnungen, den Sonnenschirm zu benutzen, wieder einmal in den Wind geschlagen hatte. Tagein, tagaus unter der sengenden Sonne auf Deck. Das würde es sein. Er war Seemann. Doch wenn er denn einer war, warum emigrierte er? Hätte er nicht irgendwo auf der Welt, wo es schön war, längst aussteigen und sich niederlassen können? Er wirkte doch gesund und kräftig, wie einer, der ordentlich zupacken, überall sein Glück suchen konnte. Warum zahlte er dann für eine solche Überfahrt?

Über Beatrices Gesicht ging ein Lächeln. Merkwürdig, noch nie hatte sie über die flüchtige Begegnung mit einem Mann nachgedacht. Noch nie hatte ihr, mal abgesehen von William, irgendeiner dafür genügend Eindruck gemacht. Ach, William, der Gute, der Anständige, Aufrechte. Und Alte! Williams Haut war schon wie Pergament gewesen. So dünn, so durchscheinend hatte sie sich auf seiner Brust gekräuselt, wenn er bei ihr gelegen hatte. Das war wohl so, wenn man das sechzigste Lebensjahr fast erreicht hatte. Das würde auch ihr eines Tages so gehen.

Man schrumpelte zusammen, verlor die jugendliche Elastizität. Im Gang, in der gesamten Muskulatur, ja, und auch in der Haut. Dieser Mann da heute Morgen hatte glatte Haut gehabt. Wie mochte sich glatte, junge Männerhaut anfühlen?

Beatrice!, schalt sie sich. Kaum englischen Boden verlassen, auf dem Weg in eine vollkommen ungewisse Zukunft, und du denkst über Männer nach? William … Es war doch erst gestern gewesen, dass sie sich zum allerletzten Mal in den Armen gehalten hatten. Fortuna hatte es gut mit ihr gemeint und dem widerlichen Barker passenderweise eine hochfieberhafte Influenza an den Hals geschickt. Schadenfroh hatte Janet verkündet, der Mann deliriere nur noch und sei zu nichts mehr fähig. Die sich bietende Chance ergriff Beatrice in Windeseile. Sie schickte ihren treuen Kutscher Geoffrey mit einer Nachricht zu William und nur Stunden später gelang ein letztes Treffen der beiden im Greenwicher Waisenhaus.

Nachdem sie widerwillig den von Pinkerton ausgehändigten Kontrakt unterschrieben hatte, war ihr Schicksal besiegelt gewesen. Niemals, so hatte Henry es festlegen lassen, durfte sie wieder den Boden des britischen Mutterlands betreten. Das ausgezahlte Erbe würde sie selbst vor dem Untergang bewahren. Aber wer würde das kleine Kinderheim auf lange Sicht finanzieren? Kurz entschlossen hatte Beatrice das einzig wirklich Kostbare mitgenommen, über das sie verfügen konnte. In der nachmittäglichen Stille des Schulzimmers überreichte sie William die Schatulle mit dem Diamantdiadem.

»Bitte verwahr es gut und verwende es, wenn das aufgesparte Geld zu Ende geht. Ich kann mich auf dich verlassen, nicht wahr?«

Williams Augen ruhten verständnislos auf Beatrice. Mit mechanischer Geste nahm er das Kästchen, ohne recht hinzusehen. »Was geht vor, Liebste? Man hört, du seist schwer erkrankt, verließest bald London zum Kuraufenthalt in der Schweiz? Du wirkst unglücklich … blass … aber doch gar nicht krank.«

Beatrice lachte bitter auf. »Ganz sicher ist nicht die liebliche Schweiz das Ziel, welches Henry mir zugedenkt. Noch habe ich keine Ahnung, wohin die Reise gehen soll, aber es wird für mich eine Reise ohne Wiederkehr sein, William! Henry hat mich auf immer aus England verbannt. Er hat mir mein Erbteil ausgezahlt und ich habe seine Bedingungen unterzeichnet.«

»Nein!«

»O doch. Ich habe mit meinen Taten die Familienehre befleckt. Nichts kann Henry weniger verzeihen. Du weißt ja, er will in den Adelsstand aufsteigen und hat geradezu panische Furcht vor einem Skandal. Ich bin ihm folglich derart im Weg, dass er mir sofort einen ausgemachten Gefängniswärter zur Bewachung gedungen hat. Ich habe nicht etwa monatelang krank zu Bett gelegen, sondern lernen müssen, wie es ist, nichts mehr selbst entscheiden zu dürfen, eingesperrt und vollkommen von der Außenwelt, allen und allem, was mir lieb ist, abgeschnitten zu sein. Und ich hatte keinerlei Handhabe, mich zu wehren, war Henrys Willen völlig ausgeliefert. Nun werde ich morgen zwar meine Freiheit wiedererlangen, aber der Preis dafür ist hoch.«

Williams Züge erstarrten. Mit einem Ruck riss er Beatrice in seine Arme, hielt sie so fest, als wolle er sie allein mit seiner Muskelkraft ihrem Schicksal entreißen. Sie schmiegte sich an seine Brust, atmete tief den Duft seines Eau de Cologne, fühlte sich für einen Augenblick so geborgen wie seit Wochen nicht mehr.

»Das darf nicht sein! Beatrice, gibt es irgendetwas, das ich tun kann, um es zu verhindern?«

Sie schüttelte den Kopf, fühlte den rauen Brokat seiner Weste auf ihrer Stirn. »Ich werde gehen müssen. Aber ich will nicht gehen, ohne die Gewissheit zu haben, dass mein angefangenes Werk hier nicht allzu schnell ein tragisches Ende nimmt. Schau in die Schatulle. Ich glaube, es ist sehr viel wert und wird der Einrichtung noch lange eine gute pekuniäre Grundlage sichern.«

William schnappte beim Anblick der glitzernden Preziose nach Luft. »Deine Großzügigkeit kennt keine Grenzen, Beatrice! Ich werde das Juwel sicher verwahren und nur dann in klingende Münze verwandeln, wenn es wirklich keine andere Möglichkeit mehr gibt.«

»Ich hänge nicht daran, William. Es war überdies Henrys Lohn für meine Arbeit an seinem Haus im Hyde Park Gate, und du weißt, die habe ich nur mit dem Hintergedanken gern versehen, einen Grundstock für die Kinder zu erwirtschaften. Also sollst du den Erlös auch ohne Zagen für die Kinder verwenden«, wischte sie seine Bedenken zur Seite. »Und nun lass mich noch einen letzten Blick auf die Kleinen werfen, ehe ich gehe. Ich muss noch packen.«

»Du wirst wenigstens mit Bedienten reisen?«

»Geoffrey begleitet mich. Janet habe ich nicht zu fragen übers Herz gebracht. Sie ist verlobt mit einem Zimmermann und ich möchte sie nicht um ihr Glück bringen. Immerhin habe ich durchsetzen können, dass sie im Haushalt bleibt und weiterhin ein Auskommen hat. Sie wird mir fehlen … Und du vor allem, du wirst mir entsetzlich fehlen.«

Erneut zog William sie in seine Arme. »Und du mir erst! Was für ein furchtbarer Verlust, den ich zu verkraften habe … Aber ich kenne dich. Du wirst deinen Weg gehen. Und eines Tages wirst du dich über diesen schändlichen Vertrag hinwegsetzen, doch noch als gemachte Frau nach England zurückkehren und es allen zeigen.«

»Du glaubst, mich gut zu kennen? Nein, du kennst mich schlecht, mein Lieber! Ich bin nicht der Mensch, der vertragsbrüchig wird. Und außerdem nimmst du wohl nicht im Ernst an, dass ich mich, endlich frei und ungebunden, wieder zurück in diesen … diesen viktorianischen Käfig aus Entrechtung und Unterdrückung begeben würde? Nein!« Beatrice löste sich von ihm, funkelte ihn entschlossenen Blickes an und stampfte mit dem Fuß auf. »Wenn ich jetzt gehe, dann gewiss nicht, um jemals wieder unter den muffigen Mantel der Queen zurückzukriechen. Frauen wie ich haben offenbar keinen Platz in Victorias Reich. Sie ist selbst eine Frau, und obwohl sie es kraft eines einzigen Federstriches könnte, tut sie nichts für ihre Geschlechtsgenossinnen. Einer solchen ›großen Königin‹ will ich nie wieder mein Leben anvertrauen. Da will ich lieber alles tun, um ihr so richtig Verdruss zu schaffen. Damit sie es endlich begreift.«

William sah sie schmunzelnd an. »Deine berechtigte Wut und dein Trotz in allen Ehren, aber wo auf dieser Welt soll der Platz sein, an den Englands mächtiger Arm nicht reicht? Man wird dich kaum einer Entdeckungsexpedition in völlig unerforschte Gebiete anvertrauen. Folglich wirst du, wo auch immer, in einer britischen Kolonie landen. Und egal, wie weit die Queen entfernt sein mag, ihre Macht wirst du überall spüren.«

Beatrice wusste im Grunde ihres Herzens, dass er recht hatte. Sie zuckte seufzend die Schultern, drückte ihn noch ein letztes Mal an sich. Und dennoch glühte in diesem Augenblick diffuse Hoffnung in ihr. Sie hatte sich dermaßen in Rage geredet, dass sie es sich selbst nicht zugestehen mochte, sich verrannt zu haben. Irgendwo musste der Ort sein, an dem sie mehr würde bewirken können.

Nun war immerhin klar, wohin die Reise ging. Der Vater hatte einen wunderschönen handkolorierten Globus besessen. Als Beatrice ein kleines Mädchen gewesen war, hatte er ihr den Zeigefinger geführt und sie so die Schifffahrtsrouten nachzeichnen lassen, die er als nächste befahren würde. Eine Kugel, so klein, dass sie sie mit beiden Armen hatte umspannen können. Und doch in Wirklichkeit so groß, dass es jedes Mal Monate dauerte, bis der Vater zurückkehrte. Australien … das war der Kontinent, den ihre Fingerspitzen berührt hatten, wenn sie ihre Heimat England ans Herz gedrückt hielt. Weiter fort konnte es wahrhaftig nicht gehen.

Die See war ruhig, die »Goddess« lief bei vollen Segeln unter günstigem Wind. Beatrice lauschte in die Stille der Nacht, rückte sich ein wenig in der Koje zurecht, sodass der Mond ihr nicht direkt ins Gesicht schien, schloss die Augen. Williams Gestalt tauchte noch einmal auf. Wie er ihr Lebewohl gesagt hatte, einen Ausdruck von tiefem Bedauern in den Zügen. Wie er ihr hinterhergewinkt hatte, als Geoffrey dem Pferd zuschnalzte. All das lag jetzt hinter ihr. Was würde werden? Morgen war ein neuer Tag. Sie würde Ausschau halten nach dem Mann mit den grünen Augen. Vielleicht ein Gespräch anspinnen? Sie hatte Zeit. Monatelang.

11

AUF SEE, FEBRUAR/MÄRZ 1852 – FLAUTE

Die ersten drei Wochen an Bord vergingen ohne nennenswerte Zwischenfälle. Tägliches, monotones Einerlei. Ungefähr so wenig abwechslungsreich wie die Speisen, die der Smutje auf den Tisch brachte. Je weiter sich der Segler vom Heimathafen entfernte, desto seltener kamen Milchprodukte, Gemüse oder gar Obst auf den Tisch. Kartoffeln, Dörrfleisch, Reis, Bohnen, Zwiebeln. Reis, Kartoffeln, Zwiebeln, Dörrfleisch, Bohnen. Gelegentlich auch mal Fisch. Beatrice und Geoffrey speisten am Tisch des Kapitäns in Gesellschaft der Offiziere, die Auswanderer sowie der Rest der Besatzung getrennt im Zwischendeck. Von den Sträflingen bekam man niemals etwas zu sehen. Sie blieben, wo sie waren, tief unten im Laderaum. Schon jetzt sehnte Beatrice den Tag herbei, an dem die Kanareninsel Teneriffa erreicht sein würde. Dort wollte Finch frische Lebensmittel und reichlich Trinkwasser an Bord nehmen, um die Versorgung auf dem zweiten, erheblich weiteren Stich der Route gewährleisten zu können.

Fünfzig Tage hatte der Kapitän bei gleichmäßig guten Bedingungen für den ersten Reiseabschnitt angesetzt. Die

»Goddess of Dawn« lief einen Schnitt von elf bis zwölf Knoten. Bis sie vor Marrakesch in eine tagelange, quälende Flaute geriet.

Finch blieb nichts anderes übrig, als zunächst den Speiseplan zu kürzen, und musste einige Tage später auch das Wasser rationieren. Beatrice ging sparsam mit dem um, was ihr zustand, und dennoch reichte es kaum, den Durst zu stillen, geschweige denn, die Körperhygiene im gewohnten Umfang durchzuführen. Die Mittagstemperaturen waren bereits auf Werte weit über siebzig Grad Fahrenheit im Schatten gestiegen. Allein … es gab kaum Schatten. Beatrice musste keine körperliche Arbeit leisten, doch sie sah die Matrosen tüchtig schwitzen. Ab und zu hievten sie volle Eimer Seewassers an Deck, gossen es sich über die erhitzten Köpfe, was Beatrice auf die Idee brachte, ihr dichtes, langes Haar auf diese Art waschen zu wollen. Eindringlich riet der Bootsmann ab, welchen sie bat, einen Eimer Meerwasser in ihre Kajüte zu bringen. Beatrice hörte nicht auf seine Warnungen, tat es doch und ärgerte sich kurze Zeit später schwarz. Das Salz hatte ihr herrlich seidiges Haar in ein kaum entwirrbares, strohtrockenes Gestrüpp verwandelt. Kein Glanz mehr, die Kopfhaut juckte fürchterlich. War es schon schwierig genug gewesen, allein, ohne Zofe, überhaupt eine vernünftige Frisur hinzubekommen, so erwies sich dieses Unterfangen jetzt als völlig unmöglich. Entnervt gab sie irgendwann auf und flocht sich einen dicken Zopf, denn schließlich konnte sie nicht mit offenem Haar zum »Dinner« erscheinen. Besonders gut gefiel ihr nicht, was sie im Spiegel erblickte. Der ganze Chic war dahin. Wie ein gewöhnliches Bauernmädchen sah sie aus. Jünger … weniger ladylike, vielleicht sogar weniger unnahbar und ehrerbietend. Merkwürdig, dachte Beatrice, wie viel doch der ganze Putz ausmacht! Aber gut, besondere Umstände erfordern nun mal auch besondere Anpassungsfähigkeit. Und zu den momentan üblichen, sehr einfachen Lebensbedingungen passte vielleicht auch eine ebenso einfache Frisur.

Welch seltsamen Nebeneffekt die kleine Verwandlung mit sich brachte, hätte sie niemals für möglich gehalten. Nach dem Essen stieg Beatrice allein die schmalen Stufen zum Deck hinauf. Die Luft war lau, noch immer hielt die Flaute an. Doch statt sich wie bisher über das langsame Vorankommen zu ärgern, beschloss sie an diesem Abend, es schlicht so zu nehmen, wie es kam. Ändern konnte sie sowieso nichts an der Situation, und es verdarb ja doch nur die Laune, sich über Unausweichliches zu grämen.

Die letzten Strahlen der Abendsonne tauchten den klaren Himmel in eine überwältigende Farbsymphonie. Nur wenige goldene Zirrusfetzen zierten den weiten Horizont im Westen, der orangerot leuchtende Sonnenball schickte sich an, im tiefblauen Meer zu versinken, und zeichnete eine silbrige Spur aufs Wasser. Alle Segel waren gesetzt, um auch die kleinste Brise einzufangen. Nur ab und zu erklang der Ruf eines Matrosen aus den Rahen über ihr. Beatrice nahm auf einer Rolle aus dicken Tauen Platz, genoss den Zauber des vergehenden Tages und stellte ausnahmsweise jegliches Denken ein. Fühlte die Wärme, die die Seile den heißen Tag über gespeichert hatten, unter ihren Händen, spürte auf ihren Wangen, wie die beginnende Dunkelheit der Luft etwas Frische einhauchte, meinte sogar, einen sachten Windhauch wahrzunehmen, hörte das gleichmäßige Rauschen der Bugwellen, das sachte Knarren der Wanten an den beiden Masten, war ganz eins mit sich und ihrer Umgebung.

Bis plötzlich eine dunkle Stimme sie aus diesem meditativen Moment riss. »Guten Abend, Mylady. Ist es erlaubt, Euch einen Augenblick Gesellschaft zu leisten?«

Beatrice schreckte auf. Schräg vor ihr stand der Mann mit den grünen Augen. Sie blinzelte gegen das fahler werdende Licht. Er hatte seine Mütze gezogen, hielt sich in gebührendem Abstand, wartete auf eine Antwort.

»Oh … sicher … gern. Setzen Sie sich doch zu mir, Mr …?«

»O'Lalor. Peter O'Lalor aus dem Land des Phytophthora infestans, wenn Ihr gestattet.«

Irritiert schaute Beatrice zu ihm auf. Noch immer stand er da, hatte von ihrem Angebot keinen Gebrauch gemacht. »Bitte … *woher* stammen Sie, Sir? Handelt es sich etwa um den lateinischen Begriff für das Wort ›Irland‹? Sie müssen entschuldigen, ich bin dieser Sprache nicht mächtig, meinte aber, in Ihnen einen Iren zu erkennen. Habe ich mich getäuscht?«

»Nein, mit meiner Herkunft liegt Ihr richtig«, sagte er lächelnd, und sie entdeckte Grübchen dort, wo der rötlich golden schimmernde Backenbart sich im rechten Winkel scharf gegen den Schnauzer abgrenzte. »Es ist nur so, dass nicht einmal die Engländer mein Heimatland derart fest im Griff haben wie der Phytophthora infestans. Nebenbei bemerkt stellt sein Name auch für mich den einzigen lateinischen Begriff dar, den ich mir zu merken imstande war, denn ich bin von Natur aus eher den technischen als den sprachlichen Disziplinen zugeneigt.«

Nun endlich setzte er sich neben sie. Er streckte seine langen, muskulösen Beine in den fleckigen hellen Breeches aus, stützte die Hände auf die Knie und schaute schweigend auf die See hinaus. Verstohlen betrachtete Beatrice ihn von der Seite. Sein volles dunkelblondes Haupthaar trug er über der hohen Stirn streng zurückgekämmt. Der üppige Vollbart war wahrscheinlich ebenso praktisch in der Handhabung wie Beatrices schlichter Zopf. Alle Männer an Bord hatten sich inzwischen einen wachsen lassen. Schließlich war Wasser Mangelware und für eine tägliche Rasur wollte es wohl keiner verschwenden. Wie mochten seine Züge wirken, wenn man sie von diesem Pelz befreite?

»Wenn Sie ihn sich gemerkt haben, diesen Phytodingsda, dann muss er eine enorme Bedeutung für Sie haben. Man bricht sich ja allein schon bei dem Versuch, das auszusprechen, beinahe die Zunge ab.«

»Ja, ich habe eine Weile üben müssen. Aber man merkt sich eben den Namen dessen, der die gesamte Familie die Existenz gekostet hat.«

»Er ist also dafür verantwortlich, dass Sie jetzt auf dem Weg nach Australien sind?«

»So ist es, Mylady.«

»Wer ist er und was hat er Ihnen angetan? Mögen Sie mir berichten?«

O'Lalor nickte und wandte Beatrice das Gesicht halb zu. »Der Phytophthora infestans ist ein Pilz, der die Kartoffelfäule auslöst. Eingeführt mit amerikanischen Saatkartoffeln, hat er uns irische Bauern über Jahre Stück für Stück ruiniert. Für viele war es schon vordem schwer genug, mit einem kleinen Landbesitz die Familie zu ernähren, denn die englischstämmigen Großgrundbesitzer pressen uns mit ihren überhöhten Pachtforderungen von jeher so aus, dass es ohnehin kaum zum Leben reichte. Meine Familie verfügte seit 1767 in Tenakill über immerhin 700 Acres, was früher einmal gewissen Wohlstand garantierte. Doch es wurde immer schwieriger, die alljährlich steigenden Pachtzinsen zu erwirtschaften. Wir kamen mehr schlecht als recht über die Runden. Dann aber reihten sich extrem regenreiche Jahre in unaufhörlicher Folge aneinander …«

»Oh, von diesen Zusammenhängen habe ich durchaus gehört. Ich wusste allerdings nicht um den Namen des Verbrechers …«, warf Beatrice ein.

»Dann wisst Ihr wahrscheinlich auch, dass zwischen 1845 und 49 die Ernten quasi vollständig ausfielen. Zu dieser Zeit weilte ich in Dublin am Carlow College, um mein Studium als Bauingenieur zu betreiben. Ich hatte große Eile damit, es zu beenden, denn ich lag meinem Vater unangenehm auf der Tasche, hatte zudem bereits Frau und Kind, die ebenfalls dem elterlichen Haushalt zur Last fielen. Keine schöne Situation für einen Mann, der sich verantwortlich fühlt. Schauen Sie …«

Er zog ein silbernes Medaillon hervor, das mit einer soliden Gliederkette an einer Bundschlaufe befestigt war, öffnete den Verschluss und hielt es Beatrice hin. Sie erblickte die gelungene Daguerreotypie einer hübschen, sehr sanft und mütterlich dreinblickenden blonden Frau mit einem reizenden, vielleicht dreijährigen Mädchen auf dem Arm. Stolz sprach aus O'Lalors ganzer Haltung und Beatrice zeigte sich höflich entzückt. Mit einem lächelnden Seitenblick sagte sie: »Sie hat die Augen ihres Vaters.«

Versonnen schaute er über die See. »Und die zärtliche Duldsamkeit ihrer Mutter.«

Herrgott! »Zärtliche Duldsamkeit«! Eine Wortkombination, die bei Beatrice normalerweise dazu führte, dass sich all ihre Nackenhaare aufstellten. Worauf reduzierte sie doch die Frau! Aus O'Lalors Mund aber klangen diese Worte liebevoll, beinahe ehrfürchtig bewundernd, und Beatrices Nackenhaare fühlten sich in keiner Weise bemüßigt, sich zu rühren.

»Meine Frau, Mary Anne, hat viel aushalten müssen und sie ist sehr tapfer. Kurz vor der Beendigung meiner Studien sah ich mich gezwungen, mit meiner kleinen Familie nach London umzusiedeln, um mir Arbeit in den Fabriken zu suchen, denn mein Vater verlor die Farm und konnte unmöglich weiterhin für drei Mäuler mehr sorgen, die nichts zum Einkommen beitrugen.«

»Ich verstehe«, nickte Beatrice ernst. »Eine ziemliche Umstellung vom Landleben respektive von Dublins ehrwürdigem Campus hinein in die finsteren Londoner Arbeiterviertel! Die kenne ich gut, denn meine Familie betreibt dort mehrere Webereien und ich habe einen sehr tiefen Einblick in die Lebensumstände der Menschen gewonnen.«

Beatrice spürte, wie O'Lalor ein winziges Stück von ihr abrückte.

»Dann profitiert Ihr von der besseren Seite der Medaille, die da Industrialisierung heißt. Ihr seid eine Frau und habt keine Verantwortung. Ich will Euch gar keinen persönlichen Vorwurf machen, aber Ihr solltet wissen, dass Eure Klasse verantwortlich ist für unendlich viel Leid unter der arbeitenden Bevölkerung.«

Das war genau das, was Beatrice hören wollte. Der Mann steckte sie in einen Topf mit denen, gegen die sie jahrelang aufbegehrt hatte. Wut erfasste sie. »Sie haben keine Ahnung, Mr O'Lalor, warum *ich* auf diesem Schiff bin! Was glauben Sie?«

Erstaunt wirkte er, als er sich jetzt vollends zu ihr drehte. »Ich habe mich das gefragt, ja. Bislang habe ich es nicht gewagt, meine Neugier zu befriedigen, und hätte mich auch weiterhin zurückgehalten, wenn Ihr heute nicht so … nun, so anders wirken würdet. Weniger damenhaft, weniger abweisend, weniger unnahbar.«

Sie griff nach ihrem langen Zopf, spielte mit dem Ende. »Aha. Allein die missratene Frisur lässt mich also nahbarer erscheinen?«

Er lächelte sie an. Kleine silberne Sprenkel aus dem Grün seiner Augen schienen zu ihr überzuspringen und geradezu mutwillig ihre Nase zu kitzeln. Was für eine merkwürdige Mischung aus Forschheit und ausgesuchter Höflichkeit! Beatrice wollte ärgerlich sein über seine Fehleinschätzung, natürlich anstandshalber auch über seine Unverschämtheit, sie überhaupt anzusprechen, aber dieses Lächeln war so entwaffnend, strahlte so viel Offenheit aus, dass es sie geradezu zwang mitzulächeln. Er konnte es ja nicht wissen!

Eine halbe Stunde später waren sie übereinander im Bilde. In gewisser Weise teilten sie ein und dasselbe Schicksal, und Beatrice fühlte sich diesem völlig unbekannten Mann erstaunlich nah. Peter O'Lalor wurde nicht müde, Beatrices Mut zu preisen, und sie selbst schäumte über vor Entrüstung, erging sich in Bewunderung und Anteilnahme.

Auch er hatte nämlich versucht, sich zum Vordenker aufzuschwingen, die Arbeiterschaft um sich zu scharen und ihnen das gerechte Aufbegehren einzureden. Offenbar läge derartig gefährliche Handlungsweise bei ihm in der Familie, hatte er schmunzelnd gemutmaßt und erzählt, dass die O'Lalors bereits im 16. Jahrhundert gegen die britische Invasion in Irland gekämpft und die Freiheit der Grünen Insel über Generationen hinweg zu erstreiten versucht hatten. Häufig hatte dieses Engagement zu einem allzu frühen Tode geführt, und auch ihm war die Bereitschaft, sich politisch gegen Unterdrückung zu engagieren, zum Verhängnis geworden. Er hatte Frau und Kind in London zurücklassen müssen, nachdem er die unverzeihliche Frechheit besessen hatte, ungefähr dasselbe in seinem Kreise zu tun, was Beatrice sich aus anderer Position heraus erlaubt hatte. Nur mit Mühe war es ihm gelungen, vor der Polizeigewalt zu fliehen. Fortan hatte er seine Identität verschleiern müssen und jahrelang im Schienenbau gearbeitet.

Sofort kamen Beatrice jene Bilder in den Kopf, welche die Zeitungen ab und zu druckten, wenn wieder einmal der Startschuss zur Erstellung einer neuen Eisenbahnverbindung bejubelt wurde, was so trefflich dazu taugte, Britanniens Überlegenheit in Sachen technischen Fortschritts zu belegen. Unendlich lange Reihen gebeugter Oberkörper unter stählerner Last. Zweifellos eine Tätigkeit, die der kräftezehrendsten Form von Schwerstarbeit zugerechnet werden durfte. Fuß um Fuß Handarbeit für ein Netz aus Eisen, Schotter und Eichenbohlen zum Zwecke des schnellen, schnelleren, noch viel schnelleren Voranschreitens der Industrialisierung. Und zum Ruhme der Königin.

Tagein, tagaus, bei jeder Witterung im Freien. Das erklärte O'Lalors wettergegerbte Haut hinlänglich. Immerhin war aber diese Arbeit wenigstens so ertragreich gewesen, dass er einen überlebenssichernden Teil seines Einkommens an seine kleine

Familie nach London schicken konnte. Um jedoch weder Frau und Kind noch sich selbst in Gefahr zu bringen, hatte er von Stund an jeden direkten Kontakt zu ihnen vermieden, was ihn entsetzlich zu schmerzen schien. Den Obolus zum Leben für die beiden hatte er monatlich pünktlich einem Anwalt namens McKee übersandt, der ihm im Gegenzug stets kurz und knapp Bericht über das Befinden seiner Angehörigen erstattete. Viele Männer, die getrennt von ihren Lieben ihr Geld verdienten, nutzten McKees Dienste, so berichtete O'Lalor. Er sei bekannt als »Anwalt der Armen«.

Genaueres schien O'Lalor nun nicht mehr preisgeben zu wollen. Beatrice sah ihm an, wie sehr er mit den unerträglichen Bedingungen haderte, jegliche Information lediglich aus dritter Hand zu erhalten und nicht mit seiner Familie vereint zu sein. Sie bedrängte ihn nicht weiter, respektierte den weiten Radius, den er um diesen Teil seines Privatlebens gezogen hatte, und suchte nach einer passenden, vielleicht ein wenig tröstlichen Erwiderung.

»Immerhin sind Sie so Ihren Häschern entgangen und können wenigstens von Ferne für den Lebensunterhalt Ihrer Familie sorgen, auch wenn ich mir vorstellen kann, dass das Getrenntsein entsetzlich für Sie sein muss. Vielleicht gelingt es ja, eines Tages die beiden nachzuholen? In Haft hätten Sie doch überhaupt nichts für sie tun können. Wäre es so weit gekommen, wären Sie jetzt vielleicht nicht zahlender Passagier und geachteter freier Bürger auf diesem Schiff, sondern säßen unten inmitten der Sträflinge. Und bedenken Sie: Mit dem Verlauf Ihrer Vita sind Sie womöglich auch noch den tödlichen Seuchen entgangen, die jährlich in den Slums Tausende dahinraffen. Wer weiß, was Australien Ihnen bringt?«

Als sie diesen Gedanken äußerte, wurde O'Lalor still.

»Was ist? Habe ich nicht recht, Mr O'Lalor?«

»Ihr habt recht, Lady Ames.«

Mehr nicht? Beatrice schaute ihn fragend an, aber O'Lalor stand auf. Offenbar wollte er sie nicht noch näher an sich heranlassen. »Ich empfehle mich und wünsche Euch eine angenehme Nachtruhe!«

Mit einer tiefen Verbeugung verabschiedete er sich und verschwand im Bauch des Schiffes. Beatrice blieb nachdenklich allein zurück.

***

Weitere fünf Tage kam die »Goddess of Dawn« kaum vom Fleck. Noch einmal verknappte Finch die Wasserrationen. Dies hatte unvorhergesehene Auswirkungen. Irgendeiner seiner Matrosen hatte anscheinend den Gedanken verfolgt, wenn es denn schon kein Wasser mehr zu trinken gäbe, könne man den Durst ja auch mit Rum löschen, und war, wie sich herausstellen sollte, mitten in der Nacht in den verschlossenen Laderaum eingebrochen, um die ganze Mannschaft mit Alkohol zu versorgen.

Beatrice erwachte gegen fünf Uhr früh vom Gejohle der schwer betrunkenen Seeleute. Sie warf sich einen Morgenmantel über, traf auf der schmalen Stiege zum Deck Geoffrey, den der Lärm ebenfalls aus dem Schlaf gerissen hatte. Oben bot sich den beiden ein außergewöhnliches Schauspiel.

Finch war außer sich. Er hatte die Mannschaft komplett antreten lassen. Gerade stehen konnte kaum noch einer der Männer. Die Aufmarschlinien verliefen ... nun, sagen wir, »fantasievoll«. Beatrice konnte nicht anders. Als sie den chaotischen Haufen erblickte, musste sie kichern. Geoffrey zupfte sie respektvoll am Ärmel, und als sie sich zu ihm umdrehte, blickte sie in seine todernste Miene. Er schüttelte warnend den Kopf, wollte sie sanft, aber bestimmt das Treppchen wieder hinunterziehen. Beatrice machte sich los. »Was denn? Lass mich doch!«

Was Beatrice erst später verstand: Geoffreys militärischer Erfahrungsschatz hatte ihm geraten, schleunigst mit seiner Herrin von der Bildfläche zu verschwinden. Im Beisein einer Frau konnte Finch als Befehlshaber mit seinen Männern nicht mehr milde umgehen. Im Beisein einer Frau musste er …

Nun war es zu spät. Der Kapitän hatte die beiden Zuschauer entdeckt.

Finch schaute Beatrice direkt in die Augen. Sein Ausdruck war mehr als nur ärgerlich. Es war nicht die Morgenröte, die seinem Antlitz jetzt Farbe verlieh. Er zuckte die Achseln. Dann wandte er sich wieder der Besatzung zu.

»Wer war das?«

Torkelnd seliges Gelächter schlug ihm entgegen.

»Ich frage nur noch ein einziges Mal: Wer war das? Der Übeltäter möge sich stellen und seine gerechte Strafe entgegennehmen.«

Jetzt waren sie eingeschüchtert. Senkten die Köpfe. Man hätte eine Stecknadel fallen hören können.

»Niemand? Schön, meine Herren. Lauter Feiglinge also. Gut, einer von euch wird dafür büßen müssen. Mir ist es egal, ob ich den Richtigen oder den Falschen bestrafe, denn gesoffen habt ihr verdorbenes Pack alle zusammen.«

Der Kapitän gab seinem Ersten Offizier Walker einen Wink. Der Mann war stocknüchtern, sein Gesicht grimmig verzogen. Er trat unter die Leute, schaute sie inquisitorisch an. Keiner blickte auf, keiner war bereit zum Geständnis. Dann griff er sich den Erstbesten, der in seiner unmittelbaren Nähe stand. Ein junger Bursche von vielleicht achtzehn Jahren. Lang aufgeschossen und hager. Walker packte ihn beim Ohrläppchen. Der Junge brüllte schmerzerfüllt auf. Beatrice sah ein dünnes rotes Rinnsal seinen Hals hinunterlaufen, zuckte zusammen, als erleide sie selbst die Pein.

Der Offizier zerrte den armen Kerl vor den Kapitän. »Hier habt Ihr einen, Käpt'n Finch, Sir.«

Was dann geschah, ließ Beatrice das Blut in den Adern gefrieren. Unfähig, sich zu rühren, verfolgte sie, wie dem Jungen das Hemd vom Oberkörper gerissen wurde, man ihn mit dem Gesicht zum Mast festband. Sie wollte schreien, wollte protestieren, doch kein Ton kam aus ihrer Kehle. Sie wollte dazwischengehen, wollte verhindern, was kommen würde, was kommen musste, doch ihre Beine versagten den Dienst.

Finch löste die neunschwänzige Katze von seinem Gürtel. Und schlug. Und schlug. Und schlug.

Keinen Mucks gab der Geprügelte von sich, obwohl es aussah, als würde der Kapitän ihn bei lebendigem Leib häuten.

Geoffrey griff sie beim Ellenbogen. »Kommt, Mylady. Kommt! Ihr dürft hier nicht eingreifen.«

Mit sanfter Gewalt nahm er sie bei der Schulter, schob sie die Stiege hinunter. Unten auf dem schmalen Gang kam endlich wieder Leben in Beatrice. Der Magen drehte sich ihr um, ein Würgen stieg im Hals empor. Sie machte sich von Geoffrey los, lief in ihre Kajüte, warf die Tür hinter sich zu und erbrach sich in ihr Nachtgeschirr.

* * *

Geoffrey war ihr nicht gefolgt. Aber als die beiden später nebeneinander an der Reling standen, klärte er sie darüber auf, dass ihre Weigerung, den Schauplatz ungesehen wieder zu verlassen, das Schicksal des Burschen letztendlich besiegelt hatte. Entsetzt schlug Beatrice die Hand vor den Mund. »Mein Gott! O Geoffrey, das habe ich doch nicht gewollt!«

»Nun ist es passiert. Der Knabe wird zwar einige Tage lang enorme Schmerzen haben, der Rest der Besatzung wird seinen Job miterfüllen müssen, aber er wird es überleben. Allerdings wird er zeit seines Lebens etwas von der Sache haben. Das gibt Narben, die nie mehr verschwinden. Finch musste so handeln, um die Disziplin in seiner Mannschaft wiederherzustellen und Eure Achtung vor ihm aufrechtzuerhalten.«

»Meine Achtung vor ihm wäre sicherlich nicht gesunken, hätte er Milde bewiesen. Im Gegenteil!«

»Das sagt Ihr! Aber das nimmt Euch kein Mann ab. Bei allem Respekt, Mylady, aber Ihr scheint die Männer und ihre Vorstellung von Ehre nicht zu kennen.«

Einen Moment lang war Beatrice versucht, ihren treuen Diener anzufahren. Was nahm er sich eigentlich heraus? Doch dann beschlich sie ein ausgesprochen ungutes Gefühl eigener Schuld und sie ließ es auf sich beruhen. Wahrscheinlich hatte er einfach recht. Womöglich genauso recht wie Henry mit seinen Argumenten? Es war nicht das erste Mal, dass ihr wohlmeinendes Tun andere hatte leiden lassen. Im heutigen Falle offenbar sehr viel mehr, als es ohne ihr Beisein nötig gewesen wäre. War sie am Ende wirklich zu impulsiv? Wäre es klüger, sich aus gewissen Dingen herauszuhalten, mögliche Folgen lieber vorher genauer zu bedenken? Was hatte es auf sich mit dem, was Geoffrey als Männerehre umschrieb? Ging es Finch bei seinem groben Handeln vielleicht nur um das Verhindern seines Gesichtsverlustes? Oder … natürlich, ja, die Geschichte der Seefahrt war voller Legenden über Meutereien. Wie waren solche Geschichten in der Regel ausgegangen? Gut? Schwache Führungspersönlichkeiten, die sich nur eine winzige Blöße gegeben hatten, mussten jederzeit damit rechnen, übertölpelt und ausgetauscht zu werden. War es ihnen nützlich gewesen, milde oder auch nur unachtsame Momente zugelassen zu haben? War nicht doch womöglich jede Verantwortung auch an eine gewisse notwendige Härte gekoppelt?

Und war all dies geschlechtsspezifisch? Eine Frau konnte Fehler einfach weglächeln und man verzieh ihr vieles. Auf diese

Idee brauchte ein Mann gar nicht erst zu kommen, wollte er nicht zum Gespött der Leute werden. Ganz gewiss hatte Finch nicht zum Gespött seiner Mannschaft werden wollen. Wäre er mit einem Lächeln über diese Sache hinweggegangen, die für Beatrice nichts als einen Bubenstreich, für ihn aber einen unverzeihlichen Vertrauensbruch darstellte, wie viel Autorität hätte er dann noch erhalten können? Und hätte er sie vollends verloren, hätte er damit womöglich den Startschuss für Rebellion und Meuterei gegeben? Wer auf diesem Schiff sollte der bessere Seemann, der charakterfestere Kommandant sein? Keiner fiel ihr ein. Wie wäre es dann um all die Menschen bestellt gewesen, die unter Finchs Schutz und Führung die Meere querten?

Beatrice schmerzte der Kopf, doch die zermürbenden Gedanken gaben keine Ruhe. Wie ging sie selbst mit ihren Bedienten um? Es war schon so, dass sie stets Wert darauf gelegt hatte, sie alle respektvoll zu behandeln. Sie wollte von ihnen gemocht und geschätzt werden, baute gar darauf, dass tiefe Zuneigung es ihnen zum Vergnügen machen würde, ihr zu dienen. Aber war das nicht vielleicht eine typisch weibliche Einstellung, derer sich ein Mann gar nicht bedienen *konnte*?

Wieder einmal diese existenziellen Fragestellungen, auf die sie keine Antworten wusste.

* * *

Noch am Abend desselben Tages frischte der Wind endlich auf. Nicht nur Beatrices malträtiertem Schädel tat die kräftige Brise gut. Offensichtlich hatte sie auch den Matrosen die letzten Alkoholreste aus den Köpfen geblasen. Es war wahrhaftig auffallend, wie flink sie heute arbeiteten. Finch stand mit zufriedenem Gesicht am Steuerrad. Nur sehr kurz entgleisten seine Züge, als er Beatrices gewahr wurde, die auf dem Weg zu ihm war, dann hatte er sich wieder im Griff und schaute ihr freundlich entgegen.

Janet hatte sie mit dem ausgestattet, was sie »einen erprobten Quacksalber-Grundstock für alle Fälle« genannt hatte, und Beatrices überaus schlechtes Gewissen hatte es ihr aufgegeben, eines der beiden kostbaren Tiegelchen mit Wundsalbe für den ausgepeitschten Burschen zu opfern.

Die »Goddess« lief unter kaum gerafftem Tuch bei recht beachtlicher Krängung, und sie hatte Mühe, im Gleichgewicht zu bleiben, musste sogar ab und zu an der Reling Halt suchen.

»Es tut mir leid, Sir, dass ich heute früh nicht die Höflichkeit besessen habe, in meiner Kabine zu bleiben«, keuchte sie angestrengt, als sie den Kapitän erreicht hatte.

»Schon gut«, murmelte Finch. Offensichtlich nicht bereit, sich mit ihr zu diesem Thema auszutauschen. »Wir werden kreuzen müssen. Etwas mühsam, aber besser als diese lähmende Flautephase ist es allemal. Wollen mal sehen, was die alte Dame noch auf dem Kasten hat. Wir haben eine gute Woche verloren, also werden wir jetzt alles aus dem Schiff herausholen, was möglich ist, sonst werden wir noch alle verdursten. Unter den Sträflingen hat es bereits zwei erwischt. Wir werden sie nachher der See übergeben.«

»Du liebe Güte! Woran sind sie gestorben?«

»Keine Ahnung. Die Herzen haben aufgehört zu schlagen. Wir haben keinen Arzt an Bord. Woher soll ich das wissen?«

Niedergeschlagen reichte Beatrice dem Kapitän das Salbentöpfchen. »Hier, Mr Finch, Sir, damit Sie den Matrosen bald wieder einsetzen können. Es ist eine sehr bewährte Medizin. Nur einmal auftragen, möglichst viel Luft an die Wunden lassen und nur wenn nötig mit sauberem Leinen abdecken. Ich sehe eine gewisse Mitschuld an dem, was in der Früh passiert ist, und möchte es ein klein wenig wiedergutmachen.«

Finch schaute sie etwas herablassend an. »Wenn Ihr Euch dann besser fühlt, Mylady …«

Er brüllte nach Walker, der sogleich erschien, drückte ihm die Salbe in die Hand und wiederholte, was Beatrice zur Anwendung gesagt hatte. Der Erste Offizier nickte grinsend und verschwand. Allzu dankbar schien niemand für ihre Bemühungen zu sein. Sie war gekränkt und wollte sich gerade wortlos zum Gehen wenden, als der nächste Schrecken sie in der Bewegung innehalten ließ.

Matrosen trugen auf rohe Planken gebundene Leichen aus der Tiefe des Schiffes herauf an Deck. Verschlissene, schmutzige Kleidungsstücke verhüllten nur spärlich den ausgemergelten Leib einer weißhaarigen Frau und den eines Knaben von vielleicht zwölf oder vierzehn Jahren.

Beatrice wollte wegschauen. Doch eine grausame Macht zwang sie hinzusehen. Sie erblickte krankhaft aufgequollene Gelenke, rotblaue Flecken von enormen Ausmaßen an nackten Waden und Unterarmen. Das Gesicht der Alten war verzerrt, der Mund stand offen, ließ schreckliche Schwellungen von Zahnfleisch und Zunge erkennen.

»Um Gottes willen, Finch, was ist mit diesen Menschen geschehen?«

Der Kapitän ignorierte sie. Ein anderer beantwortete ihre Frage. Unbemerkt war O'Lalor hinter sie getreten. »Skorbut, Mylady. Erst beginnt das Zahnfleisch zu bluten, dann zu schwellen. Später kommen Muskelschwund und Knochenhautentzündungen hinzu; die Patienten weisen großflächige Blutungen unter der Hautoberfläche auf. Irgendwann setzt völlige Entkräftung ein; Schwindel, Durchfall, Fieber, Dehydration. Am Ende versagt der Herzmuskel seinen Dienst. In gewissem Maße betrifft diese Krankheit all jene mehr oder weniger, die keinen Zugang zu frischen, gesunden Lebensmitteln haben. Ihr wisst, Mylady, woher ich komme. Ich kenne diesen

Teufel, der die Armen dahinrafft, denn er fischt nicht nur unter Seeleuten und Sträflingen reiche Beute. Diese beiden haben ein furchtbares Martyrium hinter sich. Gott hat ihre gequälten Leiber erlöst. Möge er nun ihren Seelen gnädig sein.«

Offenbar fühlte Finch sich angegriffen. »Hören Sie auf, kluge Reden zu schwingen, O'Lalor. Ich weiß sehr wohl, was den Leuten fehlte. Aber wie Sie sehen, hat Ihr gnädiger Gott uns tagelang in einer Flaute dahindümpeln lassen. Ich kann nichts dafür, dass die Lebensmittelrationen so knapp sind.«

O'Lalor schüttelte den Kopf. »Ich kann Sie beruhigen, Käpt'n. Binnen einer einzigen Flautephase entstehen solch vernichtende Krankheitsverläufe nicht, insofern sind Sie frei von Schuld. Die Leute haben schon vorher sehr lange gelitten. Wer weiß, unter welchen Bedingungen man sie zuvor gefangen gehalten hatte.«

Finchs Miene erhellte sich. Beatrice hatte den Eindruck, dass O'Lalor ihm mit seinen Erläuterungen eine schwere Last von den Schultern genommen hatte. Anscheinend war der Mann tatsächlich wesentlich weniger gewissenlos, als er vorgeblich eisenhart weismachen wollte, und machte sich ganz im Gegenteil durchaus Sorgen um die ihm Anvertrauten, was einen Teil ihrer am Morgen gezogenen Schlüsse bestätigte. So klopfte er jetzt dem Iren auf die Schulter. »Sie haben recht, O'Lalor. Lassen Sie uns ein Gebet sprechen und die Leichname dem Meer übergeben.«

Beatrice rang mit den Tränen, als die Toten über eine lange Planke geschoben wurden. Besonders bibelfest schien Finch nicht zu sein. Sein Gebet war nur ein Gemurmel von verschluckten Silben und Wörtern. Aber er hatte die Hände gefaltet und sie glaubte ihm die an den Tag gelegte Anteilnahme.

12

AUF SEE, MÄRZ/APRIL 1852 – TENERIFFA – RIO

Wenige Tage später erreichten sie die Insel des ewigen Frühlings. Zwei Tage sollte es dauern, dass die »Goddess of Dawn«, bis unter die letzte Luke mit Proviant beladen, zum nächsten Reiseabschnitt in See stechen sollte. Beatrice folgte Finchs Empfehlung und nahm in einem recht adretten Gasthaus unweit der Bucht von Santa Cruz de Tenerife ein Zimmer.

Genussvoll nutzte sie die Gelegenheit zu einem ausgiebigen Bad, wusch sich die Salzreste aus dem Haar und fühlte sich hinterher wie neugeboren. Am Abend speiste sie ausgezeichnet frische Meeresfrüchte und entschloss sich danach zu einem Spaziergang in Begleitung Geoffreys. Es tat gut, endlich mal wieder festen Boden unter den Füßen zu spüren, und Beatrice schritt flott aus. Herrlich mild war die Luft, erfüllt vom Duft zahlloser blühender Bäume und Blumen. Überall leuchteten Zitronen im satten Blättergrün.

»Wir werden gepressten Zitronensaft kaufen und auf das Schiff bringen lassen, Geoffrey«, verkündete sie. »Erst in Rio de Janeiro werden wir unser nächstes Etappenziel erreicht haben, und der Weg ist noch einmal deutlich länger als von England nach Teneriffa. Ich möchte im Notfall etwas für die Besatzung tun können.«

»Zitronen, Mylady? Wer bringt Euch auf solch eine Idee?«

»O'Lalor sprach davon, dass sie nützlich gegen den Skorbut sind. Und der Saft lässt sich, auf Flaschen gezogen, wohl eine Weile lagern.«

»Von mir aus Zitronen. Aber tut Euch den Gefallen und beredet die Idee mit Finch. Ich kann mir nicht vorstellen, dass er solch eigenmächtiges Handeln eines seiner Passagiere dulden wird.«

»Du bist sehr vorsichtig, was, Geoffrey? Ich kann mir Zitronensaft in die Kajüte liefern lassen, so viel ich will. Dazu benötige ich gewiss nicht die Einwilligung des Kapitäns. Überdies gedenke ich, einige Gallonen Wasser extra mitzunehmen. Aus Schaden wird man klug, und genug Platz für die Lagerung habe ich allemal.«

Tatsächlich hatte Beatrice das Fassungsvermögen ihrer Kajüte etwas überschätzt, denn nachdem all ihre auf dem Markt für ein Spottgeld getätigten Einkäufe geliefert worden waren, konnte sie sich auf dem verbliebenen bisschen Raum kaum noch drehen. Einzig die Koje war frei geblieben, und so hockte sie nun etwas eingezwängt im Schneidersitz darauf, betrachtete ihre Vorräte und ließ den Gedanken freien Lauf. Es wird mit der Zeit schon weniger werden, dachte sie bei sich, zufrieden, neben den geplanten Lebensmitteln auch noch kistenweise getrocknete Feigen, Pflaumen und Aprikosen erstanden zu haben. Über die niedrigen Preise hatte sie sich gewundert, doch Finch, der stirnrunzelnd die Anlieferung ihrer Schätze beobachtete, hatte ihr erzählt, dass Teneriffa seit Kurzem zur Freihandelszone gehörte und sie folglich zollfrei hatte einkaufen können. Wunderbar! Geld gespart.

Leichtsinnig wollte sie mit der ihr zur Verfügung stehenden Barschaft gewiss nicht umgehen, denn sie wusste sehr wohl, Nachschub würde es keinen mehr geben. Ob Henry sie übervorteilt hatte oder einen ihren Erbansprüchen angemessenen Betrag herausgegeben hatte, vermochte sie nicht zu beurteilen. Und sie wollte sich darüber auch keine Gedanken mehr machen, denn zu ändern war sowieso nichts mehr.

Mit der alten Unbekümmertheit, die sie seit Kindertagen gewöhnt gewesen war, alles, was ihr gefiel, egal zu welchem Preis einfach zu erwerben, war es jetzt allerdings vorbei. Die eintausend Pfund, die sie in ungleich aufgeteilten Kleinbeträgen an allen möglichen Stellen ihres Gepäcks versteckt hatte, damit ein eventueller Räuber – man konnte schließlich nie wissen – gegebenenfalls nicht gleich alles auf einmal fände, waren ein recht hübsches Vermögen. Aber wie weit würde es reichen, wenn es keinen Rückhalt gab? Konnte man sich damit eine Existenz in einem fremden Land aufbauen? Womit sollte sie Geld verdienen, wenn es eines Tages zur Neige ging? Was konnte sie? Wenn sie ganz ehrlich war, musste sie sich eingestehen, dass sie nichts konnte, nichts gelernt hatte. Natürlich war ihr Bildungsgrad relativ hoch, war sie belesen und weltläufig, spielte leidlich Klavier, besaß allerbeste Manieren. Aber man hatte sie aufgezogen, um aus ihr eine Braut für einen Mann aus besten Kreisen zu machen. Nicht um mit ihrer Hände Arbeit für den eigenen Lebensunterhalt zu sorgen. Sie hätte noch nicht einmal gewusst, wie man aus frischen Zutaten ein genießbares Mahl kochte.

Vielleicht, überlegte sie, könnte sie sich als Gouvernante verdingen. Mit Kindern umzugehen hatte ihr von jeher Freude bereitet, und in London war es an der Tagesordnung gewesen, dass beispielsweise gut erzogene junge Damen aus verarmten Adelsfamilien solche Tätigkeiten übernahmen. Der Gedanke, eine Idee, wenigstens *eine* Idee zu haben, beruhigte die Nerven. Und in der allergrößten Not, dachte sie schmunzelnd und verbot sich die Eingebung gleich im nächsten Augenblick wieder, kann ich ja immer noch heiraten.

Peter O'Lalors Gestalt kam ihr in den Sinn. Wäre er unter den vielen Bewerbern gewesen, die sich während der vergangenen Jahre um sie bemüht hatten und mit mehr oder manchmal auch weniger Charme durch die Bank von ihr abgelehnt worden waren, ja, dann …

Er gefiel ihr. Er hatte sowohl Biss als auch ganz offenbar ein gewisses Bildungsniveau, wirkte verantwortungsbewusst und verfügte über eine nicht etwa romantische, sondern ausgesprochen pragmatische Form der Empathie für jeden Menschen und schien keinerlei Berührungsängste zu haben. Ihr gegenüber aber zeigte er sich merkwürdigerweise ungeheuer zurückhaltend, für Beatrices Begriffe geradezu übertrieben höflich. Was Beatrice fast ein wenig verunsicherte, war die Tatsache, dass er niemals den Eindruck vermittelte, um sie werben zu wollen. Männer taten das normalerweise, wenn sie ihr begegneten. Einerlei, ob sie gebunden oder frei waren, alle hatten sie bisher nach Kräften ihren Charme spielen lassen, um sie für sich einzunehmen und ihr deutlich zu machen, wie begehrenswert sie war. Peter O'Lalor tat nichts dergleichen, was sie mehr und mehr bedauerte.

Ausgesprochen gern plauderte sie mit ihm, wann auch immer sie ihn traf, und empfand die gemeinsam verbrachte Zeit stets als besonderen Höhepunkt. Unverhohlen ließ O'Lalor zwar durchblicken, dass auch er großes Vergnügen an den nur zufällig zustande kommenden Zusammentreffen empfand, allerdings ging keine Begegnung auch nur im Entferntesten über den Status der Unverbindlichkeit hinaus.

Beatrices Fantasie stachelte sein Betragen an. Häufig, immer häufiger ertappte sie sich dabei, wie sie sich, genau wie gerade jetzt, Gedanken über ihn machte. Sie versuchte ihn einzuordnen und gedachte ihm vorerst die Rolle des tragischen

Helden zu. War es nicht so, dass er alles für seine Lieben tat? Und hatte nichts, rein gar nichts davon! Beatrice faszinierte das. Wie viele andere Männer hätten in seiner Situation, weit weg von daheim, quasi vogelfrei und nahezu gänzlich unbeobachtet, wenigstens für ein Techtelmechtel mal die Ehefrau Ehefrau sein lassen und bei jeder sich bietenden Gelegenheit zugegriffen? Dass einer sich als so völlig immun gegen weibliche Reize – im Speziellen gegen *ihre* weiblichen Reize – erwies, war ihr wirklich noch nicht untergekommen. Und sie musste sich eingestehen, dass genau das seine Attraktivität in ihren Augen noch mehr steigerte. Die Crux bei der Geschichte war nur, dass ausgerechnet diese von ihr als besonders positiv apostrophierte Eigenschaft ihn für sie unerreichbar machte. Mein Gott, mein Gott, war das womöglich einfach ihr ganz persönliches Karma? Immer auf Männer zu stoßen, die längst vergeben waren, wenn sie sich Hals über Kopf verliebte?

Alles, was nicht direkt das Zwischenmenschliche betraf, besprach O'Lalor ganz offen mit ihr. So auch seinen Plan, sich den Goldgräbern anschließen und sein Glück in der Erde Australiens suchen zu wollen. Beatrice hatte in der »London Times« bereits vor einem Jahr zum ersten Mal gelesen, dass in der Gegend um Ballarat und Bendigo, nordwestlich von Melbourne, das Edelmetall sogar bisweilen ganz dicht unter der Erdoberfläche zu finden sei. Man müsse sich nur bücken, den Staub beiseitescharren und könne unermesslich reich werden, hatte es geheißen.

Es gab einige Rückkehrer, die den Beweis für diese märchenhaft anmutenden Geschichten geliefert hatten. Zigtausende waren inzwischen in das verheißungsvolle Land aufgebrochen. Beatrice betrachtete die Angelegenheit skeptisch und hielt O'Lalor gegenüber mit ihren Überlegungen nicht hinterm Berg. Wo viele suchten, würde für den Einzelnen sicher bald nichts mehr sein. Das hatte doch schon das Beispiel des kalifornischen

Goldrauschs gezeigt, der so viele Enttäuschte und Gebrochene hervorgebracht hatte, argumentierte sie. Um, wie so viele Digger im letzten Winter, an einer Choleraepidemie zu sterben, hätte wahrhaftig niemand nach Kalifornien auswandern müssen. Das hätten sie ohne Umstände auch alljährlich in London haben können. Außerdem hörte man zu allem Überfluss ständig von Erdbeben und schrecklichen Brandkatastrophen, die die Stadt San Francisco erschütterten. Ein furchtbar gefährliches Leben. Ob das in Australien anders sei, könne sie natürlich nicht beurteilen, hege aber so ihre Befürchtungen … und überhaupt: Für Frauen sei die Goldgräberei sicherlich ganz und gar nichts. Nein, eine Frau, das musste man bedenken, konnte schließlich nicht einfach so im Sand buddeln. Das war nun wirklich nur eine Sache für Männer. Für ungebundene Abenteurer. Oder für jene, die nichts zu verlieren hatten.

O'Lalor hatte auf all ihre Einwände nichts erwidert und sie ob ihres letzten Satzes nur seltsam von der Seite angesehen. Sie ahnte seine unausgesprochene Frage. Hatte sie denn etwas zu verlieren? Im Grunde war die korrekte Antwort offenkundig: Nein. Sie hatte schließlich schon alles verloren, was man verlieren konnte. Heimat, Familie, jeden lieb gewonnenen Sozialkontakt, sah man einmal von ihrem Diener Geoffrey ab.

Seine unausgesprochene Frage war zweifelsfrei höchst intim gewesen. Ha! Er interessierte sich also doch für sie. Nicht nur für die nach außen sichtbare Fassade, sondern auch für das, was dahinter verborgen war. Warum das nun? Ach, der Mann war rätselhaft.

Was hatte es nur auf sich mit diesem beiderseitigen Zurückschrecken vor den an bestimmten Punkten unsichtbar gezogenen Grenzen des anderen? Keine Fragen, die wirkliche Offenheit erfordert hätten! Es gab so viel Gleichklang zwischen ihnen, und Beatrice war sich der Tatsache bewusst, dass jeder Außenstehende sehr wohl bemerken musste, wie sie magnetisch angezogen aufeinander zustrebten, sobald sie einander gewahr wurden. Sicherlich war es unübersehbar, wie sehr sie beide ihre Begegnungen genossen. Und doch schlichen sie letztlich nur umeinander herum, wie Katzen um den allzu heißen Brei.

* * *

Beatrice schaute auf ihre kleine Taschenuhr. Es war fünf Minuten vor drei. Um Punkt drei Uhr wollte Finch Anker lichten lassen. Sie löste sich von ihrem Nachsinnen, stand auf, quetschte sich den nur fußbreiten Gang zwischen Kisten und Kästen hindurch und ging an Deck, um das Segelsetzen und Auslaufen zu beobachten.

Ein bisschen wehmütig glitt ihr Blick von der Reling aus über die sonnige Insel. Ein schöner Platz zum Leben. Und so billig!

Die Matrosen kletterten in die Wanten. Mit lautem Knall rollte sich Tuch um Tuch aus. Finch stand am Steuerrad, Walker befehligte das Menschengewimmel unter dem azurblauen Himmel.

O'Lalor gesellte sich zu ihr. Wie schon so oft zuvor fing Beatrice etliche vielsagende Blicke der Mannschaft auf und sah die Überlegungen der vergangenen Stunde bestätigt.

»Habt Ihr es mitbekommen, Lady Ames?«, fragte O'Lalor, »Der Kapitän hat die Sträflinge vorhin an Deck geholt, damit sie endlich mal wieder die Möglichkeit bekamen, sich gründlich zu waschen und ein wenig Sonnenlicht zu genießen.«

»Ja, ich kam gerade an Bord und habe die jämmerlichen Gestalten in ihrer vollen Schönheit betrachten dürfen«, kam Beatrices Antwort in untypischem, scharfem Sarkasmus, der doch nur ihre tiefe Betroffenheit maskieren sollte. Sie spürte die Härte ihrer Worte, realisierte den verdutzten Blick O'Lalors und fuhr weich und nun wieder ganz echt in ihrer Emotionalität fort:

»Entsetzlich, wie man mit diesen Menschen umgeht. Haben Sie die beiden Frauen mit den kahl geschorenen Köpfen gesehen? Was haben sie denn da unten Großartiges verbrechen können, damit man ihnen das antut? Sie haben doch dort unten gar keine Chance, sich strafbar zu machen. Wahrscheinlich nur ein kleines Widerwort oder die Weigerung, einem ihrer Bewacher sexuell zu Diensten zu sein. Mir kam die Galle hoch, O'Lalor! Ich muss Ihnen sagen, ich bin niemals eitel gewesen, wenn ich mir allerdings vorstelle, man würde mir meine Haarpracht nehmen … das empfände ich persönlich als grauenvollen Eingriff in meine Persönlichkeitsrechte.«

»Man tat es schon immer, Lady Ames. Denkt an die Hexenprozesse während der Inquisitionszeit. Ich verstehe Euch. Es entstellt eine Frau, sie ihres natürlichsten Schmuckes zu berauben, es nimmt ihr zweifellos ein Gutteil ihrer Weiblichkeit. Nebenbei angemerkt, Mylady, Euer herrliches Haar ist jeder Bewunderung wert.«

Beatrice lächelte. Solche Komplimente liebte sie und es zauberte ihr ein Lächeln ins Gesicht, denn bewies diese Anmerkung nicht eindeutig, dass er doch genauer hinschaute, als er den Anschein zu erwecken suchte? Ihr Herz tat einen kleinen freudigen Sprung. Dann senkte sie die Stimme und rückte eine Winzigkeit näher an ihn heran. »Etwas ganz anderes habe ich übrigens mitbekommen. Und es war mir ein diebisches Vergnügen, das heimlich beobachten zu können. Einem der Sträflinge gelang nämlich während der knappen Zeit in Licht und Luft, die der Kapitän dem bedauernswerten Haufen gewährt hat, klammheimlich die Flucht. Er sah mich, warf mir einen bittenden Blick zu und ich reagierte nur mit …« Beatrice legte lächelnd den Zeigefinger an die Lippen.

»Holla! Wisst Ihr, wer es war? Wie sah er aus?«

»Nun, er trug seine Sträflingskleidung … aber ansonsten … ich kenne ja keinen mit Namen … Na, er mag vielleicht Anfang dreißig gewesen sein, blond mit einem Stich ins Rötliche, recht groß und … ja, jetzt fällt es mir ein, er hatte eine deutlich sichtbare Narbe im Genick. Kennen Sie ihn womöglich?«, flüsterte sie.

O'Lalor grinste. »Das kann nur Flanagan gewesen sein. Eindeutig. Ein Fälscher. Viel Schaden hat er nicht angerichtet. Ein ganz kleiner Fisch. Aber man hat ihn zu vierzehn Jahren Deportation verurteilt und seine Familie hat alles Hab und Gut zu Geld gemacht, um ihn zu begleiten. Das kommt ja häufig vor, dass die ganze Bagage einem Sträfling ins Ungewisse folgt. Ihr habt die Flanagans doch sicherlich beim Einschiffen gesehen? Seine junge Frau mit den vielen Kindern … wie die Orgelpfeifen. Sie sitzen alle bei mir da unten im Zwischendeck. Sein älterer Bruder ist auch dabei, der soll für die Sicherheit der Familie sorgen. Er ist eine ausgemachte Plaudertasche und hat mir allerhand berichtet.«

»Dann wird er sich wohl auf Teneriffa neue Papiere anfertigen und versuchen, das nächste Schiff als Passagier gen Australien zu besteigen. Ich jedenfalls wünsche ihm Glück. Aber wissen Sie, was mich gewundert hat, Mr O'Lalor? Finch ist es durchaus nicht entgangen, dass er ins Wasser sprang. Ich hatte ja erwartet, er würde dem Mann die nicht vorhandenen Hunde hinterherhetzen. Er schaute sich aber nur verstohlen um. Als er meiner gewahr wurde, erschrak er einen Augenblick, identifizierte mich aber offenbar als verschwiegene Vertraute, zwinkerte mir nur einmal zu und schüttelte dann beschwörend den Kopf. Er unternahm schlichtweg nichts. Ließ den Kerl einfach laufen. Können Sie sich das erklären?«

O'Lalor nickte. »Ich denke, Finch hat messerscharf berechnet, wie viel Scherereien das Vereiteln der Flucht mit sich gebracht hätte, und deshalb kein Fass aufgemacht.«

Beatrice lachte verschmitzt. »Vielleicht hat Flanagan dem Kapitän ja auch ein Bündel falscher Pfundnoten dafür gemalt, dass er wegschaute.«

»Vielleicht war es das, ja«, schmunzelte O'Lalor. »Ihr sprecht doch mit niemandem darüber?«

»Wo denken Sie hin? Ganz gewiss nicht! Mir tun sie alle nur leid, da unten in der Dunkelheit. Wahrscheinlich in trauter Gesellschaft einer erklecklichen Anzahl von Schiffsratten.«

Jetzt hob O'Lalor seine Stimme wieder auf normales Lautstärkeniveau. »Oh, die haben wir im Zwischendeck auch. Frech sind die kleinen Biester. Man tut gut daran, sofort aufzuessen, was man bekommt. Ich hörte, Ihr hättet Euch gewaltige Lebensmittelvorräte angelegt. Passt nur auf, dass die Nager Euch nicht schon bald auf der Nase rumtanzen. Sie sind pfiffig und finden schnell heraus, wo es Leckerbissen zu holen gibt.«

»Sprachen nicht Sie davon, dass gewisse Lebensmittel hilfreich gegen den Skorbut seien? Ich habe einfach Ihre Anmerkungen ein wenig weitergedacht und wollte Vorsorge treffen. Die beiden Todesfälle haben mich sehr erschüttert. Ich finde, es müssen nicht noch mehr werden.«

»Wohl gedacht, verehrte Lady Ames! Doch gebt gut acht. Verteilt lieber täglich ein wenig Eurer Schätze, als sie den Nagern zum Fraß zu überlassen.«

»Das will ich gern tun. Allerdings hat Finch mir den Zugang zu Zwischen- und Unterdeck strengstens verboten, und ich bezweifle stark, dass er sich selbst die Mühe machen wird, für die Verteilung unter den Sträflingen zu sorgen. Können Sie mir helfen?«

O'Lalor schaute sich sichernd um. Niemand schien im Augenblick Notiz von ihnen zu nehmen. »Zwei Stunden vor Mitternacht verlässt der Kapitän jeden Abend den Kommandostand, und sofern es keine besonderen Vorkommnisse gibt, überträgt er dann die Führung des Schiffes an einen seiner Offiziere, um in seiner Kajüte zu verschwinden. Bisher habe ich ihn nachts noch nie auf Deck gesehen, und ich denke, ich kann es beurteilen, denn ich entfliehe jeden Abend der muffigen Luft da unten, bis es wirklich Zeit wird, mich hinzulegen. Heute hat der Zweite Offizier Smith Nachtwache. Hin und wieder habe ich mich mit ihm eine Weile unterhalten. Ich kann ganz gut mit ihm. Ist ein feiner Kerl. Ich werde ihn fragen, ob er uns spätabends hinunterlässt.«

»Gut, aber was ist mit den Wärtern? Die kennen Finchs Regeln doch auch.«

»Das lasst meine Sorge sein. Wenn Ihr erlaubt, werde ich kurz nach zehn bei Euch anklopfen.«

Beatrice spürte ein unwiderstehliches Kribbeln in der Magengegend. Einerseits hatte sie ein wenig Angst vor dem, was sie tief im Laderaum der »Goddess« erwarten würde. Andererseits reizte sie die Idee ungemein, ein verbotenes Abenteuer mit O'Lalor zu unternehmen.

Bis zum Abend steigerte sich dieses Kribbeln zu einem nervösen Sirren knapp unterhalb des letzten Rippenbogens. Halb angenehm, halb erschreckend. Um beweglicher sein zu können, hatte sie Reithosen, flache Stiefel und eine schlichte Bluse angezogen und war hellwach, als O'Lalor um Viertel nach zehn leise an ihre Kajütentür klopfte. Blitzschnell huschte sie aus ihrer Koje, öffnete und ließ ihn in den schmalen Gang zwischen ihren aufgestapelten Kisten treten.

Seine Augen glitten über ihren ungewöhnlichen Aufzug. Verblüfft sah er aus, räusperte sich, suchte einen Moment stirnrunzelnd nach Worten, fing sich wieder, schaute sich im Dämmerlicht der Petroleumlampe um und fragte schließlich: »Was soll ich mitnehmen?«

»Oh, ich dachte, ich gehe mit Ihnen!«

Zögernd schüttelte er den Kopf. »Es wäre keine gute Idee, wenn eine Lady wie Ihr dort unten …«

»Bezahlen durfte ich es, aber denen bringen, die es nötig haben, darf ich nicht?«, zischte sie ärgerlich. »Merkwürdig. Irgendwie habe ich gerade ein Déjà-vu.«

O'Lalor blickte sie verständnislos an. Natürlich. Er konnte nicht wissen, dass schon einmal jemand völlig Unbeteiligtes die Früchte ihres Engagements für sich beansprucht hatte. Heute wollte sie sich die Freude daran, jemandem etwas Gutes zu tun, nicht schon wieder verderben lassen.

»Es ist jetzt nicht der Moment, Ihnen das lang und breit zu erklären. Das will ich ein andermal tun«, wiegelte Beatrice ab. Dann wurde ihr Tonfall bestimmt. »Los jetzt, O'Lalor. Nehmen Sie eine Kiste Zitronensaft. Ich werde eine mit Trockenfrüchten tragen. Lassen Sie uns keine Zeit verlieren.«

Er gab keine Widerworte mehr.

* * *

Hätte Beatrice auch nur im Entferntesten geahnt, was sie erwarten würde, hätte sie gewiss auf O'Lalors Rat gehört und sich einen Anblick erspart, der ihr für den Rest der Nacht jede Ruhe raubte.

Eine einzige müde flackernde Lampe hatte die Szenerie beleuchtet. Auf Strohsäcken, die bestenfalls bei der Abfahrt des Schiffes noch die Bezeichnung »sauber« verdient gehabt hatten, lagerten die Gefangenen dicht an dicht aufgereiht wie Sardinen in der Büchse. Einige trugen Fesseln an Händen und Füßen. Der Boden war glitschig feucht, zwischen den Leibern der Menschen wimmelte es nur so von Ratten und Mäusen. Träge wehrte hier und da jemand mit mechanischer Bewegung die Viecher ab, welche sich neugierig und zweifellos auf Nahrungssuche an den Menschen zu schaffen machten. Manche, anscheinend in tiefem Schlaf, regten sich gar nicht. Die Luft stand und stank zum Gotterbarmen. Beatrice nahm es beinahe den Atem. Sie musste sich zusammenreißen, nicht auf dem Absatz umzukehren und diesen fürchterlichen Ort spornstreichs zu verlassen. Grenzenloses Empören trieb Ströme von Adrenalin durch ihren Körper. Sie hörte das Blut in ihren Ohren rauschen, spürte den Herzschlag rasen.

Wie konnten sie hier überleben? Was musste ein Mensch getan haben, um unter derart schockierende Bedingungen gezwungen zu werden? Beatrice tauschte einen Blick mit Peter O'Lalor. Der zuckte stumm die Achseln. Beatrice interpretierte: »Seht Ihr, Mylady, ich habe Euch gewarnt, hierherzukommen.«

»Was habt ihr da?«, ranzte der Wachhabende sie an.

Beatrice fuhr herum. »Ihr Name, Mann?«

»Morgan, Mylady.«

»Gut, Morgan. Wir bringen Zitronensaft, getrocknete Aprikosen, Pflaumen und Feigen. Sie werden alle Häftlinge damit versorgen. Täglich. Sobald die Vorräte verbraucht sind, erwarte ich Nachricht über Mr O'Lalor. Haben Sie mich verstanden?«

Sie erschrak selbst über ihren Befehlston, aber der Mann schien unter ihren Worten geschrumpft zu sein. Er verbeugte sich. »Sehr wohl, Mylady.«

»Auch für Sie und das gesamte Wachpersonal jeden Tag drei Früchte und zwei Teelöffel Saft. Glauben Sie nicht, es wäre eine gute Idee, mehr für sich selbst abzuzweigen. Es gäbe geradezu fantastische Diarrhoe. Also lassen Sie es bleiben.«

»Es gäbe … bitte … was, Mylady?«, stotterte Morgan.

»Sie würden sich totscheißen, Mann. Und sehen Sie zu, dass Sie die Ratten erlegen und hier sauber machen. Wüsste mein Bruder, Henry Ames, welche Zustände auf seinem Schiff herrschen, er würde dazwischenschlagen, dass eure ganze Mannschaft hier nicht mehr wüsste, ob sie Weiblein oder Männlein sind. Ändern Sie die Zustände! Oder ich werde einen

Bericht verfassen, der sich gewaschen hat. Drei Tage gebe ich Ihnen dafür. Klar, Mann? Sie dürfen abtreten.«

Morgan senkte heftig nickend den Kopf bis auf Bauchnabelhöhe, murmelte »Aye, Mylady« und kroch geradezu rückwärts.

»Kommen Sie, Mr O'Lalor.«

Wie sie den Rückweg bis vor ihre Kabinentür hinter sich gebracht hatte, konnte sie später nicht mehr erinnern. Blind vor Entsetzen hatte sie nur schnell fortgewollt. Niemals hatte sie schlimmere Zustände gesehen, war benommen, zutiefst erschüttert. Doch O'Lalor konnte sich merkwürdigerweise das Lachen kaum verkneifen.

»Was ist so witzig?«, fragte Beatrice konsterniert.

»›Sie werden sich totscheißen, Mann‹ … Ich fasse es nicht, wie Ihr mit dem Kerl umgesprungen seid. So eingeschüchtert habe ich noch nie einen von den Wachhunden gesehen. Köstlich!«

»Ich kann Ihnen versichern, Mr O'Lalor, nur die Wut über diese unhaltbaren Zustände gab mir die Kraft. Innerlich bin ich aufgewühlt wie noch nie zuvor in meinem Leben und würde mich am liebsten weinend in meine Koje werfen. Aber wem würde das nützen? Ich sage Ihnen, wenn dort unten nicht binnen dreier Tage Ordnung herrscht, werde ich tatsächlich einen Brief an meinen Bruder verfassen und mir überdies Kapitän Finch zur Brust nehmen. Unglaublich! Ich verlasse mich auf Sie. Sie werden mich wieder begleiten?«

»O ja, das werde ich. Und zwar mit dem allergrößten Vergnügen.«

Er nahm ihre Rechte, verbeugte sich vor ihr und erstaunte sie mit einem formvollendeten Handkuss. »Es ist mir eine Ehre, Mylady.«

Beatrice nötigte ihm noch von ihren Vorräten für die Passagiere im Zwischendeck auf und überhörte geflissentlich seinen Einwand, die hätten es doch noch nicht gar so nötig. »Einerlei. Nehmen Sie, O'Lalor, ehe es die Ratten fressen!«

Höflich bedankte er sich. Dann verschwand er in dem unbeleuchteten Gang und sie blieb allein zurück. Allein mit ihren Eindrücken und einer ganz neuen Art von Scham. Was hatte sie da doch gerade getan, um ernst genommen zu werden? Sich auf den Rückhalt ihrer angestammten Position berufen. Mehr noch, sich nämlich ausgerechnet des Verweises auf ihre verwandtschaftliche Beziehung zu Henry bedient. Es hatte gezogen. Aber der Respekt, den sie Morgan damit hatte einflößen können, resultierte definitiv nicht aus der Achtung, die der Mann ihr persönlich entgegenbrachte. Sich von irgendeiner Frau herumkommandieren lassen? Niemals! Es hatte nur funktioniert, weil er die mächtige Figur des Reeders hinter ihr fürchtete. Das musste anders werden, schwor sich Beatrice. Unabhängig wollte sie sein – und um ihrer selbst geschätzt und respektiert werden.

* * *

O'Lalor hielt Wort. Drei Tage später war er wiederum pünktlich zur Stelle. Er richtete höflich den Dank der Emigranten und Sträflinge aus und mahnte nervös zur Eile.

»Was ist los? Warum so hektisch, Mr O'Lalor?«

»Morgan hat anscheinend heute Nachmittag bei Kapitän Finch durchblicken lassen, dass Ihr seine Regeln nicht befolgt und auf eine Weise eigenmächtig gehandelt habt, die ihm nur schwer missfallen kann. Smith hat mir den Wink gegeben, ich möge Euch warnen. Finch kann höchst ungemütlich werden, wenn er den Eindruck gewinnt, irgendjemand würde versuchen, sich über seine unanfechtbare Befehlsgewalt hinwegzusetzen. Er soll getobt haben und es sind Worte gefallen … nun, ich mache es kurz: Er erwägt, Euch in Rio de Janeiro an Land zu setzen.«

»Sehr witzig, Mr O'Lalor! Damit stellte er sich selbst einer deutlich übergeordneten Befehlsgewalt entgegen, die ihm die Hölle heißmachen würde. Mein Bruder hat explizit angeordnet, dass ich dieses Schiff erst auf dem australischen Kontinent endgültig verlassen darf. Wenn ihm sein Job lieb ist, wird er solche Eskapaden ganz hübsch bleiben lassen.«

»Auf See, Lady Ames, ist der Kapitän eines Schiffes ...«, hob O'Lalor überzeugt an, doch Beatrice unterbrach ihn. »Normalerweise haben Sie recht. Aber meine Beförderung hat mit ›normalerweise‹ nichts zu tun. Richten Sie das vorsichtshalber mal dem Offizier Smith aus, auf dass er die Botschaft an den Kapitän weitergebe. Nicht, dass sich Finch noch in eine ganz unglückliche Lage hineinmanövriert, aus der er hernach nicht ohne Gesichtsverlust wieder herauskommt.«

O'Lalor wiegte nachdenklich den Kopf und strich sich über den Bart. »Wie Ihr denkt, Mylady.«

»Jawohl, ich denke. Bisweilen weiß ich sogar sehr genau, was ich tue, und kenne meine Rechte ganz gut. Bisweilen aber ...«, Beatrice lachte ein bisschen verlegen, »bisweilen allerdings mache ich allzu dumme Fehler, die am Ende jemand anderes ausbaden muss. Ich arbeite daran, das in Zukunft zu verhindern. Und um es gleich von vornherein zu klären, besteht etwa die Gefahr, dass ich Ihnen schade, indem ich Sie bitte, mich wieder zu begleiten?«

»Im Gegensatz zu etlichen anderen Menschen, speziell auf diesem Schiff, bin ich bereit und in der Lage, meine eigenen Entscheidungen zu treffen. Wenn ich Euch also begleite, so tue ich das aus freiem Willen und ohne Furcht.«

»Großartig! Ich kenne wenige Männer, die sich solche Freiheiten erlauben können. Stets und immerzu sind sie irgendwem oder irgendwas verpflichtet und untergeben. Es ist geradezu erfrischend, mal einem Menschen zu begegnen, der sich nicht ständig vor Angst in die Hosen macht und stattdessen seinem Gewissen und seiner Überzeugung folgt.«

O'Lalor grinste, wandte sich halb zum Gehen und murmelte etwas, das Beatrice höchstwahrscheinlich nicht hören sollte. Aber es musste mit dem Teufel zugehen, wenn er nicht gerade gesagt hätte: »Oder seinem Herzen.«

Ihres jedenfalls hüpfte in diesem Augenblick und sie war dankbar für die schummerige Beleuchtung, die das flammende Erröten verbarg, das sie auf ihren Wangen fühlte.

Ganz unten, weit unter der Wasserlinie der »Goddess of Dawn«, hatte man offenbar in den vergangenen drei Tagen den Besen geschwungen. Wiederum war es Morgan, der Dienst tat. Beatrice nahm kein Blatt vor den Mund. Weder sparte sie mit Lob über die geleisteten Reinigungsarbeiten noch mit Tadel, seine, wie sie es absichtlich herabwürdigend ausdrückte, »Petzerei« betreffend.

»Da gibt es ja wohl noch etwas zwischen uns zu klären, Morgan. Ihr seid verantwortlich dafür, dass diese Menschen, die sich – vermutlich aus purer Not – gewisser Vergehen schuldig gemacht haben und dafür martialisch bestraft wurden, lebendig und gesund an ihr Ziel gelangen. Sie hätten den Mund halten sollen! Wem nützt es, wenn Sie wie ein altes Waschweib zum Käpt'n kriechen?«

Morgan, der eben noch ergeben zu Beatrice aufgeschaut hatte, sah anscheinend eine feine Möglichkeit zur Gegenrede aufschimmern. Ein verschmitztes Grinsen erschien auf seinem Gesicht. »Und Ihr, Lady Ames? Wolltet Ihr nicht zum Herrn Bruder kriechen, um Eurerseits zu ›petzen‹, wie Ihr es auszudrücken beliebt?«

»Oh, mein guter Morgan, da hinkt der Vergleich aber gewaltig. Ich will Ihnen das gern erklären. Erstens: Im Gegensatz zu Ihnen habe ich die Sauerei hier unten nicht zu verantworten. Es ist ganz allein eure Sauerei. Zweitens gab ich euch die Gelegenheit, die begangenen Fehler wiedergutzumachen, ohne umgehend zu Kapitän Finch zu rennen und mich zu beschweren oder sogleich an meinen Bruder Bericht zu erstatten. Erkennen Sie den Unterschied, Morgan? Ich wählte den direkten Weg mit offenem Visier. Sie allerdings taten etwas, das ich auf den Tod nicht leiden kann: Sie tratschten hinten rum, wie es Waschweiber tun.«

Unter ihren letzten Worten zuckte Morgan getroffen zusammen. Das feiste Grinsen verschwand aus seinem Gesicht. Jetzt wirkte er peinlich entlarvt.

Beatrice nutzte die Gelegenheit, Frieden zu schaffen, und klopfte ihm jovial auf die Schulter. »Kommen Sie, Morgan, ich bin sehr zufrieden mit dem, was die Wachmannschaft inzwischen geleistet hat. Lassen Sie uns die Sache vergessen. Sie sind doch kein dummer Mann, sondern ein aufrechter, verantwortungsvoller Kerl. Nur weiter so. Ich werde bei Finch ein gutes Wort für Sie einlegen. Leider haben Sie ihn ja jetzt mit der Nase darauf gestoßen, dass hier unten einiges im Argen lag. Aber es ist eben recht viel Arbeit für so wenige Männer, nicht wahr? Da kann einem schon mal was durch die Hände gleiten. Wissen Sie, Finch ist sich seiner Pflichten in höchstem Maße bewusst, und es wird vermutlich lediglich eines kurzen Nachdenkens bedurft haben, die ganze Angelegenheit hier aus dem korrekten Blickwinkel zu betrachten. Ich weiß, er hasst Missstände auf seinem Schiff und kann gegebenenfalls sehr unangenehm werden. Aber machen Sie sich keine Sorgen, Mann! Ich werde mich für euch Jungs verwenden.«

Morgan stand mit offenem Mund da.

»Gute Nacht«, wünschte Beatrice, drehte sich um und ging. O'Lalor, der kein einziges Wort beigetragen hatte, folgte ihr.

Sie marschierte zielstrebig an ihrer Kajütentür vorbei, stieg den Niedergang hinauf und kam erst an der Reling zum Stehen. Die See war kabbelig, eine kräftige Brise wehte. Beatrice lachte schallend gegen den Wind an. »Morgen früh werde ich ein nettes Gespräch mit Käpt'n Finch führen, Mr O'Lalor.«

Kopfschüttelnd stand er neben ihr. »Sagt mal, ist solches Taktieren eigentlich typisch weiblich?«

Beatrice wurde ernst und überlegte eine Weile. »Ich weiß es nicht, Mr O'Lalor. Aber ist nicht alles, das zu einem friedlichen Ende führt, gut, egal ob nun typisch was-weiß-denn-ich oder nicht?«

»Noch habt Ihr Finch nicht im Sack«, gab er skeptisch zu bedenken.

»Käpt'n Finch, mein lieber Mr O'Lalor, ist im Grunde seines Herzens kein Unmensch. Gelegentlich vergisst er das allerdings und wird für mein Dafürhalten unnötig heftig. Ich denke, ihn peinigt zuvorderst stets die Furcht, man könne ihn sonst nicht ernst genug nehmen.«

Warum lachte er jetzt so unverschämt? Was waren das für spöttische Funken in seinen Augen?

»Was, Mr O'Lalor?«

Wieder schüttelte er den Kopf. »Verzeiht mir, Lady Ames, aber mich lässt der Verdacht nicht los, dass Finch bezüglich dieses Punktes mit Euch in allerbester Gesellschaft ist.«

Er hatte ihren wundesten Punkt also aufgespürt. Und Beatrice ließ diese Entdeckung nicht schlafen. Stundenlang wälzte sie sich von einer Seite zur anderen, bekam einfach keine Ruhe. Sie hatte sich leicht indigniert abgewandt und ihn ohne Antwort stehen lassen. Dabei hatte er doch recht. Sie plagte tatsächlich dasselbe Problem, mit dem Finch sich herumschlug. Allein, er hatte sie mit seiner entlarvenden Bemerkung so unerwartet getroffen, dass ihr schlicht keine passende Erwiderung eingefallen war. Allzu gern hätte sie dieses Wissen um die eigene Position ganz für sich allein behalten. Aber O'Lalor hatte ihr mir nichts, dir nichts die Maske heruntergerissen.

Gegen Morgen hatte sie zweierlei für sich beschlossen. Mit Peter O'Lalor würde sie zukünftig offener umgehen und nicht mehr ständig versuchen, die starke Frau zu mimen. Mit Kapitän Finch würde sie ein eingehendes Gespräch unter vier Augen führen. Der Gefahr, dass er tatsächlich seine Drohung wahrmachen und sie in Rio von Bord werfen würde, wollte sie sich keineswegs aussetzen. Nahm man einmal Geoffrey aus, gab es in ihrem Leben nämlich jetzt nur noch einen einzigen Menschen, zu dem sie begann, eine gewisse Bindung aufzubauen. Und dieser Mensch würde seine Reise in Australien und nicht in Brasilien beenden. Unter gar keinen Umständen wollte sie O'Lalor aus den Augen verlieren.

* * *

Nein, er warf sie nicht von Bord der »Goddess«. Als Rio de Janeiro nach verhältnismäßig unkomplizierter Fahrt sicher erreicht war, hatten Beatrice und Kapitän Finch ihren Frieden miteinander gemacht. Es hatte ihr zweifellos geholfen, dass sie ihn bewusst sehr weiblich umgarnte. Eine Masche, derer sie sich bekanntlich zeit ihres Lebens ausgesprochen erfolgreich bedient hatte und von der sie genau wusste, dass sie eigentlich bei Männern immer zog. Finch konnte sie etwas vormachen. O'Lalor hingegen, das wurde Beatrice immer klarer, konnte man auf diese Art und Weise nicht einlullen. Er schien in ihr zu lesen wie in einem offenen Buch. Und es störte sie merkwürdigerweise von Tag zu Tag weniger. Peter, wie sie ihn insgeheim inzwischen nannte, nahm sie ernst. Ihn interessierten ihre Gedanken, ihre Einstellungen zu den Dingen, ihre Weltsicht. Mit ihm ließ es sich durchaus auch mal konträr diskutieren. Er beharrte nie darauf, seine Meinung als alleingültige darzustellen, hörte sich nachdenklich ihre Überlegungen an, wog ab, kam bisweilen zu neuen Schlüssen, beharrte in manchen Fällen auf seinem Standpunkt, ohne ihr je das Gefühl zu geben, ihm folgen zu müssen oder Streit vom Zaun zu brechen. Sie gönnten einander auch ihre unterschiedlichen Auffassungen.

All dies schuf in Beatrices Augen eine Atmosphäre gegenseitiger Achtung, wie sie sie nie zuvor in einer – wie auch immer gearteten Beziehung – zu einem Mann erlebt hatte. Natürlich hatte William ein klein wenig von diesen Qualitäten besessen. Aber aus einem gewissen Abstand heraus und ganz ehrlich betrachtet hatte ihn wohl doch vor allem die körperliche Anziehungskraft über Jahre hinweg an sie gebunden. Und er war, obwohl in bester gesellschaftlicher Position oder vielleicht gerade wegen dieser exponierten Stellung, niemals so frei gewesen, wie O'Lalor es sein konnte.

Es hatte Berührungen gegeben. Solche von der Art, wie sie jedem als zufällig erscheinen konnten. Aber nicht mussten. Je häufiger sie sich trafen, was ja ob der räumlichen Enge auf dem Schiff quasi unvermeidbar war, desto ungezwungener gingen sie miteinander um. Beatrice wusste nicht, ob Peter diese Berührungen genauso empfand wie sie selbst. Bei ihr löste jede Winzigkeit ein Feuerwerk angenehmster Emotionen aus. Versuchte sie dann herauszufinden, ob es ihm vielleicht genauso ging, stellte sie immer wieder enttäuscht fest, dass seine Miene undurchdringlich, seine Haltung distanziert und korrekt blieb. Einzig in seinen Augen meinte sie hin und wieder jenes Funkeln zu sehen, das ihr die Bestätigung gab, mit ihrer stetig wachsenden Schwärmerei doch nicht allein zu sein.

13

AUF SEE, MAI/JUNI 1852 – KAP DER GUTEN HOFFNUNG – MELBOURNE

Ruppige Böen aus Südost jagten die »Goddess of Dawn« über den aufgewühlten Indischen Ozean. Seit Wochen segelten sie nun schon über sturmgepeitschte See. Durch haushohe Wellenberge und -täler ging die Höllenfahrt, und wer zuvor keine Todesangst gekannt hatte, wusste sie jetzt beim Namen zu nennen. Der schlechte Wartungszustand des Schiffes rächte sich nun. Kein Tag, an dem sich nicht neue Schäden zeigten. Mal riss ein geflicktes Segel in Fetzen, dann brachen Rahen, Scheiben zersplitterten unter der Wucht der heranrollenden Wogen, ein Offizier meldete faulige Planken, die der Schiffszimmermann eilends zu ersetzen versuchte – mit fauligen Planken. Kein trockenes Stück Holz war mehr an Bord aufzutreiben.

Eines Abends – Hagelschauer peitschten waagerecht über die See, der Sturm hatte Orkanstärke erreicht – ging ein Matrose während des verzweifelten Versuchs, hoch oben in den Wanten ein Segel zu reffen, über Bord. Obwohl seine Kameraden es sofort bemerkten und ihm den Ring zuwarfen, scheiterte die Rettungsaktion an einer schlecht gespleißten Leine. Fassungslos sahen die Männer sich an. In den Händen das zerfaserte Tau.

Finch setzte alles daran, beizudrehen. Die Panik stand ihm ins Gesicht geschrieben, den Mann zu verlieren. Aber die See hatte seine Seele schon zu sich geholt, ehe das waghalsige Wendemanöver gelungen war.

Unten in den Bilgen, im tiefsten Bereich des Schiffes, schwappte trübgrünes Wasser. Tote Ratten, menschliche Exkremente, allerlei Unrat dümpelten in der stinkenden Brühe. Kein einziges Lebensmittel blieb vor der klammen Nässe verschont. Die Kartoffeln faulten, das Trockenfleisch weichte auf und verdarb, selbst der knochenharte Schiffszwieback wurde matschig und setzte graublauen Schimmel an. Die Sträflinge und ihre Wärter im Bauch der »Goddess« hatten seit Wochen keinen trockenen Faden mehr am Leib. Husten breitete sich aus. Viele fieberten, konnten sich vor Schwäche kaum auf den Beinen halten.

Peter O'Lalor hatte es, genau wie Beatrices Diener Geoffrey, längst aufgegeben, sich als Passagier zu fühlen, und beide packten mit an, wo auch immer sie gebraucht wurden. Zwischen Peter, Geoffrey und Kapitän Finch entwickelte sich in dieser gefährlichen Ausnahmesituation eine eingeschworene Männerfreundschaft, die Beatrice mit Freude beobachtete. Es gefiel ihr, wie die drei miteinander umgingen. Weder O'Lalor noch Geoffrey unterstanden direkt Finchs Kommando, was ihnen eine Stellung auf Augenhöhe sicherte, und es erschien überdeutlich, wie dankbar der Kapitän für jede hilfreiche Hand war.

Über Geoffreys Entwicklung konnte Beatrice nur staunen. Was hatte sie bisher schon über ihn gewusst? Dass er ein äußerst zuverlässiger dienstbarer Geist war. Mehr nicht. Jetzt lernte sie einen Mann kennen, der über alle möglichen handwerklichen und nautischen Fähigkeiten verfügte, eine eigene und, wie sie fand, sehr gut durchdachte Meinung hatte, die er auch zu vertreten vermochte. Zu ihrem Vergnügen konnte sie überdies feststellen, dass er Witz und Intelligenz besaß und unter Geschlechtsgenossen sehr schnell hohe Anerkennung fand.

Im Grunde, dachte sie bei sich, war Geoffrey in seiner Funktion als Bedienter vollkommen unterfordert gewesen. Täglich wuchs Beatrices Achtung vor ihm, und es wurde ihr immer unangenehmer, jene lapidaren Pflichterfüllungen von ihm zu verlangen, die er ihr schuldig war. Sie hatte das Gefühl, er strampelte sich aus seiner servilen Rolle langsam frei und entfaltete enormes Selbstbewusstsein. Dennoch fehlte er niemals, stand stets wie gewohnt zur Verfügung und verrichtete seinen Dienst weiterhin tadellos. Leise Zweifel hegte Beatrice jedoch, dass es ihm in Zukunft genügen würde, den Diener seiner Herrin zu geben. Ohne Frage würde er mehr aus sich machen können, wenn sie ihn eines vermutlich nicht allzu fernen Tages würde ziehen lassen. Im Wege – das machte sie mit sich selbst in diesen stürmischen Tagen ab – wollte sie ihm jedenfalls nicht stehen, obwohl es sie mit Angst erfüllte, vielleicht bald ganz allein dazustehen.

Was O'Lalor anging, vermutete Beatrice, dass der harmlose Verlauf ihrer Auseinandersetzung mit Finch und deren Beilegung wahrscheinlich auch seiner Fürsprache zu verdanken gewesen war. Die Androhung, sie in Rio an Land zu setzen, war jedenfalls kein Thema mehr gewesen.

Immerhin hatte ihre Versorgung mit vitaminreicher Kost bisher verhindert, dass es weitere Skorbutopfer gab, und Finch hatte sich eines Tages sogar verpflichtet gesehen, Abbitte für seine ärgerliche erste Reaktion auf ihr eigenmächtiges Handeln zu leisten.

Doch was war schon der Skorbut im Vergleich zu dem, was in den folgenden Tagen auf sie zukam? Täglich sanken die Temperaturen weiter dem Gefrierpunkt entgegen. Sie hatten eine andere Klimazone erreicht, und nun hatten sie es mit einem neuen und weit gefährlicheren Feind zu tun, dem sie nichts mehr entgegenzusetzen hatten. Sie segelten tropfnass, Mann, Maus und Material aufs Heftigste geschwächt, dem Winter entgegen.

Auch Beatrice kriegte in ihrer – inzwischen weit weniger vollgestopften – Kajüte kein Kleidungsstück mehr richtig trocken. Längst hatte sie sich verabschiedet von Reifröcken, Spitzenwäsche, tief dekolletierten Samtgewändern und seidenen Schuhen. Sie wollte nun wirklich nicht der gefürchteten »Musselinkrankheit« anheimfallen, indem sie sich zu leicht bekleidete. Jeden Morgen, wenn sie aus ihrer klammen Koje aufstand, beglückwünschte sie sich aufs Neue für den Entschluss, sich reichlich mit praktischen Reithosen aus schottischem Wollstoff eingedeckt zu haben, und war heilfroh, dass sie auch die dick wattierten Jagdjoppen und warmen Wollspencer eingepackt hatte.

Im Verlaufe der vergangenen Wochen hatte sie einiges an Gewicht verloren, und so gelang es ohne Anstrengung, die auf Taille geschnittene lange Redingote auch noch über die Jäckchen zu ziehen. Ein, zwei Kaschmirschals um Hals und Kopf gewunden, und ein Ausflug an Deck zum Frischeluftschnappen wurde wenigstens nicht zum gesundheitsgefährdenden Abenteuer.

Glaubte sie. Dennoch erwischte es sie letztlich doch. Binnen weniger Stunden fühlte sie jede Kraft aus ihrem Körper weichen, und als Finch eines Abends während des kaum noch genießbaren Dinners erleichtert verkündete, wenn alles gut ginge, würde man in acht Tagen das Ziel erreicht haben, spürte sie Peter O'Lalors besorgten Blick auf sich ruhen.

»Ihr seid nicht wohl, Lady Ames. Ich glaube, Ihr fiebert.«

Um seine Vermutung zu überprüfen, tat er etwas sehr Ungewöhnliches: Er legte seinen Handrücken auf ihre Stirn. Die erste intime Berührung in aller Öffentlichkeit. Sie wäre

Beatrice allemal ein wohliges Zittern wert gewesen. Aber dieses Zittern, das jetzt durch ihren ganzen Leib lief, war weit entfernt von Behagen. Tatsächlich spürte sie ein inneres Schlottern und merkte sehr wohl, wie ihre Wangen glühten und jede Muskelfaser schmerzte. Fragend schaute sie O'Lalor an.

»Keine gesunde Temperatur, fürchte ich. Ihr müsst umgehend zu Bett, Mylady.«

O'Lalors Blick traf sich mit Geoffreys. Der stand auf. »Ich bringe Euch in Eure Kabine, Mylady. Allerdings verstehe ich mich nicht auf die Pflege von Fieberkranken.« Hilfe suchend blickte er in die Runde. »Irgendjemand eine Idee, was zu tun ist?«

Beatrice erhob sich und verspürte einen Schwindel, der gewiss nicht der Krängung des Schiffes zuzuschreiben war. Im nächsten Moment begann sich die Offiziersmesse vor ihren Augen zu drehen und eine nie gekannte Schwäche zog sie zu Boden.

* * *

Sie erwachte in ihrer Koje unter einem gewaltigen Berg aus Kissen, Decken und Schaffellen. Merkwürdigerweise schien helle Morgensonne durch das Bullauge und das heftige Rollen des Schiffes hatte aufgehört. So warm sich ihr Körper auch anfühlte, so eiskalt war ihre Nasenspitze, so klamm die Hände. Beatrice erkannte die weichen Spitzen eines ihrer Baumwollnachtgewänder. Wer hatte sie umgezogen? Wessen Augen hatten ihren Körper nackt und bloß gesehen? Sie horchte in die Stille. War sie allein? Nein, sie spürte doch, dass jemand in ihrer Nähe war, versuchte, sich unter der Last all der Decken aufzurichten, um nachzuschauen.

Im nächsten Augenblick erschien Peter O'Lalors Gesicht über ihr. »Pssst, pssst, noch nicht aufstehen. Dafür seid Ihr viel zu schwach. Bleibt ruhig liegen.« Besorgt war sein Ausdruck. »Wie geht es Euch?«

Beatrice rührte vorsichtig die Glieder, streckte sich, lächelte. »Alles gut, glaube ich. Was ist geschehen? Warum ist es schon hell?«

»Oh, es ist sechsmal hell geworden, seit Ihr umgekippt seid. Ich dachte, ich verliere Euch. Es sah eine Weile gar nicht gut aus. Aber ich habe mir erlaubt, mich an den Arzneien zu bedienen, die Ihr mithabt, und wie es den Anschein hat, haben sie ein Wunder bewirkt. Wenigstens Euch konnten wir retten. Ganz anders …«

Er stockte.

»Sprechen Sie weiter, O'Lalor. Hat das Fieber etwa andere Passagiere das Leben gekostet?«

Betrübt schaute er an ihr vorbei und nickte. »Zwei irische Kinder im Zwischendeck und drei der Sträflinge haben es nicht überstanden. Es ist ein Drama. So kurz vor dem Ziel! Finch rechnet binnen dreier Tage mit unserer Ankunft.«

»So bald schon …« In Beatrices peinlich betroffenes Empfinden, von einem Mann – und ausgerechnet von *diesem* Mann – gesundgepflegt worden zu sein, und die Bestürzung über den Tod weiterer Passagiere mischte sich nun Wehmut. So ungewohnt die bunt zusammengewürfelte Gesellschaft hier auf diesem Schiff auch war, immerhin war es eine Art Gemeinschaft. Eine, die nur für begrenzte Zeit und nur für einen bestimmten Zweck Individuen zusammengeschmiedet hatte, die alle dasselbe vordringliche Ziel hatten und über Monate gemeinsam auf Gedeih und Verderb den Elementen ausgesetzt gewesen waren. Sobald die »Goddess« anlegte, würden sich ihre Wege trennen. Selbst die Sträflinge wussten, was sie zu erwarten hatten. Alle hatten sie Pläne. Nur sie selbst hatte keine.

Ob es nur dieser Kummer war oder sich alle Unbill der vielen vergangenen Wochen entlud … Beatrice spürte, wie

Tränen in ihren Augen aufstiegen. Zunächst versuchte sie, sie noch zurückzuhalten. Sollte sie sich nicht freuen, überhaupt noch am Leben zu sein? Da gab es doch keinen Grund! Doch, es gab einen, viele sogar. Wenige Sekunden später schüttelte ein Weinkrampf ihren Leib.

Beatrice ahnte nicht, wie nah Peter ihr in den letzten Tagen wirklich gekommen war. Aber wenn sie es in ihrem wirren Kopf jetzt recht bedachte, musste er ihr sehr nah gekommen sein. Entsprechend selbstverständlich umfing er sie jetzt, murmelte tröstende Worte, hielt und wärmte sie. Er roch ein bisschen nach einem Desinfektionsmittel, das Janet ihr eingepackt hatte. Und sehr nach Meer und Wind.

* * *

Überraschend schnell erholte sie sich in den verbleibenden Tagen auf See. Wenn sie darüber nachdachte, wer sie gewaschen, wer ihre Hinterlassenschaften beseitigt hatte, stieg ihr noch immer die Schamröte ins Gesicht. Aber Peter machte kein Aufheben von der Sache, ging völlig selbstverständlich damit um, nahm ihren tief empfundenen Dank mit einem charmanten Kopfnicken. Allerdings schien er zu wissen, welche Gedanken sie plagten, und erzählte von der Geburt seines Kindes, die sich in einer stürmischen Schneenacht ereignet hatte. Voller Angst hatte Peter sich auf den Weg gemacht, um Hilfe zu holen, denn irgendetwas schien mit der Kindslage nicht in Ordnung zu sein. Die Wehen waren im Minutentakt gekommen, und doch ging es mit der Geburt nicht voran. Die Schmerzensschreie seiner Frau noch gellend im Ohr, war er von Haus zu Haus gelaufen, doch kein Arzt, keine Hebamme war bereit gewesen, bei dem grauenvollen Unwetter vor die Tür zu gehen. So hatte er selbst Hand anlegen müssen. Und stolz und überglücklich seiner gesunden, kräftigen Tochter auf die Welt geholfen.

»Es gibt nichts Schöneres im Leben, Lady Ames, als Menschen, die man liebt, zu retten«, sagte er leise in den fulminanten Sonnenuntergang des letzten Tages auf See hinein.

Beatrice registrierte, dass ihm vordergründig daran gelegen war, ihr deutlich zu machen, nichts Menschliches sei ihm fremd. Höflich, wie er war, wollte er ihre Scham besänftigen. Doch da war noch so viel mehr. Sie spürte die Tiefe seiner Empfindungen und saugte aus seinen Worten gierig das auf, was sie jetzt auf sich münzen wollte: »… Menschen, die man liebt …«

Sie atmete tief durch, ehe sie antwortete, wusste, wie sehr sie sich jetzt, jetzt gleich aus dem Fenster lehnen würde, und hörte die Brüchigkeit der eigenen Stimme. »Es gibt nichts Schöneres im Leben, Mr O'Lalor, als einen Menschen zu haben, den man lieben darf.«

Beatrice hörte das Rauschen in ihren Ohren. Rhythmisches Brechen der scharf durchschnittenen Wellen vor dem Bug – oder tosendes Blut in ihren Adern.

Peter ließ die Reling los. Langsam, wie in Zeitlupe, drehte er sich zu ihr um, und sie bemerkte, dass er eine Hand in der Hosentasche zur Faust geballt hatte. Es war jene Tasche, aus der man stets die Kette herauslugen sah, die das Medaillon mit dem Bild von Frau und Tochter an seinem Platz hielt. Es schien, als hielte er sich fest an seinen Lieben, als er nun sprach: »Ich weiß, was Ihr denkt und fühlt, Mylady. Wäre es eine andere Situation, würde ich jetzt tun, was ich mir die ganze Zeit schon wünsche. Ich würde Euch in meine Arme nehmen und schwindelig küssen. Und ich würde Euch nie mehr loslassen. Doch ich weiß, dass wir uns trennen werden, sobald dieses Schiff im Hafen anlegt. Mein Weg wird nicht der Eure sein. Ich will mein Glück suchen und als gemachter Mann meine Familie aus England zu mir holen. Ich habe die Treue geschworen. Und ich bin kein Mann der gebrochenen Versprechen.«

Seine Worte trafen wie scharfe Schwerter in Beatrices Herz. Er wollte nicht von ihr geliebt werden. Er war anderweitig verpflichtet. Sie hatte ihn verloren, ehe sie ihn gewonnen hatte.

»Ich danke Ihnen für Ihre Offenheit, Mr O'Lalor«, sagte sie förmlich. Im letzten Licht der untergehenden Sonne nahm sie ihre Finger wahr, die krampfhaft die eiserne Reling umklammerten. Dieses Bild wurde zum Synonym für ihren letzten Halt. »Doch ich weiß, dass wir uns trennen werden, sobald dieses Schiff im Hafen anlegt«, hatte er gesagt. Ja, dann spätestens musste sie endgültig loslassen. Die Hoffnung, vielleicht doch nicht allein ihr Schicksal in diesem fremden Land schmieden zu müssen, verschwand wie die rotgolden glühende Scheibe, die jetzt im Meer versank.

»Ich wünsche Ihnen eine angenehme Nachtruhe, Mr O'Lalor. Die letzte, ehe der neue Morgen uns getrennte Wege aufzeigen wird.«

»Es tut mir leid, Mylady«, hörte sie ihn gequält flüstern, als sie sich umdrehte und benommen dem Niedergang zustrebte.

Sie glaubte ihm.

14

LONDON 2013 – EIN ABERWITZIGER PLAN

Noch immer tobte der Sturm ums Haus, aber Faye Duncan und ich waren viel zu vertieft gewesen, um dem Getöse draußen viel Beachtung zu schenken. Einmal war Mathew hereingekommen, hatte sich für die Störung entschuldigt, uns ungefragt eine neue Flasche Wein hingestellt und mit besorgter Miene bekundet, der Wetterdienst habe eine amtliche Orkanwarnung ausgegeben. Er sei wirklich nicht sicher, ob die Wohnzimmerscheibe noch lange durchhalten würde. Wenn er sich nicht ganz täusche, erkenne er einen feinen Riss in der oberen rechten Ecke. Wir sollten uns nicht wundern, wenn es irgendwann knallte. Er würde sich nun jedenfalls schon mal im Keller auf die Suche nach tauglichen Brettern machen.

Was kümmerte uns in diesem Augenblick die verdammte Scheibe? Wir waren beide gefesselt und wollten uns jetzt keinen anderen Katastrophen zuwenden als der, die sich für Beatrice anzubahnen schien. Mathew murmelte eine hilflose Bemerkung à la »Zu euch dringt wohl gerade gar nichts mehr durch …« und gab mir einen Gutenachtkuss. Dann schloss er leise die Tür hinter sich. Ich schenkte uns neu ein. Mehr als ein bedenkliches Kopfwiegen hatten weder Faye noch ich für die Realität übrig.

»Was für eine scheußliche Situation«, sagte Faye Duncan übergangslos und das tief empfundene Mitleid für Beatrice stand ihr ins Gesicht geschrieben. Sie hatte offenkundig genauso wenig den Faden der Geschichte verloren wie ich. »Mal ganz abgesehen davon, dass sie kurz vor dem Betreten eines fremden Landes steht und keinerlei Ahnung hat, wie sie ihre Zukunft gestalten soll – was ja schon schlimm genug ist –, dann auch noch die Nummer mit Peter O'Lalor. Nun öffnet sie sich endlich mal einem Mann, nachdem bisher immer sie diejenige gewesen ist, die die Fäden in der Hand behalten und letztlich alle Bewerber abgewiesen hat, und dann das. Ich weiß ja, wie prüde die viktorianische Zeit gewesen ist, und wenn ich mich in ihre Lage versetze … Ich meine, man denkt ja selbst heutzutage noch gelegentlich darüber nach, ob man auch ordentliche Unterwäsche anhat, weil es doch mal passieren könnte, dass man aus irgendwelchen Gründen hilflos in einer Klinik landet. Habe ich vorhin auf der Herfahrt übrigens auch getan, als ich mir ausmalte, was mit mir geschehen könnte, wenn mir ein Baum aufs Auto fallen würde. In modernen Krankenhäusern pflegen einen dann wildfremde Leute, aber das sind wenigstens Profis. Doch wenn man richtig verknallt ist und nach ein paar Tagen im Fieberdelirium feststellt, dass ausgerechnet *er* …? Dann dieses zaghafte Geständnis und er lässt sie abblitzen. Oha! Haben Sie denn erfahren, was mit seiner Familie war? Ich finde das alles total undurchsichtig.« Faye nahm einen Schluck Rotwein und schaute mich gebannt an.

»Ich habe Margaret Thornton an ungefähr derselben Stelle ihrer Schilderungen das Gleiche gefragt, Mrs Duncan. Und sie hat mich noch eine ganze Weile lang ziemlich zappeln lassen. Geheimnistuerisch hat sie nur die Andeutung gemacht, dass dieser Anwalt, dem O'Lalor ständig Geld für die Familie schickte, wohl kein allzu aufrechter Vertreter seines Berufsstandes gewesen sei. Beatrice sollte es letztendlich werden, die dazu beitrug, dass in diesem Zusammenhang eine Riesenschweinerei aufgedeckt wurde. Ich will nun auch nichts vorwegnehmen, sondern chronologisch fortfahren. Okay?«

»Och nö«, jaulte Faye auf. »Sie sind gemein. Was war nun mit den beiden? Peter war nicht im Ernst nur ein kurz aufblitzender Lichtschein an Beatrices Horizont und die zwei haben sich nie wiedergesehen?«

Ich musste lachen über ihr entsetztes Gesicht, aber ich blieb absichtlich vage: »Liebe Faye, hätte ich Ihnen dermaßen viel von der Überfahrt erzählt, wenn es so gewesen wäre?«

»Aha! Da kommt also noch was?«

»Natürlich! Aber jetzt bleiben Sie mal geduldig. Zunächst hatte Beatrice eine bittere Zeit zu überstehen. Ich hole mal ein bisschen aus, damit Sie eine Vorstellung davon bekommen, auf welche Umstände sie traf, als sie schließlich den ersten Fuß auf australischen Boden setzte. Die Stadt Melbourne war damals noch keine zwanzig Jahre alt. 1835 landete eine Gruppe englischer Geschäftsleute und Farmer unter der Leitung eines gewissen John Batman von Tasmanien aus in der Bucht vor dem heutigen Melbourne und gab ihr den Namen Port Phillip. War ja damals so üblich … wo ich stehe, ramme ich den Union Jack in den Boden, sage ›meins‹ und fertig. In diesem Falle hatte man sich allerdings geschnitten und die Rechnung ohne die rechtmäßigen Besitzer gemacht. Die Gegend um die Mündung des Yarra-Flusses hatte bereits seit rund 35.000 Jahren drei Stämmen der Aborigines als bedeutender Treffpunkt und Quelle für Wasser und Lebensmittel gedient. Folglich funktionierte die Landnahme in diesem Falle nicht ohne Gegenwehr, und es erwies sich als unumgänglich, Verhandlungen mit den Stammesältesten zu führen. Schließlich kam es vorerst zu einem Pachtvertrag für die Nutzungsrechte an einem Gebiet von rund 770 Square Miles zwischen acht sogenannten Elders der Aborigines und Batman. Die abgemachten Pachtzahlungen waren natürlich absolut lächerlich.

Für die beträchtliche Landgröße gaben die Briten lediglich Decken, Scheren, Flanellhemden und ähnlichen Kokolores. Irgendjemand hat mal ausgerechnet, dass der Gegenwert inklusive der jährlich fälligen Tribute einen Gegenwert von zirka 100 Pfund Sterling ausmachte. Quasi nichts also. Aber man kennt das ja aus der Geschichte der Kolonialisierung. Lange hatten die Ureinwohner dann sowieso nichts von diesem Kontrakt, denn nicht viel später beanspruchte die Krone ganz Australien kurzerhand als britische Kolonie, und dieser einzige überhaupt bekannte Vertrag aus den Zeiten der Kolonialisierung wurde flugs für nichtig erklärt. Bereits 1837 erhielt die Stadt dann zu Ehren des britischen Premierministers Lord Melbourne, der uns als enger Vertrauter der Queen bekannt ist, seinen Namen und wurde 1851 zur Hauptstadt der von New South Wales abgetrennten britischen Kolonie Victoria. Übrigens die einzige, die von Anfang an nicht als Strafkolonie gedacht war.«

»Ah«, fragte Faye dazwischen, »das bedeutet für unsere Geschichte, dass Kapitän Finch zwar die Emigranten dort absetzte, aber die Sträflinge an Bord der ›Goddess of Dawn‹ noch weitersegeln mussten?«

»Richtig! In den 1850er-Jahren landeten die meisten dieser sogenannten ›Transportations‹ in Western Australia. Nun aber müssen wir uns vorstellen, wie Beatrice die Zeit nach ihrer Ankunft verbrachte. Margaret Thornton hat mir damals in jener Nacht, die wir gemeinsam in ihrem Wohnzimmer zusammensaßen, eine ganze Reihe von Beatrices Aufzeichnungen gezeigt und viel über ihr erstes Jahr erzählt. Fakt ist, Melbournes Bevölkerungszahl war in den anderthalb Jahrzehnten seit seiner Gründung bereits um das Vierfache gewachsen und hatte bei Beatrices Ankunft eine Einwohnerzahl von rund 40.000. Die Stadtplanung hatte auf dem Reißbrett von Anfang an eine schachbrettartige, klare Gliederung konzipiert, wie man sie auch von amerikanischen Städten kennt, die aus dem Nichts auf unbebautem Boden entstanden sind. Melbourne sollte sowohl Wohn- und Handelsplatz als auch kultureller Mittelpunkt der Region werden. Entsprechend gab es hübsch angelegte Parks, großzügige Grundstücke, bebaut mit Regierungsgebäuden, hochherrschaftlichen viktorianischen Villen in bevorzugter Lage, Kirchen, Schulen, Banken, Apotheken, ein Hospital, Hotels, Auktionshäuser, Goldbörsen, Theater, Museen, einen Zirkus, Ärzte, Barbiere, Bäckereien, die gesamte Palette des Handwerks. Und es gab eine Sozialstruktur, die quasi aufs Haar jener glich, die Beatrice aus England gewohnt war.«

»Na super! Damit kam sie also vom Regen in die Traufe?«

»Im Grunde vorläufig ja. Alldieweil sie aber bekanntlich nicht gerade mit Unvernunft und Blödheit geschlagen war und sehr sparsam mit ihrem Vermögen umging, verfolgte sie zunächst ihren Plan A und verdingte sich nach einem kurzen Hotelaufenthalt als Gouvernante für die Kinder einer englischen Familie, deren Oberhaupt im Dienst der Krone stand.«

»Und machte sich damit abhängig. Ein Zustand, den sie ja nun wirklich nicht erstrebenswert fand, oder?«

»Richtig! Aber lieber wollte sie angestellt sein und letztlich über alles Weitere immer noch selbst bestimmen können, als die letzte Ausflucht, ihren Plan B, ins Auge zu fassen. Gezwungenermaßen aus Geldmangel zu heiraten war das Letzte, was sie wollte. Ihre Stellung als Frau war jedenfalls exakt dieselbe wie daheim in England. Sie hatte keinerlei zusätzliche Rechte und hätte sich mitsamt ihrem kleinen Vermögen auf Gedeih und Verderb einem Gatten ausgeliefert. Obwohl sie die Mittel dazu gehabt hätte, wäre es ihr noch nicht einmal möglich gewesen, Land oder ein Haus zu kaufen. In diesem ersten Jahr erlebte Melbourne einen unglaublichen Zustrom neuer Einwanderer. Menschen aus der ganzen Welt schien das Goldfieber gepackt zu haben, und die Stadt wuchs in enormer Geschwindigkeit, wobei jede Nationalität, die nicht der Krone unterstand – wie beispielsweise die zahlenstarke Gruppe der Chinesen – auch hier, genau wie im Mutterland, sofort getto-isiert wurde. Beatrice ging mit weit offenen Augen durch ihre neue Welt und natürlich ließ auch sie der Trubel nicht kalt. Es muss wohl damals niemanden in der Stadt gegeben haben, der von diesem Fieber nicht infiziert war. Immer häufiger dachte sie darüber nach, es den Männern gleichzutun. Natürlich blieb es vorläufig bei einem Traum, denn sie wusste, Schürfrechte wurden ausschließlich an Männer vergeben.«

»William hatte also vollkommen recht gehabt«, sinnierte Faye. »Der Arm des Empire inklusive aller Werte und Normen reichte tatsächlich bis ans andere Ende der Welt.«

»Natürlich! Eine Ehefrau konnte ihren Gatten selbstverständlich begleiten, aber eine alleinstehende Frau galt absolut nichts. Egal, ob sie nun wohlhabend oder arm wie eine Kirchenmaus war. Gleiches traf auf die Aborigines zu. Die versuchte man, sofern man sie nicht wegen Widerstandes lieber gleich umlegte, zu ›kultivieren‹. Steckte sie in europäische Kleidung, brachte ihnen den christlichen Glauben nahe, versuchte, sie in Schulen mit einer Art von Bildung vollzustopfen, die ihnen völlig fremd war. Brauchen konnte man die Aborigines in jedweder unterprivilegierten Position. So hatte auch Beatrice die ersten Kontakte mit ihnen als Hausangestellte. Wie sie draußen in den Outbacks lebten, erfuhr sie nur aus deren Erzählungen. Je mehr Zeit ins Land ging, desto unzufriedener wurde Beatrice, und eines Tages fasste sie den Entschluss, der ›Käseglocke‹ zu entkommen, unter der sie schon wieder steckte.«

»Jetzt bin ich aber gespannt, wie sie das angestellt hat!«

»Es begann im August 1853. Beatrice stand vor dem Schaufenster eines erst kürzlich eröffneten kleinen Geschäftes in der Little Bourke Street. Ein französischer Kartograf namens Frederick Poeschel hatte sich hier mit einer ›Arbeits- und

Informationsagentur‹ niedergelassen, was große Lettern über der Ladentür bezeugten. Fasziniert betrachtete Beatrice die ausgestellten Kartenwerke zu Melbourne und den Goldgräbergebieten um Ballarat und Bendigo, die in mehreren Sprachen erhältlich waren. Als sie, neugierig geworden, den Laden betrat und sich in die Landkarten vertieft hatte, kamen Erinnerungen in ihr hoch, die sie monatelang in der hintersten Kammer ihres Herzens verschlossen hatte. Erinnerungen an Peter O'Lalor, an Geoffrey, den sie schon wenige Wochen nach ihrer Ankunft hatte ziehen lassen, damit er sein Schicksal von nun an selbst in die Hand nehmen konnte. Ab und zu war vom einen oder anderen ein kurzer Gruß eingetroffen. Beide wusste sie also noch immer unter den Diggern. Aber gesehen hatte sie keinen der Männer mehr. Die eingezeichneten Straßen zu den Goldfeldern erschienen ihr wie die Wege in ein neues, verheißungsvolles Leben und sie fasste einen Plan C. Einen, der ihr im ersten Augenblick völlig aberwitzig vorkam, von dem sie wusste, dass er einiger Vorbereitung bedürfte und voller Gefahren sein würde. Aber sie konnte ihre Augen nicht mehr von den Plänen losreißen und ihr Herz begann Freudensprünge zu machen. Das war es! Das wollte sie tun.«

»Aber ich denke, das durfte sie als Frau alles nicht?«, warf Faye ein.

»Ja, genau. Das war dann auch der Punkt, der ihre Pläne erst einmal durchkreuzen sollte. Aber der Reihe nach. Beatrice begann sich tatsächlich akribisch vorzubereiten. Sie lernte alles über die Goldschürferei, was greifbar war. Und sie kapierte sehr schnell, dass sie etwas anders machen wollte. In ihr steckte das unternehmerische Gen all ihrer Vorfahren. Sie erinnern sich: Beatrice war mit ihrem Vater um die halbe Welt gesegelt. Sie war sprachlich nicht unbegabt. Hatte überdies immer schon technisches Verständnis gehabt. Also ging sie die ganze Sache anders an als all die anderen, die aus der ganzen Welt nach

Australien kamen, um ihr Glück zu suchen. Nach einigen Monaten waren ihre Pläne so weit gereift, dass sie zunächst eine Maschine in Auftrag gab. Sie kannte Dampfmaschinen aus den Webereien ihrer Familie. Damit wurden in moderner ausgestatteten Fabriken die Webstühle angetrieben. Im Norden Englands wurde die Kohle damit aus den Bergwerken gefördert. Und zumindest im küstennahen Bereich begann man schon, Dampfschiffe einzusetzen, um nicht mehr allein auf die Windkraft angewiesen zu sein.«

»So weit, so schön. Aber selbst eine noch so ausgetüftelte Maschine nützte ihr doch nichts. Sie blieb immer noch eine Frau. Sie konnte weder allein diese Arbeit verrichten, die doch dem Vernehmen nach mörderisch schwer gewesen sein muss, noch hätte sie überhaupt irgendwo als Frau ein Schürfrecht bekommen. Habe ich recht?«

»Natürlich haben Sie recht, Faye. Ihre Grenzen erkannte sie spätestens, als sie versuchte, Chinesen als Arbeitskräfte anzuwerben.«

»Chinesen?« Faye schaute mich aus großen Augen an. »Wieso ausgerechnet Chinesen? Und konnte sie mit denen überhaupt kommunizieren?«

»Ja, das konnte sie. Schließlich hatte sie Monate in China verbracht und war sowohl mit den Grundkenntnissen der Sprache als auch mit der Mentalität vertraut. Außerdem hatte sie niemals Berührungsängste gehabt. Sie begab sich also ins Chinesenviertel, wie sie auch schon in London in die finstersten Slums gefahren war, weil sie ahnte, dass sie hier mehr Glück mit der Anwerbung haben würde als bei jedem selbstbewussten Europäer. Ihre Intuition war ihr auch dort hilfreich, sie fand tatsächlich einen Mann, der offenbar etwas zu sagen hatte, und versuchte, mit ihm um Arbeitskräfte zu verhandeln. Anscheinend klappte das ganz gut, bis am Ende der Unterredung von Seiten des Chinesen der Vorschlag geäußert wurde, am kommenden

Tag den ›Herrn‹ vorbeizuschicken, damit ein Vertrag aufgesetzt werde.«

»Peng!«, jaulte Faye auf. »Da haben wir es wieder. Und wie löste sie dieses Problem?«

»Hatte ich Ihnen nicht eine Geschichte versprochen, die ich mir selbst zum Vorbild genommen habe? Warum sind Sie hier? Jetzt denken Sie doch mal nach! So schwer ist es gar nicht, draufzukommen.«

Faye stierte konzentriert auf einen unbestimmten Punkt in meinem Arbeitszimmer, drehte eine Locke an ihrer Schläfe wieder und wieder um den Zeigefinger und kaute auf ihrer Unterlippe. Plötzlich erhellte sich ihre Miene und sie schlug sich mit der flachen Hand vor die Stirn.

15

BALLARAT 1854 – CHINESENBOY

An einem strahlend hellen Herbsttag Mitte März erreichte Benjamin Jones die Zeltstadt von Ballarat westlich Melbournes. Alles, was der junge Mann bei sich hatte und am Leibe trug, wirkte nagelneu, und es nahm nicht wunder, dass ihn zahlreiche abschätzige Blicke begleiteten, als er sich direkt nach seiner Ankunft anschickte, im Camp des »Gold Commissioner« titulierten, staatlichen Aufsehers über Ballarats Goldfelder vorstellig zu werden.

Benjamin fühlte sich bestens gewappnet. Er hatte weitreichende Erkundigungen eingezogen und seinen Aufbruch generalstabsmäßig vorbereitet. Seinen Kenntnisstand über alles, was die Goldschürferei anging, schätzte er selbst außerordentlich hoch ein. Er hatte sich genauestens erkundigt. Darüber, welche Gerätschaften er benötigte, welche Kleidung angemessen wäre, welche Vorräte er an Ort und Stelle leicht würde erwerben können, welche er besser aus Melbourne mitbringen sollte.

Nun stand er da am Fuße des Hügels, der sich westlich des Minenfeldes gegen den azurblauen Himmel erhob. Ein blasser, hoch aufgeschossener junger Mann mit recht schmalen Schultern. Er trug ein langärmliges wollweißes Leinenhemd mit fein gelegten Falten auf der Brust, das augenscheinlich noch nie einen Tropfen Schweiß aufgenommen hatte und gewiss bisher mit keinerlei Schmutz in Berührung gekommen war. Die Ärmel waren bis an die Ellenbogen hochgekrempelt und offenbarten wenig ausgeprägte Muskulatur. Seine langen Beine steckten in einer gut geschnittenen robusten Arbeitshose, die über festen Lederschnürstiefeln einmal umgeschlagen war. Anscheinend hatte der Schneider das zu erwartende Einlaufen bei der ersten Wäsche gleich mit einberechnet. Benjamins kurz geschnittenes, dunkelgewelltes Haar schützte ein breitkrempiger, rehbrauner Filzhut.

Ehe er die Anhöhe hinaufsteigen würde, wollte er einen Moment ausruhen, die Szenerie zu seinen Füßen auf sich wirken und die Gedanken ein wenig schweifen lassen. Er setzte sich auf einen umgestürzten Akazienstamm und ließ den Blick über die Ebene schweifen, die einem unaufgeräumten Schlachtfeld glich. Hier hatten dem Vernehmen nach noch vor zwei Jahren Schafe geweidet. Denen war es vermutlich egal gewesen, was sich direkt unter ihren Klauen befunden hatte. Aber schon jetzt, in der Kürze der Zeit, waren Tausende gekommen, hatten die Farmer verdrängt und mit ihnen die Schafe. Als nicht ganz unschuldig an dieser »Umstrukturierung« der Region hatte sich die Regierung selbst erwiesen. Bis dato war Australien vor allem ein wunderbares Abschiebungslager für Unbequeme und Verbrecher gewesen und diente zudem inzwischen vielen als neue Heimat, die es daheim auf den Britischen Inseln zu nichts hatten bringen können. Und mit einem Mal zeigte sich die noch recht junge Kronkolonie nun als reich an wertvollsten Bodenschätzen! Man war begeistert über die enormen Goldfunde. Was lag näher, als die Ausbeute nicht nur staatlich zu fördern, sondern auch jedes Gramm gefundenen Goldes gleich saftig zu besteuern? Benjamin Jones kannte die üblichen Vorgehensweisen des Empire nur zu gut, und schon während seiner Vorbereitungszeit auf das, was er jetzt »sein Goldabenteuer« nannte, hatte er die Entwicklung des staatlichen Eingreifens kritisch verfolgt.

Zunächst hatten die Digger das sogenannte »Waschgold« aus den obersten Bodenschichten geholt, dann, als es erschöpft schien, tiefer zu graben begonnen, Schächte gebuddelt, deren Eingänge durch Zelte gegen Wassereinbrüche geschützt und mit schräg aufgestellten Baumwollsegeln zum Zwecke der Luftzufuhr in den Gruben versehen waren. Gase bildeten sich, hatte Benjamin gehört. Giftige Gase, die denjenigen Diggern stiekum den Tod bringen konnten, die in der Tiefe Eimer um Eimer mit Erde befüllten, um sie mithilfe einfacher Winden ans Tageslicht zu befördern.

Obwohl der Zustrom des vergangenen Jahres rund zwanzigtausend Menschen, teils mit Kind und Kegel, nach Ballarat gespült hatte, es ein Postamt, etliche Handwerksbetriebe, einen Bestatter, mehrere Filialen von verschiedenen Banken und drei Hotels gab, Kaufleute sich niedergelassen hatten und allerlei Delikatessen in der Zeltstadt feilboten, lebten nach wie vor nur wenige Digger in Holzbaracken mit festen Dächern. Die meisten hausten augenscheinlich in Zelten oder hatten einfach direkt neben den Erdlöchern, in denen sie schufteten, eine geteerte Leinenbahn zum Schutz vor Regen oder der sengenden Sonne aufgespannt. Aus unzähligen Feuerstellen stieg Rauch auf. Arbeiten, kochen, schlafen … das ganze Leben schien sich auf den wenige Fuß im Quadrat messenden Parzellen abzuspielen.

Benjamins Mund verzog sich unter seinem schmalen Schnurrbart zu einem zufriedenen Lächeln. Wie gut hatte doch er sich vorbereitet! Alles, was an Hausrat unentbehrlich sein würde, befand sich auf dem Wagen, mit dem er binnen dreier Tagesreisen ganz bequem den Weg hierher zurückgelegt hatte. Er hatte nicht gespart. Ihm würde es an nichts fehlen.

Später würde er hinuntergehen. Seinen ersten Claim abstecken, sein vortreffliches Zelt errichten und die anderen in Staunen versetzen. Gute Planung war eben das A und O jedes Unterfangens.

Nun aber wollte er zunächst seine Lizenz erwerben. Frischen Schrittes stieg er den sanften Hügel hinauf, hatte flott das Camp erreicht, sich durchgefragt, legte seine Ausweispapiere vor, zahlte den monatlichen Obolus von einem Pfund und zehn Shilling, ließ sich auf dem Plan zeigen, wo er sein Zelt aufbauen, wo er graben durfte. Die Frage nach den weiteren Mitgliedern seines Teams beantwortete er mit stolz geschwellter Brust. Er, Benjamin Jones, erwarte sein Team nebst allen größeren Gerätschaften am Folgetag.

Welcher Nationalität sein Team sei, fragte der Mann auf der anderen Seite des Tisches, der Benjamins Geld zählte, ohne aufzusehen. Benjamins selbstverständlich vorgebrachte Antwort veranlasste den Beamten, ruckartig den Kopf zu heben. Er runzelte die Stirn. »So, Chinesen …«

»Jawohl! Haben Sie etwas gegen Chinesen?«

»Ja, haben wir.«

Natürlich! Benjamin Jones hatte es schon in Melbourne mitbekommen. Sie waren nicht gern gesehen, die Asiaten. Das war hier offensichtlich nicht anders als in London. Fremd waren sie den britischen Herrschern über den australischen Kontinent. Beinahe noch fremder als die Ureinwohner, mit denen man immerhin schon Erfahrungen gesammelt hatte, die man mittlerweile einschätzen konnte und bei denen man wusste, wie sie am besten in Schach zu halten waren.

»Nun, wenn Sie Chinesen beschäftigen, Mr Jones, dann …«

»Was dann?«

»Dann muss ich Ihnen einen anderen Platz anweisen.« Er tippte erneut auf die Karte und zeigte Benjamin ein

Miniaturareal von zirka acht Fuß im Quadrat ganz am hintersten Rand des Goldfeldes.

»Gibt's da überhaupt was zu finden?«, fragte Jones misstrauisch.

»Bisher hat dort noch niemand gesucht. Die Erde ist jungfräulich. Aber Sie haben ja Ihre kleinen Chinesen. Lassen Sie sie buddeln. Vielleicht erleben wir ja ein Wunder.«

»Wenn es so aussichtslos ist dort, nehme ich zehn. Das erhöht die Chancen.«

»Sie nehmen was?«, fragte der Beamte ungläubig.

»Zehn Quadrate bitte.«

Der Mann räusperte sich. »Zehn kosten zehnmal Lizenzen.«

»Ich kann rechnen, Mann!«

Benjamin zückte seine Börse und zählte das Geld auf den Tisch.

»Sie haben sie nicht mehr alle, Jones. Aber von mir aus. Die Staatskasse dankt. Und jetzt machen Sie Platz. Der Nächste bitte!«

Hinter Benjamin hatte sich bereits eine Schlange gebildet. Ein grobschlächtiger Mann schob ihn beiseite, murmelte: »Hau ab, Chinesenboy«, und Benjamin ließ sich verdrängen.

Zunächst ging er den ihm zugewiesenen Platz betrachten. Tatsächlich schien hier noch nicht einmal irgendjemand nach Waschgold gesucht zu haben. Das Fleckchen Boden lag unberührt da, wie es gewachsen war. Schön, überlegte der junge Mann. Warum soll es ausgerechnet hier nichts geben? Wir werden sehen. Dann schaute er sich um und realisierte, wie eng die Wege zwischen den Schächten waren. Zu eng, um mit Pferd und Wagen durchzukommen. Auch gab es keinen befahrbaren Weg um das riesige Goldfeld herum. Alles, was er geladen hatte, würde er auf den Buckel nehmen und zu Fuß an Ort und Stelle schleppen müssen. Einen Moment überfiel ihn

Mutlosigkeit. Doch Benjamin Jones war nicht der Typ, der sich von Schwierigkeiten kleinkriegen ließ. Also lief er los.

Die Sonne brannte erbarmungslos vom Himmel. Kein Baum, kein Strauch, der Schatten bot. Der Schweiß lief ihm unter der breiten Krempe des Hutes hervor, sammelte sich im Stehkragen des nagelneuen Leinenhemdes und zeichnete bereits zur Mittagsstunde ein breites, feuchtes V, dessen Spitze im Hosenbund endete, den derben Baumwollstoff tränkte und mit jeder Fuhre Last grässlicher auf der Haut scheuerte. Benjamin ließ sich von all den Unannehmlichkeiten nichts anmerken. Verbissen schleppte er, würdigte die anderen Digger keines Blickes, antwortete nicht oder nur ablehnend auf das eine oder andere sicherlich freundlich gemeinte Hilfsangebot. Er hatte sich diese Suppe hier alleine eingebrockt, also würde er sie auch alleine auslöffeln.

Als er in den späten Abendstunden endlich all seine Habseligkeiten entladen hatte, schmerzte jeder Muskel derart, dass ihm einfach die Kraft fehlte, sich auch noch an das Aufstellen des Zeltes zu machen. So klappte er lediglich sein Feldbett auf, hockte sich hin, nahm eine kleine kalte Mahlzeit zu sich und schlief die erste Nacht seines Lebens unter freiem Himmel.

Kaum einen Blick hatte er noch übrig für den fulminanten Sonnenuntergang, für die unzähligen Sterne am schwarzblauen Firmament, den vollen, fetten Mond, was möglicherweise mit der Tatsache zusammenhing, dass er sie aus seiner Seitenlage, die er notgedrungen einnehmen musste, auch gar nicht hätte sehen können. Dort nämlich, wo sich Hosenbund und Hemdstoff den ganzen langen Tag schweißgetränkt zwischen Lasten und Wirbelsäule geknüllt hatten, war eine schwärende offene Wunde entstanden. Benjamin hatte damit zu tun, die Zähne zusammenzubeißen und den erlösenden Schlaf herbeizuflehen, folglich also auch kein offenes Ohr für die Stimmen der Nacht und schon gar kein offenes Ohr für die Stimmen der Männer in seiner Nachbarschaft. Offenbar hielten sie ihn für einen eigenbrötlerischen Sonderling. Sie konnten ja nicht wissen … Ach, sollte es ihn kümmern, was sie sprachen? Worüber sie lachten? Warum sie ganz offenbar auch über ihn lachten? Sollten sie doch lachen. Sie würden schon sehen!

* * *

Tatsächlich sahen sie am kommenden Morgen. Benjamin tat jede Gräte im Körper entsetzlich weh, aber nachdem er sich den ersten Blechbecher mit Kaffee auf dem kleinen, in Melbournes Little Lonsdale Street erworbenen, hochmodernen Kocher bereitet und einen ordentlichen Kanten Brot mit Butter und harter, luftgetrockneter Wurst vertilgt hatte, fühlte er sich frisch genug, ans Tagwerk zu gehen. Zuallererst galt es, das Zelt zu errichten, um gegebenenfalls Schutz vor der Witterung zu finden. Hier war man nie sicher vor plötzlichen Wetterumschwüngen. In London, woher er stammte, konnte man mit relativ großer Wahrscheinlichkeit davon ausgehen, dass eine Wetterlage, die sich am Morgen zeigte, auch über den Tag halten würde. War es morgens windstill und neblig, so war es das in aller Regel auch am Abend noch. Australien überraschte hingegen ständig mit Wetterlaunen, wie er sie nur aus dem heimatlichen April kannte.

Insgeheim beglückwünschte er sich, den Aufbau seines großen Zeltes vielmals geübt zu haben, denn er war sich der vielen neugierigen Blicke um ihn herum sehr bewusst. Sie dachten zweifellos, dass er über kurz oder lang um Hilfe bitten würde. Aber nein. Es gelang. Und zwar sogar in rekordverdächtiger Zeit, wie er bei einem verstohlenen Blick auf seine kleine silberne Taschenuhr feststellen konnte.

Gute Planung ist eben das A und O, sagte er sich seinen Wahlspruch auf, räumte in Windeseile alles in seine frisch entstandene Behausung und konnte sich nur mit Mühe verkneifen loszulaufen, um ein paar der bunten Wildblumen zu pflücken, die er am Rand der Zeltstadt hatte blühen sehen. Nein, ein Becher voller Blumen auf dem niedrigen Tischchen, an dem er in Zukunft seine Mahlzeiten zusammen mit all seinen Mitarbeitern einnehmen wollte, wäre zwar hübsch, aber doch ein wenig weibisch gewesen.

Die anderen Männer schienen sich im Gegensatz zu ihm keinerlei Gedanken um ihre Unterkünfte gemacht zu haben. Ein Stück Baumstamm diente ihnen als Hocker, strohgefüllte Säcke auf dem Boden als Bettstatt. So wollte er gewiss nicht hausen und schon gar nicht dermaßen nah am Ungeziefer schlafen. Hier draußen wimmelte es doch nur so von Schlangen, giftigen Spinnen und allerlei aufdringlichem Viehzeug.

Nachdem nun alles schon einen recht wohnlichen Eindruck machte, begann er zu überlegen, wo der richtige Platz für das Aufstellen seiner Technik wäre. Winzig war das Stückchen, das man ihm zugeteilt hatte. Aber auch die kaum zwei Dutzend Fuß im Quadrat waren eine Fläche. Wo genau sollte er seine Fördereinheit aufbauen? Unnütze Probebohrungen würden nur Verdruss und verlorene Zeit bedeuten, und schließlich war gute Planung das A und … Benjamin setzte sich inmitten seiner Parzelle auf ein faltbares Höckerchen, streckte die Beine von sich, trank die letzten Schlucke lauwarmen Kaffees und betrachtete sein »Land« auf der Suche nach einer Eingebung. Dürre, verstaubte Grashalme überwucherten den sandigen Boden. Wenn er genau hinsah, entdeckte er ein paar Brotkrumen, die ihm beim Frühstück heruntergefallen sein mussten. Sinnend starrte er auf die Krümel und schrak regelrecht auf, als ein kleiner Schatten auf den Fleck fiel und sich im nächsten Augenblick ein Sperling dort niederließ. Ein Sperling? In Australien? Einer von denen, wie sie jeden Misthaufen Britanniens zu Hunderten auf Futtersuche überfielen? Nun gut, die kleinen Kerlchen mochten vielleicht an Bord von Seglern um die halbe Welt gereist sein. Einerlei. Da, wo er jetzt pickte … das konnte doch wirklich nur ein Zeichen sein … dort wollte Benjamin die Spitze seines Bohrgerätes ansetzen. Er stellte seinen Kaffeebecher als Markierung exakt auf jenen Punkt, dann schlug er sich mit den Handflächen auf die Knie, dass es klatschte, spuckte in die Hände, stand auf, holte Hammer und einen kurzen Pflock aus dem Zelt, trieb das Holz in den Boden und sagte entschlossen: »So!«

Ein anderer Digger hatte ihn beobachtet. Der schüttelte nur den Kopf und wandte sich jetzt grinsend wieder dem Pferd zu, das gleichmütig Runde um Runde an der Seilwinde absolvierte.

Benjamin Jones hatte sein Pferd am Vortag dem Schmied am gegenüberliegenden Rand der Zeltstadt übergeben und dem Mann ein nettes Sümmchen in die Hand gedrückt, auf dass er es versorgte. Gelassenen Schrittes wanderte er nun durch das Gewirr der Arbeitsstätten hindurch, schaute rechts, blickte links, verschaffte sich einen gewissen Überblick und erste Orientierung im Labyrinth der schmalen Wege.

Seinen Braunen fand er frisch beschlagen und blitzblank geputzt vor, sattelte selbst und ritt seinem Arbeitertrupp entgegen.

Weit musste er sich nicht entfernen, traf schon bald auf die kleine Wagenkarawane, begleitete sie nicht ohne Stolz ins Lager, und bereits am Abend dieses zweiten Tages standen seine Gerätschaften bereit, ihn in Windeseile zum wohlhabendsten Mann des ganzen Kontinents zu machen.

Als es im Lager langsam stiller wurde, eine Mannschaft nach der anderen das Tagwerk eingestellt hatte, bildete sich ein beträchtlicher Menschenauflauf um Benjamins futuristisch anmutende Förderanlage. Üblicherweise trieben die Männer zunächst zu sechst oder acht ihre Schächte in die Tiefe. Reine Handarbeit war gefragt, die lediglich von ebenso hand- oder im besten Falle pferdebetriebenen Seilwinden Eimer um Eimer an Erdreich heraufbeförderten.

Man staunte allgemein nicht schlecht, als er, der sich zunächst ein wenig bitten ließ und beinahe mädchenhaft zierte, eine erste Vorführung seines Aggregates bot, die er selbstbewusst mit den Worten einleitete: »Gute Planung ist eben das A und O jedes Unternehmens, meine Herren.«

»Donnerwetter«, sagte einer anerkennend, als die ersten Bodenaushübe sich am Rand der Grube aufwarfen.

»Wie teuer?«, fragte ein anderer, und als Benjamin den Preis nannte, verzog er erschreckt das Gesicht. »Können wir uns nicht leisten. Musst ein reiches Bürschchen sein, Jones!«

»Der kann doch gar nicht anders, Joe«, fiel ihm der Dritte ins Wort. »Guck ihn dir doch an. So ein schmächtiges Kerlchen! Keine Muskeln, keine Kraft.«

Zustimmendes Gelächter scholl aus der Runde.

»Oh, wer es da nicht hat …«, entgegnete Benjamin in aller Ruhe, wies mit einem Finger auf seinen angespannten Bizeps, der sich undeutlich – und ehrlich gesagt kaum der Rede wert – unter seinem Hemd abzeichnete, und tippte mit der anderen Hand an die Schläfe, »… muss es eben hier haben.«

»Ja, ja, und lauter kleine Chinesen obendrein beschäftigen. Woher hast du so viel Geld, Jones? Und wenn du sowieso schon so viel hast, warum bist du hergekommen, um uns hart arbeitenden, rechtschaffenen Männern etwas wegzunehmen?«

»Jeder ist seines Glückes Schmied, Mate!«, entgegnete Jones und machte mit der erstmaligen Benutzung dieses Begriffes, der für das Wort »Kumpel« stand, deutlich, dass er dazugehörte. »Ich nehme niemandem etwas weg. Außerdem habe ich gezahlt wie jeder von euch. Willst du mir etwa das Recht absprechen, mein Glück hier zu suchen? Hier, auf diesem Fleckchen, auf das offenbar bisher niemand scharf gewesen ist?«

Grummelnd trat der Mann in den Hintergrund, beobachtete aber weiterhin gemeinsam mit allen Umstehenden, wie der blinkende, scharfe Bohrer sich tiefer und tiefer ins Erdreich fraß, ohne dass auch nur ein Mann einen einzigen Finger krumm machen musste. Benjamins Hilfskräfte waren derweil schon fleißig. Einige schleppten eimerweise Aushub an die Waschstellen, andere schwenkten die Waschpfannen.

Allein, Gold fanden sie an diesem Tag nicht. Nicht einmal einen Krümel von der Größe eines Sandkorns.

* * *

Während der nächsten Woche musste sich Benjamin stets der Tatsache bewusst sein, dass man ihn argwöhnisch beobachtete. Seine Organisation war tatsächlich vortrefflich gewesen. Die Leute murrten nicht, wurden gut behandelt. Trotz der Tatsache, dass sich die zugewiesene Stelle als taube Nuss zu erweisen schien, war die Stimmung unter den Männern nicht schlecht. Er hatte ein Händchen dafür, sie bei guter Laune zu halten, und wirkte so überzeugt davon, am richtigen Platz zu graben, dass sein Optimismus abfärbte.

Er hatte es ihnen eingeschärft: kein Geschrei, kein Jubel, falls sie irgendwann – bald würde es ja so weit sein – die ersten Funde zutage fördern würden. Geschlagene acht Tage musste er eine Illusion aufrechterhalten, die auf keinerlei realem Fundament stand. Gute neun Meter hatten sie den Schacht bereits in die Tiefe getrieben, die Gesteinsschichten akribisch untersucht, die Grube mit einer stabilen Holzkonstruktion ausgekleidet, um sie vor dem Einbrechen zu schützen. Dann, endlich, passierte es. Akuma, ein kleiner Mann Anfang zwanzig, kam zu Benjamin ins Zelt. Schon die Art seiner Verbeugung, ungewohnt kurz und hektisch, dazu seine verzückte Miene, ließen keinen Zweifel, und als er im nächsten Moment seine Hand vorstreckte und die Faust öffnete, sah Benjamin sein allererstes Nugget darin liegen. Er nahm es, wog es in der Handfläche, schätzte es auf vielleicht eine Viertelunze.

»Ist dort mehr, Akuma?«

Eifrig nickte der Chinese, zeigte auf seinen dürren Unterarm.

»So dick ist der Strang?«

Akuma nickte.

»Ich wusste es!«, frohlockte Beatrice.

16

LONDON 2013 – DER FUND

In diesem Moment passierte es. Ein ohrenbetäubender Knall erschütterte das ganze Haus. Faye und ich sprangen auf, hetzten ins Wohnzimmer, prallten mitten in der Tür beinahe mit Mathew zusammen. Die Bescherung war phänomenal. Der ganze Raum war übersät von Scherben, der Sturm hatte meine hübschen Vorhänge erfasst und blähte sie wie die Segel der »Goddess of Dawn« bei voller Fahrt. Regen peitschte in die Riesenöffnung, durchnässte im Nu die Sitzgruppe und meine kostbaren indischen Seidenteppiche.

Einen sprachlosen, völlig gebannten Augenblick schauten wir drei uns nur an.

»Ich hätte doch nicht auf das Gesetz der Serie vertrauen, sondern das ganze Fenster schon vorhin mit Brettern sichern sollen«, sagte Mathew schuldbewusst.

Ich musterte ihn mit besorgtem Herzen. Nein, obwohl er offenbar eben noch zum Wacheschieben unter jener weichen Kaschmirdecke gelegen haben musste, die jetzt splitterbedeckt auf dem Sofa zusammengeknüllt lag, konnte ich keine Verletzungen an ihm entdecken. »Es ist noch nie was passiert«, versuchte ich ihn zu beschwichtigen. »Nun ist's, wie's ist. Hilft nichts, wenn du dir jetzt Vorwürfe machst.«

Tim erschien mit aufgerissenen Augen. »Kaputt?«

»Total kaputt. Geh wieder ins Bett, Schatz, oben bist du sicher. Wir machen jetzt erst mal das Loch zu.«

»Autsch!«, brüllte Tim im nächsten Moment.

Warum musste mein Sohn so verdammt neugierig sein? Warum hatte ich nicht reagiert und ihn festgehalten? Warum hatte ich ihn diesen einen einzigen Schritt in den Scherbenhaufen tun lassen? Ich jedenfalls machte jetzt erst mal das Loch am Fuß meines Sohnes zu, tröstete ihn, schaffte ihn zurück in sein Kinderzimmer, um mich endlich, und leider mit Verzögerung, Mathew und Faye zum notdürftigen Verschließen der Fensterfront beizugesellen.

Wir arbeiteten Hand in Hand ungefähr zwei Stunden lang. Dann hatten wir unsere Welt buchstäblich mit Brettern vernagelt.

»Den Rest erledigen wir morgen«, beschloss Mathew gähnend, und wir Frauen stimmten ihm erleichtert zu.

»Kommt, Leute, darauf müssen wir einen trinken«, schlug ich vor und zog die beiden in mein Arbeitszimmer. Wir nahmen Whisky. Ich fand, wer gerade der Apokalypse getrotzt hatte, musste Whisky trinken. Es war uns schon während unserer dilettantisch ausgeführten Zimmererarbeiten hin und wieder rausgerutscht und hatte sich als praktisch erwiesen, aber jetzt wollte ich es gern noch offiziell besiegeln. »Faye, ich bin Robin. Das ist Mathew. Lassen wir die Mrs und den Mr weg, okay?«

»Gern, Robin!«

Sie hob ihr Glas, wir stießen an.

Die Uhr zeigte Viertel nach zwölf. »Faye, du bleibst heute Nacht natürlich hier. Ich lasse dich unter gar keinen Umständen bei diesem Wetter nach London zurückfahren.«

»Ich hätte dich drum gebeten, wenn du nicht selbst draufgekommen wärst, Robin.«

Faye benachrichtigte ihre Eltern, während ich ihr eines unserer Gästezimmer herrichtete, einen Pyjama aufs Bett und ein Zahnputzkit neben das Waschbecken in dem kleinen Bad legte. Sie bedankte sich, als sie die Treppe hochkam, und gähnte.

»Gute Nacht, Robin. Wann machen wir weiter?«

»Ich denke, angesichts der Reparaturarbeiten, die in der Früh angeleiert werden müssen, werde ich keine andere Wahl haben, als all meine Termine in der Firma abzusagen. Ich weiß, dass Mathew den ganzen Tag Verhandlungen hat und absolut unabkömmlich ist. Da wird's wohl an mir hängen bleiben. Wie steht es bei dir? Hast du noch Zeit?«

Sie nickte. »Ja! Ehrlich gesagt will ich sowieso schnellstens wissen, wie es weiterging mit Benjamin … äh, Beatrice.«

* * *

Ich bin es gewöhnt, solche Dinge zu organisieren. Natürlich waren Handwerker nach einer solchen Sturmnacht normalerweise schwer zu bekommen. Aber ich hatte meine Beziehungen, telefonierte schon um sieben mit unserem Versicherungsmann und bereits um zehn Uhr stand ein Bautrupp vor der Tür. Bei herrlichstem Sonnenschein übrigens und einer gerade mal zarten Brise. Unsere Nachbarin Lilly, die vorbeikam, um sich nach der Ursache des Mordslärms in der Nacht zu erkundigen, erbot sich, mir den Weg mit Timmy zum Arzt abzunehmen. Ich habe ja nun wirklich alle Hände voll zu tun hier und sie tue das sehr gerne, sagte sie mit gerümpfter Nase über das, was ich da gestern Nacht als Verband produziert hatte. Klar, es war zwar zweckdienlich, aber ganz gewiss nicht fachgerecht gewesen. Sehr tief war die Verletzung nicht, ich hatte also keine Befürchtung, dass es hätte genäht werden müssen. Aber Tim jammerte doch ganz schön und schmiegte sich jetzt mit einem vorwurfsvollen Blick an Lillys Seite, der nur bedeuten konnte: »Mum, so richtig taugst du wirklich nicht als Doc.«

Ich streichelte ihm über die Wange und gab ihm einen Kuss. Er schien mir bereits verziehen zu haben, denn immerhin schlang er noch einmal seine Arme um mich, ehe er, schon wieder ziemlich vergnügt quasselnd, an Lillys Hand davonhumpelte.

Den Handwerkern hatte ich Kaffee und Sandwiches kredenzt, Mathew hatte pünktlich das Haus verlassen, Tim war versorgt, meine Sekretärin informiert (»Sturmschäden« war heute sowieso das Wort, das in der ganzen Region für verständnisvolles Seufzen sorgte), nun war es Zeit, endlich selbst zu frühstücken. Ich deckte gerade den Tisch für zwei, als Faye herunterkam.

»Ich wollte nicht stören, Robin, und dachte, ich lass dich erst mal machen, ehe ich dir auch noch vor den Füßen rumlaufe.«

»Das ist sehr rücksichtsvoll von dir. Danke. Ich schätze mal, als sturmerprobte Frau wirst du solche Tage kennen. Komm, setz dich.«

Faye wirkte nachdenklich, wie sie so dasaß, langsam an ihrem Ingwerjam-Toast kaute und ab und zu an ihrer Teetasse nippte.

»Es ist immer dasselbe, nicht?«, begann sie. »Du hast dir mithilfe dieses Tricks, den Beatrice dir vorgemacht hat, den gewaltigsten Bombenjob ergattert, dich bis an die Spitze des Vorstands hochgearbeitet, trägst eine Menge Verantwortung – und daheim bist du letztlich doch immer noch die doppelbelastete Mutter und multitaskingfähige Allround-Organisatorin. Du bist es, die ihre Termine absagt und wenn's drauf ankommt, alles managt, nicht dein Mann. Kommt man eigentlich jemals aus dieser Rolle raus? Warst du raus aus der Rolle, als du in deiner Männermaske agiert hast? Ich kann mir das nicht vorstellen.«

Ich musste grinsen. »Da sagst du etwas sehr Wahres, Faye. Ich habe mich keinen Moment lang wirklich als Mann gefühlt. Mir war stets bewusst, dass ich ein Schauspiel liefere. Aber ich habe mir männertypisches Benehmen zu eigen gemacht. Und – du wirst es nicht glauben – ziemlich schnell gemerkt, dass mir ein wichtiges Element in meinem Repertoire fehlte.«

»Nämlich welches?«

»Alles in allem war die ganze Sache für mich auch ein hübsches Lehrstück zum Thema Geschlechterrollen. Und im Vergleich zu Beatrice … sie hat mit ihrer Weiblichkeit in Krisensituationen eine Menge erreicht. Wenn es hart auf hart kam, beispielsweise im Clinch mit Henry, dann hat sie auf Püppi geschaltet und ihn ruck, zuck um den Finger wickeln können. Diese Möglichkeit hast du in der Männerrolle nicht. Keiner nimmt Rücksicht auf dich, weil du eine Frau und schwach und niedlich bist. Keiner lässt den Beschützer raushängen. Du bist voll im Ellenbogenkampf und musst dich den Gegebenheiten anpassen. Manchmal musst du sogar lernen, ein Schwein zu sein. Das habe ich am meisten gehasst. Und glaub nicht, dass die Männerwelt frei von typischen Diven ist. Da geht's durchaus nicht immer straight geradeaus mit offenem Visier. Auch Männer können zicken und intrigieren, da bleibt dir die Luft weg.«

»Das muss das eine X-Chromosom sein, was?«, erwiderte Faye lachend und hatte dabei zweifellos die genderbedingten Vorurteile im Kopf.

»Keine Ahnung. Jedenfalls ist Zickigkeit durchaus kein frauentypisches Verhalten. Paart sich bei Männern aber besonders gern, so meine Erfahrung, mit Platzhirschgetue, was die Angelegenheit besonders schwer erträglich macht. Da fehlt dann jedenfalls das zweite X, das für ausgleichende Milde oder wenigsten Diplomatie sorgen könnte.«

»Du warst froh, als du dich endlich enttarnen konntest?«

»Das kann ich dir flüstern! Mir ging es ja letztlich lediglich darum, beweisen zu dürfen, dass ich was kann und auch auf einem Posten bestehe, den normalerweise nur Männer bekleiden. Natürlich wäre das Ganze ohne die Unterstützung Margarets überhaupt nicht möglich gewesen. Sie hat sich ja einen Spaß daraus gemacht, dieses, wie sie es nannte, ›Schelmenstück‹ aufzuführen. Im Grunde ging es ihr wohl darum, Erkenntnisse darüber zu gewinnen, wie stark sich die Akzeptanz von Frauen in typischen Männerpositionen während der vergangenen hundertfünfzig Jahre verändert hat. Insofern war ich eine Art Versuchskaninchen. Man kann es übrigens gleich vorwegnehmen: Das Ergebnis fiel ziemlich ernüchternd aus. Als wir beschlossen, das Experiment zu beenden, sahen wir überall total perplexe Gesichter. Und da fragt man sich doch, ob die ganze Emanzipationsbewegung über viele Jahrzehnte wirklich von dem Erfolg gekrönt war, den manche weiszumachen versuchen. Ich hatte es natürlich in vielerlei Hinsicht leichter als Beatrice. Abgesehen davon, dass ich nicht ohne Rückhalt in einem fremden Land unterwegs und auch nicht auf Gedeih und Verderb auf das Gelingen der ganzen Sache angewiesen war, gab es bei mir eine Kleinigkeit, die es ganz einfach machte, das Schauspiel überhaupt erst einzufädeln. Mein Name ist so schön androgyn, dass ich nichts verfälschen musste.«

»Warum überrascht mich das jetzt nicht, Robin? Genau diese Quintessenz hatte ich erwartet. Aber bezüglich Beatrice … gut, dass du es ansprichst: Wie hat sie das überhaupt gemacht? Sie brauchte doch neue Personaldokumente. Woher hatte sie die?«

»Na, du erinnerst dich doch an den Vorfall auf Teneriffa.«

»Ach, na klar«, rief Faye aus. »Flanagan, der Fälscher, der sich absetzte.«

»Genau. Hätte Beatrice nicht den Mund gehalten, als er türmte, wäre er aufgeschmissen gewesen. Auch wenn er vielleicht mit Kapitän Finch einen Deal gehabt haben sollte, sie war immerhin Zeugin seiner Flucht geworden, und hätte sie ihn verpfiffen, hätte Finch das kaum ignorieren können.«

»Und ich schätze mal, Flanagan kam als weiß der Kuckuck wer mit neuer Identität irgendwann in Melbourne an. Beatrice hat ihn aufgetan und er hat ihr die nötigen Dokumente verpasst. Schließlich war er ihr was schuldig.«

»So muss es gewesen sein. Hat mir zumindest Margaret Thornton erzählt. Wie es genau gelaufen ist, liegt natürlich im Nebel der Geschichte.«

»Ist ja jetzt auch nicht so wichtig. Viel interessanter finde ich, wie sie sich als Frau unter diesen extrem harten Bedingungen durchgeschlagen hat. Und – entschuldige, aber ich bin nun mal hoffnungslos romantisch – was war mit Peter? Der muss doch da auch irgendwo auf den Goldfeldern rumgegeistert sein. Hat sie den nicht gesucht?«

»Das ist eine Tausend-Taschentücher-Story.«

»Die will ich hören!«

»Gemach, gemach! Erst mal hatte sie ja nun Gold gefunden.«

Faye zog eine Schnute, aber dennoch lehnte sie sich, die Hände unterm Kinn gefaltet, die Ellenbogen auf den Frühstückstisch gestützt, weit vor und schaute mich erwartungsvoll an. »Leg los! Ich halte die Klappe und bin ganz Ohr.«

* * *

»Eine wichtige Erkenntnis war für Beatrice natürlich, dass dieses erste Nugget, das Akuma ihr gebracht hatte, nicht etwa vom Grund ihres Bohrloches, sondern aus einer Ader stammte, die in nur rund zwei Metern Tiefe parallel zur Erdoberfläche verlief. Beim Graben hatten ihre Leute sie wohl einfach übersehen – schon eine dünne Lehmschicht drüber reichte dazu ja aus –, und es muss purer Zufall gewesen sein, dass Akuma die Stelle doch noch fand. Vielleicht hatte es zuvor Ausbesserungsarbeiten an der Stützkonstruktion gegeben, vielleicht erkannte Beatrice in diesem Moment auch den Nachteil ihrer technischen Gerätschaften, denn die hatten eben keine menschlichen Augen und sensiblen Fingerspitzen.

Das Goldfeld bei Ballarat war vor allem durch die enormen Waschgoldfunde bekannt geworden, die sehr dicht an der Oberfläche lagen. Allerdings hatte es auch Digger gegeben, die ihr Glück in der Tiefe versuchten. 1853 war nämlich ein Trupp Engländer in zwanzig Metern auf eine Ader gestoßen und hatte einen Klumpen hochgeholt, der so schwer war wie ein Kartoffelsack. Die Männer kehrten nach Britannien zurück, verkauften das Riesending an die Bank von England und erlösten gut 5.500 Pfund, was damals einem ungeheuren Vermögen entsprach. In tiefer gelegenen Gesteinsschichten fand man das Edelmetall später auch an vielen anderen Orten Australiens.

Beatrices erstes zugewiesenes Plätzchen lag wohl etwas über dem Niveau der übrigen Claims an einer Art Terrasse am Rand eines ehemaligen Flussbettes. Das Erste, was sie nach dem Fund tat, war, bei dem Gold Commissioner vorstellig zu werden, um ihren Wirkungskreis zu erweitern. Der hat sie wohl ziemlich ausgelacht. So nach dem Motto: Na, junger Mann, wohl ein blödes Eckchen erwischt und trotz all der vielen kleinen Chinesen nichts erreicht. Beatrice wusste sehr wohl, dass auf jede Unze Gold, die man ablieferte und zu Geld machte, eine saftige Steuer erhoben wurde. Sie war schlau genug, zunächst gar nicht durchblicken zu lassen, dass sie fündig geworden war, und behielt ihr Wissen eine ganze Weile für sich.

Während die anderen Digger bei jedem Minifund in Gejohle ausbrachen, sodass alle Welt es mitkriegte, hatte ihre Vorgehensweise den unübersehbaren Vorteil, dass es bei ihr weder zu Diebstählen kam noch zu Missgunst oder allzu dicht aufrückende Nachbarn. Entweder bedauerte man den doofen

›Chinesenboy‹, wie man sie inzwischen unisono nannte, oder verspottete ihn. Kein Mensch kam auf die Idee, in ihrer Nähe buddeln zu wollen.

Üblicherweise waren die Digger darauf angewiesen, jedes noch so kleine Stückchen Gold sofort in bare Münze umzuwandeln. Beatrice mangelte es hingegen nicht an Kapital, um ihre Männer auch ohne diese Einkünfte zu bezahlen. Sie konnte sich das Stillschweigen einfach leisten. So gelang es ihr, sich weitere ausgedehnte Rechte zu sichern. Vorläufig trug ihr das zwar reichlich hämische Bemerkungen ein (wer konnte schon so blöd sein, rausgeworfenem Geld für offenkundig totes Land noch mehr Geld für noch mehr totes Land hinterherzuwerfen?), aber sie scherte sich nicht die Bohne darum, entging sie doch auf diese Art und Weise außerdem den ständigen Repressalien der Beamten und Polizisten, die auf der Jagd nach eintreibbaren Abgaben den Goldgräbern das ohnehin schon schwere Leben noch unangenehmer machten.

Die Wahl ihrer Mitarbeiter erwies sich in mehrfacher Hinsicht als sinnvoll. Sie arbeiteten nicht nur ausgesprochen fleißig und zuverlässig, soffen nicht, blieben gern unter sich und waren keine Quatschtanten. Wobei … selbst wenn sie gequatscht hätten, hätte sie wahlweise entweder sowieso keiner verstanden oder nicht ernst genommen. Beatrice befand sich also in einer luxuriösen Situation, wenn man es so sieht.

Allerdings soll sie sich ziemlich gequält haben, den ganzen Tag mit sauertöpfischer Miene rumzulaufen. Sie hatte sich aber wohl verdammt gut im Griff. Das kann ich übrigens gut nachvollziehen, denn bei mir war es ähnlich. Je mehr klappte, je höher ich in der Hierarchie kletterte, desto besser ging es mir natürlich und eigentlich hätte ich das Grinsen gar nicht mehr aus dem Gesicht kriegen dürfen. Aber ich tat stets so, als hätte ich ständig Sorgen und Bedenken, nur um keinen Neid zu erwecken. Vielleicht ist das auch wieder typisch weiblich, denn Männer protzen ja gern mit dem Erreichten.

Zurück zu Beatrice: Binnen dreier Tage hatte sie allein aus dem ersten ihr zugewiesenen Fleckchen die sagenhafte Menge von dreiundzwanzig Kilogramm Gold herausgeholt. Und dieses Vorkommen lief weiter unterm Lehm. Sie musste nur der Ader in entgegengesetzten Himmelsrichtungen folgen. ›Nur‹ hört sich gut an. Aber nachdem sie mit ihren Chinesen die Wintermonate tapfer überstanden hatte, ab und zu, um nicht allzu sehr aufzufallen, eine kleine Menge Gold abgeliefert und ihren Obolus entrichtet hatte, konnte sie die Augen nicht mehr davor verschließen, dass es immer unmöglicher wurde, die ganze Arbeit mit nur acht Mann zu bewerkstelligen. Im Frühjahr kam sie zu der Erkenntnis: Ich brauche mehr Leute.«

* * *

Faye hatte mich keinen Moment unterbrochen, aber jetzt warf sie ein: »Zuverlässige Leute!«

»Genau! Sie konnte schlecht drei Tagesreisen nach Melbourne in Kauf nehmen, um dort eine zusätzliche Crew anzuheuern, was sicherlich auch nicht in ein paar Stunden zu machen gewesen wäre, dann drei Tage zurück … nein, es wäre undenkbar gewesen, Ballarat so lange unbeaufsichtigt und führungslos zu lassen.«

»Dann blieb ihr ja nur übrig, sich unter den anderen Goldgräbern umzusehen. Riskant, oder?«

»Es sei denn, sie fand jemanden, dem sie absolut vertrauen konnte.«

»Geoffrey und Peter!«, rief Faye aus und klatschte begeistert in die Hände. »Hat sie sich also doch auf die Suche nach ihnen gemacht?«

»Nicht direkt auf die Suche. Aber Ballarat war ja schließlich keine Millionenstadt. Irgendwann musste es passieren, dass sie sich über den Weg liefen. Und dazu komme ich jetzt.«

17

BALLARAT 1854 – NEUE SEILSCHAFTEN

Der Chinesenboy findet nichts und investiert trotzdem, hieß es überall. Man lachte über den seltsamen Vogel, der inzwischen über vierundzwanzig Claims herrschte, offensichtlich so gar kein Glück hatte und trotzdem bei Einbruch des Winters ein solides Holzhaus errichten ließ. Offensichtlich fehlte es ihm an nichts. Regelmäßig schickte er zwei Mann zum Einkaufen. Seine Leute trugen ordentliche Kleidung, wirkten zufrieden und ausgeglichen. Jones selbst hielt sich ausschließlich bei seinen Claims auf. Keiner ertappte ihn bei einer der spärlich gesäten Huren, niemand sah ihn jemals in anderer Gesellschaft als der seiner Arbeiter. Selbstverständlich besuchte er auch nie eine der zahlreichen Konzert- oder Theatervorführungen, die samstagabends in den Hotels gegeben wurden. Stark frequentiert waren diese Veranstaltungen und jedes Mal nach dem Ende des offiziellen Teils endeten sie in elenden Besäufnissen. Nur wenige Gasthäuser besaßen die Erlaubnis, alkoholische Getränke auszuschenken. Die Regierung hatte aus Angst vor Gewaltexzessen die Prohibition über die Goldfelder verhängt. Nicht selten geschah es, dass die Wirte ihren Schnaps panschten und gelegentlich sogar mit Betäubungsmitteln versetzten, um Digger auszurauben. Mancher Mann trank sich um den Verstand oder gar ums Leben. Jones hingegen schien gegen jedwede Versuchung immun.

Wer sollte auf die Idee kommen, dass Benjamin Jones in einer stetig erweiterten Grube unter den Bodendielen seines Häuschens enorme Goldvorräte hortete? Er hatte seinen Ruf weg, war und blieb der versponnene Loser, der sein Vermögen in nicht nachvollziehbarer Weise verpulverte, indem er immer neue Bohrungen vornahm und fast nichts fand.

Beatrice aber lächelte still in sich hinein. Sollten sie reden. Ihr war's egal. Sie hatte Zeit. Konnte warten. Warten darauf, dass die Verhältnisse sich ändern würden. Es war ihr nicht entgangen, dass zunehmend Revolutionsstimmung herrschte, eine Explosion kurz bevorstand.

Untereinander kamen die meisten Glückssucher bestens miteinander aus. Seite an Seite arbeiteten Männer aus unterschiedlichsten Schichten. Ehemalige Sträflinge Hand in Hand mit früheren Richtern, Gelehrte, die ihrer Universität den Rücken gekehrt hatten, neben Analphabeten, verarmte ehemalige katholische Bauern aus Irland, die vor dem Hunger geflohen waren, in schönster Eintracht mit protestantischen Geistlichen, die ihre Gemeinden sich selbst überlassen hatten. Klassenunterschiede gab es nicht. Es gab nur ein gemeinsames Ziel: Gold!

Dieses Ziel paarte sich zunehmend mit dem egalitären Geist. Sie waren wer! Alle, wie sie gebacken waren. Und hatten es satt, sich von einem Häufchen aus rund 230 Beamten, Polizisten und Bediensteten, die im Camp des Gold Commissioners lebten und deren Versorgung beinahe die gesamten Lizenzeinnahmen verschlang, wie unmündige Untertanen oder gar wie Verbrecher behandeln, ja, gängeln zu lassen. Straßen und Brücken wurden dringend benötigt, um Melbourne sicher erreichen zu können. Ein Hospital musste endlich her! Kaum sauberes Wasser, die sanitären Verhältnisse katastrophal. Zu viele raffte die Ruhr dahin. Der Bestatter hatte alle Hände voll zu tun. Bis zum Nabel standen die Männer tagein, tagaus in der schmutzigen Brühe der Waschanlagen, litten folglich unter schwerem Rheuma, während das Establishment in stabilen Häusern logierte, sich persönliche Diener leisten konnte und Festgelage mit feinsten Speisen genoss.

Schon von Weitem erkannte man die Polizisten an ihren Uniformen, wenn sie herangesprengt kamen. Stets auf der Jagd nach Diggern ohne Lizenz und zweifellos beflügelt von der Tatsache, dass die Gesetze ihnen das Recht einräumten, die Hälfte eines jeden eingetriebenen Bußgeldes in die eigene Tasche zu stecken.

* * *

Beatrice war Anfang Oktober einmal Zeuge der üblichen Strafmaßnahme geworden, die dann griff, wenn sie wieder einmal eine arme Seele erwischt hatten, die mit nichts gekommen war und sich die erste Zahlung noch nicht hatte erarbeiten können. Er hatte zu fliehen versucht, der Mann. Zu Pferd war er zwischen den Claims hindurch verfolgt worden, bis er brutal am Kragen ergriffen und an den nächsten Baum geschleift wurde. Entsetzt hatte sie mit angesehen, wie er immer wieder zwischen die Hinterbeine des galoppierenden Pferdes geraten war. Dann hatte man ihn an einen mächtigen alten Eukalyptus gekettet.

»Du kannst hier vergammeln, wenn dich keiner auslöst«, hatte der Polizist ihn derart laut angeschrien, dass sogar der im Baum hockende Koala aus seinem Schlaf erwachte, verschreckt merkwürdig bellende Laute ausstieß und einige Astgabelungen höher kletterte.

Beatrice hielt es nicht mehr auf ihrem Posten. Sie sprang hinzu, verschränkte die Arme vor der Brust, blickte den Uniformierten wutentbrannt an. »Was verlangen Sie?«

»Ach, schau mal einer an. Der glücklose Chinesenboy will das Stück Dreck auslösen?«

»Was verlangen Sie?«, wiederholte Beatrice gelassen ihre Frage und wippte mit der Stiefelspitze.

Der Officer beugte sich vom Pferd, winkte sie dichter heran, senkte die Stimme und nannte eine ungeheure Summe.

»Eine Schürflizenz kostet ein Pfund und zehn Shilling. Und keinen Penny mehr«, gab sie so laut zurück, dass alle derweil Herbeigeeilten es laut und deutlich hören konnten.

»Eine Schürflizenz plus mein Einsatz kosten das Fünffache, Chinesenboy«, raunte der Mann grinsend.

»So, das Fünffache willst du haben, Halsabschneider? Habt ihr das gehört, Leute? Soll ich dem Kerl wirklich seinen Feierabend versüßen, was meint ihr?«

Alle schüttelten die Köpfe, ein Mann schlug immer wieder locker einen dicken Knüppel in seine Handfläche und sah den Officer herausfordernd an.

»Guck mal rüber zu den Männern«, empfahl Beatrice mit einem diabolischen Lächeln. »Ich glaube, sie mögen dich nicht. Willst du tatsächlich einen Mordsärger riskieren?«

Der Reiter zog seine Pistole und fuchtelte so wild damit herum, dass sein Pferd zu scheuen begann und einen Satz nach hinten machte. Mühsam nur konnte er das Tier kontrollieren und zum Stillstand bringen.

»Wie niedlich. Nicht mal seinen Gaul hat er im Griff und will es mit zwei Dutzend Diggern aufnehmen«, frotzelte Beatrice in neckischem Ton, um einen Moment später entschlossen loszudonnern: »Pass mal auf, mein Freund, jetzt reicht's! Ich habe nicht den ganzen Tag Zeit. Los, her mit der Lizenz!«

Die Menge rückte neugierig näher und wirkte inzwischen gefährlich angriffsbereit. Der Polizist guckte verunsichert, schien seine Möglichkeiten zu prüfen. Noch mehr Eskalation konnte nicht guttun, also lenkte Beatrice zunächst scheinbar friedfertig ein: »Na ja, gut, ein halbes Pfund gebe ich dir gnädig dazu, damit du deinen Frust nachher im Hotel Eureka mit gepanschtem Schnaps runterspülen kannst«, um ihm gleich den nächsten Schock zu versetzen: »Ach ja, und horch mal, ich verrate dir jetzt was, das kannst du getrost weitergeben. Ich beobachte euch Brüder. Sehr genau sogar. Und ich sage dir, euer Korruptionssystem wird demnächst auffliegen. Ich kann euch nur warnen. Ich habe beste Verbindungen nach oben. Nach ganz oben!«

Jetzt blickte sie lauernd zu ihm hinauf und war zutiefst erleichtert festzustellen, dass ihre dreiste Lüge offenbar gehörigen Eindruck machte. Nun ja, so geheimnisumwittert und undurchsichtig, wie der Chinesenboy war, konnte man nie wissen, ob er nicht womöglich … wer konnte es ahnen … am Ende vielleicht sogar ein Regierungsspitzel war? Mit rechten Dingen konnte es schließlich bei dem Kerl nicht zugehen. Innerlich feixte Beatrice, als sich der Zorn im Gesicht des Mannes erst in Unsicherheit, schließlich in rot angehauchte Nachgiebigkeit wandelte.

Plötzlich wirkte er ganz kooperativ, nestelte in seiner Satteltasche, reichte ihr endlich die Lizenz herunter und tat überaus höflich. Beatrices Feixen wäre um ein Haar in ein vergnügtes, sehr weibliches Juchzen ausgeartet (bloß nicht vor allen Umstehenden!), als er dann auch noch das angebotene halbe Pfund ausschlagen wollte.

»Ach komm, nimm schon, Mann. Geschenkt! Ich hab es nicht so nötig«, setzte sie nach, drückte ihm das Geld in die Hand und tätschelte gönnerisch sein Knie. Damit hatte sie ihn nun vollends verwirrt. Sein Gesichtsausdruck war sehenswert. Er wendete hektisch sein Pferd und räumte im Galopp das Feld.

Beatrice schritt in aller Ruhe zu dem mächtigen Eukalyptus hinüber und löste die Fesseln des Delinquenten. Der Mann wollte gar nicht mehr aufhören, sich zu bedanken.

»Schon gut. Geh nur. Viel Glück wünsche ich dir, Mate!«

Sie sah ihm noch ein Weilchen nach, wie er schließlich, die frisch ausgefertigte Lizenz fest umklammert, verschwand. Die Leute zerstreuten sich. Obschon niemand das Wort an sie richtete, bemerkte sie Anerkennung in den Blicken vieler.

Sie fühlte sich gut. Doch war es klug gewesen, was sie getan hatte? Ihr Herz sagte Ja. Aber ihr Kopf begann gleichzeitig heftig zu warnen. Natürlich! Die Kunde über ihr Eingreifen würde Kreise ziehen. Ob sich ihre Position damit verbessern oder die Sache womöglich zur genaueren Inspektion ihrer Claims führen würde, vermochte sie in diesem Moment nicht abzusehen. Und da war noch etwas, das sie ärgerte. Zum wiederholten Male hatte sie sich eines und desselben Vorgehens bedient, indem sie eine offensichtlich übergeordnete Macht ins Spiel gebracht hatte. Heute war es die Regierungsgewalt gewesen, zu der sie vorgegeben hatte, enge Beziehungen zu pflegen. Damals, an Bord der »Goddess of Dawn«, hatte sie Henry vorgeschoben. Das behagte ihr nicht. Ganz und gar nicht. Noch immer verfiel sie in dasselbe stereotype Verhalten und nötigte ihrem Gegenüber nicht etwa Achtung vor der eigenen Person, sondern vor irgendeiner gefürchteten Obrigkeit ab. Wahre Selbstständigkeit und ein tatsächlich unanfechtbarer Stand, das erkannte sie glasklar, sahen anders aus. Würde das jemals anders werden können? Zweifel überkamen sie, denn sie wusste: Käme aus irgendeinem dummen Grund heraus, wer sie wirklich war, musste sie sich sowieso keinen derartigen Illusionen mehr hingeben.

Nach diesem Vorfall dauerte es Wochen, bis sie sich wieder sicher und unbeobachtet fühlte. Selbstverständlich sprach es sich auch unter den Diggern weithin herum, was sie getan hatte, und sie durfte feststellen, dass neuerdings seltener abfällig vom »Chinesenboy« als vielmehr respektvoll von »Jones« gesprochen wurde.

Immerhin!

Die neu gewonnene Wertschätzung gefiel ihr. Und das zufriedene Gefühl stellte sich ein, endlich doch in gewissem Maße akzeptiert zu werden. Die Zeit war gekommen, sich unter die Leute zu trauen und nach neuen, vertrauenswürdigen Arbeitskräften zu suchen. Der Erste, den sie dazuengagierte, war der Mann, den sie ausgelöst hatte. Einer mehr. Einer, der sich als dankbar und zuverlässig erwies. Doch sie benötigte viel mehr Männer.

* * *

Wenig später ereignete sich etwas, das bestens geeignet war, die gereizte Stimmung auf den Goldfeldern hochzukochen. Wie ein Lauffeuer verbreitete sich die Geschichte. Der Hotelbesitzer Bentley und sein Angestellter hatten den schottischen Goldgräber James Scobie mit einer Schaufel erschlagen. Angeblich, weil sie ihn für einen Einbrecher gehalten hatten. Die Wahrheit, so munkelte man unter den Diggern, hatte ganz anders ausgesehen. Mit einem erklecklichen Beutel voller Gold hatte der Mann sich einen schönen Abend im Hotel gönnen wollen und war so dumm gewesen, mit seinem just getätigten hübschen Fund nicht hinterm Berg zu halten. Schnapsselig hatte er lauthals geprahlt und damit die Aufmerksamkeit des Gastwirtes auf sich gelenkt. Nur um dann zu erleben, wie er in ein Hinterzimmer gelockt wurde, wo angeblich eine ortsbekannte Prostituierte schon sehnsüchtig darauf wartete, ihn zu beglücken. Dort war es dann passiert.

Die Tragik der Sache lag allerdings nicht allein in dem Mord. Sie lag insbesondere darin, dass hochrangige und kräftig geschmierte Regierungsbeamte die Tat zu vertuschen suchten. Dieser Vorfall sollte eine Reaktionskette nach sich ziehen, die das Ende des bestehenden Systems einläutete. Eine Woche nach Scobies Tod setzte eine aufgebrachte Gruppe Digger das Hotel Eureka in Brand.

* * *

Beatrice spürte, wie die Spirale der Eskalation sich schneller und schneller zu drehen begann. Tagtäglich versuchte sie sich einzureden, die Dinge würden sich schon wieder beruhigen, doch im Grunde ihres Herzens wusste sie längst, dass es mit dem Frieden vorbei war. Anfang November zog die Nachricht durchs Lager, dass sich eine Gruppe von Aktivisten zu formieren begann, deren Absicht es war, gegen Obrigkeitswillkür, das unsägliche Lizenzsystem und für bessere Bedingungen sowie allgemeines Männerwahlrecht zu streiten.

Hunderte waren elektrisiert, man konnte förmlich das Knistern in der Luft fühlen, und zum ersten Mal entschloss sich auch Beatrice, ihren Platz zu verlassen, um der Versammlung der Männer beizuwohnen und vielleicht sogar ein paar neue Kontakte zu knüpfen. Als Treffpunkt war ein kleines Akazienwäldchen am Rande Ballarats ausgewählt worden, und es waren nicht wenige, die bei Sonnenuntergang diesem Ziel zustrebten. Beatrice schätzte, um die eintausend Mann.

Sie genoss den freien Moment, den sie sich endlich einmal genommen hatte. Ließ die Eindrücke auf sich wirken. Kängurus, aufgescheucht von der herannahenden Menge, flohen ins Abendrot. Die vielen warmen Regenschauer des Tages hatten die Luft frisch gewaschen. Es roch nach Frühling, nach dem unvermeidlichen, immerwährenden Rauch aus zahllosen

Kochstellen … und ein bisschen nach Aufbruch. Sie hörte zu, was die Männer sich erzählten, spürte den Kampfgeist, der sie alle zu beflügeln schien. Viele Sprachen schwirrten ihr um die Ohren. Die halbe Welt schien sich in diesem Schmelztiegel versammelt zu haben. Merkwürdigerweise konnten sich die Männer auch dann verständigen, wenn sie unterschiedliche Zungen sprachen. Notfalls ging es eben mit Händen und Füßen. Eines schien sie über die Profession als Schürfer hinaus zu einen: Sie alle fühlten sich offenkundig – egal, woher sie ursprünglich stammten – als Australier. Und sie alle wollten beteiligt werden an einem neuen Staat, der anders sein sollte als das, was sie aus ihrem Herkunftsland gewohnt gewesen waren. Demokratisch sollte es zugehen. Unabhängig. Und frei!

Es gefiel ihr, was sie aufschnappte. Sollten diese Männer hier tatsächlich im Begriff sein, eine Welt zu bauen, wie Beatrice sie sich schon immer erträumt hatte? Eine Welt, in der es keine Klassenunterschiede, keine Unterdrückung, keine Armut geben würde?

Die Schritte der Leute begannen sich, je näher sie dem Versammlungsort kamen, immer mehr einander anzupassen, bis ein allgemeiner Gleichschritt entstanden war. Beatrice fügte sich völlig selbstverständlich ein. Die beinahe vergessene Euphorie, die sie empfunden hatte, wenn sie vor Publikum für die Rechte Unterdrückter gesprochen hatte, war plötzlich wieder da, als die Menge schließlich zum Stehen kam.

Ein Podium war roh zusammengezimmert worden. Darauf ein Mann von vielleicht dreißig Jahren. Aufrecht, mit steifem Kragen und Sonntagsrock bekleidet, stand er da. Die hohe Stirn unterm dunklen Haar glatt, das kluge Gesicht abwartend, die Fäuste auf das primitive Pult gestützt, sah er der Menge gelassen entgegen. Beatrice drängelte sich weit nach vorn, wollte einen genaueren Eindruck bekommen. Gewiss war er kein ungebildeter Arbeiter. Etwas Staatsmännisches haftete ihm an. Dieser Mann dort war geboren, um zu führen.

Ein Heben seines Armes genügte und es wurde still.

Dann hörte Beatrice eine Rede, die sie unter anderen Umständen blass vor Neid hätte werden lassen. Der Waliser John Basson Humffray sprach in einfachen, aber akzentuiert gesetzten Worten. Jeder Mann konnte ihn verstehen. Und jeder lauschte atemlos. Wenn die Männer ihn denn in demokratischer Abstimmung dazu ausersehen wollten, würde er alle Beschwerden über die zahlreichen Missstände sammeln, aufbereiten und dem Gouverneur vorlegen, fasste Humffray am Ende die Quintessenz seiner Ausführungen zusammen. Überdies habe er die Absicht, an höchster Stelle auf Absetzung desselben zu drängen. Seine Misswirtschaft sei verantwortlich für Victorias Schuldenberg. Unnötigerweise, denn was hier durch vieler Hände Arbeit aus dem Boden geholt werde, würde leicht genügen, um Victoria erblühen zu lassen. Es dürfe nicht mehr all das, was erwirtschaftet werde, in dunklen Privatkanälen verschwinden, die Korruption weiterhin geduldet und gefördert werden. Demokratie sei das Zauberwort des neuen Zeitalters, und er stünde an vorderster Front, um sie zu erstreiten.

Nein, Beatrice wurde nicht blass vor Neid. Ihre Wangen röteten sich, ihr Herzschlag war beschleunigt, weil sie ihn bewunderte. Er sprach ihr aus der Seele. Diesem Mann wollte sie folgen. Und sie war nicht allein. Das »Ja« kam aus tausend Kehlen, keine Hand blieb unten, als Humffray nun um ein Votum bat.

»Männer, hört mich an. Ich bitte jetzt einen vertrauten Mitstreiter auf das Podium, der die Auszählung eurer Stimmen vornehmen soll.«

Beatrice schaute sich um. Alle Arme blieben geduldig erhoben.

Als sie ihren Blick wieder dem Podest zuwandte, gewahr wurde, wer dort oben Aufstellung genommen hatte, geriet ihr Herz endgültig außer Rand und Band.

Grün waren seine Augen. Kräftig war seine Gestalt. Selbstbewusst sein Auftreten. Breitbeinig stand er da, ließ den Blick konzentriert über eine Reihe nach der anderen gleiten.

Sie wartete. Wartete gebannt, bis ihre Reihe dran sein würde, reckte den Arm so hoch sie konnte, ängstlich bemüht, niemandes Kopf oder Schulter vor der Nase zu haben, wenn …

Näher, immer näher kam der Moment. Peter O'Lalor zählte stumm. Dann trafen sich ihre Blicke. Der Hauch einer Frage blitzte in seinen Augen auf. Dann schien er unmerklich den Kopf zu schütteln. Und zählte unbeirrt weiter.

Ja. Er hatte gezögert. Aber er hatte sie nicht erkannt.

* * *

Im dichten Pulk der Männer hatte sie den Versammlungsort verlassen. Ohne sich zu erkennen zu geben. Was hätte es auch für einen Sinn gehabt? Sie war gekommen, um sich ihre Zukunft zu erstreiten. Allein verantwortlich und zielstrebig. Nie und nimmer, dessen war sie sich völlig bewusst, hätte sie ihr Maskenspiel auch nur einen einzigen Tag … ach, wahrscheinlich nicht mal eine Stunde länger aufrechterhalten können, wenn sie sich Peter auch nur genähert hätte. Aus und vorbei wäre es gewesen mit dem so sorgsam eingeübten Männerverhalten.

Ihre Brust zog sich schmerzhaft zusammen, als sie noch einmal den Kopf umwandte, ihn im angeregten Gespräch mit Humffray dort oben auf der Bühne stehen sah. Dann spülte die Menge sie mit sich fort. Behalt den Kopf zusammen, Beatrice, sagte sie sich immer wieder. Die Zeit wird kommen, deine Gefühle sprechen zu lassen.

Ein Schreck fuhr ihr unter die Haut. Was, wenn er sich längst eine andere Frau genommen hatte? So viel Zeit war vergangen. Gut, es war nicht sehr wahrscheinlich, dass er seine Familie bereits nachgeholt hatte. Die meisten Männer arbeiteten jahrelang auf den Goldfeldern, ehe sie sich das erlauben konnten, denn nur wenige gelangten schnell zu großen Reichtümern. Außerdem war die Zahl der ungebundenen Frauen in Ballarat verschwindend gering und Peter gewiss kein Ehebrecher, wie sie ja selbst unmissverständlich erfahren hatte …

Das logische Denken versuchte, ihre Emotionen zu beruhigen. Es gelang nur leidlich. Die Erinnerungen an den Tag, als sie sich selbst das Haar abgeschnitten hatte, kamen zurück. Und mit ihnen der Schmerz, den sie empfunden hatte, als sie die scharfe Schere noch und noch einmal hatte ansetzen müssen, um den dicken Zopf abzutrennen, den sie fortan zuunterst zwischen ihrer Leibwäsche aufbewahrte. Das Haareschneiden war für sie zum Synonym der Geschlechtsumwandlung geworden. Keine Haare, keine Frau. Wie entsetzlich die weiblichen Gefangenen gelitten haben mussten, denen man die Köpfe vollkommen kahl schor …

Sicher, sie hatte sich daran gewöhnt. Der kurze Schopf war praktisch während der Arbeit. Das Bärtchen aus dem Melbourner Theaterfundus anzukleben, hatte sie nach einigen Fehlversuchen rasch beherrscht. Sie fühlte genau, wann es an der Zeit war, die künstliche Gesichtsbehaarung frisch zu fixieren, und hatte es bisher niemals versäumt, frühzeitig zu agieren. Die enge Brustbinde, die ihren kleinen, wohlgeformten Busen flachdrückte, hatte sie anfangs gehasst, hatte das Gefühl gehabt, darin zu ersticken. Aber nach und nach war auch dies zur Normalität geworden. Sogar akzeptiert, ja, verinnerlicht hatte sie ihre Maskerade als gut, richtig und Teil von ihr. Aber an diesem Tag wünschte sie sich zum ersten Mal ihre Weiblichkeit mit allen dazugehörigen offensichtlichen Attributen zurück.

Die Menge hatte die Zeltstadt erreicht und begann sich in alle Richtungen zu zerstreuen. Beatrice wachte aus ihren wehmütigen Gedankengängen auf und wurde sich der Tatsache bewusst, mit einer ganz bestimmten Absicht in diesen Abend gegangen zu sein. Männer hatte sie finden wollen. Keine zum Lieben. Nein, solche, die sie anheuern konnte. Sie schimpfte sich undiszipliniert und ärgerte sich über sich selbst. Sie wusste, ihre Leute warteten sehnsüchtig auf Unterstützung. Sie würden nicht murren. Aber sie würden enttäuscht sein, wenn sie ohne Verstärkung zurückkehrte. Ihre Schritte wurden unmerklich langsamer. Die Begegnung hinauszögern. Zeit gewinnen. Oder Zeit vertrödeln.

Missmutig hockte sie sich auf einen niedrigen Stein am Wegesrand, ließ den Blick über die Ebene schweifen, schob gedankenverloren mit der Kante ihres Stiefels ein paar würfelförmige Wombatköttel zu einem Häufchen zusammen, lauschte dem Heulen der Dingos in der Ferne und seufzte. Was gäbe sie doch jetzt, heute, um einen Mann an ihrer Seite, der vielleicht wenigstens hin und wieder die Verantwortung mit ihr gemeinsam trüge.

Nur noch wenige Nachzügler kamen an ihr vorbei. Manche grüßten. Die meisten kannten sie nicht. Eine ganze Weile saß sie allein da.

Bis einer neben sie trat. Beatrice zuckte zusammen, drehte sich um und schaute von unten herauf in ein vertrautes Gesicht. »Geoffrey!«, flüsterte sie und ihr Herz machte wilde Sprünge.

»Guten Abend, Mr Jones. Nett, Sie zu treffen. Man erzählt sich, Sie hätten mal wieder einen armen Teufel aus misslicher Lage gerettet.«

Wie er das »mal wieder« sprach! Mein Gott, endlich »mal wieder« ein Mensch, der Erinnerungen mit ihr teilte, der wusste, wie sie dachte, wie sie fühlte.

»Darf ich mich neben Sie setzen, *Mate*?« Die Art und Weise, wie er das Mate aussprach, ließ keinen Zweifel daran, dass er sie sofort erkannt hatte. Am liebsten wäre sie ihm um den Hals gefallen, so erleichtert war sie.

»Oh, bitte, Geoffrey, nimm Platz.« Sie rückte ein Stückchen zur Seite, strahlte ihn an.

»Wie ist es so, ganz allein?«, fragte er.

»Ehrlich?«

»Ich bitte darum, Jones.«

Es war nicht Benjamin Jones, der Geoffrey in der folgenden Stunde das Herz ausschüttete. Es war Beatrice. Eine Frau, die tapfer ihren Mann gestanden hatte. Und nun an einem Punkt angelangt war, da sie unter der Last des Mannseins oder – nur eine Frage der Perspektive – am selbst auferlegten Verleugnen der Weiblichkeit zu zerbrechen drohte.

* * *

Beatrice lud Geoffrey noch am selben Abend in ihr Haus ein. Als sie den schweren Läufer von den Holzdielen zog, die darunter verborgene Klappe öffnete, ihm im Schein der Lampe einen Blick auf die säuberlich gestapelten kleineren und großen Leinensäcke gewährte, musste Geoffrey sich setzen. Er japste nach Luft und bekam eine ganze Weile kein Wort heraus. Dann begann er, unablässig den Kopf zu schütteln, stierte auf den eisernen Holzofen an der gegenüberliegenden Wand und murmelte wieder und wieder: »Das kann nicht sein, das kann nicht sein, das …«

»Kann es doch!«, erwiderte Beatrice lachend und stupste ihn an. »Nun hör schon auf, ständig den Kopf zu schütteln. Schau!« Sie beugte sich in die Grube, fischte ein Säckchen aus der Tiefe, öffnete die Schnur und hielt es ihm unter die Nase. »Du siehst es doch mit eigenen Augen. Und glaube mir, das

Vorkommen ist längst noch nicht erschöpft. Begreifst du jetzt, warum ich unbedingt Hilfe brauche?«

»Mylady ...«

»Hör auf, mich so zu nennen, verflixt noch mal«, fuhr sie ihn an und rang die Hände. »Sag Mate, sag Benjamin ... aber Herrgott, Geoffrey ...« Beatrice verstummte und schlug die Augen nieder. Sie fühlte seinen Blick auf sich ruhen. Atemlose Stille, Sekunden, die sich zu Stunden dehnten. Dann holte sie entschlossen tief Luft und platzte heraus: »Ich habe die Nase voll davon, der Chinesenboy zu sein! Aber ich habe Angst davor, das alles dort unten zu Geld zu machen. Ich habe immer nur winzige Mengen umgetauscht. Man hält mich für einen völlig erfolglosen Spinner, und bisher war mir das ganz recht so, denn stell dir bitte vor, ich fliege auf und irgendjemand enttarnt mich. Als Frau hätte ich doch gar kein Recht gehabt, mir auch nur die allererste Schürflizenz zu sichern. Geschweige denn, den Diggern diese Goldmengen vor der Nase wegzuschnappen. Wenn jemand rausfindet, wer ich wirklich bin ... wer weiß, vielleicht würden dann all die Früchte monatelanger Arbeit an den Staat fallen? Oder, was noch viel wahrscheinlicher ist, dieser verdammte Klüngel von Beamten und Polizisten teilt alles unter sich auf. Wir wissen doch, wie sie sind.«

Geoffrey nickte nachdenklich, aber sie war noch nicht fertig.

»Abgesehen davon, dass die Arbeit an diesen höchst ertragreichen Claims für die paar Leute, die ich habe, nicht zu schaffen ist, ich also dringend mehr Männer brauche, benötige ich also auch einen Strohmann. Aber wem kann ich vertrauen? Dir. Und ansonsten höchstens noch Peter O'Lalor. Wenn ich dem allerdings begegnete, müsste mich niemand mehr enttarnen, denn dann ...«

Geoffrey sah sie an und grinste. Sein Grinsen war ebenso verständig wie ausgesprochen männlich. So hatte Beatrice ihn früher nie erlebt. Ein Diener war er gewesen, der keinerlei Geschlechts zu sein schien. Ein Neutrum ohne Regungen. Nicht einmal sein voller Name hatte jemals Bedeutung gehabt. Geoffrey. Punkt, aus. Nun war ein freier Mann aus ihm geworden. Geoffrey Stansfield! Einer, der auf Augenhöhe mit ihr stand und sie offensichtlich als das wahrnahm, was sie war. Als Frau. Und überdies auch noch – Beatrice fühlte sich so ertappt, als wäre ihr binnen Sekundenbruchteilen das Haar meterlang gewachsen, der falsche Bart abgefallen und der Busen aus der Brustbinde geplatzt – auf den ersten Blick erkannt hatte, dass sie noch immer eine verliebte Frau war.

Er hatte blaue Augen. Nie zuvor hatte sie bemerkt, dass er blaue Augen hatte. Konnte es sein, dass sie ihn früher niemals wirklich angesehen hatte? Sein ebenmäßiges, wahrhaftig ganz und gar nicht unattraktives Gesicht war wettergegerbt. Nicht mehr jung, aber auch weit davon entfernt, alt zu sein. Seine Schultern ... waren sie nicht früher schmal, beinahe schmächtig gewesen? Nichts davon war übrig. Er musste schwer geschuftet haben. Sein Kreuz wirkte breit. Und war er eigentlich immer schon so groß gewesen? Vielleicht hatte er sich klein und krumm gemacht, damals als Lakai? Jetzt strahlte er etwas aus, das sie früher nie mit ihm in Verbindung gebracht hatte: Autorität!

Beatrice musste lächeln. Es schien ihn zu verunsichern, wie sie ihn so unverhohlen inspizierte.

»Es hat dir gutgetan, mich damals zu verlassen, Geoffrey. Was für ein Mann ist doch aus dir geworden!«

»Ohne Eure Ermunterung, Mylady ...« Er schlug sich mit der Hand auf den Mund.

»Versuch es noch mal anders, Geoffrey. Ich will, dass wir Partner werden. Geschäftspartner.«

Zeichnete sich da ein leises Bedauern in seinen Zügen ab? Nein, ach was, es war nur Einbildung gewesen. Geoffrey reichte Beatrice die Hand. »Von einer Lady weiß ich nichts mehr.

Alsdann, schlag ein, *Mate*! Genaue Konditionen besprechen wir noch.«

Beatrice schlug ein. Und in diesem Moment fiel ihr eine Last vom Herzen, die in Wirklichkeit viel schwerer wog, als sie sie je empfunden hatte. Befreit, leicht, beschwingt fühlte sie sich auf einmal. Alles würde gut werden. Alles würde schön werden!

* * *

Die Begegnung mit Geoffrey sollte in vielerlei Hinsicht zum Segen werden. Er hatte es nicht nur bereits zu einigem Wohlstand und Ansehen gebracht, sondern verfügte auch über unschätzbare Verbindungen. Gemeinsam mit Peter, dem er sich nur drei Wochen nach der gemeinsamen Ankunft in Melbourne hier angeschlossen hatte, waren einige recht einträgliche Funde gelungen, die beiden Männern erlaubt hatten, ihre Aktivitäten fürderhin getrennt, aber in etwas größerem Stil weiterzubetreiben. Freunde waren sie geblieben und hatten sich gegenseitig unterstützt, wann immer es notwendig gewesen war.

Beatrice nahm Geoffrey das Versprechen ab, Peter gegenüber kein Wort über die wahre Identität von Benjamin Jones verlauten zu lassen. Allerdings quetschte sie Geoffrey ihrerseits schamlos über O'Lalor aus, und obwohl sich dieser merkwürdige Anflug von Bedauern immer wieder in seinen Zügen finden ließ, gab er bereitwillig Auskunft.

Noch immer sandte Peter allmonatlich Apanagen an den Londoner Rechtsanwalt, hatte aber bisher nur ein einziges Mal die schriftliche Auskunft erhalten, Frau und Kind seien wohlauf. Nun gut, Nachrichten reisten langsam um die halbe Welt. Beatrices schamhaft und ausgesprochen verklausuliert vorgebrachte Fragen nach anderweitigen Verbindungen (na, er wisse schon …) hatte Geoffrey lediglich mit einem geradezu empörten Hochziehen einer Augenbraue quittiert und Beatrice war's zufrieden gewesen.

Geoffrey erzählte ihr, dass sowohl er als auch O'Lalor sich jener Organisation angeschlossen hatten, die Humffray unter dem Namen »Ballarat Reform League« gegründet hatte. Noch agierten die Aktivisten im Geheimen, aber einige Frauen seien schon dabei, das Symbol dieser Bewegung zu erstellen, erzählte Geoffrey hinter vorgehaltener Hand und beantwortete Beatrices stumm gestellte Frage nicht ohne Pathos: »Wir werden kämpfen, Benjamin! Kämpfen unter unserer Fahne, kämpfen unterm ›Southern Cross‹!«

»Kämpfen. Immer gilt es zu kämpfen«, stöhnte sie auf. »Ja, ich spüre wie ihr diesen Geist des Aufbruches. Und ich merke, dass ihr mich bereits angesteckt habt mit eurem Feuer. Aber ich kämpfe schon mein ganzes Leben, Geoffrey. Gegen die Armut, gegen Unterdrückung, gegen Ungerechtigkeit. Für die Gleichheit aller Menschen. Ich gönne euch Männern, dass ihr eure Ziele umsetzt, bin im Grunde geneigt, mich anzuschließen. Andererseits weiß ich schon jetzt wieder ganz genau, wer zu kurz kommen wird. Wieder werdet ihr nur für Männerrechte kämpfen und wir Frauen werden auf der Strecke bleiben. Ach, ich weiß nicht, Geoffrey, manchmal bin ich so müde davon.«

Er sah sie unverwandt an. Wusste offenbar nicht, was er erwidern sollte.

»Siehst du, auch du hast noch nie einen einzigen Gedanken an diesen Aspekt verschwendet«, setzte Beatrice nach. »Schau dir an, was ich geschafft habe. Sogar unter Männern verdiente ich dafür Respekt. Aber ich bin nur eine Frau. Und brauche jetzt dich, damit man mir nicht nur ob meines Geschlechts, mit dem ich nun mal geboren wurde, alle Früchte meiner Arbeit wieder wegnimmt. Ist das gerecht? Du weißt ganz genau, dass es nicht das erste Mal ist. Denk an das Kinderheim damals. Arbeiten durfte ich wie ein Mann. Aber ich benötigte William, weil ich als Frau kein Recht gehabt hätte, die Plätze mit den Waisen zu füllen. Zurücktreten musste ich und den Mund halten. Ich wage mal eine vorsichtige Prognose: Mindestens ein halbes, wahrscheinlich ein ganzes Jahrhundert wird es noch dauern und vieler, sehr vieler engagierter Frauen bedürfen, bis endlich Gleichheit herrscht.«

Geoffrey wiegte den Kopf. »Genügte es euch denn nicht, unter dem Schutz eines anständigen Mannes zu stehen, euch keine Sorgen um Sicherheit und Zukunft machen zu müssen? Ist nicht auch das ein durchaus erstrebenswerter Zustand?«

Beatrice lachte bitter auf. »Das mag genügen, wenn man denn einen solchen anständigen Mann an seiner Seite hat. Was ist mit all den Frauen, die keinen abkriegen? Sind sie nicht mit weltlichen Gütern von Geburt an gesegnet, stehen sie ganz schön schlecht da, findest du nicht? Was ist das für eine Welt, in der eine Frau sich als Mann verkleiden muss, um einfach nur das Recht auf dieselbe Arbeit zu haben?«

»Frauen können nicht dieselbe Arbeit leisten, dafür sind sie zu schwach«, erwiderte Geoffrey im Brustton der Überzeugung.

»Ich lach mich tot! Und was ist das da unten? Ganz gewiss keine Säcke voll bestickter Taschentücher. Ich sage dir was, mein Lieber: Ich bin garantiert nicht die einzige Frau, die mangelnde Muskelkraft durch Hirn ersetzen und Enormes leisten kann. Aber seit Jahrtausenden lassen wir uns an die angestammten Plätze verweisen. An jene Plätze, von denen ihr Männer glaubt, sie seien die einzigen, die unseren beschränkten Möglichkeiten entsprechen.«

»Es mangelt euch nicht nur an Muskelkraft, sondern auch an Durchsetzungsvermögen. So ist das nun mal«, begehrte Geoffrey auf.

»Pffft. Dann geh, frag meine Männer, ob sie sich gut geführt fühlen und ob sie Respekt vor mir haben. Erinnerst du dich nicht an die Arbeiter in London? Fandst du, dass sie gut geführt worden sind? Von meinem Bruder, von all den anderen Herren, die bei uns daheim ein und aus gingen? Du hast es doch hautnah miterlebt, wie die Menschen gelitten haben unter Machtmissbrauch und mangelnder Empathie! Wer lag denn dir persönlich mehr als Arbeitgeber? Henry oder ich? Von wem hast du dich besser behandelt gefühlt?«

»Die Frage ist leicht zu beantworten. Von dir.«

»Aha. Weißt du, Henry hat mir mal einen Vortrag gehalten zum Thema Menschenführung. Er hat mir vorgeworfen, ich hätte keine Ahnung. Verantwortung zu tragen bedinge auch die Bereitschaft zu hartem Durchgreifen. Ich habe mich damals gefragt, ob die Menschheit besser mit weiblichen Führungskräften zurechtkäme oder ob eine verantwortungsvolle Position immer mit einer Persönlichkeitswandlung hin zum Miststück einhergehen muss. Ich sage dir was: So ist es nicht! Es spielt nämlich keine Rolle, ob ein Arbeitgeber Mann oder Frau ist. Er muss lediglich ein anständiger, fairer, aufrechter Mensch sein.«

»Jones«, stöhnte Geoffrey, »du bist naiv.«

»Das, mein lieber Freund, ist eine Unverschämtheit! Ich bin nahe daran, dir meine Freundschaft zu entziehen. Nimm das sofort zurück! Ich habe den Beweis angetreten, dass …«

»Ja. Hast du. Als Mann! Mach dir mal bewusst, dass du als Frau nichts, aber auch gar nichts hättest beschicken können. Und dann sag mir, warum wir hier heute zusammensitzen. Na? Nein … warte, sag nichts, ich will dir selbst die Antwort geben: weil du eben kein Mann bist, nicht wie einer fühlst, der Rolle als solcher schon nach so wenigen Monaten zutiefst überdrüssig bist und dir im Grunde deines Herzens einen Mann an deine Seite wünschst. Übrigens genauso wie beispielsweise ich, von mir aus auch dein geliebter Peter, uns eine Frau an unsere Seite wünschen. Eine, die wir lieben, beschützen und ehren können, die mit ihren ganz besonderen Qualitäten, die eben nur Frauen haben, wie Milde, Herzlichkeit, Anschmiegsamkeit, das Leben erst in Balance bringen. Schimpf mich einen Idioten, aber ich finde, Gott hat es richtig angestellt, zwei Sorten von Menschen zu erschaffen, die sich ergänzen und gemeinsam ein perfektes Ganzes ergeben. Keiner von uns kann aus seiner Haut. Wir sind, was wir sind. Und glücklich, mein Guter, können wir nur werden, wenn wir dazu stehen, was wir sind.«

Beatrice stand auf, ging zu einer kleinen Kommode, entnahm ihr eine dunkel getönte Flasche, griff nach zwei Wassergläsern und schenkte randvoll goldgelbe Flüssigkeit ein.

»Hier. Trink mit mir! Allerbester schottischer Whisky. Verboten, aber der Situation angemessen.«

Geoffrey nahm ihr das Glas aus der Hand und schaute zu, wie sie mit kaum gebändigter Erregung heftig anstieß, ihres an die Lippen führte, den Kopf weit zurücklegte und es in einem einzigen Zug leerte.

* * *

Wie merkwürdig, dass es ausgerechnet ihr ehemaliger Diener Geoffrey gewesen war, mit dem sie dieses Thema diskutiert hatte. Noch nie hatte sie mit irgendjemandem über ihre Gedanken gesprochen. Nicht mit einer Frau (wenn man einmal von ersten Ansätzen absah, die sie mit ihrer jungen Schwägerin Clara Henriette in diese Richtung gemacht hatte) und schon gar nicht mit einem Mann, auch nicht mit William. Jaja, es hatte bereits 1832 im Zuge der Neuordnung von Wahlkreisen und Erweiterungen des Kreises der Stimmbürger eine Eingabe ins britische Parlament gegeben, auch allen Frauen das passive und aktive Wahlrecht zuzugestehen. Niemandem war offensichtlich zuvor jemals aufgefallen, dass es eine Selbstverständlichkeit war, nur Männern dieses Recht einzuräumen, und da das Thema nun einmal plötzlich auf dem Tisch und im Fokus der Öffentlichkeit auftauchte, behandelte man es dann auch sogleich. Abschlägig!

Damit war eine Frage beantwortet worden, die sich niemals zuvor gestellt hatte, und Beatrice erinnerte sich mit Schaudern an die Reaktionen der Bürger in Londons Straßen, als sie selbst in den späten 1840er-Jahren bei der Verteilung von Flugblättern der ersten »Suffrage Societies« mitgeholfen hatte. Männer hatten sie herablassend belächelt. Aber was noch viel schlimmer gewesen war: Frauen hatten sie entweder ignoriert, kopfschüttelnd ausgelacht oder sogar derb beschimpft. Die Frauen des Empire, das hatte Beatrice damals klar für sich erkannt, waren schockierenderweise nicht reif für derartige Reformen.

Es sollte doch, davon wäre sie nicht abzubringen gewesen, eine Gleichstellung der Geschlechter zumindest im rechtlichen und im Außenverhältnis geben. Wie es sich jedoch im Inneren einer Beziehung darstellen würde, darüber hatte Beatrice sich noch keine Gedanken gemacht. Geoffrey hatte da Dinge angesprochen, die sie in beunruhigender Weise aufwühlten, über die sie zunächst nachdenken musste. Natürlich, wer wie sie nie eine Partnerschaft eingegangen war, konnte nicht über entsprechende Erfahrungen verfügen, beruhigte sie sich selbst. Aber wenn sie an Peter dachte, reichte ihre Fantasie weit genug, um sich wenigstens *vorzustellen*, wie sie die Dinge innerhalb einer Beziehung sehen würde, und war sich auf einmal gar nicht mehr so sicher, dass Geoffreys Argumentationen völliger Blödsinn waren.

Ach … derlei Grübeleien mussten warten!

Zunächst tüftelte Beatrice gemeinsam mit Geoffrey einen Plan aus. Der glücklose Chinesenboy, so wirkte es auf jeden, der ein genaueres Auge auf Beatrices Claims warf, schien aufgegeben zu haben. Niemanden wunderte es, dass dieser durchaus geachtete Geoffrey Stansfield neuerdings dort das Zepter schwang. Und siehe da! Er brachte nicht nur seine Mannschaft mit, sondern hatte das Ganze offensichtlich bestens im Griff. Neuerdings warfen beträchtliche Fundmengen Goldes einen glänzenden Schein auf das zuvor so matt und tot wirkende Stückchen Land. Tja, da hatte eben kein Bürschchen, sondern ein richtiger Mann hingehört, war die einhellige Meinung.

Beatrice schluckte. Schluckte. Und schluckte täglich wieder.

* * *

In der Folgezeit rumorte es immer stärker unter den Diggern. An jedem Waschplatz, an jeder Winde, an jedem Feuer war die »Bewegung« Hauptgesprächsthema. Ballarats Digger schlossen sich mehr und mehr zusammen. Waren bei der ersten vorbereitenden Versammlung nur rund eintausend Menschen zugegen gewesen, so kamen am 11. November 1854 bereits zehntausend, die der offiziellen Gründungsveranstaltung der »Ballarat Reform League« beiwohnten. Beatrice war mit Geoffrey unter ihnen. John Basson Humffray wurde von der Menge als Anführer bestätigt und schwor, für die gemeinsamen Ziele zu kämpfen. Das allgemeine, geheime Männerwahlrecht, ein frei gewähltes Parlament, die Abschaffung des Lizenzsystems, die umgehende Absetzung des amtierenden Commissioners inklusive seiner korrupten Schergen und mehr Demokratie für Victoria apostrophierte Humffray als gesetzte Ziele seines Einsatzes.

Der Waliser hatte Wort gehalten. Alle im Rahmen des ersten Treffens aufgeworfenen Probleme hatte er säuberlich aufgearbeitet, zu Papier gebracht und eine ganze Reihe großformatiger Blätter für jedermann sichtbar aufgehängt. Er kündigte an, dem neuen Gouverneur Victorias, welcher erst seit wenigen Monaten im Amt war, alle Forderungen persönlich unterbreiten zu wollen.

Mit zustimmendem Nicken standen die Männer vor dem Aushang, mancher Daumen ging nach oben, man sprach miteinander, gab die Inhalte des Gelesenen weiter, diskutierte mit den Kumpels. Humffray wartete währenddessen in Ruhe an seinem Rednerpult ab, wo er mit einigen Mitstreitern stand. Unter ihnen entdeckte Beatrice, die neben Geoffrey mitten im Getümmel stand, nicht unerwartet auch Peter O'Lalor, und obwohl sie felsenfest entschlossen gewesen war, dieses Mal möglichst wenig Notiz von ihm zu nehmen, konnte sie den Blick nicht abwenden.

Geoffrey stieß sie an. »Noch viel auffälliger geht's ja kaum noch, Mate! Glotz nicht ständig Peter an«, flüsterte er grinsend, griff Beatrice bei beiden Ellenbogen, drehte sie mit dem Rücken zum Podium und fixierte sie in dieser Position.

Sie versuchte, sich loszumachen, aber Geoffrey hielt sie fest. »Du bleibst hier. Führ dich doch nicht selbst in Versuchung, Mensch! Ich finde, es ist viel zu früh, jetzt schon aufzufliegen. Wir sind noch lange nicht fertig.«

Beatrice hörte auf zu zappeln, schlug peinlich berührt die Augen nieder und lenkte ab: »Vielleicht hast du ja recht. Hör mal, was denkst du? Ich bin wirklich gespannt, ob man Humffray überhaupt beim Gouverneur vorlassen wird.«

»Das glaube ich schon. Er ist der geborene Politiker. Damals in seiner Heimat hat er sich unter den Chartisten engagiert und für bessere Arbeitsbedingungen, Arbeitszeitverkürzung, die Zulassung von Gewerkschaften und die Erweiterung des Wahlrechts gestritten. Ich denke, er wird sich sicherlich Zutritt verschaffen, denn er ist nicht der Typ, der sich mir nichts, dir nichts abweisen lässt.«

Plötzlich hörte Beatrice eine sehr vertraute Stimme hinter sich, die sich einmischte: »Ich will's hoffen, dass unsere Abordnung zu ihm durchdringt, Geoff, ich hätte dich diesbezüglich gern kurz gesprochen. Hast du einen Augenblick?«

Sie spürte, wie ihr das heiße Blut ins Gesicht schoss, plötzlich jeder Pulsschlag überdeutlich vernehmbar wurde und den

Lärmpegel um sie herum ausblendete. Gleichzeitig wurden ihre Knie weich und sie schloss Halt suchend beide Hände fest um Geoffreys Oberarme.

»Ist da gerade jemandem übel geworden, Geoff?«, übertönte Peters sonores Organ ihr unangenehmes Ohrensausen. »Ja, das kommt in solchen Menschenmassen gelegentlich vor. Wen hast du denn da? Willst du den jungen Mann nicht mal ein bisschen aus dem Getümmel bringen? Ein Schluck Wasser täte vielleicht gut.«

»O ja, bitte«, antwortete der junge Mann, löste eine Hand von Geoffreys Arm und zog den breitkrempigen Hut noch tiefer in die Stirn. »Ich glaube beinahe, ich neige etwas zu Klaustrophobie.«

»Das ist Benjamin Jones, Peter!«, erklärte Geoffrey. »Ich bring ihn weg und komme gleich zu dir rüber.«

»Ah, nett, dich zu treffen, Jones. Man hört ja einiges von dir. Männer deines Geistes brauchen wir in der League. Sicherlich begegnen wir uns bald wieder in einer etwas angenehmeren Atmosphäre. Gute Besserung einstweilen.«

Geoffrey schickte sich an, sie schnurstracks aus der Menge hinauszuschieben. »Danke, O'Lalor«, konnte Beatrice gerade noch erwidern, aber sie hütete sich, sich noch einmal nach Peter umzusehen.

»Verdammt noch mal, das geht so nicht weiter, Geoffrey«, keuchte sie, als sie endlich allein dastanden. »Meinst du nicht, dass es sinnvoll wäre, Peter aufzuklären?«

»Bist du verrückt? Peter muss seinen Kopf für die Sache freihaben. Das hat er nicht, wenn du ihm als Weib vor der Nase rumtanzt. Und du willst doch nicht alles aufs Spiel setzen, was du geschafft hast, oder? Ein bisschen wirst du noch durchhalten müssen. Lass uns in Ruhe unsere Pläne durchziehen. Dann bist du ein gemachter Mann und kannst dich mit einem Vermögen zurückziehen, das in ganz Australien seinesgleichen sucht. Erst in dem Moment ist die Zeit gekommen, Benjamin Jones sterben und eine gewisse Beatrice Ames wiederauferstehen zu lassen. Ich bitte dich! Lass nicht zu, dass deine weiblichen Sehnsüchte sich gerade jetzt in den Vordergrund spielen.«

Beatrice seufzte. »Jaja, geh nur, Geoffrey. Geh zu Peter. Ich beneide dich!« Sie legte ihm die Hand auf den Arm und schaute ihn von unten herauf an. »Eigentlich bist du unmöglich und unverschämt und … aber ich danke dir! Du bist wirklich ein guter Freund.«

Geoffrey lüftete kurz den Hut und deutete lächelnd eine Verbeugung an. Dann drehte er sich um und ließ sie allein.

18

BALLARAT, NOVEMBER/DEZEMBER 1854 – AUF DEN BARRIKADEN

Tatsächlich empfing der neue Gouverneur die Abordnung der Männer um John Basson Humffray. Und tatsächlich las er den schriftlich verfassten Forderungskatalog in ihrem Beisein, versprach sogar, sich ernsthaft mit der Sache auseinanderzusetzen, und entließ sie mit Worten, die ihnen das Gefühl gaben, auf ganzer Linie erfolgreich gewesen zu sein. Euphorie breitete sich im Lager aus, als die Männer mit ihrer Kunde zurückkehrten.

Doch die Realität sah anders aus. Fassungslos standen die Anführer der »Ballarat Reform League« am 28. November vor der Erkenntnis, dass die Mannschaft des Commissioner-Camps auf 435 Mann – bewaffnet bis an die Zähne – aufgestockt wurde und die Lizenzkontrollen nicht etwa abgeschafft, sondern extrem verschärft wurden. Schon am Folgetag versammelten sich zwölftausend enttäuschte, wütende Menschen. Jeder dritte Einwohner Ballarats war zugegen und die Stimmung explosiv.

John Basson Humffray hatte es zum ersten Mal schwer, Ruhe in die aufgebrachte Versammlung zu bekommen. Sie wollten und wollten sich nicht beruhigen lassen. Beinahe schien es so, als suchten sie einen Sündenbock und machten den Waliser für das Scheitern der Angelegenheit verantwortlich.

Beatrice stand mit Geoffrey heute in gewissem Abstand zum Podium am Rande der Menschenmenge. Von »Sicherheitsverwahrung« hatte er mit einem eigentümlich süffisanten Lächeln gesprochen und ihr Bestreben, weiter nach vorn zu gelangen, entschieden unterbunden. Im Grunde war sie ihm nicht undankbar, denn die Menge entwickelte einen Sog aufs Podest zu, als wollte sie es stürmen und egal wen, Hauptsache, irgendjemanden vermeintlich Verantwortlichen, am liebsten sofort lynchen. Sie hatte das Gefühl, wenn nicht einer sehr schnell eine zündende Idee hätte, die Menschen zu besänftigen, würde sofortige Flucht das einzig bleibende Mittel für die Männer dort oben bleiben, dem Zorn der Menge zu entgehen.

Diesen brodelnden Hexenkessel zu beruhigen, hatte offensichtlich Peter O'Lalor eine probate Idee. Er zog zum Erstaunen der Anwesenden einen jungen Mann aufs Podium, den er als Raffaelo Carboni vorstellte. Die Menge stockte, ausgefahrene Ellenbogen wurden eingezogen. Der wütende verwundete Stier ließ einen Augenblick das feurige Schnauben aus geblähten Nüstern sein, hörte auf, mit den Füßen angriffslustig im Staub zu scharren. Nur noch die Flanken flogen erregt, die Augen rollten weiß im blutrot Geäderten. Diesen kurzen Moment nutzte Carboni.

»Kumpels! Ihr kennt mich, und die meisten von euch wissen, ich vertrete all jene Goldgräber, die nicht aus den Ländern stammen, die dem Britischen Empire unterstehen. Ich bitte euch, wendet euch nicht gegen diejenigen, die ihr Leben dafür geben würden, euch von der englischen Unterdrückung zu befreien! Lasst uns hier und heute für die Zukunft Australiens zusammenstehen. Männer aus allen Ländern dieser Erde, ziehen wir gemeinsam in den Kampf für Gleichheit und Demokratie!«

In diesem Augenblick trugen vier Männer mit feierlichem Gesichtsausdruck ein zusammengefaltetes Tuch auf die Bühne.

»Was ist das?«, flüsterte Beatrice Geoffrey zu.

»Was ist das?«, hörte sie es vielfach aus der Menge. Das Weiß im Auge des Stiers war nicht mehr zu erkennen. Ruhig, dunkel glänzend, neugierig nun. Der Atem angehalten, kein Vibrieren der Flanke mehr, gespannte Stille.

Die Männer entrollten den Stoff, hakten die Enden in den Seilzug eines provisorisch errichteten Mastes.

Alles verfolgte nun stumm, was vor sich ging.

Endlich zogen die vier, die Gesichter andächtig verklärt, das am Mast hoch, was Geoffrey kürzlich angedeutet hatte. Der Abendwind griff in dunkelblaues Tuch, straffte es waagrecht. Ein achtzackiger Stern an jedem Ende, einer im Zentrum des weißen Kreuzes.

»Leute«, brüllte Carboni inbrünstig, »folgt dem ›Southern Cross‹, folgt den Männern, die es an der Spitze der ›Ballarat Reform League‹ für euch in eine neue, eine bessere Zeit tragen werden!«

»Werden sie, Geoffrey?«

Ein letztes Schnauben. Die Hörner gesenkt. Besiegt?

Beatrices Schrei war der erste. »Jaaa!«

Banger Moment. Umgewandte Köpfe.

Nicht nur besiegt.

Gebeugtes Knie. Überzeugt!

Friedlich geführt. Nicht am Ring. Das Kreuz im Spiegel des Auges.

Einzelne folgten. Ein paar Dutzend. Schon Hunderte. Bald Tausende.

Ein Ruf wie aus einem Mund. »Ja!«

»Du traust dich was, Jones.«

»Wenn nicht jetzt, wann dann?«

Plötzlich der Ruf vom Podium: »Wir pfeifen auf das Lizenzsystem! Erklären es hier und sofort für abgeschafft. Nicht mit uns. Nicht mehr. Nie mehr! Vernichtet das Symbol aufgezwungener britischer Macht und Unterdrückung. Australien wird blühen unter dem ›Southern Cross‹. Verbrennt sie, eure Lizenzen!«

Ruhe. Unsicherheit. Den einzigen Beweis für das Recht zu schürfen … anzünden? Sicher? Die Existenz in Gefahr bringen?

Wenn nicht jetzt, wann dann?

Neuer Aufruhr, Diskussionen. Bange Blicke auf dem Podium.

Plötzlich der Geruch von brennendem Papier.

Unzählige Lichter im Dunkel der hereinbrechenden Nacht.

Aufflammen, verglühen, verlöschen. Asche.

Asche zu Asche. Ein einziges Scharren mit dem Fuß im Staub. Fort. Spurlos versunken in der Erde eines neuen Kontinents auf dem Weg zur Unabhängigkeit.

* * *

Weder Beatrice noch Geoffrey hatten, bei aller Zustimmung für die Ziele der League, ihre Lizenzen an diesem emotional aufwühlenden Abend verbrannt. Ein klein wenig fühlten sie sich beide als Verräter, gestanden sie sich gegenseitig ein. Beatrice hätte sich hinreißen lassen, gab sie offen zu, hätten ihre Papiere nicht wohlverwahrt in dem Keller unter ihrem Haus gelegen. Und auch Geoffrey hätte sich vielleicht von der allgemeinen Euphorie anstacheln lassen, hätten seine Dokumente sich nicht seit langer Zeit in der Obhut eines Notars befunden. Er trug stets nur ein beglaubigtes, gesiegeltes Schreiben dieses überaus angesehenen Mannes in seiner Jackentasche. In der Anfangszeit hatte man ihn regelmäßig kontrolliert. Aber inzwischen kannten ihn die Leute des Gold Commissioners. Bei ihm war nichts zu holen. Das wussten sie.

Selbstverständlich blieben die Vorgänge des vergangenen Abends der Besatzung des Commissioner-Camps nicht verborgen und im Grunde wartete alles auf eine Reaktion. Die sollte kommen.

Als Beatrice sich am nächsten Morgen bei Sonnenaufgang gemeinsam mit Geoffrey und den Arbeitern zum Frühstück vor ihrem Haus an den frisch gezimmerten langen Bänken und Tischen niedergelassen hatte, sahen sie von Ferne die Berittenen in die Goldfelder hineingaloppieren.

»Schau, Geoffrey, ich glaube, jetzt gibt es Ärger. Die Herrschaften haben Wind bekommen und gehen auf Lizenzjagd.«

Alle waren sie aufgesprungen, beobachteten die Szenen, die sich abspielten. Der Reiterpulk teilte sich in mehrere kleine Gruppen, umrundete einzelne Claims, kam zum Stehen, diskutierte offenbar hier und da mit einzelnen Diggern. Dann sah Beatrice mit Entsetzen, wie einer der Goldgräber den ersten Stein aufhob. Andere folgten seinem Beispiel. Die Wurfgeschosse flogen durch die Luft, manche erreichten ihr Ziel, ein Polizist kippte getroffen vom Pferd, rappelte sich auf, versuchte, sein Ross wieder zu erklimmen, strauchelte unter neuem Angriff, nahm die Zügel in die Hand und floh zu Fuß.

Andere ließen es so weit nicht kommen, gaben vorsichtshalber gleich Fersengeld, versammelten sich um den Gold Commissioner selbst. Der setzte sich an die Spitze eines größeren Reiterpulks. In rasender Geschwindigkeit drang die Gruppe wieder in die Mitte des Camps vor, griff scheinbar wahllos nach ein paar Männern. Schnell war ein Seil um Handgelenke geschlungen. Stolpernd, hastend fallend – egal – schleppte der Trupp acht Mann aus dem Camp heraus und verschwand mit ihnen hinter den Büschen, die den Weg den Hügel hinauf ins Zentrum der Macht säumten.

Beatrice und Geoffrey schauten sich schockiert an. Die Brutalität, mit der beide Seiten vorgegangen waren, hatten sie nicht erwartet.

»Das hat nichts mehr mit politisch motiviertem, durchdachtem Handeln zu tun, Geoff! Das ist der Beginn eines handfesten Krieges.«

Geoffrey nickte nur und Beatrice stellte fest, dass sich auf einmal tiefe Sorgenfalten auf seiner Stirn abzeichneten. Auch er schien sich absolut nicht mehr sicher zu sein, dass die Ziele seiner Bewegung auf diplomatischem Weg erreichbar sein würden, und Beatrice lebte von diesem Moment an in einem ständigen Zwiespalt zwischen Hoffnung, gerechter Wut und Angst.

Einem Buschfeuer gleich verbreitete sich die Nachricht. Wer es nicht mit eigenen Augen gesehen hatte, hörte von seinen Kumpeln, was geschehen war, und nur Stunden später strömten mindestens eintausend Mann im Zentrum des Camps zusammen.

Auch Beatrice und Geoffrey hielt es nicht an ihrer Förderanlage. Atemlos erreichten sie die Menschenmenge. Heute versuchte Geoffrey gar nicht erst, Beatrice zurückzuhalten, und sie zwängten sich ganz nach vorne durch, wo zwar merkwürdigerweise kein Humffray in vorderster Front, wohl aber Peter O'Lalor zusammen mit dem Italiener Carboni zu finden war.

»Es reicht!«, brüllte Peter, in der Hand eine Standarte mit dem »Southern Cross«. »Wir sind allesamt keine Verbrecher, sondern Ehrenmänner. So lassen wir nicht mit uns umspringen. Sie werden wiederkommen, daran habe ich gar keinen Zweifel, doch beim nächsten Mal werden wir Widerstand leisten. Bewaffnet euch, Männer! Wer nicht über ein Schießeisen verfügt, greife zu Picken, Stangen, Hämmern, nehmt, was immer euch als Waffe geeignet erscheint. Lasst uns eine Barrikade errichten, damit wir uns verschanzen können. Jeder Mann ist willkommen, der sich gegen diese unglaubliche Willkür verteidigen will. Ich für meinen Teil bin bereit, meine Selbstbestimmung notfalls bis zum Tode zu verteidigen. Wie steht es mit euch? Wer wagt es? Wer kommt mit mir?«

Carbonis Versuche, Peters Worte in verschiedene Sprachen zu übersetzen, gingen im allgemeinen Jubelgeschrei unter. Offenbar war die Botschaft auch so angekommen. Als nun Peter die Fahne an Carboni abgab, vor der Flagge niederkniete und inbrünstig jenen Eid wiederholte, den der abwesende Humffray tags zuvor bereits abgelegt hatte, herrschte plötzlich andächtige Stille, und als seine letzten Worte verklungen waren, antworteten alle Anwesenden wie mit einer einzigen Stimme: »Amen.«

Beatrices Körper überlief ein Schauer. Kein Gotteshaus dieser Welt hatte wahrscheinlich jemals eine derart überwältigende Zustimmung aus so vielen Kehlen gehört wie der klare Himmel über Victoria an diesem Sommermorgen.

* * *

Während der folgenden Tage oblag wieder Beatrice allein die Aufsicht über die Claims. Eine Aufgabe, die sie leicht und professionell erfüllen konnte, und dennoch verließ sie keinen Augenblick jene beklemmende Nervosität, die Menschen heimzusuchen pflegt, die zwar mit etwas Unabänderlichem rechnen, jedoch noch nicht alle Hoffnung verloren haben.

Geoffrey hatte sich den Männern angeschlossen, die im »Eureka« genannten Teil des Ballarat-Gebietes einen Grund von rund viertausend Square Metres einfriedeten. Noch versuchte Beatrice, die innere Einstellung aufrechtzuerhalten, dass es schon so schlimm nicht kommen würde, wie O'Lalor vermutete. Sie würden sich schon wieder beruhigen, die Herren im

Commissioner-Camp, würden die Leute schon wieder freilassen, die sie einkassiert hatten. Schließlich lebten sie doch ganz wunderbar von der Arbeit der Digger. Warum sollten sie so schnell wieder solch ein Fass aufmachen? Das war doch alles nur Muskelspielerei gewesen, um die Leute zu erschrecken. Ach, es würde schon gut gehen. Oder?

Kurz entschlossen schnürte sie, natürlich nur vorsichtshalber, wie sie sich mit aller Kraft einzureden versuchte, am Abend des 1. Dezember, einem Freitag, ein Bündel, das es in sich hatte. Ein Bündel, das ihr persönlicher Beitrag zum eventuell ja doch … aber nein, ach was, wahrscheinlich gar nicht bevorstehenden Kampf gegen die Obrigkeit sein sollte, und machte sich auf den Weg zu den Rebellen.

Von Weitem schon konnte sie die Barrikaden erkennen. Einen Wall aus Erde und Felsbrocken hatten sie aufgeworfen, dahinter mehr schlecht als recht mithilfe von Brettern und Stangen eine Palisade errichtet. Für eine kleine Herde friedlicher Schafe hätte diese Befestigungsanlage sicherlich genügt, um sie am Ausbruch zu hindern. Aber wie viel Schutz sollte sie denn im Ernstfall gegen eine bewaffnete, berittene Polizeieinheit bieten? Es brach ihr beinahe das Herz zu erkennen, wie die Männer sich abgerackert hatten, ohne auch nur einen Hauch eines sicheren Verteidigungsbollwerks zustande bekommen zu haben. Umso fester zog sie jetzt die Schulterriemen ihres Bündels.

Fast hatte sie Eureka erreicht, da wurde sie einer gewaltigen Staubwolke gewahr, die sich aus Richtung Melbourne auf Ballarat zu wälzte. Sie blieb stehen, hielt die Hand gegen die niedrig stehende Sonne über die Augen.

»Oh mein Gott. Bitte … nein«, flüsterte sie. Da waren sie auch schon da.

Wie viele waren es? Drei-, vier-, nein, die Schlange wollte und wollte nicht enden, sicherlich mindestens sechshundert bewaffnete Männer kamen ihr direkt entgegen. Beatrice wechselte von der Straße auf einen Seitenweg, ließ die Reiter an sich vorbeiziehen und blickte starr der beängstigenden Wahrheit hinterher. Ganz offensichtlich wollte der Gouverneur jetzt tatsächlich Ernst machen. Peter hatte also mit seinen Befürchtungen doch nicht etwa nur den Teufel an die Wand gemalt.

Das letzte Stück des Weges rannte sie. Atemlos erreichte sie das klapprige Eingangstor, gab sich dem Wachhabenden zu erkennen und verlangte, zu Geoffrey Stansfield vorgelassen zu werden.

Während sie wartete, nahm sie durch die viel zu breiten Ritzen zwischen den Brettern die Befestigungsanlage genauer in Augenschein. Ein paar notdürftig errichtete Holzhütten, Zelte, demonstrativ davor aufgehängte Gegenstände, die man wohl als Waffen zu benutzen gedachte, die sich jedoch lächerlich gegen das ausnahmen, was in Satteltaschen gesteckt und über den Schultern der Reiter gehangen hatte. Eingedenk dessen, was sie vor Minuten gesehen hatte, wurde ihr flau im Magen.

Endlich erschien Geoffrey und ließ sie ein. »Was bringst du uns?«

»Schlechte Nachrichten, Geoff. Mindestens sechshundert Reiter sind gerade zum Camp des Gold Commissioners hinaufgezogen. Die machen Ernst! Und ihr glaubt euch hier wirklich sicher?«

Geoffreys Stimme klang tonlos. »Sechshundert?«

»Bewaffnet bis unters Kinn, ja. Ich habe euch alles mitgebracht, was ich beitragen kann. Wo soll ich …?«

»Komm in mein Zelt.«

Sie folgte ihm ins schummrige Innere, ließ den Sack vom Rücken rutschen und öffnete die Schnallen über dem festen Segeltuch.

»Mehr habe ich nicht. Aber besser als nichts, oder?«

Geoffreys Augen strahlten beim Anblick der Leinenbeutel voller Munition und säuberlich polierten, glänzenden Jagdgewehre. Sie hätten wohl weniger geglänzt, wären nicht just in diesem Moment die goldenen Strahlen der Abendsonne direkt darauf gefallen. Keiner von beiden bemerkte, dass jemand lautlos die Zeltbahn am Eingang aufgeschlagen hatte.

»Du bist ein Schatz, Beatrice!«, flüsterte Geoffrey dankbar.

»Pssst! Halt den Mund«, erwiderte sie, und …

»Ja, das ist sie!«, sagte Peter O'Lalor hinter ihnen.

***

Es bedurfte nur einer Kopfbewegung Peters, und Geoffrey ließ sie allein.

»O'Lalor, Sie haben mich erkannt? Wann?«, hauchte sie.

»Als ich zum Stimmenzählen auf das Podium gerufen wurde und unsere Blicke sich trafen, dachte ich einen Moment, es narrte mich ein Spuk. Ganz gewiss neige ich nicht meinem eigenen Geschlecht zu, doch ich musste mir eingestehen, dass ein unwiderstehlicher Zauber von diesem jungen Mann ausging. Also prüfte ich mein Herz in den folgenden Stunden, und irgendwann fiel es mir wie Schuppen von den Augen, wen ich wirklich gesehen hatte«, antwortete er leise, trat sehr dicht an sie heran, zog ihr mit einer sanften Geste den Hut vom Kopf, legte ihn auf einen Hocker zu seiner Rechten.

Beatrice stand wie gebannt, schaute nur zu ihm hoch, unfähig, sich zu rühren. Sie duldete es, dass er mit dem Daumen den Verlauf des kleinen Schnurrbarts nachzeichnete, ihr sacht über die gebräunte Wange streichelte.

Sie senkte den Kopf, schloss die Augen, presste mühsam zwischen Wohlbehagen und peinlichster Betroffenheit eine Art Entschuldigung hervor. »Geoffrey … er kann sich einfach nicht daran gewöhnen, mich als den zu rufen, der ich bin.«

Peter lachte still. »Der, der du bist? Ach Beatrice! Wer dir jemals zuvor begegnet ist, nimmt dir diese Maskerade doch im Leben nicht ab. Das konnte nur unter lauter Fremden gutgehen.«

Noch immer fühlte sie seinen Daumen über ihre Wange streichen. Ein bisschen rau. Auch er hatte sich die Finger wund gearbeitet. Aber es tat so gut. Die erste zärtliche Berührung seit … nein, sie konnte jetzt nicht rechnen. Wollte keine kostbare Sekunde dieses Wiedersehens vergeuden. Sie griff nach seiner Hand, schmiegte ihr Gesicht hinein und Peter legte seine Stirn auf ihren Scheitel.

Eine köstliche Ewigkeit standen sie so. Versunken ineinander. Als gäbe es nichts um sie herum.

Hoffnung keimte in Beatrice. Irgendwann würde er sie doch küssen.

Unmerklich neigte sie sich ihm dichter, immer dichter zu. Er wich nicht zurück. Doch er kam ihr auch nicht entgegen. So leise war sein Raunen, dass sie alle Konzentration aufwenden musste, ihn zu verstehen.

»Ich wünschte, es wäre eine andere Zeit, ein anderer Ort, Beatrice. Ich wünschte sogar inzwischen oft, es gäbe keine Vergangenheit, die mich bindet. Ja, glaub es mir, manchmal wünschte ich mich frei. Frei, zu tun, was mein Herz mir aufgibt, seit ich dich zum ersten Mal sah. Aber es ist nicht so. Wird nie so sein.«

Beinahe roh wirkten seine Bewegungen, als er sie losließ und von sich schob. Ein letztes, tiefes Bedauern im Blick, dann bückte er sich ein wenig, nahm ihren Hut vom Schemel und drückte ihn wieder an seinen Platz.

Ein Mal nur räusperte er sich, dann klang seine Stimme klar. »Ich danke dir, Benjamin! Deine Gabe wird uns unschätzbare Dienste leisten. Geh nun lieber. Nicht, dass man dich hier sieht, am Ende noch mit uns in Verbindung bringt und dir Schwierigkeiten macht.«

Benommen wandte Beatrice sich um und stolperte aus dem Zelt.

Getreulich wie immer hatte Geoffrey davor Wache geschoben. Ein einziger Blick in ihr Gesicht musste ihm verraten haben, was drinnen vor sich gegangen war. Er legte kumpelhaft den Arm um ihre Schulter, klopfte sie wie einen müden Gaul. »Komm, ich bringe dich raus.«

* * *

An diesem Abend schrieb Beatrice einen langen Brief. Es war der erste, den sie aus ihrer neuen Heimat an William sandte. Ihre Erinnerung an die letzte Begegnung mit ihrem einstigen Mentor und Geliebten war frisch. Wie hatte er sich ausgedrückt? Seine Worte klangen noch heute in ihr nach: »Du hast mich auf einen bunten Regenbogen aus purem Glück mitgenommen. Lass mich hier sitzen, am Fuße dieses Regenbogens, steig du wieder hinauf und schau dir die Welt von oben an. Pass auf, pass um Himmels willen auf, dass du nicht abstürzt, und sei gewiss, wenn Not am Mann ist, wirst du mich immer finden. Da, wo der Regenbogen die Erde berührt.«

Sie war im Begriff abzustürzen. Nichts war mehr in Ordnung in ihrem Innern. Jetzt war es Zeit, hohe Zeit, den Mann um Hilfe zu bitten, der vielleicht … hoffentlich … noch immer dort am Fuße des Regenbogens bereitstand.

Beatrices Zeilen waren voller Wehmut, Traurigkeit, Verzweiflung und Fragen. Fragen, die zu stellen waren. Jetzt! Wenn sie nicht wahnsinnig werden wollte, musste sie Antworten bekommen. Hoffnungslosigkeit hatte sich über ihr Gemüt gelegt wie eine schwere, klamme Wolldecke, doch lieber wollte sie unabänderlichen Tatsachen ins Auge schauen, als immer und immer in dieser lähmenden Unsicherheit weiterleben.

Der Samstagmorgen war hell und sonnig, und als sie ihr Schreiben beim Postamt aufgegeben hatte, traf sie auf Geoffrey, der recht guter Laune zu sein schien und mit einem Blick erkannt haben musste, dass er berufen war, sie ein wenig aufzuheitern.

»Ich besorge frisches Brot und komme in unser Camp, Benjamin. Es ist Wochenende und keiner von uns glaubt, dass die Herren da oben sich an einem Wochenende die Mühe machen werden, ein paar Aufrührer anzugreifen. Also will ich heute Nacht wieder mal in meinem bequemen Feldbett statt auf einem Strohsack innerhalb der Barrikaden schlafen. Man wird nicht jünger. Ich spüre mein Kreuz.«

»Wer ist so sicher, dass sie nicht an einem Wochenende angreifen werden?«

»Peter. Morgen ist immerhin Sonntag. Niemand greift am Tag des Herrn an, wenn er es auch am Montag tun könnte.«

»Peter! Pffft. Peter ist Ire und die Iren sind katholisch. Mag sein, dass die Iren den Sonntag als Tag des Herrn ehren, aber die Engländer sind Protestanten. Die greifen höchstens zur Teezeit nicht an«, flachste sie und ahnte nicht, wie nah sie einer grausigen Wahrheit gekommen war.

Gemeinsam schlenderten sie zum Bäcker. Etliche der eingefleischtesten League-Anhänger begegneten ihnen. Anscheinend hatten viele denselben Beschluss gefasst wie Geoffrey und die Befestigung heute verlassen.

»Hundertfünfzig Mann schieben für alle Fälle Wache«, erklärte Geoffrey beruhigend. »Das wird ausreichen.«

Beatrice nickte, und das zuversichtliche Gefühl, das sie vor ein paar Tagen noch beherrscht hatte, wollte nur allzu gern wieder in ihr aufkeimen. Es würde so schlimm schon nicht werden. Alles schien ruhig. Sollten sie da oben beim Gold Commissioner doch fressen, saufen, sich mit den paar Huren vergnügen, die Ballarat zu bieten hatte, und den lieben Herrgott einfach mal einen guten Mann sein lassen. Dass sie unzweifelhaft die größere Schlagkraft hatten, war spätestens seit dem Einmarsch der Truppen gestern nun wahrhaftig jedem klargeworden. Was waren schon 1.500 kaum bewaffnete Männer gegen diese militärische Übermacht? Wer so stark war, hatte es doch gar nicht nötig!

Geoffrey tat alles, um ihr an diesem Tag abzunehmen, was ging. »Deine Nasenspitze könnte etwas Farbe vertragen, Benjamin. Setz dich ein wenig in die Sonne und genieß ausnahmsweise mal einfach nur das herrliche Wetter.«

»Weißt du eigentlich überhaupt noch, wie es an einem 2. Dezember in London aussah, Geoff? Erinnerst du dich?«, sinnierte Beatrice in einem Anfall aus Melancholie und nostalgischer Verklärung. »Die Stadt ein Lichtermeer, alles bereitete sich auf Weihnachten vor. Wie wollen wir Weihnachten feiern?«

»Wir werden feiern, Benjamin. Aber wir werden nicht im mausgrauen Nebel, sondern unter warmem Sommerhimmel feiern, und statt künstlichem Weihnachtstand werden wir echte bunte Kakadus in Scharen bewundern.«

»Die Kakadus sind hübsch, ja, aber weißt du gar nicht mehr, wie märchenhaft schön es zu Hause war? Es gab immer Schnee an Weihnachten in London«, protestierte Beatrice.

Skeptisch grinste er. »Wann soll das gewesen sein? Ich erinnere mich nur an Kohlenstaub und … tja, eben an Nebel. Dein Weihnachten mag schneeglitzernd gewesen sein. Meins nie. Erinnere dich, ich war ein Diener in den ungeheizten Dachzimmern eures Palastes.«

»Das bist du nicht mehr«, antwortete sie versonnen und schaute auf das lichtdurchflutete Land. »Und das ist gut so! Jetzt bist du mein einziger wahrer Freund. Was täte ich ohne dich?«

»Du kämest überall auf der Welt auch ganz alleine durch«, sagte er überzeugt.

»Nicht mehr lang, Geoff, und ich werde dreißig. Meinst du nicht, in dem Alter sollte man ein Haus gebaut, einen Baum gepflanzt und einen Sohn gezeugt haben?«

»Sollte man? Oder sollte Mann? Habe ich alles noch nicht erledigt, Benjamin. Und ich bin schon zwei Jahre überfällig damit.«

»Dann sieh dich doch endlich mal um unter den Schönen des Landes.«

Geoffrey warf den Kopf zu ihr herum und schaute sie mit schief gelegtem Kopf an.

Beatrice spürte, wie ihr das Blut in die Wangen schoss. Nein. Dieses hoffnungsvolle Lächeln konnte sie jetzt nicht ertragen!

Wenn sie später über diesen Moment nachdachte, tat es ihr unendlich leid, wie rüde sie mit ihm gewesen war, als sie ihm alle Hoffnungen raubte.

»Ich werde gehen, sobald wir hier alles geregelt haben. Werde mich zurückziehen. Vielleicht in Melbourne leben, vielleicht sogar Australien verlassen. Ich bin nicht gemacht für dieses Leben hier draußen, sehne mich nach einem Haus aus Stein und ein wenig Luxus. Weißt du, eine Badewanne mit so viel heißem Wasser, wie ich will. Ein Bett, an dessen Beinen keine Schlangen und Spinnen raufkriechen, weiche Haut an den Händen, regelmäßige warme Mahlzeiten. Solche Dinge eben. Ich denke darüber nach, in die Serienherstellung von Bohrgeräten und dampfgetriebenen Winden zu investieren. Was meinst du, das könnte doch so vielen Schürfern das Leben einfacher machen, oder?«

Er wiegte den Kopf. »Gar keine schlechte Idee. Und mich behältst du dann hier als Ver-wal-ter?«

Er teilte das Wort in drei gedehnte Silben. Kein Zweifel! Viel lieber hätte er es gesehen, wenn sie ihre Zukunft mit ihm geplant hätte. Auch dreisilbig. Aber eher E-he-mann.

»Vielleicht«, antwortete sie schelmisch. »Vielleicht feure ich dich auch, solange ich noch Benjamin bin.« Dann ließ sie ein nervöses Lachen hören. Verdammt, ihr war zum Heulen und ganz gewiss nicht zum Lachen. Ebenso gewiss nicht danach, mit ihrem treuesten Kumpanen dumme Spielchen zu treiben oder gar ihn verletzen zu wollen. Und das war ihr gelungen. Oben und unten schienen sich noch immer nicht auf einen Umgang auf Augenhöhe gewandelt zu haben.

Geoffrey zog den Kopf ein wie eine Schildkröte und es tat ihr unsagbar leid. Sie stand auf, setzte sich neben ihn, legte ihm eine Hand auf den Oberarm.

»Verzeih mir. Bitte!«

Steif und starr fühlte er sich an. Nicken tat er. »Schon gut.« Aber ihr eigenes Unglück hatte sie rücksichtslos gemacht. Peter konnte sie nicht haben. Und Geoffrey wollte sie nicht. Blindwütig um sich schlagen und den Falschen treffen. Wie dumm!

* * *

Geoffrey fiel im Morgengrauen.

Um 4.45 Uhr zerriss der erste Schuss die Stille der Nacht. Knapp dreihundert Kavalleristen, Fußsoldaten und Polizisten griffen die Palisaden von drei Seiten aus an. Sie benötigten noch nicht einmal die gesamte Truppe. Jeder, der seine Kameraden hinter den Barrikaden wusste, griff zur Waffe, um Minuten später zur Stelle zu sein.

»Pass auf dich auf, Geoff«, brüllte Beatrice ihm hinterher.

Eine wegwerfende Handbewegung, ein zuversichtliches Lächeln, dann verschwand er, das Gewehr über der Schulter, im Strom der League-Männer.

Beatrice blieb mit ihren Arbeitern zurück. Der Morgen war kühl. Sie zog den Mantel eng um die Schultern, marschierte gesenkten Hauptes vor ihrem Häuschen auf und ab, zuckte zusammen, wann immer sich neue Schüsse hören ließen, und betete. Betete für Peter, betete für Geoffrey. Und nur sehr wenig für Demokratie und Freiheit.

Fünfzehn Minuten später, die Sonne hatte kaum den Himmel erobert, war alles vorbei. Rund um die Stockade brannten Zelte und Hütten, die Palisaden waren dem Erdboden gleichgemacht, das »Southern Cross« war heruntergerissen und angesteckt. Rauchwolken verdunkelten den Himmel.

Mit Entsetzen sah Beatrice die lange Reihe der Gefangenen in Ketten auf das Camp des Gold Commissioners zustreben. Von 114 Mann war die Rede. Mit ängstlichen Blicken suchte sie nach Peter, nach Geoffrey. Nein. Aufatmen, keiner der beiden war unter ihnen.

»Zweiundzwanzig Männer tot!«, schrie ein Jüngling.

Geoffrey.

Achtzehn Bajonettstiche zählte man in seinem Leib. Achtzehn!

Welche Wut! Woher nimmt ein Mensch solche Wut, noch und noch mal zuzustechen? Wut? O nein. Welch unfassbare Barbarei, welche Brutalität, welches Unglück! Stunden kniete Beatrice neben dem Leichnam. Bis sie sie wegschoben und ihn holten.

Keine Spur von Peter O'Lalor.

Wo war er? Getürmt? Feige davongelaufen?

Keine Schulter. Keiner mehr da. Niemals hatte sich Beatrice einsamer gefühlt.

19

BALLARAT, DEZEMBER 1854 – VERSCHOLLEN

Geoffreys Männer meuterten. Während Beatrices Chinesen weiterarbeiteten, als wäre nichts geschehen, bekam sie die Truppe, die Geoffrey mitgebracht hatte, nicht in den Griff. Sie dehnten ihre Pausen weit über Gebühr aus, schafften im Zeitlupentempo und stellten am Tag nach der Beerdigung der Stockade-Opfer die Arbeit endgültig ein, saßen herum, spielten Karten und warfen Beatrice Blicke zu, die nur bedeuten konnten: »Versuch's doch, lass dir was einfallen, Kleiner.«

Beatrice war viel zu benommen, als dass sie die Kraft hätte aufbringen können, Autorität walten zu lassen. Um die sowieso kaum erträgliche Situation noch zu toppen, kam die Erkenntnis hinzu, dass Geoffrey offenbar mit seinen Plänen schon viel weiter gewesen war, als er es bis zum letzten Tag zugegeben hatte.

Tatsächlich erschien wenige Tage nach der Beisetzung ein Bote, der Benjamin Jones einen Brief überbrachte. Erstaunt öffnete sie das Schreiben und fand eine Ladung zur Testamentseröffnung eines gewissen Geoffrey John Stansfield. Verfasst hatte Geoffrey seinen Letzten Willen an jenem Tag, als Peter zur Errichtung der Eureka Stockade aufgerufen hatte.

Ob er zu diesem Zeitpunkt schon geahnt hatte, wie gefährlich die Sache werden konnte? War es wirklich seine Absicht gewesen, Beatrice um ihre Hand zu bitten? Wie niederschmetternd musste dann ihr Besuch in seinem Zelt angesichts des Auftauchens Peters und ihrer Reaktion auf den anderen Mann gewesen sein? Hätte sie seine Worte am Vorabend der Katastrophe als Antrag werten müssen? Oder hatte Geoffrey lediglich denjenigen Menschen als Erben eingesetzt, der ihm am vertrautesten war? Dieser Gedanke gefiel Beatrice, beruhigte er doch ihr entsetzlich schlechtes Gewissen. Aber im Grunde ihres Herzens musste sie sich letztlich doch schmerzlich eingestehen, dass sie einen schwer verliebten Mann schnöde und geradezu gefühllos hatte abblitzen lassen. Einen Mann, auf den sie sich hatte verlassen können, seit sie gerade den Kinderschuhen entwachsen war.

Wäre es nicht klug gewesen, sein Werben ernst zu nehmen und darauf einzugehen? Klug. Ja! Aber Beatrice wusste trotz all der abgrundtiefen Scham, die sie empfand, dass sie ihn niemals hätte lieben können, wie er es verdient gehabt hätte.

Das hinterlassene Vermögen war nicht von Pappe. Doch was nützte ein noch so gut gefülltes Konto bei der hiesigen Filiale der Bank of England, wenn es nicht gelang, die Arbeiter bei Laune und den Betrieb am Laufen zu halten?

Einen Kumpel hatte Geoffrey in dem extra kuvertierten, persönlichen Schreiben an seinen »guten Freund und Erben Benjamin Jones« erwähnt, den er als vertrauenswürdig und zuverlässig einschätzte. Doch ausgerechnet dieser Curt Woodland erschien Beatrice im Augenblick als Rädelsführer der aufmüpfigen Mannschaft. Konnte sie … sollte sie Geoffreys Einschätzung trauen?

Tagelang dauerte es – und ständig hatte sie den Eindruck, von Woodland belauert zu werden –, bis sie das Gefühl hatte, genügend innere Stabilität wiedererlangt zu haben, um sich mit dem Mann auseinanderzusetzen. Dann endlich bat sie ihn zu einem Gespräch unter vier Augen ins Haus.

»Mr Woodland«, begann sie in dem gelassensten und höflichsten Tonfall, zu dem ihre mühsam verborgene Nervosität sie befähigte. »Sie wissen, dass Geoffrey Stansfield, dieser großartige Mann, dessen Verlust wir alle zu beklagen haben, mich zum Erben seines Vermögens und seiner Schürfrechte eingesetzt hat?«

»Hat sich rumgesprochen, Jones«, erwiderte Woodland verstockt. »Will aber nicht heißen, dass Sie die ganze Mannschaft mitgeerbt haben. Wenn Sie also wollen, dass wir weiterhin für Sie arbeiten, müssen Sie uns vernünftige Konditionen bieten. Wir fordern die Hälfte der Erträge aller Minen.«

Dreist schaute er zu Beatrice herüber, die sich ob der ungeheuerlichen Forderung setzen musste.

»Sie meinen allen Ernstes, die Hälfte aller Funde, die wir in Zukunft tätigen werden?«

»Und derer, die wir in den vergangenen Wochen hier bereits getätigt haben, seit Geoff uns bei Ihnen angeschleppt hat.«

»Seid ihr völlig durchgedreht?«, fuhr Beatrice auf und funkelte ihn wütend an. »Was bringt ihr denn mit? Eure Arbeitskraft. Mehr nicht. Alle Gerätschaften – und Sie können sich kaum vorstellen, was diese Vorleistungen gekostet haben –, alle entrichteten Gebühren für Lizenzen, die gesamte Vorarbeit für ertragreiche Schächte gehen zu meinen Lasten.«

»Tja«, grinste er, »all Ihre teuren Maschinen werden stillstehen, wenn wir die Arbeit einstellen. Wissen Sie, verehrter Mr Jones, wir alle sind nicht um die halbe Welt gereist, um von einer unterdrückenden Herrschaft zur nächsten zu gelangen. Wir sind gekommen, um unser Glück, unser Auskommen und vor allem unsere Selbstbestimmung und Freiheit zu finden. Um uns weiterhin ausbeuten zu lassen, hätten wir auch dort bleiben können, woher wir kamen. Gute Entlohnung für gute Arbeit!

Das will ich für meine Leute und mich. Und zwar nicht nur hier bei Ihnen, sondern auch in Mr Stansfields eigenen Claims. Auch dort arbeitet ein Team, das sehr genau weiß, was es leistet. Und Sie dürfen mich getrost auch für diese Jungs sprechen hören. Was also, Jones, hatten Sie sich denn so gedacht, wie man ein gut eingespieltes Team entlohnen sollte?«

Beatrice war perplex. Jetzt kam dieser schweißstinkende, grobschlächtige Kerl daher und setzte sie derart unter Druck? Aber … war seine Argumentation nicht im Grunde ihre eigene? Hatte sie nicht genau diese Umverteilung von Gütern und Geld schon in London für die Arbeiterschaft erstreiten wollen? Plötzlich wurde ihr bewusst, wie sehr sie inzwischen auf die andere Seite gewechselt war. Kaum schwamm jemand im Wohlstand, vergaß er alle hübschen Ideen von Chancengleichheit. War es nicht so?

Sie räusperte sich, er schaute sie herausfordernd an. »Mr Woodland … ich biete Ihnen an, in Verhandlungen zu treten. Ihre Maximalforderung kenne ich jetzt. Binnen vierundzwanzig Stunden werde ich Ihnen mein Angebot unterbreiten. Einverstanden?«

Sie hielt ihm die Rechte hin.

Ein paar unerträgliche Augenblicke zögerte er. Argwöhnisch war sein Ausdruck.

»Schlagen Sie ein, oder packen Sie Ihre Sachen!«

Beatrice glaubte, ihre eigene Stimme nicht zu erkennen. Donnerwetter, woher dieser ehrfurchtgebietende Tonfall?

Selbstbewusst sah sie ihn an.

Und Woodland nickte. Nahm ihre Hand. So fest, dass sie nur mit Mühe einen Schmerzensschrei unterdrücken konnte. Mit aller Kraft griff auch sie zu, schüttelte, biss sich auf die Zähne, ließ nicht locker.

»Morgen um dieselbe Stunde. Und jetzt an die Arbeit mit den Männern. Wir werden uns einigen, sofern ich binnen

Tagesfrist keine Faulenzer mehr dort draußen sehe, sondern arbeitende Kerle. Es ist eure Entscheidung.«

Woodland ließ los. Beatrices Hand sank kraftlos herab. Zerquetscht im Schraubstock seiner Pranke. Aber das bekam er schon nicht mehr mit, denn da hatte er bereits seinen Hut aufgesetzt und eilends das Haus verlassen.

Draußen hörte sie ihn die Leute zusammenpfeifen.

* * *

Beatrice verhandelte hart und zäh. Schließlich einigten sie sich bei einem Anteil von fünfzehn Prozent für alles, was nach dem Übergang des Eigentums an Geoffreys Minen aus diesen gefördert werden würde, und auf einen zwölfprozentigen Obolus aus Beatrices Anlagen. Beide Seiten waren zufrieden und die Arbeit ging von Stund an wieder ihren geregelten Gang. Im selben Zuge beschloss Beatrice, ihre eigenen Männer nicht hintanstehen zu lassen, und bot den Chinesen dieselben Bedingungen an. Überdies wurde sie beim Zimmerer vorstellig und veranlasste den Bau dreier weiterer fester Unterkünfte, um jedem Mann ein festes Dach über dem Kopf bieten zu können. Damit wurde sie im Ballarat-Gebiet nicht nur zum größten, sondern auch zum geschätztesten privaten Arbeitgeber. Glücklose oder frisch eingetroffene Digger standen Schlange bei Woodland, um einen Job zu ergattern, und sie hatte den Eindruck, dass er das Ganze vorzüglich verwaltete.

Danke, Geoffrey, mein armer, guter Freund, dachte sie. Dein Rat ist selbst nach deinem Tod noch unbezahlbar.

Das Existenzielle war fürs Erste geregelt und Beatrice war außerordentlich zufrieden mit dem Ergebnis der Verhandlungen. Immerhin war es ihr zum ersten Mal wirklich gelungen, einzig kraft ihrer selbst als Autorität wahrgenommen worden zu sein. Doch die Frage, über welche sie sich intensiv nachzudenken tagelang hatte verbieten müssen, war die quälendste. Wo steckte Peter? Man hatte ihn nicht festgenommen. Er war weder unter den Toten noch unter den Verletzten gewesen. Curt Woodland, den sie fragte, gab vor, nichts zu wissen, aber sie traute seiner ausweichenden Antwort nicht recht.

»O'Lalor ist weder tot noch gefangen genommen, stimmt's, Curt?«, hakte sie nach. Er schüttelte nickend den Kopf. Merkwürdige Bewegung.

»Himmel, Mann, ich stehe auf der Seite der League und bin mit Peter befreundet. Meine Waffen habe ich ins Camp geschleppt, um den Leuten zu helfen.«

»Das ist mir durchaus bekannt. Aber Sie waren nicht dabei. Wären Sie so gut mit ihm befreundet, wie Sie behaupten, dann wären Sie besser informiert .... Ich weiß nicht, ob ich Ihnen etwas erzählen sollte. Immerhin gehören Sie zu denen, die noch immer über all ihre Lizenzen verfügen. Das ist ein schlechtes Zeichen.«

»Richtig! Aber das tat Geoffrey auch. Ist das etwa in Ihren Augen ein Ausschlusskriterium bezüglich der Vertrauenswürdigkeit, Curt?«

»Njein.«

»Aha. Was also treibt Sie an, mir nichts verraten zu wollen? Vertrauen Sie mir denn gar nicht?«

»Njein.«

»Curt«, brauste Beatrice auf. »Sie machen mich wahnsinnig. Bitte geben Sie mir wenigstens Auskunft, ob er lebt.«

Curt Woodland nickte und beobachtete genau, wie sie reagierte. Beatrice spürte, wie sich ihre verkrampft besorgte Haltung mit seinem Nicken entspannte. »Gott sei Dank!«, entfuhr ihr ein erleichterter Seufzer. »Wo auch immer er ist, ich hoffe inständig, dass er gesund ist.«

»Wird!«, sagte Curt schlicht und wieder spürte sie seinen lauernden Blick auf sich ruhen.

Vorbei war es mit der Entspannung. Sie schob die Schultern ruckartig vor, rang die Hände. »Bitte … Curt … hören Sie auf, mich so zu quälen! Was ist mit ihm?«

Mit gelangweiltem Gesichtsausdruck sah er sie an. Beatrice spürte Tränen in ihre Augen schießen, wandte sich halb von ihm ab, wischte mit dem Handrücken über die Wangen. Vergeblich. Die Ströme waren nicht mehr zu bremsen. Das sollte er nicht sehen. Sie setzte sich in Bewegung und ging. Lief im nächsten Augenblick. Dann rannte sie. Den Wall hinauf, der sich wie ein Ring um die Ebene des Minenfeldes legte und nur dort einen Einschnitt aufwies, wo die Straße nach Melbourne Raum beanspruchte.

Völlig außer Atem stoppte sie erst, als sie das Plateau erreicht hatte, von wo aus sie auf der einen Seite ganz Ballarat überschauen, auf der anderen in graugrünes Nichts blicken konnte. Was hätte sie jetzt gegeben für eine Landschaft, die so beruhigend und erbaulich war wie die sanften Hügel der Cotswolds mit ihren grünen Wiesen, dunklen Wäldern und stillen Seen! Zum ersten Mal seit ihrer Ankunft schmerzte das Herz vor Heimweh. Eine Emotion, die sie bisher gebannt hatte hinter einer hohen Mauer aus harter Arbeit und Kampf um … ja, um was eigentlich? Lohnte es sich, alles zu verleugnen, was das Leben ausmachte? Für Gold, Anerkennung und eine politische Neuordnung in einer fremden Welt, von der noch keiner wissen konnte, ob sie überhaupt zustande käme, und selbst wenn, ob sie dann wirklich in schöne neue Zeiten führte? Wo waren die Momente der Freude? Wo war Liebe? War dieses Leben überhaupt noch lebenswert?

Ein Freund lag sechs Fuß unter dem grau verdorrten Gras des baumlosen Friedhofes. Einer war wer weiß wo, wer weiß in welchem Zustand. Allein. Immer nur allein würde sie sein. War das erstrebenswert? Was nützte der Wohlstand? Wollte sie das? Immer, immer weiter bis an ihr einsames Ende?

»Nein!«, brüllte sie dem verstaubten, dürren Eukalyptuswäldchen da unten in der Ebene entgegen. »Nein und nochmals nein!«

»Was brüllst du so, Jones?«

Beatrice fuhr herum. Mit verlegenem Gesichtsausdruck stand Woodland hinter ihr.

»Ich habe die Schnauze voll, Curt! Ich habe keine Lust mehr, alle zu verlieren, die mir wert und teuer sind in diesem Scheißland. Ich habe keine Kraft mehr, denn niemanden an seiner Seite zu haben, der einem traut und dem man trauen kann, geht über meine Kräfte.«

»Mir kannst du trauen!«, sagte er in festem Ton, und Beatrice realisierte einen Zug in seinem Gesicht, der für sie neu und ungewohnt war. Freundlich, friedlich und geradeheraus.

»Und du, Curt? Traust du mir?«

»Ja.«

Woodland griff sie beim Ellenbogen und zog sie neben sich hinunter ins graue, hartstängelige Gras. Er holte einen Beutel mit Kautabak aus der Westentasche und bot ihr davon an. Beatrice schüttelte den Kopf, aber sie dankte ihm. Es war das Angebot, Frieden zu schließen, und sie würdigte es entsprechend.

»Wenn schon Tabak, dann rauchen wir ihn, Curt.«

»Habe ich auch.«

Ein Pfeifchen mit winzigem Kopf, ein paar Krümel aus ledernem Beutel. Er setzte es in Brand, sog einmal daran. Es knisterte. Er hielt es ihr hin. Vorsichtig nahm sie einen Zug. Hustete. Er lachte. »Ungeübt, was?« Sie nickte, probierte es erneut. Vorsichtig. Okay. »Jetzt du.« Erfahren. Man sah es.

Stumm saßen sie eine Weile nebeneinander. »Woher kommst du, Curt?«

»Schottland. Mir geht es nicht viel anders als dir. Glaubst du, ich liebte dieses Land? Kann man es lieben, wenn man aus Schottland stammt?«

»Kann man es zu seiner Heimat machen, kann man sein Herz an dieses Australien verlieren, wenn man im lieblichsten Teil Englands aufgewachsen ist?«

»Vielleicht ist Heimat da, wo Freunde sind, Familie …, Jones?«

»Haben wir Freunde? Haben wir Familie?«

Er sah sie von der Seite an. »Einen Freund hat jeder von uns. Besser als nichts.«

»Seit einer halben Stunde. Ich habe gefürchtet, du wolltest mich fertigmachen.«

»Und ich habe gefürchtet, du wolltest uns auspressen wie Zitronen. Bis jedes bisschen Saft aus uns gewichen ist. Das hatte ich, danke schön, da, wo meine Heimat ist.«

»Muss Freiheit stets mit Verlust verbunden sein?«

»Es gibt im Leben nichts umsonst, Ben.«

Stille. Nachdenken.

»Was ist mit Peter?«

»Versteckt. Gut versteckt. Es hat ihn arg erwischt. Du wirst ihn nicht mehr im Ganzen antreffen.«

»Bitte?«

»Sie haben ihm einen Arm amputieren müssen.« Er zeigte auf seine Schulter und machte eine Grimasse zu einer säbelnden Bewegung.

»Mein Gott!«

»Es hätte schlimmer kommen können. Denk an Geoff. Schürfen wird er nie mehr können. Aber er ist schließlich gebildet. Vielleicht kann er damit was anfangen.«

»Ich will zu ihm!«

»Dachte ich mir. Wir müssen vorsichtig sein. Sehr. Sie suchen ihn. Wundern würd's mich nicht, wenn sie Kopfgelder für die Revolutionsführer, wie sie sie nennen, aussetzten. In Melbourne hat die Regierung die Bürger dazu aufgerufen,

Freiwillige im Kampf gegen die Digger zu stellen. Sie behaupten, wir wollten Melbourne stürmen.«

»Dass ich nicht lache. Mit Picken und Stangen, oder wie? Was sagt die Bevölkerung? Glaubt die den Unfug?«

»Die Zeitungen sind seltsamerweise auf unserer Seite. Anscheinend gab es genug vertrauenswürdige Augenzeugen, die berichtet haben, was wirklich passiert ist. Das Establishment verdreht doch alle Tatsachen. Aber ich denke, die Menschen sind nicht blöde.«

»Solche Volksverdummung funktioniert in festgefügten Strukturen, wo es niemand wagt, das, was schon immer so war, auf den Prüfstein der Fortentwicklung zu stellen. Das klappt im Mutterland. Aber schau, die Amerikaner haben sich auch ihre Unabhängigkeit erkämpft und es funktioniert. Warum sollten wir das nicht auch schaffen?«

Curt lachte.

»Was lachst du?«

»Du hast ›wir‹ gesagt, Jones. ›Wir‹, das sind alle, die Australien zu ihrer Heimat machen und eine ganz neue, moderne Staatsform aufbauen werden. Und wenn du ›wir‹ sagst, bist du einer von uns. Dann bist du vielleicht manchmal wehmütig, wenn es dir schlecht geht. Aber dann hast du hinter dir gelassen, was einmal deine Heimat war, und bist doch angekommen. Merkst du es nicht?«

Beatrice legte ihm eine Hand auf den Arm. »Ich hatte meine Zweifel. Aber Geoffrey hatte recht. Du bist doch ein Guter! Ich danke dir, dass du mir gefolgt bist. Wer weiß … vielleicht hätte ich mich sonst mit meinem Gürtel an den Eukalyptus da vorne geknüpft. Hier, nimm die Pfeife. Ich werd's mir nicht angewöhnen, aber sie hat's besiegelt.«

Curt schob ihre Hand zurück und grinste gutmütig. »Behalt sie. Als Andenken an die Erinnerung.«

* * *

Zwei Tage später schlich sie im Schutz der Dunkelheit an Curts Seite durch die verwahrlosten Gassen von Ballarats Chinesenviertel. Hier wurde augenfällig, was ihr bereits beim Erstehen der ersten Schürflizenz im Commissioner-Camp geschwant hatte: Keiner wollte sie, die Asiaten. In die hinterste Ecke hatte man sie gedrängt, ließ ihnen nicht Raum noch Luft, grenzte sie nach Kräften aus.

Stundenlange Wolkenbrüche am Nachmittag hatten hier einen derartigen Matsch verursacht, dass Beatrice knöcheltief einsank. Offenbar kippte man Abwasser und Exkremente einfach auf die Straße. Es sah danach aus und es stank hundserbärmlich. Stumm stieß sie Woodland an, wies sie auf den Dreck, rümpfte die Nase.

»Ja«, flüsterte er, »da siehst du mal, wohin unsere Gelder beispielsweise fließen sollten. Sicher nicht in teure Weine, Weiber und frische Austern, wie es oben auf dem Hügel an der Tagesordnung ist. Wir sind übrigens da.«

Sie standen vor einer windschiefen, niedrigen Holzbaracke mit Fensterchen, klein wie Schießscharten. Kein Laut, kein Lichtschein drangen aus dem Haus. Curt klopfte einen ausgefallenen Rhythmus an die Tür, die einmal grün bemalt gewesen sein musste. Im Inneren blieb es düster, sie warteten eine ganze Weile, zwei Augenpaare gespannt auf die abblätternde Farbe geheftet.

Endlich wurde einen Spaltbreit geöffnet, eine dünne weibliche Stimme fragte nach dem Passwort. »Amen«, sagte Curt. Zwei Hände griffen nach ihnen, zogen sie ins Dunkel.

Misstrauisch wurde Beatrice im Schein eines Handleuchters beäugt. »Das ist Benjamin Jones, ein guter Freund O'Lalors. Ich lege meine Hand für ihn ins Feuer«, erklärte Curt der winzigen Frau im schlichten grauen Kittel.

Beatrice stellte ihre gegeneinandergelegten Handflächen vor der Brust auf, neigte den Kopf, murmelte leise eine höfliche

Begrüßung in chinesischer Sprache. Sofort tat die Asiatin es ihr nach, und als sie den Kopf wieder hob, war ihr zuvor so misstrauischer Blick freundlicher Höflichkeit gewichen.

»Kommt!«, sagte die Chinesin und bedeutete ihnen, ihr zu folgen. Es ging auf gestampftem Lehmboden durch einen schmalen Flur, von dort durch die rückwärtige Tür ein paar Schritte über einen kleinen Hinterhof in eine Art Schuppen oder Scheune, vollgestellt mit allerlei Gerätschaften und einem hohen, mit einer braunen Plane bedeckten Leiterwagen. Sie wies die Ladebordwände hinauf.

»Ich lasse euch mit ihm allein«, wisperte sie, stellte den Leuchter auf den Boden, verneigte sich abermals und verschwand.

Beatrice schaute Curt entsetzt an. »Da?«

Er nickte, kletterte über ein Rad nach oben, schlug die Abdeckung ein Stückchen zurück, raunte: »Peter. Ich bin es. Keine Sorge!«

Im nächsten Moment erschien O'Lalors wirrer dunkelblonder Schopf über dem Rand des Wagens.

»Holla! Hätte ich geahnt, dass du Besuch mitbringst, hätte ich mich gekämmt«, grinste er.

»Peter! Wie geht es dir?«, presste Beatrice hervor.

»Wie es einem einarmigen Banditen in einem wurmstichigen Ackerwagen so gehen kann. Schön, dass ihr da seid. Langweilig ist es hier, sage ich euch.«

»Und … dein Arm?«, fragte Beatrice verlegen. Sie konnte den Blick nicht von dem lose herabbaumelnden Hemdsärmel abwenden.

Peter reckte die Rechte empor. »Wunderbar! Aufs ›Southern Cross‹ schwören und gegebenenfalls die Faust gegen seine Feinde erheben kann ich noch.«

Was war das? Fatalismus? Es zerriss ihr beinahe das Herz, ihn so zu sehen, und er machte Scherze. »Wie heilt es? Hast du große Schmerzen?«

»Ja, manchmal im kleinen Finger der Linken«, behauptete er zwinkernd, doch dann wurde er ernst. »Man soll sich wundern, aber sauber chirurgisch abgetrennte Gliedmaßen machen anscheinend weniger Ärger bei der Heilung als zusammengeflicktes Fleisch. Die beiden Doktoren, die mir die zerfledderten Reste abgenommen haben, sind jedenfalls ausgesprochen zufrieden. Ein paar Wochen wird es noch dauern, bis ich wieder fit bin, aber man pflegt mich gut.« Er hielt kurz inne, schaute mit bedeutungsschwerem Blick auf sie herunter. »Es war übrigens deine Waffe, Benjamin, die noch schlimmeres Unheil verhindert hat. Sie hat mir das Leben gerettet. Vier Bajonettstiche habe ich ertragen, versuchte, meinen Gegner mit Worten zu besänftigen, doch es war einfach nicht mit ihm zu reden, und bei so viel Uneinsichtigkeit musste ich dann doch zum Äußersten greifen. Tut mir leid, war ein schmucker Junge.«

»Das warst du auch mal, Peter«, schaltete sich Woodland dazwischen. »Um dich tut's mir mehr leid als um den Kolonialistenbengel. Dem war doch nicht mehr mit Vernunft beizukommen, so wild war der aufs Töten.«

»Er war jung, Curt. Und stand offenbar unter ganz schlechtem Einfluss. Du kannst mir schon glauben, dass ich das nicht gern getan habe. Ich versuche, mein Gewissen mit dem festen Glauben an eine unausweichliche Notwehrsituation zu beruhigen. Doch es gelingt mir nicht sehr gut. Im Grunde schmerzt das Bewusstsein, einen jungen Mann, fast noch ein Kind, umgebracht zu haben, viel mehr als die Wunde.«

»Peter, du bist ein unverbesserlicher Gutmensch!«, murrte Woodland.

»Nichts anderes hätte ich von ihm erwartet, Curt«, verteidigte Beatrice O'Lalors Ansichten. »Wenn er ein mordlustiges Monster wäre, würde ich Peter nicht meinen Freund nennen.«

»Du nennst mich ja auch deinen Freund, und ich hätte gewiss nicht Peters Geduld aufgebracht, sondern früher gehandelt, um meine Haut zu retten. Übrigens sogar, um seine zu retten. Aber leider hatte ich es zeitgleich mit vier Männern zu tun und konnte ihm nicht zu Hilfe eilen. Ich hätte nur allzu gern noch weiter aufgeräumt, wenn man uns nicht das ganze Lager angesteckt hätte.«

Beatrice schwieg und sah zu Peter hinauf. Der hatte die Hand auf der Bordwand des Wagens abgestützt und schüttelte vehement den Kopf. »Nicht doch, Curt! Das Ziel der League war weder Blutvergießen noch Anarchie. Die Palisaden waren nicht als Festung gegen einen militärischen Angriff geplant, sondern vordringlich zu dem Zweck, die Männer in einem halbwegs geschützten, uneinsehbaren Raum zusammenzuhalten. Wir hätten doch von uns aus niemals angegriffen. Ich bin sicher, das war den Leuten im Commissioner-Camp genauso klar wie dem Gouverneur, und genau dieser Umstand macht den brutalen Überfall mit all seinen unnötigen Opfern ja gerade so perfide. Glaubt mir, ich werde auch weiterhin auf die Kraft des Wortes setzen und es in jedem Falle mit Diplomatie versuchen.«

»Oh, mein Lieber«, ätzte Curt, »du kannst derzeit auf gar nichts mehr setzen, denn auf das Ausliefern deiner Person steht inzwischen ein Kopfgeld von zweihundert Pfund. Ein hübsches Sümmchen, das sich der eine oder andere sicherlich gern verdienen würde. Humffray ist weiß der liebe Herrgott wo, die League ist quasi führerlos. Was glaubst du, wie weit der gemeinsame Idealismus trägt? Irgendwann ist den Leuten das Hemd näher als die Hose.«

»Ich weiß«, seufzte Peter und zuckte die rechte Schulter. »Lange werde ich mich nicht mehr verborgen halten können.

Ich bin es den Männern schuldig, so schnell wie irgend möglich zurückzukehren.«

»Dieses ›wie möglich‹ sollte sich aber wirklich nach deinem Gesundheitszustand richten«, mahnte Beatrice. »Vielleicht entspannt sich die Lage bald, und du musst gar keine Angst mehr haben, in der Öffentlichkeit aufzutauchen. Ich bitte dich nur, kurier dich so gut es geht aus und übertreib's nicht.«

Peter schickte Curt ein Grinsen hinunter. »Er redet wie meine Mutter früher. Macht er das mit dir auch?«

»Nein. Mir hat er erst mal den stinkreichen Lizenzinhaber gezeigt, der mit harten Bandagen verhandelt, aber …«, jetzt klopfte Woodland Benjamin so kräftig auf die Schulter, dass er zusammenzuckte, »inzwischen kommen wir gut miteinander aus. Man muss ihn nur zu nehmen wissen, stimmt's, Ben?«

Beatrice schob ihren Hut ein bisschen aus der Stirn, setzte ihren lässigsten Gesichtsausdruck auf und schlug Curt so kernig zwischen die Schulterblätter, dass er husten musste. »Stimmt, Kumpel.«

Über Peters Züge glitt ein amüsiertes Lächeln. »Ja, Curt, er ist ein etwas wunderliches Tierchen. Apropos, Benjamin, du wunderliches Tierchen, auch du kannst mich ruhig wieder mal besuchen kommen und mir etwas die Zeit vertreiben, sofern dir meine derzeitigen Wohnverhältnisse nicht gegen jeden kultivierten Anspruch gehen. Vielleicht backst du mir ja einen Kuchen … wie meine Mutter früher.«

Curt begriff gar nichts. Beatrice hingegen vergnügte sich königlich, ohne sich etwas anmerken zu lassen. Im Grunde stieß ihn Peter geradezu mit der Nase drauf, dass mit ihrer Identität etwas nicht stimmte. Oder sollte es ein Test sein? Einerlei. Sie würde einen Kuchen backen. Und das nächste Mal würde sie allein kommen!

* * *

Es war der Weihnachtstag, als sie ihr Vorhaben in die Tat umsetzte. Einen Korb mit schmackhaften Leckerbissen überm Arm, bog Beatrice bei Einbruch der Dämmerung in die schmalen Sträßchen des Chinesengettos ein. Trotz der Tageszeit musste sie immer wieder nach ihrem Taschentuch greifen, um sich den Schweiß von der Stirn zu wischen. Die Hitze brütete noch immer, hatte sich zwischen den eng zusammenstehenden Hütten verfangen. Die Gassen lagen wie ausgestorben, dennoch blickte sie sich immer wieder sichernd um, ob ihr irgendjemand folgte.

Die ganze Landschaft war längst hochsommerlich graubraun verdorrt, und Beatrice hatte Mühe, auch nur den leisesten Anflug von Weihnachtsstimmung zu empfinden. Seit einer Woche ging zudem ein kräftiger Wind, der zwar die Hitze am Tag erträglicher machte, aber die Erde umso mehr austrocknete und dichte Staubwolken vor sich her wirbelte. Ständig hatte man das Gefühl von knirschendem Sand zwischen den Zähnen, und Beatrice hatte sich angewöhnt, bei der Arbeit ein Tuch vor den Mund zu binden. In der Mitte und im Südwesten des Kontinents wüteten bereits die ersten Buschbrände und auch in Victoria mischte sich der übliche Qualm der Feuerstätten mit dem brandigen Geruch verkohlter Erde.

Ihre Gedanken schweiften zurück zu dem letzten Gespräch, das sie mit Geoffrey geführt hatte. Graubraun. So hatte er also damals englische Weihnachten empfunden. Ihm hatte kein Glitzern, keine anheimelnde Wärme die Feiertage zu Höhepunkten des Jahres gemacht. Ähnlich musste es auch den anderen Hausangestellten gegangen sein. Beatrice schämte sich jetzt noch, vor lauter intensiver Beschäftigung mit den großen sozialen Problemen der Millionenmetropole London den Blick auf die Menschen in ihrer unmittelbaren Umgebung versäumt zu haben.

Eine grau getigerte Katze huschte vor ihr durch den Staub. Drei, vier schnellere Herzschläge. Was tue ich hier? Traumverloren durch diese Gegend? Bin ich völlig verrückt geworden? Wieder ein rasches Umblicken, nein, keine Menschenseele. Nie konnte man sicher sein, nicht an jeder Ecke plötzlich auf Polizeikontrollen zu treffen. Sie waren überall, erschienen wie aus dem Nichts, überprüften, wohin man ging, woher man kam, verlangten Ausweispapiere und Lizenzen einzusehen, stellten merkwürdige Fragen. Ballarat hatte sich seit den Vorfällen um die Stockade verändert. Eine Atmosphäre von Misstrauen lag wie ein undurchdringlicher Nebel über dem Ort. Überall wimmelte es jetzt von Spitzeln, die sich unter die Digger mischten und versuchten, Beweise für den Hochverrat der dreizehn inhaftierten League-Männer zu sammeln. Die Spione hatten kein leichtes Spiel, denn die Goldschürfer hielten zusammen und waren auf der Hut.

Immerhin war der Versuch des Gouverneurs (tagelang Gesprächsthema Nummer eins auf den Goldfeldern), die Bewohner Melbournes wenigstens zu einer Loyalitätskundgebung für die Krone zu aktivieren, kläglich gescheitert. Jeder halbwegs vernünftig denkende Bürger hatte längst erkannt, wer die wahre Schuld am Eureka-Stockade-Drama trug, und verweigerte seine bedingungslose Gefolgschaft. Die politische Stimmung in Victoria war endgültig gekippt, und bei den Diggern keimte Hoffnung, dass die Gefangenen, welche man inzwischen nach Melbourne zum Prozess überstellt hatte, mit einem blauen Auge davonkommen würden. Allgemein ging man vorsichtig optimistisch davon aus, dass es sich die Justiz nicht würde leisten können, vollständig entgegen dem Volkswillen und der absolut unzulänglichen Indizienbeweiskette zu urteilen. Allzu groß war die Gefahr geworden, eine übergreifende, flächendeckende Revolution zu provozieren. Das würden sie nicht wagen!

Endlich stand Beatrice vor dem Häuschen, in dessen Hinterhof sie Peter wusste. Curt hatte ihr das neue Klopfzeichen eingeschärft und das aktuelle Passwort verraten. Beides war inzwischen sicherheitshalber mehrfach geändert worden. Wieder öffnete ihr die zarte Chinesin, wieder begrüßte Beatrice sie mit einer Höflichkeitsfloskel in ihrer Sprache. Dieses Mal kam sogar ein kleines Gespräch zustande, und die Asiatin zeigte sich angetan von Beatrices Kenntnissen. Wieder wurde sie in die Hinterhofscheune gelotst.

Heute jedoch verbarg sich Peter nicht mehr unter der Plane des Ackerwagens, sondern saß, ein Buch in der Hand, lesend auf einem Dreibeinhocker davor. Unbemerkt wie ein Geist verschwand die Chinesin. Als Beatrice ihr danken wollte, sah sie sich schon mit Peter allein. Er stand auf, reichte ihr förmlich die Hand. Ganz gut sah er aus. Das Haar schien frisch geschnitten, der Bart akkurat gestutzt, seine Kleidung war sauber. Gewicht hatte er verloren. Blass war er immer noch. Aber sie schätzte, dass er durchaus auf dem Wege der Besserung war.

»Frohe Weihnachten, Peter! Ich habe dir ein paar Kleinigkeiten zur Bescherung mitgebracht. Leider kann ich nicht mit Schnee, Kälte und knisterndem Kamin dienen … alles, was in Australien zur Weihnachtszeit knistert, sind die Buschfeuer. Meine Güte, stickig heiß hast du es hier aber auch.«

»Erst wenn es vollständig dunkel geworden ist, können wir vor die Tür treten und Luft hereinlassen«, erwiderte er entschuldigend. »Aber ein wenig müssen wir uns noch gedulden und weiterschwitzen. Bitte, nimm Platz. Ich habe nur dieses eine Höckerchen, aber es genügt ja auch in aller Regel, denn Besuch bekomme ich immer seltener.«

Beatrice wollte abwehren. »Bleib du nur sitzen. Du bist der Patient!« Aber Peter hatte sich schon im Schneidersitz auf dem Lehmboden niedergelassen.

»Es ist alles bestens verheilt. Sieht ein wenig aus wie ein altes, geflicktes Ledersofa, aber es macht keine großen Probleme mehr. Spätestens wenn das neue Jahr angebrochen ist, will ich versuchen, eine etwas menschenwürdigere Bleibe zu finden.«

»Ich würde dir allzu gern anbieten, bei mir unterzuschlüpfen, aber ich fürchte, mitten in den Goldfeldern wärst du zu sehr auf dem Präsentierteller. Schließlich wirst du noch immer gesucht.«

»Ich weiß. Aber ich kann mich nicht bis ans Ende meiner Tage verstecken. Vielleicht sollte ich ja denselben Trick anwenden, mit dem du schon so lange durch die Welt kommst.«

Beatrice lachte. »Eine einarmige bärtige Lady! Nein, ich fürchte, so herum funktioniert das nicht. Doch jetzt lass uns meinen Plumpudding anschneiden. Ich habe leider weder Kalbsnierenfett noch Orangeat auftreiben können, stattdessen Rosinen und Korinthen verwendet und in Ermangelung von Rum einfach Whisky hineingegeben, aber warum sollte er nicht auch mit Butter gebacken ein bisschen wie englische Weihnachten schmecken? Die Bäckersfrau hat ihn für mich in ihren Ofen geschoben. Aussehen tut er gut, ich bin gespannt.«

Beatrice breitete eine Wolldecke auf dem Boden aus, kniete sich Peter gegenüber darauf, richtete alles Mitgebrachte samt Geschirr und Besteck darauf an, als würde sie eine Tafel decken, goss roten Wein in zwei Gläser, zündete eine Kerze an, schnitt vorsichtig den Kuchen an. »Durch ist er. Und schnupper mal, wie er duftet!« Sie reichte ihm einen Teller.

Peter brach ein Stück ab, biss herzhaft hinein. »Großartig, Beatrice! Auf die verrückte Idee mit dem Nierenfett konnten ja auch nur die Engländer kommen. Wir Iren nehmen immer schon Butter, Rosinen und Whisky für unseren Weihnachtskuchen. Insofern … mmmh, du hast einen lupenreinen irischen Kuchen gebacken, meine Liebe! Was für ein Genuss! Weißt du, ich bin zwar sehr dankbar, hier auch verköstigt zu werden, aber ich kann den ewigen Reis langsam nicht mehr sehen.«

Sie saßen stumm und aßen. Hin und wieder ein einvernehmlicher Blick, ein Lächeln. Niemand störte ihre stille Einigkeit. Das letzte Tageslicht verging, allein das Kerzlein verströmte noch sein mildes, gelbes Licht, erfüllte die stickige Luft mit Bienenduft. Wenn sie ein wenig Fantasie walten ließen – und sie bemühten sich beide zum ersten Mal, dem Zauber der Fantasie keine Grenzen entgegenzusetzen –, konnten sie durchaus den Frieden, ja, das Besondere der Weihnachtsnacht spüren. Hier und heute war kein Platz für Schauspiel, war nicht die Zeit, sich zu verbergen. Hier waren nur ein Mann und eine Frau, die voneinander sehr genau wussten, wie sie wirklich zueinander standen.

Irgendwann durchbrach Beatrice die Stille und begann leise und ohne Hast zu erzählen. Zuerst von den herrlichen Weihnachtsfeiern ihrer Kindheit draußen auf Greenfield Manor, dann von all den Sorgen und Ängsten, die sie täglich umtrieben, seit sie beide die »Goddess of Dawn« verlassen hatten. Sie sparte nicht aus, wie schwer es ihr zunehmend fiel, ihrer Männerrolle gerecht zu werden, wie sehr sie sich ein normales Leben als Frau wünschte. Offen und ehrlich gestand sie ihm, wie gern sie dieses Leben mit ihm teilen würde, und seltsamerweise hörte er nur zu, schob nicht sofort seine Familie im fernen England vor ihre Geständnisse wie einen unverrückbaren schweren Riegel.

Es muss die Stunde vor Mitternacht gewesen sein, als Peter ihr die Rechte reichte, sie vor die Tür führte. Den Arm um ihre Schultern gelegt, betrachteten sie den nachtblauen Sternenhimmel. Beatrice schmiegte den Kopf an seine Schulter und spürte einen sachten Druck seiner Hand. Heute wich er nicht zurück. Heute erwiderte er ihre Annäherung.

So leise war seine Stimme, dass sie mehr fühlte denn hörte, was er sprach.

»Beatrice, meine Liebste, allzu gern möchte ich einmal, wenigstens dieses eine Mal, weder im Gestern noch im Morgen, sondern im Heute leben. All die Ängste um die Zukunft, die wir teilen, all die Bindungen, die uns das Gestern aufgibt … wollen wir sie ein einziges Mal für ein paar Stunden in den Schatten verbannen, auf dass wir ein wenig Licht in unsere Herzen lassen, ein Licht, das morgen schon gestern, aber vielleicht auf immer unverloschen und unauslöschlich sein wird?«

Beatrice glitt an seine Brust, senkte den Kopf, verbarg die Stirn, drückte die Nase in das Leinen seines Hemdes, schwelgte in leisem Duft von Seife und Mann. Sein Arm umfing sie fest.

»Schau mich an! Wenn du schon nicht antwortest, will ich in deinen Augen lesen, was du denkst«, raunte er.

Millionen Sterne mussten sich in ihren Augen gespiegelt und zu jenem Glühen vereinigt haben, das sie tief in ihrem Herzen spürte.

Peter nickte.

Dann nahm er sie bei der Hand. Verriegelte die windschiefe Tür sorgfältig, half ihr hinauf in sein Versteck, bettete sie zwischen rauen Decken und weichen, fordernden Lippen.

Es gab später nichts mehr, woran sie sich erinnerte, als diesen ersten Kuss, der alles Denken ausgeschaltet, der den Rausch der folgenden Stunden eingeläutet hatte. Nur ein Gefühl der Glückseligkeit blieb. Unauslöschlich.

* * *

Beatrice war nicht mehr dieselbe nach diesem Weihnachtsabend. Schon am nächsten Morgen wusste sie, dass der Trunkenheit ein entsetzlicher Kater folgen würde. Geflüsterte Liebesschwüre würden in der unabänderlichen Realität verwehen wie

Spinnweben im Wind. Dennoch bereute sie keine Sekunde. Diese Stunden, diese Tiefe der Empfindungen konnte nichts und niemand ihr mehr nehmen. Und vielleicht …

Nein, nie wollte sie die Hoffnung aufgeben! Die Hoffnung, dass irgendein Umstand seine Fesseln lösen würde. Ihn für sie, für all die Liebe, die sie ihm so gern gegeben hätte, befreien würde.

Anders als bisher machte sie sich jetzt nicht mehr wöchentlich, sondern täglich auf den Weg zum Postamt. Wohl wissend, dass es eigentlich viel zu früh war, eine Antwort von William erwarten zu können. Inzwischen kamen die Postschiffe schneller, als es noch vor zwei Jahren der Fall gewesen war. Was, wenn doch ein Brief für sie dabei war? Nein, keinen einzigen Tag hätte sie verstreichen lassen wollen ohne ihr neues Ritual, das doch nur immer wieder neue Enttäuschungen brachte und ihr dennoch als einzig erkennbarer Lichtstreif am Horizont galt. Obwohl … was konnte sie schon wissen? Was würde William herausgefunden haben? Womöglich war die Antwort, die sie so ersehnte, am Ende der Todesstoß für all ihre Träume?

Es war bei diesem einen Mal geblieben. Wenige Tage später hatte Peter sein neues Quartier bei einem Gewürz- und Weinhändler namens Thickerford bezogen. Ein Mann, dessen Ruf in den Augen der Obrigkeit untadelig war, dem niemand eine Nähe zur Reform League zugetraut hätte, der sie wahrscheinlich auch nur klammheimlich empfand und bestens zu verschleiern verstand. Wohl aber war Harry Thickerford ein Geschäftspartner von Peters Bruder Patrick, der seit einem knappen Jahr in Melbourne ein Importgeschäft betrieb, und fühlte sich unter dessen Drängen offenbar verpflichtet, jenen Mann zu verstecken, auf den noch immer unverändert ein Kopfgeld ausgesetzt war.

Peters neuer Unterschlupf barg den Vorzug erheblich höherer Bequemlichkeit. Jedoch den Nachteil, dass er mitten im Beamtenviertel Ballarats lag. Niemand konnte ungesehen und unkontrolliert zwischen den herrschaftlichen Villen, die dort auf einem Hügel entstanden waren, umherwandern. Die Polizeipräsenz war allgegenwärtig. Man schützte die »guten Bürger« vor dem Bösen, das wie stinkender Moder aus den Niederungen der Goldfelder quoll, und Beatrice ahnte, es musste ein schönes Stück Arbeit gewesen sein, den Delinquenten in einer Nacht-und-Nebel-Aktion unentdeckt dorthin zu schaffen.

Lediglich kleine Nachrichten konnten sie sich gegenseitig zukommen lassen, die unter höchsten Sicherheitsvorkehrungen hin- und hergebracht wurden. Wenig Persönliches durften sie enthalten, um ja keine direkte Verknüpfung der Urheber herzustellen. Nach einer kurzen Weile wurde es dann noch schwieriger, sich auszutauschen, denn Peter bezog Quartier im fünfundvierzig Meilen entfernten Geelong.

Der Herbst kam. Und mit dem Herbst die Erkenntnis, dass die Weihnachtsnacht nicht ohne Folgen geblieben war.

20

LONDON 2013 – ENTSCHEIDUNGEN

»Bäng!« Faye klatschte in die Hände. »Sie kriegt ein Kind. Fantastisch!«

Ich glaubte, exakt das war es gewesen, worauf sie gehofft hatte. Wie ihre Wangen jetzt glühten und ihre Augen blitzten! »Möchtest du noch Kaffee, Faye?«, fragte ich sie, aber sie wehrte ab.

»Danke, nein. Wie viele Tassen hatte ich schon? Fünf mindestens. Ich habe gar nicht aufgepasst. Aber ich habe das Gefühl, wenn ich jetzt noch mehr Koffein ins Blut kriege, werd ich so kribbelig, dass ich den ganzen Tag nicht mehr runterkomme. Immerhin muss ich spätestens gegen Mittag mit dem Auto nach London zurück und heute Abend geht mein Zug nach Cornwall.«

Schade. So schnell würde ich sie wieder los sein? Während ich Orangensaft aus dem Kühlschrank holte und uns beiden davon eingoss, überschlug ich kurz, welche Stationen aus Beatrices Leben es an dieser Stelle noch zu erzählen gab, und kam zu dem Schluss, dass wir nie und nimmer bis Mittag fertig sein würden.

»Bist du damit einverstanden, dass ich mich jetzt ein wenig kürzer fasse, Faye? Du kannst später jederzeit nachfragen, falls dir beim Aufschreiben noch etwas fehlen sollte, aber ich merke gerade, dass unsere gemeinsame Zeit heute leider zu kurz sein wird, um jede Kleinigkeit bis ins Detail auszuerzählen.«

»Kein Problem«, erwiderte sie. »Um den Artikel fürs Magazin fertigstellen zu können, habe ich allemal genug gehört. Da geht es schließlich vordringlich um dich. Was allerdings die Ausarbeitung zu meinem nächsten Roman angeht … – tja, du hast es dir sicher schon gedacht, aber der Plan dazu ist schon gefasst, wenn du einverstanden bist. Ich werde genug zu tun haben, all das, was du bisher erzählt hast, in einem ersten Entwurf zusammenzuschreiben. Für den Feinschliff baue ich natürlich auf dich. Meine Einladung für deine ganze Familie zu uns nach Cornwall steht sowieso. Ich hoffe, ihr wartet nicht zu lange! Ich würde mich wahnsinnig freuen, wenn ihr bald für ein paar Tage kämt.«

»Timmy wird uns ohnehin keine Ruhe lassen. Der hat heute Nacht schon gequengelt, als ich ihn wieder ins Bett gebracht habe. Ich war schon seit Kindertagen nicht mehr in Cornwall und wollte es schon ewig mal wiedersehen. Wir werden heute Abend gleich mal Familienrat halten und schauen, wie und wann wir das hinkriegen. Und meine Unterstützung für den Roman ist dir ohnehin sicher.«

Faye hielt den Daumen in die Höhe. »Super! Aber jetzt erzähl schnell: Wie hat Beatrice auf die Erkenntnis reagiert, schwanger zu sein?«

»Na, es soll wohl so gewesen sein, dass sie drei Tage lang zwischen Entsetzen und unbändiger Freude schwankte. Margaret hatte ein paar Aufzeichnungen von ihr aus dieser Zeit. Logischerweise war sie völlig uneins mit sich, ob sie in Panik verfallen oder sich freuen sollte. Am Ende entschied sie sich aber definitiv für die Freude. Klar war natürlich in diesem

Moment, dass ihrem Alter Ego Benjamin Jones nun nicht mehr viel Zeit blieb, denn allzu lange würde sich ihr Zustand nicht verbergen lassen.«

»Lass uns rechnen … okay, sie wird ungefähr Ende des dritten Monats gewesen sein, als sie es feststellte. Beim ersten Kind hat man bei mir bis zum sechsten Monat kaum etwas gesehen. Hat mir keiner abgenommen, dass ich mit Phil schwanger war. Dann bin ich plötzlich rundherum explodiert. Beatrice blieben also noch acht, allerhöchstens zwölf Wochen, um alle Angelegenheiten zu ordnen. Puh. Ganz schön knapp.«

»Also für mich wurde es ja schon eine ganze Weile immer deutlicher, dass sie sowieso zunehmend mit der Gesamtsituation und ihrer Männerrolle haderte. Letztlich gab vermutlich die Entdeckung ihrer Schwangerschaft den entscheidenden Schubs, die längst fällige Änderung der Verhältnisse endlich herbeizuführen. Eine Weile rang sie mit sich, ob sie Peter in Kenntnis setzen sollte. Und ließ es bleiben. Zunächst wollte sie ihre eigenen Angelegenheiten regeln. Dann …«

»Oh, komm schon«, fuhr Faye auf, »diese Nummer gibt es doch wieder nur in alten Geschichten. Meinst du, heutzutage würde das noch irgendeine Frau machen? Dem Vater des Kindes kein Sterbenswort sagen, die ganze Schwangerschaft und nachher die Erziehung allein tragen?«

»Vergiss nicht, Peter war verheiratet. Und er hat nie verhehlt, dass er seine Ehe ernst nahm. Ich weiß nicht, ob ein Kind irgendetwas in seiner Einstellung geändert hätte. Außerdem denke ich, viele Frauen würden es heute noch genauso machen.«

»Na prima. Poppen geht immer. Aber nachher dafür geradestehen muss im Zweifelsfall die Frau allein. Nee, das gefällt mir nicht. Wobei … okay, Beatrice hatte wenigstens genug Geld. Aber guck dir an, wie viele alleinerziehende Mütter auch heute noch mit ihren Kids am Existenzminimum vegetieren.«

»Natürlich. Du hast recht. Das würde sich aber nur ändern, wenn Frauen tatsächlich eine Wahl hätten. Nämlich die Wahl zwischen gut bezahlten Jobs und gut bezahlter Arbeit für die Allgemeinheit. Meiner Auffassung nach ist nämlich die Erziehung von Kindern genau das. Was die moderne Gesellschaft draus gemacht hat, ist doch lediglich eine neue Zwangslage für Frauen. Hier und da wird ein bisschen rumgedoktert, da werden vonseiten der Politik Forderungen nach Plätzen in Kindertagesstätten halbgar umgesetzt, weil junge, gut ausgebildete Frauen gefälligst die Doppelbelastung von Kindern, Familie und Ehe mit dem beruflichen Fortkommen zu verknüpfen haben. Ich finde, wer es so möchte, sollte es können. Aber wer es nicht möchte und den eben erwähnten Beitrag zur Bevölkerungsdichte der westlichen Industrienationen leisten will, darf meines Erachtens nicht an den Rand der Gesellschaft gedrängt und schief angeguckt werden.«

»Boah!«, machte Faye. »So habe ich das noch nie wirklich gesehen. Aber da ist was dran. Viel sogar. Genau betrachtet ist die ganze Nummer mit der Emanzipation der Frau ziemlich in die Hose gegangen. Chancengleichheit und wirkliche Augenhöhe gibt es doch auch heute noch nicht wirklich.«

»Gut, dass wir mal drüber geredet haben, nicht?«, stellte ich fest. »Das schreib mal auch schön in deinem Artikel. Ich meine …«, ich hüstelte ein bisschen und grinste sie an, »bin ich nicht ein wirklich schönes Beispiel dafür?«

Faye sah nachdenklich aus.

»Was überlegst du?«, fragte ich.

»Wie ich das einflechte. Und was mein Chef von solch despektierlichen Ansätzen in einem Wirtschaftsmagazin halten wird. Schließlich lesen das Ding doch vorwiegend Männer. Und dann auch noch die, die in höheren Positionen sitzen.«

»Genau die sollten sich darüber mal Gedanken machen. Du wirst das schon untermogeln.«

Faye hielt mir die flache Hand hin und ich gab ihr »Fünf«.

»Jetzt aber wieder zu Beatrice. Die lebte nun mal in voremanzipatorischer Zeit. Schlimmer als im viktorianischen Zeitalter ging es ja kaum. So eingefahren, wie die Werte und Normen zwischen Männern und Frauen damals waren … das war schon besonders heftig, und Beatrice war eben ein Kind ihrer Zeit und handelte wie eines. Sie hat genau gewusst, worauf sie sich eingelassen hatte. Und für mich besteht gar kein Zweifel, dass sie es so wollte.«

Faye raufte sich die Haare. »Gefällt mir trotzdem nicht. Erzähl mir jetzt bitte nicht, dass sie ihr Kind einsam und allein und vor allem ohne Peter aufgezogen hat. Das würde ich nämlich nicht schreiben wollen. Meine Romanleser würden mich hassen für so ein Ende.«

Ich grinste mit dem geheimnistuerischsten Ausdruck, zu dem ich fähig bin. »Deine Leser sind Romantiker? Okay, dann geht das natürlich wahrhaftig nicht. Aber du hast Glück. Beatrices Geschichte ist eine schöne Geschichte. Jetzt ging es natürlich für sie erst mal darum, noch als Benjamin Jones ihre ganze Kohle beiseitezuschaffen. Dann musste sie ihre Lizenzen retten. Ums kurz zu machen: Es ist bekannt, dass sie alle Anrechte zunächst auf Curt Woodland übertrug.«

Faye guckte mich zweifelnd an. »Hat sie dem wirklich so weit getraut? Sie hat sich doch ziemlich mit ihm gefetzt, als es ums Geschäftliche ging. Bei Geoffrey hatte ich keine Sorge, dass er immer hundertprozentig zu ihr stand. Aber bei diesem Curt? Ich hatte nicht den Eindruck, dass er ein wirklich zuverlässiger Freund war. Hat sie den denn eingeweiht?«

»Nein, hat sie nicht. Ich denke aber, Curt war sowieso nicht der Typ Freund, der alles, was sie tat, gut und richtig fand. Aber er erwies sich als loyal. Und das brauchte sie dringender als einen blind folgenden Claqueur. Bedenke bitte, dass sie als Frau weder so ohne Weiteres Land erwerben noch ein Konto eröffnen konnte. Sie musste allerhand bewerkstelligen, um ihre Schäfchen ins Trockene zu bringen.«

»Und? Ist es ihr geglückt?«

»O ja! Da kann ich jetzt durchaus mal ein bisschen vorgreifen, denn sicherlich willst du so genau gar nicht wissen, wie sie sich durch die Instanzen gekämpft hat. Fakt ist, sie schaffte es, kaufte sich in Melbournes schickster Gegend ein Anwesen, das aus gleich vier riesigen Bauplätzen bestand. Dort ließ sie sich mitten hinein ein Haus bauen, das dem Paradies ihrer Mädchenzeit, Greenfield Manor, eins zu eins nachempfunden gewesen sein soll, und verwendete viel Zeit darauf, eine wunderschöne Parkanlage zu konzipieren, damit wenigstens eine gewisse Ähnlichkeit zu der Umgebung in den Cotswolds entstand, die sie so schmerzlich vermisste. Von dort aus wollte sie zukünftig ihre Geschäfte führen, die mit dem Verleih und Verkauf von Maschinen begannen, die sie in England bauen ließ, und später in alle möglichen Himmelsrichtungen und Sparten expandierten. Bis dahin war es aber im Herbst 1854 noch ein langer, harter Weg.«

»Ich finde, schon bis zu diesem Punkt war ihr Weg lang und hart genug«, warf Faye ein. »Du weißt genau, was mich am meisten interessiert, nicht? Was geschah mit Peter? Der konnte doch nicht ewig versteckt bleiben. Hat man ihn irgendwann erwischt und eingebuchtet? Gelang es den Kolonisten, die Leute weiter für dumm zu verkaufen und den in Melbourne einsitzenden Gefangenen die Schuld anzuhängen? Und was, zum Teufel, waren es überhaupt für Antworten, die Beatrice von William so sehnsüchtig erwartete? Du hast nicht erzählt, was sie ihn eigentlich gefragt hat.«

»Nö«, grinste ich und brachte Faye, die schon wieder gespannt wie ein Flitzebogen wirkte, damit offensichtlich so dicht an den Rand eines Nervenzusammenbruchs, dass ich einlenken musste.

»Schon gut, schon gut. Nun krieg nicht gleich Schnappatmung. Eins nach dem anderen. Also, das zuständige Gericht in Melbourne sprach alle Inhaftierten frei. Natürlich schwächte das die Position der Kolonisten und spielte den Reformern in die Hände. Peter erschien im März 1855 erstmals wieder auf der Bildfläche, als er in Ballarat für ein Stück Land bot. Niemand nahm ihn fest und das ausgesetzte Kopfgeld wurde endlich widerrufen. Es begann sich abzuzeichnen, dass die revolutionären Kräfte sich behaupten würden, und Peter sollte später eine entscheidende Rolle dabei spielen. Nun aber zurück zu Beatrice.«

»Na endlich«, stöhnte Faye.

21

MELBOURNE, SEPTEMBER 1855 – GEOFFREY

Beatrice war allein. Die Handwerker hatten um sieben Uhr abends Greenfield Manor verlassen, die junge Aborigine Alira, die Beatrice als Zofe eingestellt hatte, war vor einer Stunde gegangen, um ihren freien Abend zu genießen. Die sechzehnjährige Alira gehörte zu den Mädchen, die bereits mehrere Jahre lang ein englisches Mädchenpensionat in Melbourne besucht und sich den fixen Ideen der Briten nicht widersetzt hatten, die »wilden« Ureinwohner Australiens unbedingt bilden, europäisieren und ihnen den christlichen Glauben nahebringen zu müssen. Häufig bedienten sich wohlhabende Einwanderer der Vermittlung von geeigneten Arbeitskräften durch die Schule. Eigentlich war Alira ob ihrer Fügsamkeit und guten Leistungen sogar dazu ausersehen gewesen, direkt nach England verfrachtet zu werden. Wäre Beatrice nicht gekommen, um sich nach einer geeigneten Zofe zu erkundigen, hätte sie nur wenige Tage später eingeschifft werden sollen.

Angst hatte Beatrice in den Zügen der jungen Frau gesehen. Angst vor der Zukunft, vor dem Ungewissen. Und hatte sich ausbedungen, ein paar Minuten allein mit ihr sprechen zu dürfen. Die Bitte wurde ihr gewährt. Von ausgesuchter Höflichkeit war Aliras Betragen gewesen, ihre Sprachkenntnisse beinahe schon makellos. Selbstverständlich, hatte sie gesagt, würde sie gern die Chance wahrnehmen, in einem der vornehmen Häuser Englands dienen zu dürfen.

»Aber?«, hatte Beatrice gefragt. »Viel lieber würdest du in deiner Heimat bleiben. Habe ich recht?«

Das Glänzen in Aliras Augen war ihr Antwort genug gewesen, und so hatte Beatrice sanft eine Hand auf ihren Arm gelegt, ihr zwinkernd zugeflüstert: »Lass mich nur machen«, und eine halbe Stunde später mit dem Mädchen das Internatsgebäude verlassen.

Keinen Moment hatte sie ihre Wahl bereut. Alira versah ihren Dienst freudig, war gesund, zuverlässig und fröhlich. Immer wieder betonte sie, es hätte für sie gar nicht besser kommen können. Im Laufe der Monate, die die beiden Frauen zunächst in einem Hotel verbracht hatten, und während der wenigen Wochen, in denen sie nun die ersten fertigen Räume Greenfield Manors bewohnten, hatten sie sich derart angenähert, dass ihre Beziehung beinahe schon eine freundschaftliche Anmutung gewonnen hatte.

Alira wusste nichts von Beatrices männlicher Vergangenheit. Sie hatte sich mit der Erklärung ihrer Herrin zufriedengegeben, dass eine schwere Krankheit für einen kompletten Haarausfall verantwortlich gewesen war, und pflegte nun Beatrices üppig nachwachsende Pracht mit Hingabe. Auch bezüglich kleiner Tipps und Tricks hinsichtlich der voranschreitenden Schwangerschaft wusste Alira zu glänzen. Sie war die erste Tochter des Medizinmannes in ihrem Stamm. Ihr Name bedeute übersetzt »Quarzkristall«, hatte sie Beatrice schon bald stolz erklärt, und als diese sie verständnislos angeschaut hatte, dargelegt, der Kristall sei eine der wichtigsten Machtsubstanzen der traditionellen Aborigine-Medizin. Klug habe sie sich angestellt, viel vom Vater gelernt, aber natürlich – und dabei hatte sie bescheiden die Augen niedergeschlagen – seien ihre Künste denen der Männer unterlegen und sie dürfe sowieso nur bei leichten Beschwerden eingreifen. Zu den Spezialitäten der weiblichen Heilerinnen gehörte allerdings zu Beatrices ungemeiner Beruhigung auch die Geburtshilfe. Viele Kinder habe sie bereits im Beisein des vergötterten Vaters zur Welt kommen sehen und wisse viel.

Vorläufig hatte es keiner besonderen Hilfestellungen bedurft, denn Beatrices Schwangerschaft, die ein freundlicher Hausarzt namens O'Shawnessy regelmäßig überwachte, verlief völlig komplikationslos. Hartnäckig allerdings verwies Alira immer wieder darauf, sie verstünde sich besonders auf den Liebeszauber. Das Kind bräuchte doch einen Vater, denn ohne einen solchen sei die soziale Harmonie gestört, was die Götter gar nicht gern sähen. Sie könne doch …

»Still!«, hatte Beatrice sie dann stets mit gespielter Strenge angefahren. »Das Kind hat einen Vater, und wenn ich deine Künste an ihm brauche, werde ich dich in Kenntnis setzen. Nun aber würde es mir genügen, du machtest mir ein warmes Kräuterbad, damit die verfluchten Rückenschmerzen aufhören.«

Es roch nach Eukalyptus, dieses Bad, und auf dem Wasser schwammen kleine Fettaugen. Beatrice hatte beim ersten Mal schlucken müssen, aber inzwischen verwunden, dass dieses Fett von Kaninchen stammte, die … nein, weiter wollte sie gar nicht denken, denn Aliras Bäder taten tatsächlich immer nur allzu gut.

Auch heute hatte die kleine Zofe ihr die Wanne eingelassen, ehe sie gegangen war, und sie wieder einmal ermahnt, sie möge kein heißeres Wasser nachlaufen lassen, das täte dem Kind nicht gut. Ja, heißes Wasser kam neuerdings nicht mehr aus einem großen Topf, der über offenem Feuer erhitzt wurde, sondern es wurde aus einer hochmodernen Anlage im Keller von Greenfield Manor auf wundersame Weise durch dicke Rohre in das luxuriöse Badegemach hinaufgepumpt und stand in unbegrenzter Menge zur Verfügung. Hach, wie Beatrice es liebte!

Ein wenig zu kühl fand sie es jetzt schon, hob einen Zeh aus dem Wasser, prüfte die Umgebungstemperatur (brrr, kalt!), betrachtete ihr Bäuchlein, das sich hin und wieder von ganz links nach ganz rechts schob. Putzmunter war das Baby offenbar und schien das Baden wie immer genauso zu genießen wie die werdende Mutter. Wann mochte es kommen? Beatrice legte eine Hand über den Bauchnabel, spürte den Kindsbewegungen nach, lächelte. Herrlich. Am liebsten hätte sie den ganzen Tag so verbracht. Schwerelos schweben, keinen Zug im strapazierten Rücken spüren.

Das ist doch nun wirklich zu kalt. Ach, wenigstens ein klein wenig wärmer? Das konnte doch nicht schaden. Beatrice drehte den Hahn auf. Entspannt ließ sie den Kopf gegen die bequeme Rolle sinken, die Alira ihr fürsorglich unters Genick geschoben hatte. Sie schloss die Augen und ließ das herrlich warme Nass laufen.

Und laufen. Und laufen.

Sie musste in der wohligen Wärme eingenickt sein. Ein kleiner »Blubbs« im Bauch weckte sie.

»Huch!«

Beatrice schlug die Augen auf. Das Wasser war längst über den Wannenrand getreten, hatte die weichen Teppiche davor durchtränkt. Gut, das würde ein wenig Arbeit bedeuten. Aber was war das denn da? Eine feine rote Spur trieb auf der Oberfläche. Beide Hände hielt sie nun fest auf den Leib gepresst. Nein, das war keine Einbildung! Sie spürte Kontraktionen. Nicht so, wie man es sich überall unter Frauen erzählte. Nicht in Minutenabständen, fein getaktet; nicht so, dass man sich, wie Hebammen es immer forderten, zwischendurch entspannen, Luft schöpfen, pressen, dann wieder warten sollte. Nein, es war ein einziger gewaltiger Zug, der gar nicht wieder aufhören wollte. Aber merkwürdigerweise nicht wirklich schmerzhaft wurde.

Was tun?

Aufstehen, ein Badetuch umwickeln, ans Fenster treten, nach Hilfe rufen? Aussichtslos. Um irgendjemanden zu erreichen, lag Greenfield Manor viel zu weit von den Straßen entfernt. Niemand würde sie hören.

Erneut verstärkte sich die Wucht des Ziehens. Nun musste Beatrice doch nach Luft schnappen. Sie hielt sich am Wannenrand fest. Und ließ es geschehen. Aufruhr herrschte in ihrem Leib, und mit ungläubigem Staunen beobachtete sie, wie sich das Menschlein, das ganz offenbar jetzt entschlossen war, ans Licht zu kommen, immer tiefer arbeitete.

Einmal fühlte sie hin.

Ein Köpfchen. Mein Gott, ein Köpfchen. Aufstehen? Es wird ertrinken!

Nein, wie sollte es denn? Es kommt aus dem Wasser und gleitet ins Wasser.

Im nächsten Moment hatte Beatrice das Gefühl, es zerreiße sie.

Blut!

Dann starrte sie verblüfft auf das Kind, das langsam an die Oberfläche schwebte. Sie setzte sich auf, griff zu, schlang die Arme um das winzige Wesen, zog es an die Brust. Spürte, wie die Lebensader zwischen ihren Schenkeln sich strammte.

Es japste, hustete leise, schlug mit einem Mal die Augen auf, schaute sie an, verzog das Mündchen, kniff die Augen zusammen. Das Gesichtchen ganz verzerrt. Dann brüllte es.

Ein rasender Schmerz fuhr Beatrice in den Bauch, und plötzlich rutschte die Nachgeburt ins Wasser.

Mein Gott. Nun ist es nicht mehr mit mir verbunden. Die Nabelschnur. Ich muss sie doch … was, wenn es mir verblutet? Nein!

Vorsichtig stand sie auf. Das Kind fest an die Brust gepresst griff sie nach einem Handtuch, fischte die Plazenta, legte beides auf ein trockenes Stück Marmorboden, glitt aus, dass sie beinahe gestürzt wäre, die Beine voller Blut, hastete hinüber zu dem Kommödchen neben dem Fenster, suchte fieberhaft. Diese, nein, jene Schublade. Fand die Schere. Eine Klammer? Das Blut. Es wird herauslaufen.

Das Baby schrie.

Wo war sie nur? Alira hatte doch alles zurechtgelegt.

Beatrice warf sich ihren Morgenmantel über. Ein Blick auf das Kind. Ein Zögern. Bleiben? Laufen? Laufen!

Da. Da war die Klemme, da war Mull. Wohlvorbereitet im Wickeltisch. Sie hastete zurück.

Das Baby schrie.

Gut, dass es schreit. Wer schreit, der lebt.

Wo? Wo nur abklemmen? Direkt am Bäuchlein?

Sie tat es. Dann wagte sie den Schnitt.

Wieder ein Schrei.

Doch es war nicht das Kind. Es war Alira.

»O Herrin, verzeiht! Wie gut, dass ich meinem Gefühl vertraut habe. Keine Ruhe hatte ich, musste umkehren.«

»Wie wundervoll, dass du da bist!«

Ein Lächeln. Noch ein Lächeln.

Und ein ganz stilles Kind, das unverwandt von einer zur anderen blickte, die zarte Stirn kräuselte, als würde es sich Gedanken machen, das Näschen so unglaublich putzig verzog.

Noch mehr Lächeln.

»Schau, Alira, es ist ein Junge. Sein Name wird Geoffrey sein!«

* * *

Mit unendlicher Liebe und überschwänglicher Begeisterung füllte Beatrice ihre Mutterrolle. Nichts und niemand war ihr wichtiger als der kleine Geoffrey. Es bereitete ihr geradezu körperliche Schmerzen, ihn auch nur einen Augenblick außer Sicht- oder Hörweite zu wissen, und so richtete sie alles darauf ein, in geschäftlichen Dingen entweder einen ausgesuchten Vertreter an ihrer Stelle auftreten zu lassen oder ihre Partner gleich, und das am liebsten, auf Greenfield Manor zu empfangen.

Mancher Mann zog erstaunt die Augenbrauen hoch, wenn er beispielsweise einerseits feststellen musste, wie hart und unnachgiebig sie verhandeln konnte, und andererseits miterleben durfte, wie zärtlich und schmelzend liebevoll sie mit ihrem Säugling umging. Immer stand die Tür zwischen dem Salon, wo Beatrice ihre geschäftlichen Termine wahrnahm, und dem Kinderzimmer offen. Gab Geoffrey in seiner Wiege auch nur einen einzigen Mucks von sich, sprang sie auf, entschuldigte sich nicht einmal und eilte zu ihrem Kind. Niemals machte sie sich die Mühe zu verbergen, wo in ihrem Leben die wahren Prioritäten lagen, und erwartete hierfür von ihrem Gegenüber ganz selbstverständlich Akzeptanz.

Hin und wieder, wenn Geoffrey gut aufgelegt war und ein Besucher ihr angenehm erschien, brachte Beatrice ihn sogar auf dem Arm mit in den Salon, präsentierte ihn stolz als den designierten Juniorchef ihres Unternehmens und nahm huldvoll die stets begeisterten Kommentare ihrer Gäste zu dem reizenden Baby entgegen.

Geoffrey, mit seinen riesigen Kulleraugen, die schon bald vom üblichen Babyblau zu einem tiefen Smaragdgrün gewechselt hatten, mit seinen ebenmäßigen rosigen Zügen, gewandet in die hübschesten, teuersten Babykleidchen, welche die beste Schneiderin Melbournes herzustellen fähig war, durfte zweifellos nicht nur als niedliches, nein, als wirklich schönes Bübchen bezeichnet werden. Schon bald war er dem Steckkissen entwachsen und wirkte auf dem Schoß seiner Mutter derart lebhaft, interessiert und selbstbewusst, dass keiner auch nur den leisesten Zweifel an seiner zukünftigen Bedeutung hegte.

Rasch hatte Beatrice nach der Geburt ihre Figur wiedererlangt. Nur die hormonelle Umstellung und der damit einhergehende partielle Haarausfall hatten ihr eine Weile große Sorgen bereitet und Aliras Künste gefordert. Nun, fünf Monate später, hatte sich auch dieses Ungleichgewicht wieder eingependelt und sie schwelgte geradezu in der wiedergewonnenen Weiblichkeit. War sie früher auch noch so uneitel gewesen … jetzt hatte sie ein Heidenvergnügen daran, besonders raffiniert geschnittene Kleider, feine Unterwäsche, kostspielige Schuhe und schönen Schmuck zu tragen. Das Korsett konnte ihr nicht eng genug geschnürt sein und ließ ihre ohnehin schmale Taille geradezu zerbrechlich wirken. Es war, als holte sie die in der Männerrolle verlorenen Frauenjahre mit Schwung wieder auf. Alles, was ihr zum vollkommenen Glück noch fehlte, war der Mann an ihrer Seite.

Dieser Umstand entging den Herren der Melbourner Gesellschaft durchaus nicht. Unschwer erkennbar war sie eine großartige Partie, denn ihr Unternehmen florierte zusehends und sie war ohnedies eine äußerst attraktive Frau. Beatrice sah sich jedenfalls – wieder einmal – von Galanen umworben. Die sie selbstverständlich alle nicht wollte. Wollen tat sie immer noch nur den Einen.

Schwer fiel es ihr, Peter, der noch immer in Geelong lebte, kein Sterbenswörtchen von der Geburt des gemeinsamen Sohnes zu berichten. Mehr als einmal war sie versucht gewesen, in ihren Briefen doch noch schwach zu werden. Ertappte sich beim letzten Durchlesen immer wieder dabei, dass fertig geschriebene Botschaften eindeutige Hinweise enthielten, zerknüllte, warf in den Papierkorb, begann wieder von vorn.

22

MELBOURNE, MÄRZ 1856 – DIE ANKUNFT

Seit im späten August Williams Brief eingetroffen war, der ihr eine »freudige Überraschung« ankündigte, die der Absender gemeinerweise nicht genauer zu definieren beliebt hatte, fieberte sie ungeduldig dem Tag entgegen, der alles verändern sollte. Was nur hatte er gemeint? Eine freudige Überraschung? Nächte und Nächte hatte Beatrice schlaflos gelegen, sich den Kopf zerbrochen. William kannte sie gut. Und sie wusste, dass ihn ein schlechtes Gewissen plagte, nicht so zu ihr stehen zu können, wie er es allzu gern getan hätte. Er liebte sie (vielleicht sogar noch immer), und alles in seiner Macht Stehende würde er getan haben, um Antworten auf ihre bangen, ja, flehentlichen Fragen zu finden.

»Spüre Peter O'Lalors Frau und Kind für mich auf! Ich ertrage es nicht, ihn unglücklich zu sehen, denn er ist mir so lieb. Wüsste ich, dass seine Familie lebt und bei guter Gesundheit ist, würde ich mit Schmerz und doch auch Freude zurücktreten können. Doch ich ertrage es nicht weiter, mir Hoffnungen auf ihn zu machen. Ich möchte Klarheit, William. Ich kann nicht von ihm lassen, enge mich ein für alle Zukunft, wenn dieser Zustand nicht bald ein Ende findet. Alle Kosten will ich tragen, sie hierher zu ihm verschiffen zu lassen. Mach Dir darum keine Sorgen, ich bin wohlhabend.«

Offenbar gab es Antworten. Aber was meinte er mit dieser »freudigen Überraschung«? »Welche, welche? Um Himmels willen, William, spann mich doch nicht so auf die Folter!«, hatte sie geschrieben. Aber er hatte ihr lediglich das geschätzte Einlaufdatum sowie den Namen des Seglers übermittelt, der die »kostbare Fracht« nach Australien bringen sollte, und ihr alles Glück der Welt gewünscht.

Gut, hatte sie wieder und wieder überlegt, Williams Beziehungen waren weitreichend. Wenn einer Zugang zu jedweder Behörde hatte, dann er, und es ging im Königreich nie jemand einfach so verloren. Gewiss hatte er nichts unversucht gelassen, und Beatrices Angaben zu Peter und seinen Liebsten waren so genau gewesen wie nur irgend denkbar. Als wichtigsten Hinweis hatte sie den Namen des Anwalts McKee hervorgehoben, der regelmäßige Zahlungen von Peter für dessen Frau und Kind empfing. Da hätte es wirklich mit dem Teufel zugehen müssen, wenn er damit nichts anzufangen wusste …

* * *

Nun endlich war es so weit. Am Vorabend des zwölften März hatte Beatrice Nachricht bekommen, dass der Segler mit Kurs auf Melbourne unweit der australischen Küstenlinie gesichtet worden war. Kaum war die Botschaft eingetroffen, hatte sie keine ruhige Minute mehr gehabt. Ihre Nerven lagen blank, und selbst der Kräutertrank, den Alira mit einem zuversichtlichen Lächeln brachte, nützte – ganz gegen jede gute bisherige Erfahrung – dieses Mal nichts.

Alles war vorbereitet. Das war nicht der Punkt. Die Bauarbeiten an Beatrices paradiesischem Anwesen Greenfield Manor waren weitestgehend abgeschlossen. Das Haus erstrahlte in schneeweißer viktorianischer Pracht, die meisten der großen, im Frühjahr angepflanzten Bäume waren angegangen und luden zum Verweilen im Schatten gesunder Kronen ein, der kurz geschorene, regelmäßig bewässerte junge Rasen strahlte in sattem Grün, herbstbunte Stauden blühten, die großzügige Voliere mit den ausgesucht schönen Kakadus war genau solch ein zauberhafter Blickfang geworden wie die künstlich angelegten Wasserspiele. Doch auch all diese hübschen Dinge, für die nur sie allein federführend gewesen war, konnten sie heute weder ablenken noch beruhigen. Dieses Flirren unter Beatrices Sonnengeflecht ließ sich einfach durch nichts besänftigen.

Die ganze Nacht über war sie auf und ab gelaufen. Hatte immer wieder versucht, auf der Chaiselongue oder im Bett eine entspannte Position zu finden, war auch hin und wieder erschöpft eingenickt, doch schon nach wenigen Minuten erneut glockenwach gewesen. So viele Monate hatte sie diesen Tag herbeigesehnt. Nun endlich sollte es so weit sein. Und plötzlich fürchtete sie sich vor der eigenen Courage. Welche Tragweite konnte die ganze Sache doch haben, wenn sie von Peter nicht so aufgefasst werden würde, wie sie es inständig erhoffte. Wer konnte es schon wissen? Vielleicht hatte sie die ganze Rechnung ohne den Wirt gemacht? Wie würde er reagieren? Ganz sicher war sie gewesen, als sie all das angeleiert hatte, dass er von Freude überwältigt sein würde. Womöglich würde ihm, der beständig dabei war, mit dem Einsatz aller Kräfte die politischen Geschicke des Landes voranzutreiben, am Ende doch als lästig erscheinen, was sie selbst als fehlendes Quäntchen zu seinem Glück einschätzte? Oder würde er sie womöglich sogar mit Vorwürfen überhäufen?

Diese beiden Menschen, die sie in gutem Glauben und bester Absicht hierhergelockt hatte, würden abhängig sein davon, wie Peter reagierte. Natürlich, sollte er am Ende die Verantwortung plötzlich ablehnen … meine Güte, nun, dann würde es ein Leichtes für sie sein, ihnen ein glückliches Leben zu sichern. War es dennoch richtig gewesen, ohne sein Wissen, ohne seine zuvor eingeholte Zustimmung einfach allein zu handeln?

Herr, lass es nicht zum größten Fehler meines Lebens werden. Herr, steh mir bei!

* * *

Beatrice betete immer noch still, als ihre Kutsche schon am Hafen stand. Der Morgen war warm, noch hatte der Herbst keine Macht über das Land. Lange starrte sie über das silbrig glitzernde ruhige Wasser, schaute sich die Augen nach einer Bewegung, nach einem Segel am Horizont aus. Den schlafenden Geoffrey neben sich auf dem mit weichen Decken gepolsterten Sitz, den Fuhrknecht Dainan ruhig und gelassen auf dem Bock, Alira mit ihrem zuversichtlichsten Lächeln ihr vis-à-vis.

Sie hatte ihre Zofe eingeweiht. »Die Sache«, wie sie ihr höchst eigenmächtiges Vorgehen inzwischen insgeheim titulierte, die ganze Zeit für sich zu behalten, war ihr irgendwann nicht mehr gelungen. Das Mädchen war verschwiegen. Und wen wäre es auch etwas angegangen, wen hätte interessiert, was es da neuerdings wusste? Aliras begeisterter Zustimmung war sich Beatrice zumindest hundertprozentig sicher und gewiss hatte sie für solche Dinge ein gutes Gespür.

Dennoch fühlte sie den Angstschweiß in ihren Handflächen, als das Schiff jetzt in Sicht kam.

Unendlich zog sich die Zeit, bis der Segler in der Bucht geankert hatte, das letzte Tuch eingeholt war, die Beiboote zu Wasser gelassen und besetzt waren, bis endlich Matrosen die langen Ruder Schlag um Schlag ins Wasser tauchten und die Barken in gemessenem Tempo dem Anleger zustrebten. Je näher sie kamen, desto enger wurde es Beatrice in der Brust. Was hatte sie geritten, so unverschämt Schicksal zu spielen? Was hatte sie William alles abverlangt?

Hätte er mitgespielt, wenn es tatsächlich Irrsinn wäre? Nein. Es war kein Irrsinn, eine Familie zusammenzuführen. Basta! Und wenn es auch zur größten Niederlage ihres Lebens würde, wenn es auch alle Hoffnungen auf ein eigenes Glück für immer zerstörte, es musste sein. Erst wenn »die Sache« erledigt war, wenn der Vater sein Kind und seine Frau in die Arme geschlossen hatte, würde sie selbst wieder frei sein.

Die Boote kamen in Rufweite und Beatrice hielt es nicht mehr in der Kutsche. Sie sprang hinaus, lief den Anleger entlang. Ein Gewimmel von Köpfen. Wo waren sie? Nach wem sollte sie Ausschau halten? Eine Frau Anfang, vielleicht Mitte dreißig ... nur ein einziges Mal hatte sie ein Bildnis von ihr gesehen, ein Mädchen von .... Beatrice rechnete ... von ungefähr dreizehn Jahren. Sie stand da, die Schultern vorgebeugt, die Hände auf dem Rücken verschränkt, und schaute sich die Augen aus. Die Matrosen würde sie fragen. Natürlich! Die wussten doch, wen sie an Bord gehabt hatten.

Endlich legte das erste Boot an, die Männer halfen den Passagieren an Land.

»Verzeihung, Mrs O'Lalor und ihre Tochter?«

Der Mann runzelte die Stirn. »Mrs O'Lalor? Keine Ahnung.« Jetzt brüllte er dem Steuermann der nächsten ankommenden Barke zu: »Harry, haben wir O'Lalor?«

Harry wies auf das vierte Boot in der Reihe.

»Kommt gleich«, grinste der Matrose.

Beatrice dankte. Plötzlich war ihr kalt. Kommt gleich ... kommt gleich ... gleich kommt das Ende all meiner Träume. Oh, hätte ich doch nicht ... Sie wandte sich zur Seite, ließ die Ankömmlinge an sich vorbeiströmen, ohne Notiz von ihnen zu nehmen, starrte ins glasklare blaue Wasser, sah den Schwärmen winziger Fischlein zu, die in einem – wie von den

Anweisungen eines Konzertdirigenten befehligten – Reigen in perfekter Formation mal hierhin, mal dorthin huschten. In diesem Moment war es ihr nicht möglich, dem Untergang all ihrer Hoffnungen fröhlich entgegenzusehen, in diesem Moment verfluchte sie die selbstständige Verantwortlichkeit und wünschte sich, einfach ein hirn- und emotionsloser kalter Fisch zu sein, der nur den sinnhaften oder sinnlosen Bewegungen seines Schwarms folgte, ohne nachzudenken, ohne zu fühlen.

Ein Schrei riss sie aus dem Augenblick.

»Mylady, hier … hier sind wir!«

Diese Stimme schien aus einer anderen Zeit zu stammen. Und sie war nicht fremd. Beatrice fuhr herum und prallte beinahe mit ihrer Zofe Janet zusammen, die mit ausgebreiteten Armen auf sie zugestürmt war.

Janet fiel Beatrice ohne Umstände um den Hals. »Ich bin völlig erschossen, Mylady. Aber so glücklich, hier zu sein! Darf ich Euch meinen Ehemann vorstellen? Robert Dunham, Mylady, und ich bin jetzt eine Mrs Dunham.«

»Janet? Du? Ich fasse es nicht! Mein Gott, da hatte William aber wirklich recht. Was für eine freudige Überraschung!« Sie hielt Janet um Armeslänge von sich weg und betrachtete sie wie das achte Weltwunder. »Was macht ihr denn hier? Ich war sicher, wir würden uns unser Lebtag nicht wiedersehen. Ich dachte … ich verstehe gar nicht … ach, ich freue mich so! Herzlich willkommen in Australien, Janet, herzlich willkommen, Mr Dunham.«

»Was seid Ihr denn so verwirrt, Mylady? Hat Lord Brook Euch denn gar nicht informiert?«

»Doch, doch, Janet, ich wusste um die Ankunft. Aber ich ahnte nicht, dass ihr es sein würdet.«

Janet strahlte über das ganze Gesicht. »Jawohl! Wir und …« Sie trat einen Schritt zur Seite, schob ihren Robert weg. »Wir und meine liebe kleine Freundin Marybeth O'Lalor!«

23

LONDON 2013 – DER SCHLÜSSEL ZUM GLÜCK

»Nee, oder?« Faye strahlte über beide Backen.

»Doch, Faye!« Hörte ich da einen gewissen Triumph in meiner Stimme?

»Ich fass es nicht. Wie hing das alles zusammen? Wie hat sie das angestellt? Und Peter wusste nichts von alldem? Was war mit seiner Frau passiert?«

»Du erinnerst dich doch, dass Peter brav jeden Monat Geld schickte, das von diesem Anwalt namens McKee an seine Familie weitergeleitet wurde. Das hatte ja Beatrice auch William geschrieben, denn es war so ziemlich ihr einziger konkreter Anhaltspunkt, um etwas über den Verbleib von Peters Familie in Erfahrung zu bringen. William suchte also zunächst den Anwalt auf und bekam merkwürdigerweise wohl keinerlei Auskünfte von ihm. Das machte ihn hochgradig misstrauisch und er ließ nicht locker. Natürlich hatte er genügend Beziehungen, um Erkundigungen über diesen McKee einzuziehen. Heraus kam dabei am Ende ein Skandal größeren Ausmaßes, der sogar der ›London Times‹ einen ausführlichen Artikel wert war. Margaret hat ihn mir gezeigt. Dieser Anwalt …«

»… war ein Schwein, richtig?«

»Richtig! William hat den Kerl dann hochgehen lassen. Unzählige arme, aber treusorgende Familienväter, die jedes bisschen beiseitelegten und vermutlich für sich selbst nur das Nötigste zum Überleben behielten, hat er nach Strich und Faden beschissen. Anfangs hat er wohl nur einen Teil des Geldes eingestrichen, später wurde er immer gieriger und bei den vielen Müttern und Kindern landete am Ende kein Penny mehr. Und das Schönste war, dass er über all dies auch noch penibel Buch geführt hat. Wenn er auch alle anderen anwaltlichen Pflichten nicht so genau nahm, seine buchhalterischen Fähigkeiten müssen prima gewesen sein.«

»Na wenigstens was! So konnten sie den Kerl immerhin hopsnehmen. Pfui Deibel, was für eine Gemeinheit!«

Faye war so wütend, dass ihr Gesicht rot angelaufen war. Ich ließ ihr einen Moment Zeit, um wieder runterzukommen, und war gespannt, welche Frage sie als Nächstes stellen würde, ob sie selbst draufkäme. Man sah förmlich kleine Rauchwölkchen aus ihrem Kopf aufsteigen. Ihre eigentlich ganz glatte Stirn hatte sie in Falten gezogen, schien angestrengt nachzudenken. Dann platzte sie heraus:

»Warte mal, warte mal, und Peters Ehefrau? Was war mit ihr? Hat William die auch ausfindig gemacht? Wieso war die nicht mitgekommen? Ich meine, wir wissen doch, dass die ganze Nachforscherei für Beatrice richtig nach hinten losgehen konnte. Immerhin bestand das hohe Risiko, letztlich zwar eine Familie zusammenzuführen, aber selbst mit leeren Händen dazustehen. Ich meine, es war doch keine Frage, dass sie ihn für sich selbst und ihren Sohn wollte!?«

»Wir wissen doch, dass sie die ganze Zeit Angst vor Williams Antwort gehabt hat. Man kann es ihr wahrscheinlich nicht übel nehmen, dass sie eine gewisse Hoffnung hegte, die beiden wären nicht mehr auffindbar, aber wir wissen auch, sie war einfach an einem Punkt angelangt, wo es ihr schlicht um klare Tatsachen ging. Dieses ewige Nichtwissen … sie war eben kein Mensch, der auf Dauer mit der Ungewissheit leben konnte. Peter war einfach nicht der Typ, der sich, wie William, eine Geliebte hielt, der fühlte sich an sein Eheversprechen gebunden, und ich denke, nachdem Beatrice Mutter geworden war, hätte sie diese Rolle der zweiten Geige auch nicht mehr spielen wollen. In Peters Lesart war die Nacht mit Beatrice ziemlich sicher das, was wir heute einen ›Ausrutscher‹ nennen, allerdings immerhin ein ›Ausrutscher mit Ansage und eingeholtem Einverständnis‹. Für Beatrice war es viel mehr. Sie hatte sich schon viel früher unsterblich in ihn verliebt. Und um diese Liebe wollte sie kämpfen. Kämpft sich bloß schlecht, wenn man nicht mal weiß, wo diejenige ist, mit der man es aufnehmen müsste.«

»Okay, nun hatte sie ja die Folgen des ›Ausrutschers‹ im Arm. So was kommt auch heutzutage noch vor, und ich glaube schon, dass Frauen zu allen Zeiten in solchen Fällen versucht haben, den Vater des Kindes für sich zu gewinnen, wenn sie genügend verliebt waren. Aber nun sag schon und spann mich nicht weiter auf die Folter: Warum war nur die Kleine mitgekommen? Hat William Peters Frau nicht gefunden?«

»Tjaaa …« Ich goss mir in aller Ruhe noch einen Kaffee ein, schüttete Milch dazu, rührte um, trank ein paar Schlucke, während Faye offensichtlich kurz davorstand, vor Neugier zu platzen. »Jetzt habe ich einen richtigen Clou für dich. Marybeth O'Lalor war eines der Kinder, die Beatrice in ihr kleines privates Kinderheim gerettet hat. Du erinnerst dich? Der Name müsste dir bekannt vorkommen. Und ihre Mutter …«

Faye fuhr mir aufgeregt dazwischen: »Bitte wie? Dieses kleine Mädchen, das die alte Hexe in der staatlichen Anstalt als Dirne verliehen hat, war Peters Tochter? Die, um die sich der Doktor solche Sorgen machte, weil sie nicht sprach und ihm so auffällig um den Bart ging, damit sie noch ein Bonbon bekam? War deren Mutter nicht tot? Da war doch was.«

»So ist es. Mary Anne O'Lalor hatte schon nicht mehr gelebt, als die Kleine in staatliche Fürsorge kam. Die Todesursache war laut amtlichem Totenschein Typhus.«

»Ach, du ahnst es nicht ... Und wie kam Beatrice in Kenntnis all dieser Tatsachen?«

»William hatte ein Päckchen mit allen Unterlagen geschnürt und Janet mitgegeben. Nachdem McKees Kanzlei auf den Kopf gestellt worden war, entdeckten die Behörden in Marybeth O'Lalor natürlich ein Kind, das gar keine Vollwaise war, wie angenommen, sondern einen Vater in Australien hatte. Normalerweise wäre das Kind zu seinem Vater geschickt worden. Der war ja aber gerade zum Revolutionsführer gegen die Krone geworden und wurde steckbrieflich gesucht. William, honoriges Mitglied des Oberhauses und zudem Patron des Waisenhauses, grätschte in diesem Augenblick dazwischen, bot sich als Vormund an und hatte damit natürlich fortan auch das Aufenthaltsbestimmungsrecht für die Kleine. Besser hätte es für Beatrice letztlich nicht laufen können. An diesem zwölften März 1856 hatte sie plötzlich den Schlüssel zu ihrem Glück in der Hand. Allerdings mit der bitteren Beigabe, Peter plötzlich darüber in Kenntnis setzen zu müssen, dass seine Frau tot war.«

»Wow! Okay, damit stand ihr natürlich noch eine unangenehme Aufgabe bevor. Aber ich finde, man spürte bei Peter durchaus hin und wieder schon gewisse Tendenzen, sich doch ganz gerne loslösen zu wollen. Irgendwann hatte er gesagt, manchmal wünschte er sich, frei zu sein von Zwängen, die aus seiner Vergangenheit resultierten. Oder war diese Bemerkung vielleicht nur situationsbedingt? Man sagt ja viel, wenn man gerade frisch verliebt ist. Wie hat Beatrice das denn nun angestellt? Sie konnte doch schlecht hingehen, so nach dem Motto: ›Hey, Peter, pass mal auf, hier ist deine Tochter, hier ist dein Sohn, hier ist deine neue Frau, die alte ist schon lange hin.‹ Peter musste das doch schonend beigebracht kriegen. Der hat seine Frau doch eigentlich geliebt und bestimmt brauchte er auch erst mal seine Trauerzeit. Arme Beatrice. Sie hatte ganz schön viel Geduld aufzubringen.«

Faye schüttelte sich und ich konnte ihre Emotionen bestens nachvollziehen. Mir war es an der Stelle bei Margarets Erzählungen genauso gegangen. Nebenbei fiel mir auf, dass mein Gast zunehmend nervöser wurde und immer wieder auf die Uhr schaute. »Du musst los, Faye?«

Sie sah mich gequält an. »Nichts wäre mir lieber, als die ganze Geschichte jetzt sofort zu Ende zu hören. Aber es wird jetzt wirklich knapp. Wie wollen wir es machen? Kommt ihr nach Cornwall? Kommt ihr bald? Du wirst mich nämlich gar geröstet sehen, wenn ich noch lange warten muss, und so, wie du gerade guckst, wirst du mir vermutlich keine Kurzzusammenfassung geben, damit ich wenigstens ruhig schlafen kann.«

Ich schüttelte den Kopf. »Nein, werde ich nicht. Und wie gesagt, ich bespreche das gleich heute Abend mit meinen Lieben und gebe dir sofort Bescheid, wenn ich etwas Konkretes sagen kann. Schließlich habe ich ja auch noch dieses spezielle Bonbon für dich persönlich.«

War ich gemein? Puh, es machte aber auch einen Mordsspaß!

Faye hasste mich in diesem Moment wahrscheinlich. Aber sie riss sich zusammen. Noch während sie ihre Sachen zusammensammelte und alles ziemlich unordentlich in ihren Rucksack stopfte, fragte sie: »Wieso kam eigentlich Janet mit nach Australien? Erzählst du wenigstens das noch schnell?«

Diese Antwort war ich gern zu geben bereit und erklärte es ihr, während sie sich ihre Turnschuhe zuschnürte. »Na, Beatrice hatte doch dafür gesorgt, dass sie bei Henry in Diensten bleiben konnte, als sie selbst aus England verbannt wurde. Der hatte ja aber nun für sein kostbares Goldstück Clara Henriette, mit der er seine möglichst zahlreichen Erben in die Welt setzen wollte, als Zofe gleich die Hebamme Mary engagiert und ist mit der ganzen Bagage nach Bristol gezogen. Da war Janet in seinem Haushalt einfach überflüssig und wurde kurzerhand auf die

Straße gesetzt. Einen Tag vor der Hochzeit mit ihrem Robert übrigens. Janet wandte sich in ihrer Not an William.«

»Henry, dieses Arschloch! Typisch. William konnte aber schlecht seiner Ehefrau ausgerechnet die ehemalige Zofe seiner ehemaligen Geliebten aufs Auge drücken. Das wäre nun wirklich peinlich gewesen.«

»Stimmt. Und wahrscheinlich hatte sie sowieso eine eigene. Deshalb verschaffte er Janet einen Job als Kindermädchen draußen im Greenwicher Waisenhaus. Marybeth war ja, so hatte der Doktor damals wohl nicht zu Unrecht vermutet, ein missbrauchtes Kind. Du erinnerst dich, sie sprach nicht, war extrem zurückgezogen und fand nirgends richtig Anschluss. Nur zu Janet fasste sie nach und nach Vertrauen. Da war es dann folgerichtig, Janet für die Begleitung der Kleinen auszuwählen, und derweil der australische Goldrausch auch an einem Arbeiter wie Robert Dunham nicht ohne gewisse Sehnsüchte vorbeigegangen war, beschlossen die beiden, England ganz den Rücken zu kehren.«

»Das klingt nachvollziehbar. Beatrice … o Mann … ich zerfließe gerade vor Mitleid. Oder Vorfreude auf das, was hoffentlich noch kommt, denn du hast mir schließlich einen glücklichen Ausgang versprochen. Aber jetzt muss ich mich wirklich sputen.«

Sie schwang sich ihren Rucksack auf den Rücken, bedankte sich bei mir, schaute einen Augenblick etwas zögernd, und dann nahm sie mich fest in die Arme und drückte mich.

»Danke, Robin! Tut mir leid, dass ich dich jetzt mit diesem ganzen Sturmchaos hier allein sitzen lasse. Du warst eine tolle Gastgeberin. Hast was gut bei mir. Wir hören uns, ja? Kommt schnell!«

»Bis bald, Faye!«

Noch ein kurzes Knuddeln, dann war sie weg.

* * *

Schon am folgenden Samstag machten wir uns in aller Früh auf den Weg nach Tintagel in Cornwall. Tim hibbelte rund zwei Stunden in seinem Kindersitz herum. Obwohl wir unsere Zustimmung bisher nicht gegeben hatten, war für ihn eines klar: Wir würden ganz bestimmt nicht ohne eins von Fayes Fellknäulen nach Hause zurückkehren. Er hatte sein Sparschwein geschlachtet und war am Donnerstag gemeinsam mit einem Schulfreund in einem Tierladen eingefallen. Neben ihm türmte sich jetzt seine Hundebabygrundausstattung: ein Halsband mit Leine in Quietschorange, zwei Edelstahlnäpfe, eine Hundedecke, drei verschiedenfarbige Gummibälle, ein unvorstellbar hässliches nacktes Silikonhuhn, das bei jeder Berührung erbarmungswürdig schrille Töne von sich gab, ein Kuscheltier aus seinem eigenen Fundus und eine Plastiktüte voller Proben mit Welpennahrung, die ihm wohl die Verkäuferin ziemlich gerührt mitgegeben hatte.

Was sollten wir schon machen? Bei so viel Vorausschau konnten wir doch unserem Junior schlecht sagen, dass es nichts werden würde mit dem Welpen, oder?

Ein, zwei Mal, wenn die Straße sich gerade über einen Hügel wand, hatten wir von Weitem zwischen den Hecken hindurch schon einen Blick aufs Meer erhaschen können. Jetzt öffnete sich der grüne Tunnel plötzlich und die raue Steilküste lag direkt vor uns. Ruhig lag die See tiefblau glitzernd im Morgensonnenschein. Nur noch einmal in den schmalen, steinigen Seitenweg einbiegen, den Faye mir warnend beschrieben hatte (»Bloß nicht mit einem Auto kommen, das zu dicht auf dem Boden liegt, dann reißt es euch alles auf!«), und unser geländetauglicher Land Rover holperte die Anhöhe hinab auf ein pittoreskes Natursteincottage zu. Völlig abseits jedweder Zivilisation kam mir die Lage vor. Wo mochte man hier einkaufen? Wie kamen Fayes Kinder zur Schule oder in den Kindergarten? Wie auch immer, endlich konnte das Auto mal wirklich »offroad«

beweisen, was es draufhatte. Ein solider Holzzaun stoppte uns noch einmal, ich stieg aus, öffnete das Tor, ließ Mathew durchfahren, schloss den einfachen Mechanismus sorgfältig wieder und ließ mich noch einmal hundert Meter weit durchrütteln. Rechts und links des Anfahrtsweges standen drollige langhaarige Schafe hinter ihren Umzäunungen. Die Köpfe gesenkt, auf der Suche nach dem dürren salzigen Gras, nach Flechten und Moosen. Tim kreischte vor Vergnügen bei dem Anblick.

»Mummy, vielleicht könnten wir auch gleich noch ein oder zwei Schafe mitnehmen? Ich meine, dann müsste doch der Gärtner den Rasen gar nicht mehr mähen. Gebongt, oder?«

»Tim!«, stöhnte ich nur und er maulte ein bisschen. Aber nicht sehr.

Der Parkplatz kam in Sicht. Ein gepflegtes kiesbestreutes Rondell mit einer Bank in der Mitte, die sich um einen überdimensionalen Tontopf rundete. Darin, das sah ich auf den ersten Blick, grünte eine ungefähr siebzig Zentimeter hohe Linde, die ganz gewiss keinen Platzmangel in ihrem Pflanzgefäß litt. Das musste eine der berühmten Linden aus Fayes Roman über Clara Henriette sein. Na ja, ein bisschen würde sie noch wachsen müssen, ehe man sich in ihrem Schatten genüsslich würde niederlassen können, dachte ich gerade, da trat Faye schon mit ausgebreiteten Armen vor die Haustür.

»*Die* Linde?«, fragte ich lachend, als sie mich umarmte.

»*Die* Linde! Jawohl. Sie gedeiht super. Olivias Exemplar drüben im Côte House übrigens auch.«

Die Hunde unterbrachen unsere Begrüßung. Erst trottelte Fayes alte Bobbie gemessenen Schrittes heran, dann schoss ihre Tochter mit drei kernigen Welpen um die Hausecke. Faye bremste den wilden Ansturm der jungen Hunde mit nur einem Wort. »Whoa!«, sagte sie und alle nahmen sich ein Beispiel an Oma Bobbie, fielen wie vom Blitz getroffen platt auf den Boden und warteten freundlich hechelnd ab.

»Darf ich vorstellen? Schau mal, Tim, das sind die alte Bobbie mit Mama Applepie, Olivia, George und Washington. Olivia behalte ich selbst, aber von den Jungs darfst du dir einen Liebling aussuchen, wenn deine Eltern es erlauben.«

Tim schaute mich bittend von unten herauf an.

»Nun geh schon«, sagte ich.

Natürlich war die Sache mit Faye seit vorgestern schon geklärt. Natürlich hätte ich es niemals übers Herz gebracht, meinen Sohn hierherzuschleppen, um ihm am Ende seinen großen Traum zu zerstören. Und natürlich stand ein Kellerregal seit gestern Abend voller Welpennahrung. Aber man muss ja seinen Kindern nicht gleich alles erzählen, oder? Ein bisschen Spannung musste sein. Ach, arme Faye! Die hatte bestimmt auch gelitten. Aber heute wollte ich sie erlösen.

Tim kniete inzwischen bei den Hunden, konnte gar nicht aufhören, die Babys zu kraulen, steckte seine Nase in das schwarzbraun-blonde Fell, quiekte vergnügt. »Wie gut die riechen, Mummy! Besser als Weichspüler und dein Parfum zusammen.«

Faye grinste mich an und raunte mir so leise zu, dass unser Sohn es nicht hören konnte: »Für ihr Alter sind sie schon ganz gut erzogen. Aber ihr werdet zumindest in den ersten Monaten noch ziemlich zu tun haben, bis der Welpe ein wirklich angenehmer Hausgenosse ist. Das könnt ihr nicht Tim allein überlassen. Natürlich stehe ich euch bei Problemen zur Verfügung, aber es wird Arbeit machen. Kriegt ihr das hin? Und wollt ihr das wirklich?«

Mathew schaltete sich ein. »Robin hat keine Ahnung von Hunden. Aber ich bin mit zwei Bobtails aufgewachsen. Eigentlich traue ich's mir zu.«

Faye wandte sich an meinen Liebsten. »Du wirst den ganzen Tag arbeiten. Robin genauso. Tim ist vormittags in der Schule. Wer hütet den Kleinen, wenn ihr nicht da seid?«

»Unser Gärtner!«, kam es unisono von Mathew und mir.

»Und der kennt sich aus und ist einverstanden?«, wollte Faye etwas zweifelnd wissen.

»Zumindest hat er selbst einen Hund. Manchmal bringt er ihn mit. In letzter Zeit seltener, denn nachdem er ihn mal stundenlang suchen musste, lässt er ihn jetzt meist zu Hause. Wie sich herausstellte, hatte Tim nämlich den Hund in sein Zimmer gelockt und sich unter Tränen geweigert, ihn wieder rauszugeben. Wir hatten ein Mordstheater, unseren Filius zu beruhigen. Der Gärtner sagt, er hält es nicht aus, ein Kind derart heulen zu sehen«, erklärte Mathew.

»Das klingt gut! Wisst ihr, ich muss euch das fragen. Viele Kinder möchten gern ein Tier haben, aber letztlich bleibt die Verantwortung an den Eltern hängen, denn die Kleinen sind einfach nicht allein in der Lage, alles richtig zu machen. Solche Dinge müssen im Vorfeld geklärt sein, denn ich möchte weder, dass ihr mit eurer Entscheidung unglücklich werdet, noch dass der Welpe nachher wieder wegmuss, weil ihr es nicht auf die Reihe kriegt.«

Ich gestehe, ich hatte mit Fayes genauen Nachfragen eigentlich gar nicht gerechnet und mir war ein wenig mulmig. Taten wir hier das Richtige? Nur gut, dass uns wenigstens anderthalb Tage in Tintagel blieben, um uns das Ganze noch mal in Ruhe anzusehen und durch den Kopf gehen zu lassen.

Zunächst blieb dafür jedoch keine Zeit, denn Fayes Verlobter Constantin war mit ihren Kindern zu uns gestoßen. Merkwürdig, wie vertraut sie mir alle waren! Klar, im Gegensatz zu Mathew und Tim hatte ich ja auch durch die Lektüre von Fayes Buch einen gewissen Vorsprung. Sie hatte in keiner Weise gemogelt, stellte ich fest, sondern ihre Familie wirklich lebensnah geschildert.

Constantin erschien mir so überwältigend charmant, dass ich Fayes Bereitschaft, sehr viel für die Beziehung mit ihm zu ertragen, sofort nachvollziehen konnte. Zweifellos schon auf den ersten Blick ein Mann, für den es sich lohnte, sogar seit nun bald zwei Jahren dieses alte Ekelpaket im Haus auszuhalten, das sie ironisch »ihren *lieben* Schwiegervater« nannte. Ich war gespannt, ob wir ihn an diesem Wochenende kennenlernen würden, und rechnete eingedenk ihrer schillernden Beschreibungen mit dem Schlimmsten.

Fayes Sohn Phil, gleich alt wie Tim, hatte offensichtlich überhaupt keine Berührungsängste, gab uns Erwachsenen schnell höflich die Hand und stürzte sich dann sogleich auf Tim, der noch immer zwischen den Hunden hockte. Sofort hatten die Jungs ihr Gesprächsthema. Phil fragte, ob er mit Tim und den Vierbeinern in den Garten gehen dürfe, Faye prüfte schnell ab, ob er seine Pflichten erledigt habe, die im Füttern der Absetzlämmer zu bestehen schienen, bekam ein »Logo, Mum!« zu hören, und zack, waren wir die ganzen jungen Wilden los.

Die kleine Lucy war ihrer Mutter wie aus dem Gesicht geschnitten. Ein richtiges »Mädchen« mit langen braunen Locken, bunten Spangen, farblich passend zum pink gepunkteten Kleidchen. Ein bisschen schüchtern und zurückhaltend reichte sie uns artig die Hand und hatte so gar kein Interesse, den Jungs zu folgen.

»Kommt rein, ihr Lieben«, sagte Faye herzlich, hielt uns die knarrende schwere Holztür auf und führte uns durch Flur und Küche, von wo aus es direkt auf eine sonnenbeschienene Terrasse ging. Dort war ein riesiger Tisch für einen ausgedehnten Brunch gedeckt und man hatte einen genialen Ausblick auf den entzückend angelegten Garten, der zum Meer hin steil abfiel. Keine Nachbarn weit und breit, kein Gebäude verstellte die Sicht.

»Fantastisch habt ihr es hier«, rief ich aus. »Dass du so heftig an diesem Fleckchen Erde festgehalten hast, wie du es in deinem Roman beschrieben hast, verstehe ich jetzt endlich richtig,

Faye. Mir kommt alles ganz vertraut vor. So vertraut, als wäre ich schon mal hier gewesen.«

»Ja, nicht?«, sagte sie, und aus ihrem Lächeln sprach der Stolz über eine Leistung, die sie quasi ganz ohne fremde Hilfe erbracht hatte, nachdem ihr Ehemann John vor einigen Jahren seiner Krebserkrankung erlegen war und Faye so plötzlich mit den beiden Kleinen allein dagestanden hatte. Wie musste sie gekämpft haben, die Farm als Zuhause für sich und ihre Kinder erhalten zu können.

Constantin, den sie erst eine ganze Weile später kennengelernt hatte, als sie sich schon längst in ihrem Singledasein eingerichtet hatte, warf ein: »Es ist mir nicht schwergefallen, Deutschland hinter mir zu lassen und dieser wundervollen Frau hierher zu folgen.« Zärtlich legte er einen Arm um ihre Schultern, und ich hatte den Eindruck, noch nie einem Paar begegnet zu sein, das so einig mit sich, so eins mit seiner Umgebung wirkte. Beinahe beneidete ich die beiden um dieses Stück Paradies. Klar, unser Haus war hochmodern, die ganze Einrichtung durchgestylt bis ins kleinste Detail, dieses hier war uralt, wirkte urig, schon ein bisschen mitgenommen von den Stürmen der Zeit, aber alles strahlte eine Gemütlichkeit und Wärme aus, die ich unserer etwas kühlen Villa bei aller Liebe wahrhaftig nicht andichten konnte.

Dieser Platz hier war ein Heim. Unseres war nur ein Haus.

Da tat es der Sache auch keinen Abbruch, dass weder die Stühle noch alle Kaffeebecher zusammenpassten, ein paar Steine aus dem Mäuerchen gebröselt, die Stufen zum Garten ausgetreten waren und der ausgeblichene Sonnenschirm zwei nackte Speichen hilflos in den blauen Sommerhimmel reckte. Die Stimmung war voller Frieden und Liebe, und ich spürte schon eine halbe Stunde nachdem wir uns zum Essen niedergelassen und eine Weile über Gott und die Welt geplaudert hatten, wie alle Anspannung der vergangenen Monate plötzlich von mir abfiel. Hin und wieder erhaschte ich einen vergnügten Blick von Mathew, der ein angeregtes Gespräch mit Constantin übers Segeln vor der kornischen Küste führte. Nein, wir waren nicht zu Besuch bei einer fremden Journalistin, die, wie so viele andere auch, einen Happen aus meinem Lebensweg zu einer reißerischen Story machen wollte. Wir waren zu Besuch bei Freunden!

Die beiden Jungen erschienen zweimal, die Hundebande im Gefolge, schmierten sich eilig Sandwiches, griffen sich ein paar Scones, grüne Äpfel und gleich eine ganze Kanne Saft. Dann verschwanden sie grölend, jubelnd, kleckernd, krümelnd, weder Gesichter noch Hände besonders sauber, während die Hunde alles, was sie fallen ließen, hinter ihnen aufsammelten wie Staubsauger.

Ich tauschte einen einvernehmlichen Blick mit Faye, hatte das Gefühl, nichts würde diese Idylle stören können, und richtete mich innerlich schon in aller Gelassenheit darauf ein, gleich einen Spaziergang mit ihr in den zauberhaften Garten zu unternehmen, wo ich meinen Bericht über Beatrices weiteres Schicksal vervollständigen wollte.

Da erklang aus dem weit geöffneten Fenster im oberen Stockwerk des Häuschens in schier unglaublicher Lautstärke Wagners »Walkürenritt«. Ich zuckte zusammen und sah aus dem Augenwinkel, dass auch Mathew aufgeschreckt war.

»Denkt euch nichts dabei«, sagte Faye entschuldigend mit etwas säuerlichem Lächeln. »Ernstelchen hat mal wieder dem deutschen Volke einen Sieg der tapferen Wehrmachtstruppen zu verkünden. Es lässt sich nicht ändern, er kommt immer seltener aus seiner versunkenen Welt zu uns in die Jetztzeit rüber. Aber keine Sorge, er lässt es selten bis zu Ende laufen. Hört gleich auf.«

Die Situation war so skurril, dass ich mir das Lachen nicht verkneifen konnte. »Entschuldigt bitte«, prustete ich mühsam beherrscht. »Ich habe ja nun dein Buch gelesen, Faye, und hatte eigentlich gedacht, du hättest schamlos übertrieben. Aber es ist wirklich so …«

Sie machte eine Handbewegung, die eigentlich nach Resignation aussah. Aber ihr amüsiertes Gesicht bewies, dass sie sich längst nichts mehr draus machte. Constantin legte eine Hand über ihre. Es lag so viel Innigkeit in dieser kleinen Berührung. Er wusste, was sie aushielt. Aber er musste sich nicht für seinen Vater entschuldigen. Eine stille Übereinkunft schien zwischen den beiden getroffen, es gemeinsam zu ertragen und sich gegenseitig mit einem lächelnden Schulterzucken über solche Momente hinwegzuhelfen.

Instinktiv griff auch meine Hand nach Mathews, und fast erstaunte es mich, dass seine mir tatsächlich im selben Augenblick entgegenkam. Sanft drückte er und ich gab ihm das Signal zurück. Solche Kleinigkeiten waren, das fiel mir mal wieder schmerzlich auf, in letzter Zeit selten gewesen. Meine Güte! Waren wir womöglich im Grunde doch noch lange nicht aus unserem gehetzten Karrierestreben raus? Hatte ich eine grässliche Fehleinschätzung begangen, geglaubt zu haben, dass der Stress mit meiner Enttarnung wirklich vorbeigewesen war?

Abrupt endete der »Walkürenritt«. Erleichtert atmeten wir alle auf, sahen einander grinsend an.

Lucy begann, den Tisch abzuräumen. Sie schien von der Besonderheit der Situation nichts mitzubekommen, war wohl bestrebt, einen guten Eindruck zu machen, indem sie ihrer Mutter ein paar Pflichten abnahm, sagte sogar: »Mum, du kannst ruhig mit deiner Freundin quatschen gehen. Du hast doch gesagt, ihr habt euch ’ne Menge zu erzählen. Ich mach das hier schon für dich.«

Wie süß sie war! Und wie ernsthaft sich Faye bei ihrer kleinen Tochter bedankte, mir einen Wink gab. »Da siehst du es, Robin, ich habe eine große Hilfe. Danke, Lucy, mein Schatz.

Aber dann hast du genug getan, okay? Wann kommt Melly zum Spielen?«

»Um eins wird sie gebracht. Und ich mach das doch gerne, Mum.« Tapfer balancierte Lucy einen Stapel benutzter Teller in die Küche, während Constantin bereits dabei war, die wärmeempfindlichen Lebensmittel auf einem Tablett zu türmen.

Bei uns zu Hause räumte unsere Haushälterin den Tisch ab. Niemand von uns befüllte eine Spülmaschine oder einen Wäschetrockner, unsere Autos wurden gewaschen, die Einkäufe erledigten wir nie gemeinsam. Unser Kühlschrank war immer voll. Wir zahlten nur die Rechnungen, auch die unserer beiden guten Geister, die uns alles abnahmen. Ob es so sinnvoll war, Tim von jedweder Pflicht fernzuhalten? Wie realitätsfern wuchs Tim eigentlich auf? Ich überlegte. Ein mulmiges Gefühl beschlich mich und ich teilte meine Gedanken mit Faye. Unser Sohn war jetzt sieben. Aber er konnte nicht mal selbst einen Teebeutel aufgießen. Alles wurde ihm abgenommen. Verflucht! Machten wir da nicht einen Fehler? War es nicht Zeit, ihn ein wenig selbstständiger werden zu lassen? Die ganz ohne unser Zutun initiierte Geschichte mit dem Einkauf für das Hundebaby war doch ein eindeutiger Hinweis darauf, dass er es selber wollte. Wie sollte er durchs Leben kommen, wenn wir uns nicht die Zeit nahmen, ihm wenigstens das Grundlegendste beizubringen? Ausschließlich Protektionismus und »alles vor den Hintern tragen«? Mannomann! Außerdem … etwas irre, jaja, aber … wäre es nicht einfach wundervoll, auch solch eine kleine Tochter zu haben wie Lucy? Unwillkürlich strich ich mir über den Bauch. Ich glaube, Faye hat es nicht gesehen, aber sie hatte eine Meinung zu meinen Überlegungen.

»Weißt du, Robin, ich denke, man kann Kindern alles bieten, was man mit Geld bezahlt, und hat ihnen doch nichts gegeben. Das Wertvollste, um sie aufs Leben vorzubereiten, ist doch Zeit. Zeit, die man sich nimmt, sie zu rüsten mit allem, was einmal nützlich werden kann. Unsere Kinder fordern das geradezu. Und komisch an der Sache ist, dass sie sich, obwohl sie immer wählen konnten, für genderspezifische Aufgaben entscheiden. Du siehst ja, Lucy mag gern im Haushalt helfen. Phil bevorzugt typisch männliche Arbeiten. Wir haben sie wirklich nicht gezwungen, glaub's mir. Aber so fühlen sie sich am wohlsten und irgendwie ergänzt es sich wunderbar.«

Mir fiel das letzte Gespräch zwischen Beatrice und Geoffrey am Tag vor der Eureka Stockade ein und ich erinnerte Faye daran. Sie zuckte die Achseln und sagte mit einem Lächeln: »Ich finde, wir hätten auf die ganze Emanzipationsgeschichte verzichten können, wenn die Grundlagen des Zusammenlebens von Mann und Frau Respekt und Augenhöhe wären. Bitte versteh mich nicht falsch. Ich gehöre gewiss nicht zu den ewig Gestrigen, die Frauen grundsätzlich an den Herd verbannen möchten. Auch ich bin vehement für gleiche Rechte und gleiche Entlohnung für gleiche Arbeit, aber ich bin der Meinung, dieses komische Hauruckverfahren, das doch im Grunde letzten Endes nichts besser gemacht hat, hätte man sich sparen können. Wenn die gesamte Gesellschaft die Leistungen beider Geschlechter selbstverständlich als ebenbürtig erachten würde und alle immer genauso selbstverständlich die Wahl hätten zu entscheiden, für welche Tätigkeit sie sich am geeignetsten halten oder was sie am liebsten tun würden, ginge es der Menschheit besser. Ich meine, weißt du, das Führen einer Schaffarm ist beispielsweise nicht gerade eine frauentypische Aufgabe, und ich gestehe, oft habe ich mir während meiner einsamen Zeit nach Johns Tod ein paar kräftige männliche Hände gewünscht. Wie leicht geht Constantin doch das von der Hand, was für mich so verflucht schwer ist. Er genießt es richtig, sich neben seinem Schreibtischjob auch mal körperlich richtig verausgaben zu können, mich hingegen macht es völlig fertig, wenn ich zu schwer arbeiten muss. Im Grunde wäre ich verdammt gerne weiterhin nur Mutter und im Nebenjob Journalistin für meine kleine Lokalzeitung geblieben. Aber es bezahlt mir ja niemand, wenn ich nur anständig ein paar Kinder aufziehe. Offenbar gilt es nichts, einen Beitrag zur Erhaltung der Menschheit zu leisten, und was Kindererziehungszeiten für die Alterssicherung ausmachen, wissen wir doch alle.«

Faye hatte sich in Rage geredet. Sie schnipste mit den Fingern. »Quasi nichts. Wenn man nicht gleichzeitig arbeitet, kann man diese Jahre in der Hinsicht getrost vergessen.«

Ich konnte Faye nur wieder mal zustimmen. »Siehst du, und andersherum sind wir wieder benachteiligt, wenn es um Posten geht, die den vollen Einsatz erfordern. Da haben die Arbeitgeber Angst, man könnte wegen erkrankter Kinder mal zu Hause bleiben müssen. Oder sogar noch mehr ausbrüten, als man blöderweise ohnehin schon hat. Wenn diese Furcht übermächtig wird, stellen sie einen als Frau gar nicht erst ein. Hab's ja selbst erlebt. Sonst wäre ich Margaret Thorntons verrückter Idee garantiert nicht gefolgt. Wir sollen eierlegende Wollmilchsäue sein. Habt ihr's gehört, Jungs? Eure Frauen sind eierlegende …«

Mathew und Constantin fuhren gleichzeitig aus ihrem Gespräch auf. »Ihr seid großartig«, sagte Constantin mit Überzeugung und Mathew variierte um »fantastisch«. Wir Frauen grinsten uns an. Es war völlig klar. Sie hatten gar nicht zugehört. Hätten sie vielleicht sollen. Aber na ja, die beiden schienen sowieso besonders besondere Exemplare ihrer Gattung zu sein und hätten uns gewiss nur zugestimmt.

»Lass sie«, sagte ich mit gesenkter Stimme zu Faye und die schloss ihren engagierten Monolog jetzt mit der Schlussbemerkung: »Ich finde jedenfalls, es muss sich ergänzen, und das bei gegenseitiger Achtung. Geoffrey hatte recht. Das galt damals und es gilt heute noch.«

»Stimmt, Faye. Der wesentliche Punkt bleibt für mich aber immer, dass man die Wahl hat.«

»Exakt das ist der Punkt«, bestätigte sie und gab mir einen Wink. »Komm. Lass uns in den Garten gehen.«

Ich stand auf, gab Mathew einen flüchtigen Kuss. Die beiden Männer waren schon wieder in ihr Gespräch über küstennahe Fallwinde und irgendwelche neumodischen Winschen vertieft und warfen uns nur noch die Info zu, am Nachmittag, wenn wir dann die Kinder hüten könnten, würden sie gern einen kleinen Törn mit Constantins Jolle unternehmen.

»Das sei euch gegönnt«, stimmte Faye zu. »Aber jetzt gebt uns ein paar Stunden für uns allein und haltet uns die Kids und die Hunde ein bisschen vom Hals, okay?«

Mathew hielt den Daumen in die Höhe. »Abgemacht. Geht nur. Wir kümmern uns.«

* * *

Wir stiegen zusammen die ausgetretenen Stufen in Fayes Rosengarten hinunter. Einmal mehr erschien mir der ganze Ausflug hierher wie die Reise in ein fernes Märchenland. So weit entfernt von unserer eigenen Normalität, so weit weg vom Alltag, dass ich jetzt schon fast das Gefühl hatte, hier ein klein wenig ein anderer Mensch zu werden. Ich blieb immer wieder stehen, schnupperte an der einen oder anderen Blüte, sog den Duft nicht nur in die Nase, sondern tief in mein Bewusstsein, damit ich mich später würde erinnern können an diesen besonderen Tag. Vorbei an Gartensalbei, prächtigen Hortensien, würzig duftenden Kräuterbeeten, verschwenderisch blühenden Lavendelrabatten führte mich Faye zu ihrem kleinen Gewächshaus weitab vom Haus. In der Nähe bellten die Hunde, hörten wir unsere Söhne lachen. Wir setzten uns auf das wacklige Holzbänkchen im Halbschatten. Faye wies zu den

Regalen über uns. Schalen voll tiefblauer Männertreu. Da oben hatte sie die Linden vorgezogen. Jetzt standen einige davon in Kübeln um uns herum. »Das wird eine ganze Allee, wenn sie so weitermachen«, lachte Faye. Reminiszenz an Clara Henriette, Constantins Urgroßmutter, der England so überhaupt nicht gutgetan hatte. Mich schauderte es bei der Rückschau. Und es erinnerte mich wieder an etwas, das ich Faye noch schuldig war. Später. Es sollte mein ganz besonderes Gastgeschenk werden.

Gespannt sah Faye mich an und ich versetzte mich erst einmal zurück nach Australien, zurück in das Jahr 1856, zu Beatrice, zu Peter …

24

MELBOURNE 1856 – UNVERLOSCHEN UND UNAUSLÖSCHLICH

Einen Tag nach der Ankunft ihrer drei Gäste schrieb Beatrice einen Brief an Peter. Dringend bat sie ihn, so schnell als möglich nach Melbourne zu kommen, sie hätte etwas eminent Wichtiges mit ihm zu besprechen. Sie schickte das Hausmädchen zum Postamt und schärfte der Kleinen ein, das Schreiben per Express aufzugeben.

Obwohl die Beschäftigung mit ihren Gästen vergnüglich war und ihr famos die Zeit vertrieb, stellte sich immer wieder dieses nervöse Flirren unter den Rippen ein, das sie neuerdings so aufdringlich begleitete. Hin und wieder legte sie unwillkürlich die Hand auf die Stelle, und als es allzu arg wurde, bat sie Alira, ihr Korsett etwas zu lockern. Deren Blicke waren sorgenvoll.

»Mylady, ich möchte gern den Doktor rufen. Was, wenn es das Herz ist, das Dummheiten macht? Das muss einmal abgeklärt werden, finde ich.«

Beatrice wollte sich weigern, spielte die Beschwerden herunter, denn es passte von jeher nicht in ihr Bild von sich selbst, sich körperliche Schwächen einzugestehen. Aber Alira ließ nicht locker, bis ihre Herrin schließlich seufzend einwilligte.

Beatrices vertrauter Hausarzt Dr. O'Shawnessy, ein sehr sanfter, hagerer, grauhaariger Herr mit einem Zwicker auf der Nase, kam, hörte sich eine ganze Weile lang mit unbewegter Miene die Pumpgeräusche des malträtierten Herzens an, horchte die Lunge ab, klopfte hier, untersuchte da, strich sich den eisengrauen Bart, musterte seine Patientin kritisch, wiegte den Kopf.

Obwohl Beatrice spürte, dass allein die Anwesenheit des sehr gelassenen und professionellen, gleichzeitig ungeheuer empathischen kleinen Mannes ihre Symptome linderte, fragte sie unwirsch: »Nun, was ist, Doktor?«

»Nichts. Körperlich sind Sie vollkommen gesund. Liegt Ihnen irgendetwas auf der Seele?«

»Das kann man wohl sagen«, antwortete Beatrice frei heraus und spürte bei aller Ungeduld doch, dass sie ein wenig erleichtert darüber war, wie schnell er den wahren Ursachen ihres Missbehagens auf die Spur gekommen war.

»Ich könnte Ihnen jetzt eine beruhigende Medizin aufschreiben, aber ich ziehe es vor, Ihnen das Angebot zu machen, sich bei mir auszusprechen. Ihre Seele leidet. Das sieht man Ihnen an. Seien Sie ganz beruhigt, Sie wissen ja, jedwedes Geheimnis ist bei mir in sicheren Händen, denn das gebietet die ärztliche Schweigepflicht. Aber vielleicht kann ich helfen. Nichts Menschliches ist mir fremd. Es muss nicht jetzt und heute sein. Ich möchte Sie keinesfalls überrumpeln. Ich ziehe mich sofort zurück, wenn Sie es wünschen, aber es kann auch sofort geschehen. Gern nähme ich mir die Zeit. Wollen Sie es sich überlegen?«

Wie klug und ruhig seine grauen Augen sie ansahen! Wie wohl sie sich in seiner Gegenwart fühlte. Buchstäblich wie in Abrahams Schoß. Sollte sie …? Vielleicht würde es guttun, endlich einmal einem Menschen all ihre Sorgen unumwunden und ungeschönt mitzuteilen, ohne ständig unermüdliche Stärke vorspielen zu müssen, die sie eigentlich schon lange nicht mehr empfand.

Beatrice seufzte tief. Dann hatte sie ihren Entschluss gefasst. Sie rief nach dem Mädchen und bestellte Tee.

* * *

Zwei Stunden später kannte Dr. O'Shawnessy Beatrices Lebensgeschichte. Jedes Kommentars hatte er sich enthalten, nur hin und wieder aufmunternd gelächelt, ab und zu erschreckt oder bewundernd das Gesicht verzogen. Sie hatte kein Blatt vor den Mund genommen, weder ihre Zweifel und Ängste noch die Hoffnung, die sie in ihrem Herzen hegte, verleugnet und mit den Worten geendet: »Und nun, lieber Doktor, stehe ich vor der schweren Aufgabe, den Mann, den ich liebe und für mich gewinnen möchte, mit dem Tod der Frau zu konfrontieren, die er liebt, ohne dass er sich umgehend gezwungen sieht, die Trauer um die Verstorbene flugs hintanzustellen, um sich mir, der Mutter seines Sohnes, zuzuwenden. Jeden Menschen muss eine solche Eröffnung unter den gegebenen Umständen überfordern. Ich kann ihm jedoch weder seine Tochter vorenthalten noch der Tochter den Vater, noch dem Vater dauerhaft weiterhin seinen kleinen Sohn. Das wäre nicht recht. Doch ich habe niemanden, den ich zwischen die Kinder und mich auf der einen Seite und diese entsetzliche Offenbarung auf der anderen stellen kann.«

Ein zuversichtliches Lächeln glitt über die Züge des alten Herrn, das Beatrice wie ein Sonnenaufgang an einem klaren Herbstmorgen nach gewitterschwerer Nacht erschien. »Aber liebste Lady Ames! Wer, wenn nicht ein Arzt, könnte solche Botschaften besser und einfühlsamer überbringen? Wenn Sie es möchten, will ich gern der Vermittler zwischen Mr O'Lalor und Ihnen sein. Will ihm schonend beibringen, welchen Verlust er zu verwinden hat, und in seinem Herzen die Tür in eine glückliche Zukunft öffnen. Seien Sie unbesorgt! Es gehört zu den natürlichsten Aufgaben eines Arztes, Menschen in ihren dunkelsten Stunden zu begleiten und, wenn es sich denn schon, wie hier, so herrlich trifft, auch wieder ans Licht zurückzuführen. Vertrauen Sie mir und erlauben Sie Ihrem Herzen, sich zu beruhigen.«

Wieder legte Beatrice ihre Hand unter den Rippenbogen. Einen Augenblick saß sie bewegungslos, horchte gespannt nach innen.

»Atmen Sie!«, sagte der Doktor. »Tief ein, entspannt aus. So, ja … so machen Sie es richtig. Was spüren Sie?«

»Es beruhigt sich. Tatsächlich. Mein Gott, welch schwere Last Sie mir abnehmen!«

»Dafür bin ich da, Mylady. Ihr Körper, Ihr Herz hat nur ein Signal gegeben, dass etwas in Ihrer Seele nicht im Gleichgewicht ist. Man kann nicht Körper und Seele getrennt bewerten. Beides muss im Einklang miteinander funktionieren. Und sehen Sie, ein Gespräch kann manchmal mehr bewirken als ein paar Pillen oder ein Heiltrank, die doch nur die Symptome dämpfen und nicht das Ganze berücksichtigen. Achten Sie auf ausreichend Schlaf, freuen Sie sich an den Kindern, lassen Sie zu, dass Optimismus Ihre Seele flutet. Alles wird gut. Glauben Sie mir.«

Beatrice fühlte sich so entspannt wie schon lange nicht mehr und vereinbarte mit O'Shawnessy, sich sogleich an ihn zu wenden, sobald sie Nachricht von Peter hätte.

* * *

Peters Antwort erreichte Beatrice bereits zwei Tage später zur Mittagsstunde. Aufgeregt öffnete sie seinen Brief und war gleichzeitig erfreut und tief verletzt. Er kündigte sein Eintreffen für den Spätnachmittag des 15. März an. Quartier werde er im Hotel »The Victoria« nehmen und bitte sie höflichst zum Gespräch um 20 Uhr in der Lobby.

Er würde kommen! Doch – Herrgott! – wieso folgte er nicht ihrer Einladung nach Greenfield Manor? Warum dieser Treffpunkt? Mitten im Getümmel einer Empfangshalle. Wollte er mit dieser Maßnahme sichergehen, dass sie ihm auf gar keinen Fall zu nahe kommen konnte? Das musste es sein. Er wollte sie sich vom Leibe halten!

Beatrices Herz zog sich schmerzhaft zusammen. Wieder war dieses ungesunde Flirren zu verspüren. Sie setzte sich, atmete. Tief ein, entspannt aus. So, wie der Doktor es ihr empfohlen hatte. Heute hatte es nicht den gewünschten Effekt. Ihr Atem ging flach und stoßweise, sie fühlte, wie verkrampft ihre Schultern waren, wie der Nacken steif wurde, jeder Muskel sich unterm Korsett um den Brustkorb zu klammern schien wie eine eiserne Zwinge. Sie klingelte nach Alira, bat sie, umgehend nach Doktor O'Shawnessy zu schicken.

Bis zu dessen Ankunft massierte die junge Zofe mit leichter Hand Beatrices nackte Schultern. Sie benutzte dazu ein wohlriechendes Öl, über dessen Ingredienzien Alira bisher stets, allen Nachfragen trotzend, ebenso beharrlich wie geheimnistuerisch geschwiegen hatte, das aber seine wohltuende Wirkung noch nie verfehlt hatte. Heute nützten Aliras Bemühungen zum ersten Mal nichts. Im Gegenteil hatte sie den Eindruck, mit jeder Berührung einer hysterischen Attacke näher zu kommen, und bat ihre Zofe schließlich sogar aufzuhören.

Erst als der Arzt eintraf, ihr sanft murmelnd eine Hand auf die Schulter legte und erneut einige Atemübungen von ihr verlangt hatte, die sie artig und konzentriert ausführte, fühlte sich Beatrice wieder sicherer und begann sich ein wenig zu entkrampfen.

Der höchsten Anspannung folgte unendliche Mattigkeit. »Er schlägt die Einladung aus, zu mir ins Haus zu kommen, Doktor«, hauchte sie wie ein sterbender Schwan. »Denken Sie bloß, er möchte lieber im ›Victoria‹ logieren und beordert mich dorthin. Er stößt mich fort … für immer fort, Sie werden es sehen, Doktor.«

»Ausgezeichnet!«, erwiderte O'Shawnessy aufgeräumt und zwinkerte großäugig hinter seinem blank polierten Monokel.

»Ausgezeichnet?« Beatrice fuhr wütend herum. Die ungeheuerliche Antwort wirkte wie ein Riechfläschchen mit beißendem Kampfer. »Das ist ein Affront! Er will sich nicht mit mir in intimer Atmosphäre treffen. Befürchtet wahrscheinlich, dass sein kleiner Fehltritt ihm spät, aber doch noch auf die Füße fällt. Will sich nicht mit mir auseinandersetzen, möchte mich wenigstens auf Armeslänge, wenn nicht gar am liebsten auf Meilen von sich entfernt halten. Oh Doktor, ich fürchte, all meine Hoffnungen sind perdu.«

O'Shawnessy schüttelte den Kopf und lächelte milde. »Liebe Lady Ames, Sie übertreiben! Betrachten wir es doch mal von einer ganz anderen Seite. Ich werde auf diese Art und Weise zum Überbringer der schrecklichen Botschaft auf neutralem Terrain. Ich bin ein Fremder und dennoch in meiner Funktion eine Vertrauensperson, ähnlich einem Geistlichen. Ich kann emotionsfrei und professionell handeln. Ich kann Mr O'Lalor über den ersten Schreck hinweghelfen und ihn in die richtige Richtung leiten. Ist das nicht viel besser, als wenn die traurigen Neuigkeiten auf immer mit den Mauern von Greenfield Manor in Verbindung stünden? Überlegen Sie doch mal! So kommt es unseren gefassten Plänen wunderbar entgegen.«

Langsam tröpfelte in Beatrices Bewusstsein, wie recht der Doktor hatte. Eine personelle sowie gleichzeitig örtliche Abgrenzung. Das war es doch eigentlich, was sie gewollt hatte. Natürlich! Wo hatte sie nur ihren Kopf gelassen? Sonst konnte sie doch immer vernünftig sein, kühl und überlegt sprechen und handeln. Was war es nur mit Peter? Was machte sie zu solch einem unzurechnungsfähigen Nervenbündel?

Er betrachtete sie abwartend. Seine Züge waren eine einzige Frage, die nur eine Antwort zuließ, und Beatrice zögerte nicht.

»Ja! Ja, Doktor, wie klug Sie doch sind. Ich fürchte, langsam verliere ich vor lauter Gefühligkeit den klaren Blick auf die Dinge.«

»Es ist die Liebe, verehrte Lady Ames. Sie macht die tollsten Sachen mit den Menschen. Manchmal kennen sie sich nicht wieder. Und nichts ist schlimmer als unerfüllte Liebe. Sie raubt den Verstand. Aber seien Sie ganz ruhig. Schließlich haben wir unseren Plan geschmiedet, um das böse Wort ›unerfüllt‹ auszuradieren, nicht wahr? Nun überlegen Sie bitte: Was darf ich Mr O'Lalor von Ihnen ausrichten? Oder soll ich vielleicht ein paar Zeilen von Ihnen überbringen?«

Nur wenige Sekunden zögerte sie. Ihre Gedanken schweiften zurück zu dem denkwürdigen Weihnachtsabend in der schäbigen Scheune. Sie rief sich angestrengt die Worte in Erinnerung, die sie gewechselt hatten, ehe …

Das, ja, das war es!

»Moment, Doktor!«

Beatrice eilte an ihren Sekretär, nahm einen Bogen Bütten heraus. Nicht die Sorte, welche sie für ihre geschäftliche Korrespondenz zu benutzen pflegte, sondern die hübsche persönliche Variante, bedruckt mit den elegant geschwungenen Initialen ihres Namens, welche die Adresse Greenfield Manors lediglich als Fußnote am unteren Rand aufzeigte.

Nur fünf Worte schrieb sie: »Auf immer unverloschen und unauslöschlich!«, und zeichnete mit ihrem Vornamen. Sie steckte das Blatt in ein Kuvert, siegelte und übergab den Umschlag Dr. O'Shawnessy. Der nahm ihn lächelnd entgegen.

»Er soll kommen, wann immer er mag. Aber bitte, Doktor, tun Sie alles dafür, *dass* er kommt! Nicht nur um meinetwillen. Die Kinder ...«

»Jaja, die Kinder«, schmunzelte der alte Herr. »Und nun lassen Sie mich mal machen. Ich befehle Ihrem Herzen, sich zu gedulden, seine Arbeit zu tun und Sie nicht weiter zu quälen. Es hat genug Martern ertragen. In Zukunft möchte ich es nur noch aus voller Kraft vor Freude schlagen hören.«

Beatrice bekam noch mit, dass er Alira ein kleines Fläschchen »für den Notfall, stündlich drei Tropfen« in die Hand drückte. Dann glitt die Tür leise hinter ihm ins Schloss und sie war wieder allein.

Allein?

Im Nebenraum rührte sich der kleine Geoffrey. Beatrice schaute auf die Uhr. Kurz nach drei. Er hatte seinen Mittagsschlaf beendet. Was auch immer sein Vater sich ausdenken, wie auch immer er reagieren würde: Geoffrey war da! Wie wundervoll, dass er da war. Und *noch* gehörte er ihr ganz allein. Ach nein, überlegte sie, niemand *gehört* einem anderen. Was denke ich da schon wieder für dummes Zeug? Geoffrey gehörte nur sich allein. Aber er, dessen konnte sie vollkommen sicher sein, liebte sie. Tief und innig, ehrlich und aufrichtig.

Sie ging hinüber, ließ sein Kinderlachen ihr Herz beruhigen, hob ihn aus seinem Bettchen, setzte ihn auf ihren Schoß. Er rieb sich die Augen, strahlte sie an, dann schlang er beide Ärmchen um ihren Hals und drückte sie aus Leibeskräften. Beatrice musste an sich halten, es ihm nicht gleichzutun. Sie hätte ihn vor lauter Liebe zerquetscht.

* * *

Um sich abzulenken, verbrachte Beatrice den Nachmittag mit ihren Gästen im Park. Bis zur Teestunde spielten sie bei herrlichem Sonnenschein eine Runde Croquet nach der anderen. Die Geschwister Marybeth und Geoffrey schienen eine besondere Affinität füreinander zu verspüren. Der Kleine saß, umringt von allerlei Spielzeug, auf einem karierten Plaid im Gras. Immer wenn Marybeth gerade nicht dran war, klatschte er begeistert in die Hände, und sie ging zu ihm, um sich mit ihm zu beschäftigen. Seit ein paar Tagen hatte Geoffrey angefangen, sich bei jeder Gelegenheit an allem hochzuziehen und den aufrechten Stand zu proben. Das versuchte er jetzt auch, krallte sich in die Falten von Marybeths Kleid, balancierte wacklig erst auf den Zehen, dann auf den Fersen und ließ sich strahlend von ihr bejubeln.

Noch hatte Beatrice dem Mädchen ihr verwandtschaftliches Verhältnis zu dem kleinen Geoffrey nicht eröffnet. Aber Marybeth wusste, dass hier, irgendwo hier ihr Vater lebte. Beatrice hatte ihr versprochen, dass sie ihn bald kennenlernen würde, und ihre Aufregung konnte sich beinahe mit Beatrices messen.

Hübsch war sie. Die vielen Sommersprossen, die Beatrice an dem kleinen Mädchen damals aufgefallen waren, hatten wahrscheinlich eine lange Buttermilchkur hinter sich und waren einem Teint wie Milch und Honig gewichen. Marybeth hatte eine entzückende schlanke Figur, gefällige Züge, eine kleine Stupsnase, die Neugier, und ein forsches Kinn, das Mut und Durchsetzungskraft signalisierten. Ihre langen blonden Locken, die Janet so gefällig frisiert hatte, wiesen denselben leicht rötlichen Farbstich auf wie der Bart ihres Vaters. Ihre Augen glichen Geoffreys. Peter hatte dieses wundervolle Grün zuverlässig und durchschlagend vererbt. Irisches Grün. Unverkennbar!

Nichts war geblieben von der Sprachlosigkeit. Marybeth plapperte so ungezwungen und frei heraus, wie man es von einem vergnügten Backfisch gewöhnt war. Janet hatte berichtet, wie glücklich sie gewesen war, als vor zwei Jahren das erste

Wort über Marybeths Lippen kam, und stolz hatte sie hinzugefügt, dieses erste Wort sei ihr eigener Name gewesen. »Janet hat sie gesagt. Janet! Ist das nicht wunderbar?« Erstaunlich wenig Schwierigkeiten habe die Kleine gehabt, Wörter zu formen. Nun ja, gehört habe sie schließlich immer … wahrscheinlich deshalb. »Aber denkt nur, Mylady, so lange hat es gedauert, bis sie sich endlich wieder sicher und fröhlich genug gefühlt hat, um ihr Schweigen zu brechen.«

»Kinderseelen sind schnell zerstört, Janet. Du hast sie aus ihrer stillen Verzweiflung gerettet«, hatte Beatrice geantwortet, und Janet war ihr ins Wort gefallen: »Wärt Ihr nicht gewesen, Mylady …«

»Ach, das war nur der erste Schritt«, winkte Beatrice ab. »Sie brauchte jemanden, der sich ihrer geduldig annahm und ihr half, einen Sinn darin zu sehen, wieder am Leben teilzunehmen. Das war nicht ich, das warst du. Ich buddelte ja derweil gezwungenermaßen hier im Sand nach Schätzen. Nein, nein, ich bin dir sehr dankbar. Und ihr Vater erst … der sollte dir auf Knien danken. Nun wollen wir weiterhin dafür sorgen, dass sie vergisst, was man ihr angetan hat, und glücklich wird bis ans Ende ihrer Tage.«

»Eine richtige Familie wäre gut …«, hatte Janet geseufzt. »Sie muss einen festen Platz im Leben finden. Ein bisschen labil ist sie geblieben, braucht ein stützendes Korsett, um aufrecht zu bleiben.«

»Kein Korsett, meine Liebe! Nur einen Ankerplatz, an dem sie sich sicher weiß, von dem aus sie aber segeln kann, wohin das Herz sie schickt, und an den sie jederzeit zurückkehren kann. Aufrecht stehen soll sie ohne Korsett können und sich niemals eingeengt fühlen.«

»Oder so!«, hatte Janet lachend zugestimmt.

Nun saßen sie da gemeinsam im Gras, Peters Kinder. Und er? Dieser Dummkopf! So viel Glück und Liebe warteten auf ihn, und er schlug allen Ernstes ein Treffen in einer unpersönlichen Hotelhalle vor. Nein, wirklich! Hatte er womöglich in Wahrheit Angst vor der Liebe? Dabei hätte er alles haben können, was ein Mann sich gemeinhin in seinem Leben wünschte. Beatrice lächelte still in sich hinein. Ach, der Doktor würde ihn schon auf die richtige Fährte lotsen …

* * *

Das Dinner war längst verspeist, die Nacht hatte ihre schwarzblaue Stille über Greenfield Manor gelegt, und Dr. O'Shawnessy war noch immer nicht erschienen. Beatrice hatte gemeinsam mit Janet die Kinder zu Bett gebracht, noch ein Weilchen mit ihr und Robert bei Mokka und französischem Cognac auf der säulengetragenen Terrasse des Hauses gesessen und geplaudert, bis auch die beiden sich zurückgezogen hatten. Nun war sie wieder allein, und aus der überschäumenden Zuversicht, die sie am Nachmittag verspürt hatte, war Verzagtheit geworden. Sie lauschte in die Dunkelheit. Die Grillen hatten ihr Abendkonzert beendet, kein Ruf drang mehr aus der Vogelvoliere herüber.

Nur die herbstlichen Blätter der jungen Parkbäume raschelten leise. Ein leichter Wind hatte sich aufgemacht. Jetzt fasste er in das bunte Glas der Windlichter auf dem Tisch, löschte die Flammen. Einzig das schwankende Laternchen über der schweren Eingangstür verströmte noch wacker sein gelbliches Licht, zeichnete wirr zuckende Schatten auf die Fassade.

Einen noch. Dann gebe ich die Warterei auf und gehe zu Bett, sagte sich Beatrice resigniert. Sie füllte erneut ihr Glas mit dem honigschweren alten Edeltropfen. Ein bisschen mehr. Warum nicht? Setzte das Glas an die Lippen. Trank in einem Zug, stellte den kristallenen Schwenker mit Schwung auf den

Tisch, legte die Hände auf die Lehnen des Korbsessels, wollte sich schon hochstemmen.

Da, plötzlich spürte sie eine Hand, die sich sacht auf ihre Schultern legte.

»Bleib!«

Ihr Herz drohte zu zerspringen. Woher? Warum hatte sie ihn nicht kommen hören?

Egal! Er war gekommen.

Das waren Peters Lippen auf ihrem Scheitel.

Sie legte ihre Hände auf seine. »Bist du endlich da.«

Er ließ sie los, trat um den Sessel herum, kniete sich vor sie auf den harten, kalten Marmor, legte seinen Kopf in ihren Schoß.

Sanft strich sie ihm durchs Haar. »Bist du gekommen, um zu bleiben?«

Er sah auf. Es genügte, das kleine Laternchen. Silbrig die Funken im Grün. Ernsthaft seine Züge. Ehrlich. Unzweifelhaft wahrhaftig.

»Auf immer unverloschen und unauslöschlich!«

Der Wind schickte einen schweren Stoß. Das tapfere Laternchen gab auf.

Doch nie war eine Nacht unter Australiens weitem Himmel heller gewesen.

25

CORNWALL 2013 – STANDESGEMÄSS

In der Nähe bellten die Welpen, lachten unsere Söhne. Und wir beide starrten nur völlig benebelt auf das glitzernde Meer hinaus. Minuten verflossen, ohne dass eine von uns etwas sagte. Dann wandten wir uns plötzlich gleichzeitig einander zu. Jede sah die Tränen in den Augen der anderen, aber es machte uns nichts aus. Wir lächelten. Lächelten einander an in einer gemeinsamen Gefühlsduselei, die sich gewaschen hatte.

»Hach!«, machte Faye. »Endlich! Wie konnten zwei Menschen nur so lange umeinander rumschleichen, sich das Leben gegenseitig zur Hölle machen, wo sie sich doch liebten?«

»Tja, mancher würde vielleicht sagen, der Weg war das Ziel? Ist es nicht auch mal ganz schön, wenn nicht alles zack, zack geht? Ein bisschen kräftig leiden und sehnen macht die Liebe womöglich noch viel spannender und … vielleicht sogar kostbarer?«

»Und produziert herzgeschädigte Nervenbündel, wie wir gesehen haben«, lachte Faye. »Sind sie zusammen glücklich geworden?«

»O ja, das sind sie. Sie haben nicht lange gewartet, bis sie sich das Ja-Wort gegeben haben. Übrigens hatte Janet von

William zu diesem Anlass ein ganz besonderes Geschenk mit auf den Weg bekommen. Beatrice trug über ihrem Schleier jenes Diadem, das er so viele Jahre für sie aufbewahrt und nie für das Waisenhaus zu Geld gemacht hatte. Peter stieg ziemlich dick in die Politik ein und heuerte außerdem bei der Eisenbahnbaugesellschaft an. Immerhin gehörte er zu den raren Männern mit einem fast beendeten Ingenieurstudium. Ein Umstand, der auch der Weiterentwicklung von Beatrices Maschinen nützlich werden sollte. Schon bald versorgte Beatrice die Goldgräber mit Maschinen, die komplett in Australien entworfen und gefertigt worden waren, und es dauerte nicht lange, bis in Ballarat und Bendigo fast alles Edelmetall nicht mehr per Hand gefördert wurde. Bereits im selben Jahr gab es in Victoria die weltweit ersten freien Wahlen. Im Jahr darauf wurde das allgemeine Wahlrecht für – zunächst – alle weißen Männer eingeführt.«

»Und das Frauenwahlrecht?«, fragte Faye.

»Darauf musste Beatrice in Victoria bis 1908 warten. Aber sie hat es noch erlebt. Einige andere Kolonien waren da fixer. Am 1. Januar 1901 allerdings erlangte Australien bereits die Unabhängigkeit vom Britischen Empire. Aus den Kronkolonien wurde das ›Commonwealth of Australia‹, und noch heute werden die Geschehnisse um die Eureka Stockade als Startpunkt für die Befreiung Australiens von der Krone angesehen.«

»Was war mit Kindern? Bekam Beatrice noch mehr?«

»Ja. Sie bekam noch zwei Töchter und einen weiteren Sohn. Alle Kinder und ihre Nachfahren band sie nach Kräften in ihr Unternehmen ein, denn sie hielt nicht viel davon, Fremde auf verantwortliche Posten zu setzen, und vertraute lieber auf jene Weisheit, die besagt, dass Blut dicker ist als Wasser. Viel lag ihr daran, die Zügel bis ins hohe Alter selbst in der Hand zu behalten. Aber das ist jetzt alles nicht so wichtig. Interessant fand ich vor allem Folgendes: Da gab es eine Enkelin namens Mia, die Beatrices absoluter Liebling war. Von deren sehr spezieller Geschichte will ich dir jetzt noch berichten. Diese Mia war Margarets Mutter …«

»Die Margaret, die dir die ganze Story erzählt hat?«, fragte Faye.

»Genau. Mia stammte aus Geoffreys Ehe mit einer Aborigine. Im Jahre 1900 hatte Beatrice ihren erstgeborenen Sohn als Repräsentanten des inzwischen enorm gewachsenen und auf mehreren Kontinenten tätigen Familienunternehmens nach London geschickt, um in der dortigen Niederlassung die Geschäfte zu führen. Sie selbst hat übrigens nie wieder einen Fuß in ihre Heimat gesetzt. Mia wuchs also in England auf, und nur einmal im Jahr, wenn Beatrice zu ihrem Geburtstag die gesamte Familie in Melbourne zusammenrief, sah sie ihre Großmutter. Jeder der vielen Nachkommen Beatrices, der es irgendwie einrichten konnte, machte sich pünktlich auf den Weg, denn auf diese Zusammenkunft legte die große alte Dame mit zunehmendem Alter immer mehr Wert, und niemand mochte sie enttäuschen. In Mia muss die alternde Chefin wohl eine Blaupause ihrer selbst entdeckt haben. Genau wie sie früher ging Mia auf die Straße und lief bei den Demonstrationen der Suffragetten mit. Sie verteilte Flugblätter, schwang engagierte Reden für die Durchsetzung des Frauenwahlrechtes, tat mit Leidenschaft das, was ihre ›Schwestern‹ für alle Welt in der Öffentlichkeit erkennbar machte. Sie qualmte wie ein Schlot und das vorzugsweise auf offener Straße.«

Faye lachte. »War das verboten?«

»Eine Frau nahm sich das nicht heraus. Das Recht, in der Öffentlichkeit zu rauchen, war ausschließlich den Männern vorbehalten. Es galt nicht nur als unschicklich, sondern als unverzeihliche Provokation. Die Suffragetten waren zu Beginn des 20. Jahrhunderts noch nicht militant unterwegs. Das kam erst später. Ihre Kundgebungen waren friedlich, sie malten

Plakate, trafen sich zu Demos, wanderten so harmlos durch Londons Straßen, dass sie kaum richtig ernst genommen wurden. Erst nach und nach wurden sie der Obrigkeit lästig und man begann, ihre Kundgebungen mit Gewalt aufzulösen.«

»Okay«, grinste Faye. »Kann ich mir gut vorstellen, dass Beatrice an so einem Mädchen Gefallen fand. Ist sie denn auch mal im Knast gelandet, wie ihre Oma?«

»Das nicht, obwohl … beinahe … jedenfalls wiederholte sich Beatrices Schicksal in gewisser Weise. Im Februar 1907 nämlich passierte etwas …«

Weiter kam ich in diesem Moment nicht, denn Mathew und Constantin tauchten auf.

»Ihr Lieben«, begann Constantin, stutzte kurz und fuhr fort, »ähm … was ist denn mit euch los? Ihr habt ja ganz rote Augen. Habt ihr geheult?«

»Frauengeschichten«, winkte Faye zwinkernd ab. »Und ihr? Wollt ihr jetzt das Meer erobern gehen? Von uns aus könnt ihr, stimmt's, Robin?«

Ich nickte, denn mir passte das ganz gut, weil ich für den Rest meiner Erzählung eigentlich sowieso lieber einen Moment abpassen wollte, in dem ich die ganze Familie, inklusive Ernstelchen, zusammenhätte. Ich hoffte auf ein gemeinsames Abendessen mitsamt Constantins Vater. Schließlich hatte ich einen Plan. Das Auftauchen der Männer hatte uns sowieso rausgebracht. Irgendwie war die Stimmung auch ein bisschen zerstört, wir waren wieder im Hier und Jetzt angekommen, und ich stimmte gern Fayes Vorschlag zu, auf später zu verschieben, was es weiter zu berichten gab.

Einen Moment sahen wir den Männern noch nach, wie sie einträchtig nebeneinander den Weg zum Strand hinuntergingen. Beide in kurzen Hosen, Poloshirts und Sneakern, beide einen Seesack mit Segeltuch über den breiten Schultern, Constantin mit braun gebrannten Waden, mein armer Bürohengst Mathew noch mit ganz weißen. Ich hätte ihm Sonnenschutzmittel mitgeben müssen. Aber … hey, er war nicht mein kleiner Timmy, sondern ein erwachsener Mann; ich sollte ihm wirklich selbst überlassen, ob er sich einen Sonnenbrand holen wollte, und meine Helikopter-Mum-Ambitionen nicht auch noch an ihm austoben.

»Also zurück zu den Pflichten des Jahres 2013! Mia muss warten«, seufzte Faye. »Komm, schauen wir nach den Kindern. Gott sei Dank bleibt ja noch ein bisschen Zeit, bis ihr wieder fahren müsst.«

Wir erhoben uns und stiegen den steilen Küstenpfad hinauf.

Die Jungen waren nirgends zu sehen. Die Hunde allerdings lagen schlafend im Gras unter einer gewaltigen alten Eiche.

»Wo sind sie? Eben haben wir sie doch noch gehört.«

»Huhu«, klang es aus der Krone des windzerzausten Baums über uns. Zwei grinsende Gesichter lugten durch das Laub und mir rutschte vor Schreck das Herz in die Hose.

»Du liebe Güte, Tim, was macht ihr da oben? Kommt sofort da runter! Aber vor-sich-tig!«

»Quatsch«, protestierte Faye neben mir. »Da oben ist doch Phils Baumhaus. Hat Constantin mit ihm gebaut.«

Ich fragte mich, wie um Himmels willen sie da hochgekommen waren, aber Phil ließ schon die Strickleiter heruntergleiten und brüllte vergnügt: »Kommt rauf! Wir haben was zu essen und zu trinken hier. Für euch ist grad noch Platz, wenn wir zusammenrücken.«

»Ja, hält das denn?«, fragte ich Faye skeptisch.

»Na klar. Was Constantin baut, hält noch drei Generationen. Los, klettern. Ich halte unten fest. Du zuerst.«

Es war nie besonders weit her gewesen mit meiner Sportlichkeit. Außer meinen Tennisstunden hatte ich mit körperlicher Betätigung seit der Studentenzeit nicht mehr viel am Hut. Wie ein nasser Sack hing ich an den schmalen Sprossen.

Aber ich wollte mir keine Blöße geben, riss mich zusammen, vermied außerdem sorgfältig, nach unten zu sehen, um nicht auch noch meine Höhenangst preiszugeben, und gelangte tatsächlich mit Fayes Hilfe und unter dem Gejohle der Jungen auf der solide gebauten, überdachten Plattform an. Behände folgte mir Faye, und wir konnten von unserer erhöhten Position aus beobachten, wie unsere Männer das Boot zu Wasser ließen, Segel setzten, wie die sanfte Brise ins Großsegel griff und die Jolle Kurs auf die tiefblaue Keltische See nahm.

»Was ist eigentlich mit deinem Schwiegervater?«, fragte ich Faye möglichst beiläufig. »Kommt der allein klar, oder betreut ihn gerade jemand?«

Faye schaute auf ihre Uhr. »Eine halbe Stunde noch. Dann müssen wir rüber ins Haus. Zwar hält er meist bis zum frühen Abend ein Schläfchen, aber anwesend sollte irgendjemand sein, denn es ist möglich, dass er aufwacht und Hilfe braucht. Wir gönnen uns eine Teilzeitkraft für seine Pflege und Beschäftigung, seit ich ein paar Tantiemen für mein erstes Buch verdiene. Ich sage dir, das erleichtert das Leben ungemein, und wir haben endlich mal wieder Zeit füreinander. Anfangs kam nur ein Pflegedienst, den Rest des Tages haben wir uns Ernsts Betüddelung geteilt und waren phasenweise mit den Nerven ganz schön am Ende. Bei allem Mitleid, das ich für ihn empfinde … er kann wirklich ätzend sein. Mich akzeptiert er ja bis heute nur zähneknirschend und ist ständig auf der Suche nach passenden Partien für Constantin. Das geht mir schwer an die Nieren, wie du dir sicher vorstellen kannst, und manchmal ist es superpeinlich, wie er jede Frau, die auch nur im Entferntesten geeignet erscheint und in seinen Augen aus einer ›guten Familie‹ stammt, anbaggert und versucht, sie Constantin schmackhaft zu machen.«

Ich legte Faye eine Hand auf die Schulter. »Pass auf, dem werd ich helfen! Ich habe ein Schmankerl für ihn, da werden ihm die Ohren übergehen, und ich hoffe, wenn wir morgen abreisen, wird dein Leben für alle Zukunft ein wenig leichter sein.«

»Was du noch in petto hast, hat direkt was mit mir zu tun? Jetzt machst du mich aber wirklich neugierig!«

»Das ist meine Absicht. Sag, wie ist es beim Abendessen? Wird er dann dabei sein?«

»Ja. Warum? Legst du etwa Wert auf seine Gesellschaft?«

»Und wie!« Ich schickte meiner Gastgeberin nur ein Nicken und sie verstand zu meinem glucksenden Vergnügen planmäßig nur Bahnhof.

***

Mathew *hatte* einen Sonnenbrand. Seine Schienbeine waren so glühend heiß, darauf hätte man problemlos Spiegeleier braten können. Faye gab ihm eine After-Sun-Lotion und nach einer Weile hörte er auf zu jaulen.

»Du musst ihn solche Erfahrungen selber machen lassen«, flüsterte Faye mir zu, als ich (mea maxima culpa) zugab, ich hätte dringend im Vorfeld dran denken sollen. Sie aber schüttelte den Kopf. »Nächstes Mal denkt er selber dran. Das ist bei erwachsenen Männern manchmal wie bei Kindern. Nimmst du ihnen so was stets vorher ab, fühlen sie sich nur genervt. So aber wird er sich's merken – getreu dem Motto ›Aus Schaden wird man klug‹.«

»Gar nicht so unwahrscheinlich«, flüsterte ich zögerlich zurück, und sie warf mir einen schwesterlich-verschwörerischen Blick zu.

***

Für das Abendessen hatte Faye ein Barbecue geplant. Wir verbrachten alle gemeinsam den frühen Abend in der geräumigen Küche, schnippelten Tomaten (»selbst gezogen«, verkündete Faye stolz), Zwiebeln und Paprika, wickelten Kartoffeln (natürlich auch eigene Ernte!) in Alufolie, hackten duftende Kräuter aus dem heimischen Anbau, rührten Quark, würzten Lammkoteletts und beobachteten bei ein, zwei köstlichen »Dogherty Ales«, wie das kernige Brot im Ofen aufging.

Die Stimmung war fantastisch, wir alberten so herum, dass selbst die Kinder, die zwischendurch kamen, um einmal Limonade, später das Futter für die Hunde zu holen, sich leicht befremdet anguckten, kopfschüttelnd an die Stirn tippten und mit Gesichtern, auf denen »je oller, je doller« geschrieben stand, schleunigst wieder verschwanden. Bevor das erste Stück Fleisch auf dem Grill landete, waren wir jedenfalls, vorsichtig ausgedrückt, ein wenig angeschickert.

Es versprach ein herrlicher Abend zu werden. Constantin hatte mit den Kids draußen auf der Terrasse bunte Lampions aufgehängt, Lucy war gemeinsam mit ihrer Freundin dabei, Servietten in die reinsten Origami-Kunstwerke zu verwandeln, die Hunde lagen satt und zufrieden auf den Stufen zum Garten und dösten. Die Luft war noch ganz lau, kaum ein Wölkchen hing über der spiegelglatten See, am Horizont begann die Farbe der Sonnenscheibe, von dunklem Orange zu dramatischem Glutrot zu wechseln.

Ich hatte mir nur eine leichte, lange Baumwolltunika übergeworfen, spürte die gespeicherte Wärme des Tages auf den rauen Sandsteinplatten unter meinen nackten Fußsohlen, genoss die kleinen, liebevollen Berührungen Mathews, wann immer wir beim Hinaustragen der Speisen aneinander vorbeikamen, und lächelte über sein geraunte »Fröschlein, hast du heute Nacht schon was vor?«. Es ging mir einfach gut.

Als alles bereit war, verschwand Constantin nach oben, um seinen Vater zu holen. Mathew bediente den Grill, die ersten Lammkoteletts landeten auf den Tellern der hungrigen Kinder.

»Dürfen wir schon, oder sollen wir auf Opa warten?«, fragte Phil.

»Ihr dürft«, beschloss Faye.

Die frische Luft und die viele Herumtoberei hatten offenbar einen Mordskohldampf bewirkt. Auch mein mäkeliger Tim haute rein wie noch nie. Ich hätte jetzt auch gern reingehauen. Aber die Höflichkeit gebot es natürlich, dass wir Erwachsenen weiter warteten.

Während die beiden kleinen Mädchen nach dem Essen mitteilten, sie wollten jetzt gern in Lucys Zimmer verschwinden, um vor dem Schlafengehen noch ein wenig zu spielen, hatten die Jungs einen Plan, der mich im ersten Moment erschreckte. Faye hingegen hatte in schöner Eintracht mit Mathew keinerlei Bedenken, der Idee zuzustimmen, und da ich beide nicht für verantwortungslos hielt, gab am Ende auch ich mit nunmehr nicht nur leerem, sondern regelrecht flauem Magen nach und erlaubte auch Tim das Übernachten in Phils Baumhaus.

Wenige Augenblicke später flitzten die beiden neuen Freunde mit Bettzeug unterm Arm in den Garten hinunter.

Kaum waren sie im Dämmerlicht verschwunden, erschien endlich Constantin nebst Vater im Rollstuhl. Der alte Herr hatte sich fein gemacht. Er trug einen hellen Leinenanzug zum blauen Hemd, hatte ein schickes Seidenhalstuch umgetan; seine Füße steckten in eleganten sandfarbenen Mokassins, das silberne Haar war ordentlich frisiert. Ich muss gestehen, er machte Eindruck, und sein höchst liebenswürdiger Gesichtsausdruck korrespondierte so gar nicht mit der Vorstellung, die ich mir von ihm gemacht hatte.

Er ließ sich von seinem Sohn zunächst in meine Nähe rollen, begrüßte mich mit all der typischen Grandezza des

Kavaliers alter Schule, verkündete sehr selbstsicher, ich sei ihm als Tischnachbarin höchst willkommen, und wies Faye knapp an, sein Gedeck neben meinem zu platzieren. Geflissentlich hatte er offenbar überhört, dass Constantin uns als Mrs und Mr Alexander vorgestellt hatte. Mathew würdigte er kaum eines Blickes. An mir aber schien er erhebliches Interesse zu haben. Ich registrierte Fayes warnend-amüsierten Blick. Aber die Ausstrahlung ihres »lieben Schwiegervaters« verfehlte ihre Wirkung auf mich durchaus nicht. Ich fühlte mich umworben, geschmeichelt, auf höchst angenehme Art »eingewickelt« … und gebe gerne zu, fasziniert gewesen zu sein.

Meine Alarmglocken schrillten erst nach einer Viertelstunde, als er begann, mich auszuhorchen. Ihn interessierten meine familiären Hintergründe genauso wie mein beruflicher Werdegang inklusive meiner derzeitigen Position, die ihm sehr zu gefallen schien. Tatsächlich! Faye hatte keinen Blödsinn erzählt. Auch ich, obwohl ja ganz offenkundig verheiratet, landete in seinem Fangnetz und wurde just liebevoll von allen Seiten begutachtet. Innerlich japste ich jetzt wie ein Fisch auf dem Trockenen und wartete gebannt darauf, ob er mich als untauglich ins Wasser zurückwerfen oder mir gleich einen kräftigen Schlag auf den Hinterkopf verpassen würde, um mich hernach, gesalzen, gepfeffert, mit Paprika eingerieben, in zerlassener Butter gebraten und mit Zitrone beträufelt, seinem Sohn auf dem Silbertablett zu servieren.

Als er sagte: »Constantin, hör mal …«, fühlte ich den Schlag auf den Hinterkopf. Leicht benommen verfolgte ich von nun an ein Geplänkel, das mir ganz und gar verrückt vorkam, das aber höchstwahrscheinlich denselben Verlauf nahm, den Faye bei solchen und ähnlichen Anlässen als üblich beschrieben hatte. Ich dachte, ich traute meinen Ohren nicht. Allen Ernstes versuchte Constantins Vater, mich (geeignet in Sachen Abstammung, gesellschaftlicher Stellung und Phänotyp) seinem Sohn ganz offen als Heiratskandidatin ans Herz zu legen. Fayes süffisanter Hinweis auf meinen Ehemann Mathew wurde leichthin und mit abschätziger Miene vom Tisch gefegt, indem uns Ernst eine alsbaldige Scheidung nahelegte und mit einem Bedauern heischenden Dackelblick darauf verwies, dass es schließlich höchste Zeit wäre, ihn aus diesem »englischen Piratenloch hier« herauszuholen und ihn schleunigst wieder (standesgemäß!) in der geliebten deutschen Heimat unterzubringen, was ja bei meinem zu schätzenden Einkommen gar kein Problem darstellen dürfte.

Ich war sprachlos. Und ich bin nicht sehr schnell mundtot zu kriegen.

Ernst grinste zufrieden und biss in sein erstes Stück zart gegrilltes Lammkotelett.

Ich schüttelte mir Salz und Pfeffer aus den nicht vorhandenen Schuppen, schnappte tief nach Luft, setzte mein spaßigstes Gesicht auf und richtete das Wort an den »lieben Schwiegervater«. »Ihre Witze sind köstlich, mein Lieber! Verzeihen Sie, dass ich mit dieser Art Ihres anscheinend typisch deutschen Humors nicht so vertraut bin und beinahe einen Moment lang befürchtete, Sie könnten ernst meinen, was Sie da sagten, aber wirklich … außerordentlich lustig!«

Einen Augenblick schien er irritiert. Die Gabel mit dem nächsten Happen schwebte sekundenlang zwischen Teller und Mund, ein paar Tropfen heißer Marinade kleckerten auf sein cremeweißes Leinenbeinkleid. Er schien es vor Verblüffung nicht zu bemerken. Dann legte er die Gabel auf den Teller zurück und schaute mich verständnislos an. »Ich beliebte durchaus nicht zu scherzen, verehrte Mrs Alexander. Schauen Sie, mein Sohn Constantin und ich entspringen einem uralten deutschen Adelsgeschlecht …«

Er machte eine Kunstpause, schien ärgerlich darüber, dass ich mich so gar nicht beeindruckt zeigte, und fuhr fort: »Seit zahllosen Generationen ist es schöne Sitte in unseren Kreisen, dass sich Gleich und Gleich miteinander verbindet. So sollte es auch heutzutage sein. Es geht nicht an, dass Constantin die, wenngleich recht ordentliche, Frauensperson Faye heiratet.«

»Pffft!«, machte ich, während die »recht ordentliche Frauensperson« mir gegenüber die Augen gen Himmel drehte. »Auch ich entspringe keinen adligen Wurzeln.«

»Geldadel zählt heute durchaus und ist nicht zu unterschätzen. Man hat unsereins in der Abfolge der Geschichte entrechtet, unsere Güter und Pfründe merkwürdigen neuen Weltanschauungen folgend konfisziert etc., etc. … da muss man dann eben mal in den sauren Apfel beißen und eine Durchmischung akzeptieren. Aber eine lohnende sollte es schon sein. Glauben Sie, ich fände es witzig, meine alten Tage hier in dieser Lotterbude zu beschließen?«

Faye wirkte mühsam beherrscht und Constantin sah aus wie ein Puma kurz vor dem Sprung. Mathew guckte ungläubig. Er war wohl der Einzige, der mangels ausführlicher Vorinformationen nicht wusste, was hier ablief. Ich hingegen fasste mich gerade wieder und läutete die nächste Phase meines Plans ein.

»Sie bilden sich also etwas auf Ihre Herkunft ein, Sir?«, wandte ich mich an ihn.

»Selbstverständlich!«

»Und Fayes gefällt Ihnen nicht, ja?«

»Korrekt!«

»Was wissen Sie denn von Fayes Herkunft?«, fragte ich hinterlistig.

»Dass ihr Vater ein bürgerlicher Ex-Parlamentsabgeordneter ist. Ausgerechnet Labour! Kein Geld auf der Tasche, Arbeiterklasse, ganz gewöhnliche Leute.« Er spie die letzten Worte geradezu und ich schüttelte mich innerlich.

»Nun hör doch endlich auf, Vater!«, versuchte Constantin sich in einem letzten Anflug von Diplomatie. Seine Augen funkelten gefährlich wütend, als habe er die Absicht, seinem Vater gleich an die Gurgel zu gehen.

Ich hob die Hand. »Warte bitte, Constantin. Ich habe deinem Vater etwas Interessantes zu berichten.«

Constantin zuckte die Achseln, hob die Augenbrauen und sah mich fragend an. Ernst schob sich den Lammbissen zwischen die Zähne, winkte mit der anderen Hand ab und signalisierte damit, dass es in seinen Augen nichts Interessantes zum Thema Faye geben konnte.

»Sagt Ihnen der Name Thornton etwas, Sir?«

Ernst merkte auf, vergaß weiterzukauen, stoppte den Zugriff seiner Gabel aufs nächste Stück Fleisch in der Luft. »Wem nicht? Weltweit tätiger Multikonzern. Siehst du, Constantin, ich habe einen Riecher für so was. Ist ja großartig! Mit denen sind Sie also verwandt?«

»Ich nicht, Sir«, grinste ich. »Aber Faye. Ein Besuch beim Hals-Nasen-Ohren-Arzt könnte nicht schaden, scheint mir, denn irgendetwas scheint Ihnen aufs Riechorgan geschlagen zu sein.«

Die Gabel fiel scheppernd auf seinen Teller.

Faye schlug sich mit der flachen Hand auf die Brust und murmelte: »Ich?«

Constantin guckte verdattert.

»Ja, du, Faye. Du bist bisher die Einzige, die den Anfang der Geschichte Mia O'Lalors kennt, aber ich will die Herren mal nicht im Dunkeln tappen lassen.«

Kurz und knapp fasste ich zusammen, was ich Faye am Nachmittag schon berichtet hatte, um mein reichlich gespannt wirkendes Publikum auf Stand zu bringen. Dann lehnte ich mich lässig zurück und erzählte.

26

LONDON, 13. FEBRUAR 1907 – MIA UND CECIL

Pünktlich mit dem Glockenschlag Big Bens wurde am 13. Februar 1907 im Palace of Westminster die neue Sitzungsperiode eröffnet. Nur wen ein ernsthaftes, wahrhaft ernsthaftes Gebrechen quälte, ließ sich entschuldigen, denn es gebot die Achtung vor dem Amt, dass zu diesem Anlass die Mitglieder des Ober- sowie des Unterhauses annähernd vollzählig erschienen. Ein Faktum, das sich auf die folgenden unzähligen Zusammenkünfte der Parlamentarier nicht unbedingt übertragen ließ, denn zu anderen Zeitpunkten nahmen es die Herren gelegentlich nicht so genau mit ihren Pflichten.

Ausgesprochen genau nahmen es auch die Damen an diesem Tage mit ihren Verpflichtungen. Exakt zur selben Zeit fand nämlich parallel die allererste Sitzung des Frauenparlaments in Caxton Hall statt. Eine Gegenveranstaltung derjenigen, die noch immer weder über das aktive noch das passive Wahlrecht in Großbritannien verfügten. Jahre des stillen Kampfes, unzählige eingereichte Petitionen, geschriebene Briefe, friedliche Demonstrationen, zigtausend verteilte Flugblätter und Hundertausende verkaufter Exemplare der Zeitung »Votes for Women« hatten nichts an der Lage der Frauen geändert.

Auch heute war die einundzwanzigjährige Mia O'Lalor unter den Kämpferinnen. Während in der australischen Heimat ihres Vaters Geoffrey das Frauenwahlrecht für Weiße längst Realität geworden war, hinkte das Mutterland des Empire noch immer hinterher. Mia hatte keinerlei Verständnis für die hinterwäldlerischen Verhältnisse im Herzen der einflussreichsten Nation der Welt, folglich sofort nach dem Erreichen der Volljährigkeit die Mitgliedschaft in der – von einer gewissen Emmeline Pankhurst gegründeten – »Women's Social and Political Union« beantragt und nach kurzer Wartezeit bestätigt bekommen.

Stolz trug sie jetzt stets ihr Parteiabzeichen am Revers, war bereits zigmal gemeinsam mit anderen engagierten Schwestern durch Londons Straßen gezogen, um die kleinen, netten Aufmerksamkeiten unters Volk zu bringen, welche die redegewandte Vorsitzende mit einer Reihe Damen erdacht hatte. Eine derartig ausgetüftelte Werbekampagne hatte eine politische Partei noch nie zuvor auf die Beine gestellt. Und endlich zeitigte all der Aufwand Wirkung. Hatten anfänglich die Frauen in den Straßen verschämt zur Seite geschaut, wenn Mia ihnen einen Prospekt in die Hand drücken wollte, nahmen sie neuerdings ausgesprochen gern die hübschen Seifenschächtelchen, die Spielkartenpäckchen, die raffiniert gestalteten, ansehnlichen Postkarten, Fähnchen, Luftballons und Wimpel für die Kinder und derlei nette Aufmerksamkeiten mit nach Hause. Klammheimlich drangen die kleinen Geschenke in die Privatgemächer, langsam, aber sicher durchsetzte der Partei-Leitspruch »Votes for Women« die Londoner Haushalte, tröpfelte die Bedeutung dessen, was Emmeline Pankhurst predigte, in die Köpfe der Menschen.

Mia war guten Mutes, lauschte den Reden auf dem Podium, applaudierte frenetisch, freute sich auf die geplante Demonstration, die gleich im Anschluss an diese erste Sitzung des Frauenparlaments stattfinden sollte.

»… Nun geht hinaus, meine Schwestern, und erklärt den Leuten da draußen, was wir wollen …«, beendete Emmeline Pankhurst ihre Abschlussrede. Der Rest ging im Jubel der Anwesenden unter.

Was sie wollten, stand auf dem riesigen steifen Pappplakat, das sich Mia nun umschnallte. »Wir fordern die Hälfte der Welt!«, stand auf der Vorderseite, der allbekannte Partei-Wahlspruch war auf ihrem Rücken zu lesen.

Mit klopfendem Herzen reihte sie sich ein, dann nahm der Zug den Weg in Richtung Westminster unter Tausende Füße.

Unbequem war es. Außerdem schwer und warm. Die Pappe sperrte sich nach Kräften gegen Mias flottes Ausschreiten, stieß gegen die Knie, zwickte bei jedem Schritt in die Fersen, und trotz der niedrigen Wintertemperaturen brach Mia der Schweiß unter ihrer Last aus. Ach, was war schon dieses kleine bisschen Unbequemlichkeit gegen die hehren Ziele, für die sie einstehen wollte? Großmutter Beatrice … ja, die hatte vor Jahrzehnten bereits ganz allein vor dem Crystal Palace gestanden und gegen Ungerechtigkeit und Ungleichbehandlung gewettert. Damals schon! Wie tapfer sie doch gewesen war. Sogar eingesperrt hatte man sie einmal. Was war dagegen schon der Marsch Schulter an Schulter im Schutze all der Gleichgesinnten? Mia blickte sich um. Lauter energische Gesichter. Lauter starke, furchtlose Frauen. Sie lächelte. Stolz, dabei sein zu dürfen. Und nahm die angereichte brennende Zigarette. Einmal nur musste sie husten. Ungewohnt war es noch für ihre Lungen, obwohl sie ganz allein für sich geübt hatte. Dann, plötzlich, klappte es vorzüglich und sie hielt selbstbewusst erhobenen Hauptes den Glimmstängel so in der Hand, dass jeder ihn sehen konnte, blies mit den anderen um die Wette blaue Wolken in den Straßendunst.

Schon hatten sie, der Victoria Street folgend, die mächtige Fassade des Parlamentsgebäudes vor Augen. Im Gleichschritt marschierten sie neben dem fließenden Verkehr, in den sich seit Neuestem zu den Pferde- auch immer mehr motorgetriebene automobile Kutschen gesellt hatten. Hin und wieder ein quäkendes Hupen (noch hatte sich nicht jedes Zugtier an dieses Geräusch gewöhnt, manche wurden reichlich eilig, andere scheuten sogar), etliche Fahrer winkten ihnen, riefen ihnen etwas zu. Nicht alles war von zustimmender Art, ein paar Beleidigungen waren immer dabei, wenn sie demonstrierten. Einerlei, immerhin nahm man sie wahr!

Auf einmal erscholl aus den hinteren Reihen ein entsetzter Schrei. »Sie kommen, sie kommen, rette sich, wer kann!«

Mia fuhr herum. Da waren sie! Was für ein Aufgebot!

Sie hörte die Hufschläge der Pferde, sah aus den Augenwinkeln Knüppel auf ihre Schwestern niedersausen, sah, wie eine, zwei, nein, mehr zu Boden gingen, wie Polizisten Hüte herunterrissen, in Haare griffen, rücksichtslos prügelten, festsetzten, aus der Gruppe herausschleiften.

Wohin? Mia läuft.

Schnell kommt sie nicht voran, nestelt an den ledernen Bändern, die ihre Plakate zusammenhalten, kann sie nicht lösen, stolpert, fällt. Gefangen zwischen Sprüchen. Die Hälfte der Welt im Rinnstein. Nicht in der Lage, sich allein aufzurappeln. Direkt vor ihren Augen die Bordsteinkante. Vorbeieilende Hufe, Kutschenräder, Pneus. Bedrohlich dicht. Warum helft ihr mir nicht auf? Keine Antwort. Jede mit sich selbst beschäftigt. Und dieser Lärm! Schreie, Motoren, Hufschläge. Ein Kutschpferd, das sich bäumt. Haarscharf an ihrem Kopf vorbei? Nein, gestreift, getroffen. Blutige Stirn. Schwindel. Angst.

Ohnmacht? Schwarze Nacht!

Schwarzes Gummi. Ein Wagen hält.

Plötzlich eine Hand. Nur ein Griff, und sie ist frei. Lässt sich hochziehen, schieben, in den Fond eines Wolseley-Siddeley. Sinkt auf weinroten Lederpolstern zusammen. Hört noch: »Los,

los, so fahr doch!«, hört das Aufheulen des Motors, spürt den Ruck, der sie in den Sitz presst. Dann ist wirklich Nacht.

* * *

Einige Male kam sie zu sich, sah Häuser, Bäume, Menschen, Kutschen vor den Wagenscheiben vorbeihuschen. Verschwommene Momentaufnahmen, gleich wieder vorbei.

Irgendwann, später, schaute sie in ein männliches Gesicht. Jung, glatt rasiert, attraktiv; dunkle Augen voller Sorge. Keine Lederpolster mehr, keine Motorengeräusche, kein Ruckeln und Rütteln. Dafür ein knisternder Kamin, ein weiches Wollplaid, wohlige Wärme, etwas Schweres, doch angenehm Kaltes auf dem schmerzenden Kopf.

»Wer sind Sie?«, fragte er. »Wie geht es Ihnen? Ich habe nach dem Doktor geschickt. Er müsste gleich eintreffen.«

»Mia O'Lalor, Sir«, murmelte sie, noch sehr weit weg, und: »Sind Sie mein Retter? Ich bin Ihnen herzlich dankbar! Und Sie? Wer sind Sie, bitte?«

»Cecil Ames, Mrs …?«

Mia stutzte kurz, wurde ein wenig klarer. Ames? Etwa …? Ach wo, ein Zufall, sicherlich ein Zufall! »O nein, nein, nicht Mrs«, sagte sie so schnell, wie ihre noch ein wenig gebundene Zunge es zuließ, »Miss O'Lalor … von O'Lalor Industries Australia, vielleicht sagt es Ihnen etwas?«

»Das tut es!«

Sie versuchte mit aller Konzentration, den Blick stet auf ihn gerichtet zu halten, hatte alle Mühe, sich der fast unwiderstehlichen Macht zu widersetzen, die ihre Augenlider so entsetzlich schwer machte.

Cecil Ames schien zu überlegen, kniff die Augen zusammen, hielt den Kopf etwas schief, klopfte mit dem Zeigefinger an seine Wange und betrachtete sie eine merkwürdig lange Weile eingehend.

Fragend schaute sie zu ihm hoch. Das Bild des Denkers verschwamm, war kaum scharf zu stellen. »Ist etwas nicht in Ordnung, Sir?«, hauchte sie matt.

Er löste sich aus seiner Haltung, tippte sich an die Stirn wie jemand, dem gerade eine Eingebung gekommen war. Ein Leuchten ging über seine Züge. »Miss O'Lalor, wenn ich mich nicht völlig täusche, sind wir sogar um ein paar Ecken miteinander verwandt. Vielleicht war es die Stimme des Blutes, die mich veranlasste, Sie aus dem Rinnstein zu fischen, wer weiß.« Jetzt lächelte er. Lächelte auf eine schelmische, fast ein wenig bubenhafte Art, die Mia gefiel. Sie erwiderte sein Lächeln. Dann fielen ihre Augen einfach erneut zu, und seine nächste Frage tröpfelte nur langsam in ihren Kopf.

»Was machen Sie hier mit einem Pappschild um den Leib in einer Suffragettendemonstration, wenn Sie doch aus einem Land kommen, in dem der Durchbruch zum Wahlrecht der Frauen teils längst geschehen ist, teils in Kürze zu erwarten steht?«

Mia riss sich zusammen. Unhöflich wollte sie weiß Gott nicht erscheinen. »Ich bin in London geboren und …« Sie stockte, griff sich an die Stirn, flüsterte: »… und kann noch nicht recht wieder denken, Mr Ames. Bitte verzeihen Sie.«

»Was bin ich doch für ein Tropf!«, schalt sich Ames, und es klang ehrlich schuldbewusst. »Es ist eine Unverschämtheit von mir, Ihnen jetzt, in dieser Situation, Gespräche solchen Inhalts aufzudrängen. Ich bitte um Entschuldigung. Haben Sie Durst?«

Mia nickte, er stand auf, goss frisches Wasser aus einer Karaffe in ein Glas, setzte sich neben ihr auf den Diwan, stützte sie ein wenig und hielt es ihr an die Lippen. Mia trank. Dankbar.

Die Türglocke schellte, sie hörte jemanden sprechen. Ames erhob sich. »Das wird der Doktor sein.«

In die Augen leuchtete er ihr. Schüttelte bedenkenvoll den Kopf, tupfte vorsichtig mit einem bräunlich getränkten Wattebausch die Schramme ab (es brannte höllisch), wandte sich an Ames, der abwartend danebenstand.

»Können Sie die junge Dame noch ein, zwei Tage hierbehalten? Ich würde es ungern sehen, dass sie transportiert wird. Ruhe, Dunkelheit, Schlaf … dann sollte es flugs besser werden. Benachrichtigen Sie die Angehörigen, oder soll ich das tun?«

»Danke, das lasse ich erledigen. Selbstverständlich kann sie bleiben«, antwortete Ames, und Mia verfolgte unter halb geöffneten Lidern, wie er die schweren Gardinen vor die Fenster zum winterlichen Garten zog. Alles, was sie in der Kürze des Augenblicks wahrnahm, war eine zierliche marmorne Brunnenfigur, die eine Amphore über das Becken hielt. Hübsch musste es im Sommer sein. Vielleicht würde sie es sich ansehen … im Sommer, wenn …

Erschöpfung übermannte Mia, und nur wenige Augenblicke später glitt sie erneut in tiefen Schlaf.

* * *

Cecil Ames, ältester Sohn seines Vaters John Ames, der wiederum das erste Kind Clara Henriette Gräfin von Beiersdorfs aus ihrer Ehe mit dem verstorbenen Henry Ames war, pflegte seine Großcousine Mia O'Lalor vorbildlich. Und aus dem Retter in höchster Not wurde während dieser paar intensiven gemeinsamen Tage ein Verliebter, dessen Kopf keine Sekunde mehr um irgendetwas anderes als die entzückende Mia kreiste.

Mia ging es nicht anders mit ihm, und als sie das hübsche weiße Haus am Hyde Park Gate, das einst ihre Großmutter Beatrice als Liebesnest für ihren Bruder Henry und seine aus Deutschland stammende Frau Clara Henriette eingerichtet hatte, nach einigen Tagen gänzlich genesen verließ, war aus den beiden ein Paar geworden.

Nichts Eiligeres hatte Mia zu tun, als ihrer Großmutter die Neuigkeit zu telegrafieren. In Windeseile erhielt sie Rückantwort. »Meinen Segen habt Ihr, Kind!«

Cecils Vater John rechnete sich eine anständige Mitgift aus und hatte keine Einwände, Mias Vater Geoffrey begrüßte die »Fusion« mit der wohlhabenden Reederfamilie ebenso und stimmte der geplanten Verbindung sofort zu. Man hatte es eilig mit der Eheschließung, denn auch Cecil ging, wie schon sein Vater John und sein Großvater Henry, stets im Frühjahr auf große Handelsfahrt in ferne Länder. Folglich feierten Mia und Cecil ihre Hochzeit bereits im April des Jahres 1907 mit allem Glanz und Pomp, den die Reichen und Mächtigen anlässlich eines solch geglückten Zusammenschlusses zu inszenieren pflegten.

Im Grunde hätten alle glücklich und zufrieden sein können, hätte nicht das Schicksal noch einmal erbarmungslos zugeschlagen.

Ohne davon bereits Kenntnis zu haben, trug Mia schon die Frucht einer der letzten Liebesnächte mit ihrem Cecil im Leib, als sie ihn am Pier verabschiedete. Todunglücklich wirkte er, seine junge Frau so schnell wieder verlassen zu müssen, aber er unterwarf sich den seit Generationen festgeschriebenen, ehernen Familiengesetzen.

Sichtbar schwer um Haltung bemüht, nahm er Mia noch einmal zärtlich in die Arme, flüsterte ihr von seiner baldigen Rückkehr, schwor ihr seine Liebe und Treue und mahnte sie, keinen »Unfug« zu machen. »Unfug«, das waren in seinen und den Augen seiner Familie all die politisch motivierten Aktionen, welche Mia hatte schwören müssen, fürderhin zu unterlassen. Leichten Herzens hatte sie zugestimmt, denn schließlich war sie jung, unsterblich verliebt und wusste, dass sie ganz gewiss bis ans Ende ihrer Tage mit einem umsichtigen, liebevollen, höchst angesehenen Mann verheiratet sein und sich keinerlei Sorgen mehr würde machen müssen. Da schien ihr der Preis für all dieses Glück gering.

Sie winkte der »Celestine II« noch nach, als die Segel des stolzen Schiffes nur mehr ein winziger Punkt auf der Themse waren. Schwer war ihr Herz. Und leicht in der jetzt schon so übermächtigen Vorfreude auf seine Rückkehr.

Allein … Cecil Ames kam nie zurück. Die »Celestine II« sank in einem Sturm bei Kap Horn und nahm den Hoffnungsträger der steinreichen Reederfamilie mit sich auf den Grund des Meeres.

Verzweifelt waren Mias Telegramme, die sie ihrer geliebten Großmutter Beatrice nach Melbourne schickte. Die Trauer um den Geliebten brachte sie beinahe um. Und immer verzweifelter wurden sie, als sie sich der Tatsache bewusst wurde, dass sie Cecils Kind unter dem Herzen trug. Ein Teil von ihm war bei ihr geblieben. Welch ein wunderbarer Trost in all dem Unglück! Doch Mia war klug und pragmatisch genug, neben all ihre Emotionen auch sachliche Überlegungen anstellen zu können. Was war sie jetzt noch? Eine Witwe mit kaum zweiundzwanzig Jahren in einer Familie, in der althergebrachte Traditionen, Werte und Normen ihr das Leben ohne Cecil zur Hölle machen würden. Wo sie besitzlos und einsam allein auf die Rolle der Mutter des einzigen Kindes eines heiß geliebten und schmerzhaft verlorenen Sohnes reduziert werden würde. Nie, egal, wie viel Zeit verrinnen würde – das ahnte sie, ohne einen Gedanken an Zweifel zu verschwenden –, würde John Ames seiner Schwiegertochter ein neues, eigenes Leben zugestehen.

Mia begann, mit ihrem stocksteifen Schwiegervater zu diskutieren. Schnell entwickelte sich zu allem Übel ein Zwist, der nicht zu ertragen war. Seine höchst konservativen Vorstellungen von ihrer zukünftigen Stellung im Hause Ames erfüllten Mia mit Grausen. Keinerlei Erziehungsgewalt würde man ihr einräumen, das Kind umgehend den Gepflogenheiten der Familie unterwerfen. Sie begriff, sie würde für alle Zukunft nur noch die leere, unbedeutende Hülle, das Gefäß sein, in dem der jüngste Spross der Familie herangewachsen war. Und es würde John Ames nicht einmal ein müdes Lächeln abringen, dieses unnütz gewordene Gefäß eines Tages mit leichter Hand zu zerschmettern. Er würde sie nicht mehr brauchen, sobald das Baby auf der Welt sein würde. Ihre Position würde keinerlei Hoffnung auf den geringsten Lichtblick erwarten lassen.

Und dann ereignete sich auch noch das Ungeheuerliche: Mias Kind ließ auf sich warten. Eine, zwei, schließlich drei Wochen vergingen über den wahrscheinlichen, dann den spätesten errechneten Geburtstermin hinaus, und Mia schob noch immer einen gewaltigen Bauch vor sich her. Von Tag zu Tag beäugte ihr Schwiegervater sie argwöhnischer, Mia stand unter einem entsetzlichen Druck. Vielleicht waren es all die gemachten Erfahrungen und Einsichten, die sie das Kind nicht zur Welt kommen lassen, nicht aus sich selbst herauslassen *wollten*?

Schließlich gebar sie mit drei Wochen und zwei Tagen Verspätung einen strammen Jungen und gab ihm den Namen Robert. Seine Augen waren blau. Blau, wie die Augen von Babys nun einmal sind. Mias Augen waren braun. Cecils waren von dem tiefen, beinahe schwarzen Braunton gewesen, der den Männern der Familie Ames eigen war.

Als John Ames seinem Enkel erstmals in die blauen Augen schaute, brach er in einen Wutanfall aus. Er beschuldigte Mia, fremdgegangen zu sein, kaum dass sein Sohn Cecil die »Celestine II« bestiegen hatte, und warf die junge Mutter mitsamt ihrem Säugling kurzerhand aus dem Haus.

Selbstverständlich fand Mia Unterschlupf bei ihren Eltern. Doch die bessere Gesellschaft Londons tuschelte und zeigte mit den Fingern auf sie. So gewaltig die öffentliche Teilnahme an der pompös inszenierten Hochzeit mit Cecil gewesen war, so interessant wirkten jetzt die skandalösen Vorgänge um die junge Witwe.

»London ist ein Dorf, Grandma«, telegrafierte Mia nach Australien, »Papá kann mich kaum schützen. Neben der unermesslichen Trauer um Cecil verursacht mein schieres Dasein auch noch Verdruss für meine geliebte Familie. Was soll ich nur tun? Es ist ein einziges Spießrutenlaufen. Ich ertrage es nicht.«

»Komm zu mir, Kind!«, telegrafierte Beatrice zurück. »Komm zu mir in ein freies Land, wag einen Neuanfang, komm nach Melbourne.«

* * *

Tatsächlich focht John Ames die Abstammung seines Enkels Monate später an. Zu diesem Zeitpunkt weilte Mia allerdings bereits mit ihrem Sohn in Australien.

»Dieser Dreckskerl«, fluchte Beatrice, als sie das anwaltliche Schreiben in Händen hielt. »Steckt sich deine Mitgift ein und lügt, dass sich die Balken biegen. Pah, zum Zeitpunkt der Befruchtung bereits von Tisch und Bett getrennt … Cecils Abreisedatum unzweifelhaft, Zeugen bla, bla, bla … – in den Hintern darf er sich seine Zeugen schieben. Wenn er es sich leisten kann, auf das wertvolle Blut seines Sohnes zu verzichten, dann sehen wir beide es ab sofort als teuer bezahlte Liebesbeziehung ohne Happy End und schauen uns für dich nach einem anständigen Mann um. John benimmt sich genauso dämlich wie sein Vater Henry. Aber das eine sage ich dir, mein liebes Kind: Ich werde nicht zulassen, dass John dich so ruiniert, wie es Henry mit seiner Frau Clara getan hat. Dein Sohn ist hier bestens aufgehoben, du bist mir stets herzlich willkommen und ihr beide habt einen Platz in meinem Haus und meinem Herzen, den euch niemand jemals streitig machen kann. Sei also unbesorgt, Mia, Kleines.«

Mia schlang ihre Arme um den Hals ihrer Großmutter. »Ich bin so froh, dass es dich gibt, Grandma!«

»Das kannst du auch sein«, murmelte Beatrice mit einem Lächeln, in dem die Erfahrung, Zuversicht, Gelassenheit und das unerschütterliche Selbstbewusstsein einer Persönlichkeit mitschwangen, deren Leben aus allen erdenklichen Hochs und Tiefs bestanden hatte, die alle Perspektiven von oben und unten kannte und es doch verstanden hatte, aus vollen Zügen zu genießen. Einer Persönlichkeit, die nie ihre Empathie verloren hatte und es sogar wagte, sie sich selbst zuzugestehen.

27

CORNWALL 2013 – DIE WAHL HABEN

Ich hob den Kopf und sah in die Runde meiner Zuhörer. Inzwischen hatte ein sichelförmiger Mond den Himmel erobert, Sterne blinkten im nächtlichen Blau, Grillen zirpten in den Büschen, die bunten Lampions malten uns unterschiedliche Haarfarben.

Keiner sprach.

Keiner hatte meine Erzählung unterbrochen. Aber jetzt schauten sie mich alle gespannt an. Irgendetwas musste doch (man bedenke meine gewaltige Ankündigung!) noch kommen.

»Und?«, fragte schließlich Ernst herausfordernd.

»Binnen eines guten Jahres fand Mia den Mann, mit dem sie den Rest ihres Lebens glücklich verbrachte. Er adoptierte ihren Sohn Robert, wurde dem Jungen ein guter Vater, und irgendwann, als Beatrice den alternden Geoffrey nach Australien zurückberief und ein neues Familienmitglied für die Führung der Londoner Dependance benötigte, ging die ganze Familie, inzwischen auf fünf Köpfe angewachsen, nach England zurück. Der Name dieses zweiten Ehemannes von Mia war Alfred Walsh.«

»Mein Opa war der Sohn von Mia und Cecil Ames? Nee, oder?« Fayes Stimme klang tonlos. Sie musste sich erst einen Moment fassen, dann brachte sie plötzlich kichernd heraus: »Hey, dann gibt es ja ganz hinten in meinem Pedigree deine Uroma, Constantin. Au, warte, folglich bist du mein Ururur-, ach, Ich-weiß-nicht-was-Cousin.«

Constantin wirkte mäßig aus dem Häuschen. Ihm war das ganze Abstammungsgetue sowieso immer schon wurscht gewesen. Aber Faye grinste jetzt wie ein Honigkuchenpferd, straffte die Schultern und wandte sich in einem just erwachten, zusätzlichen Selbstbewusstsein an ihren Schwiegervater: »Siehst du, Ernst, obwohl es im Grunde ja völlig schnurz sein sollte … und mich ehrlich gesagt etwas piekt, dass sich deine Auffassung, Gleich und Gleich geselle sich so gern, anscheinend bewahrheitet … aber vielleicht macht dir das ja jetzt die Sache mit der Akzeptanz meiner angeblich so unpassenden familiären Hintergründe etwas leichter.«

Ernst betrachtete Faye unverhohlen. »Na schön, na schön. Hatte ich nicht immer schon eine gewisse Ähnlichkeit mit meiner Großmutter angemerkt? Sag was, Sohn, habe ich nicht?«

»Hast du, Vater«, bestätigte Constantin.

»Aber …« Jetzt wurden die Augen des alten Herrn schmal und ich erwartete eine Bosheit. Die blieb nicht aus. Und es war ein fieser Triumph in seiner Stimme: »Tja, ich will es mal so sagen … das ist alles nur eine Erzählung. Es steht so in keinem Dokument. Genauso gut kann diese qualmende Emanze Mia sich tatsächlich am Tag nach der Abreise ihres angeblich so geliebten Cecil mit einem anderen in den Kissen gewälzt haben. Macht mir doch nichts vor, Kinder, ihr versucht doch alle zusammen nur, einen alten Mann zu verklapsen.«

Faye sackte resigniert in sich zusammen. Ich sah ihr an, was sie dachte, und fuhr dazwischen: »Sir, worauf beruht denn Ihre eigene Genealogie? War da nicht etwas? Hatte nicht Ihre Mutter während ihrer Ehe … und ziemlich exakt neun Monate vor der Geburt von Euer Hochwohlgeboren … ich meine, das müssen wir doch jetzt hier nicht genauer ausführen, oder? Oder soll ich?«

Ernst schrumpfte. Dann drehte er beide Handflächen nach oben und zuckte die Achseln. »Schon gut, schon gut«, murmelte er. »Es lässt sich ja doch nicht mehr vermeiden. Dann tut es halt endlich. Aber ich will jetzt ins Bett.«

Nie hätte er es zugegeben. Aber ich hatte ihn besiegt.

* * *

Wir fuhren am späten Sonntagnachmittag zurück nach London. Zwischen den Hecken hindurch warf ich noch einen letzten wehmütigen Blick zurück auf Fayes Paradies, auf das azurblaue, glitzernde Meer und die schroffe Steilküste. Sie hatte mir das Versprechen abgenommen, ihre Trauzeugin zu werden. Als ob ich das hätte ablehnen können! Den ersten möglichen Hochzeitstermin wollten Faye und Constantin nehmen, hatten sie heute beim Frühstück verkündet. Wir würden also wiederkommen. Bald schon.

Die BBC spielte Dylans altes »Knockin' on Heaven's Door«, als wir auf die Autobahn aufgefahren waren. Mathew drehte das Radio weiter auf, summte mit, griff nach meiner Hand und hielt sie fest. »Du warst wundervoll letzte Nacht, Fröschlein«, zwinkerte er mir flüsternd unter seinen dunklen Gläsern zu. »Und so entspannt!«

Ich sagte nichts, lächelte nur. Ich gebe zu, Faye hatte mich ein bisschen infiziert. Mit ihrer Art, nicht das Nichtige, sondern das Wichtige, das … ja, das Richtige wichtig zu nehmen. Was war mir wichtig? Neben mir saß der Mann, den ich liebte. Manchmal hatte ich beinahe vergessen, wie sehr, und manchmal hatte ich ganz aus den Augen verloren, wie wichtig es auch für ihn sein musste, das zu wissen. »Ich liebe dich«, sagte ich leise, und er drückte meine Hand und flüsterte: »Ich dich auch!«

Was sollte mich eigentlich hindern, nachdem ich ausprobiert hatte, was Frauen beruflich tatsächlich zu leisten imstande waren, doch noch einmal … Ach, wer weiß, vielleicht hatte Geoffrey so unrecht nicht gehabt. Wie war das doch gleich gewesen? Ja, ich erinnerte mich: »Ich finde, Gott hat es richtig angestellt, zwei Sorten von Menschen zu erschaffen, die sich ergänzen und gemeinsam ein perfektes Ganzes ergeben. Keiner von uns kann aus seiner Haut. Wir sind, was wir sind. Und glücklich können wir nur werden, wenn wir dazu stehen, was wir sind.«

Warum also nicht? Ich hatte – und ich wünschte mir in diesem Augenblick, jede Frau dieser Welt hätte dieses Glück –, ich hatte die Wahl!

Ich wandte den Kopf ein wenig nach hinten, streifte Mathews Lächeln. Auf dem Rücksitz lagen in tiefem Schlaf zusammengekuschelt unser Sohn Tim und der kleine graubraun-blonde Washington. Wir nahmen ein lebendiges Bündel aus Fayes Idylle mit uns nach Hause, das uns helfen würde, diese wundervollen Tage nicht zu vergessen. Und eine Flut von Emotionen. Zeit hatten wir uns genommen. Füreinander. Ich weiß nicht, ob uns später noch jedes Detail dieses Wochenendausfluges gegenwärtig sein würde. Aber das Gefühl, das würde bleiben. Vielleicht erinnerten wir uns später nicht einmal der Tage. Aber ganz bestimmt der Augenblicke.